꼴찌 엄마도 성공한 1등 육아법

# 혼자일 때 더 잘하는 아이

**꼴찌 엄마도 성공한 1등 육아법**

# 혼자일 때 더 잘하는 아이

| | |
|---|---|
| **초판인쇄** | 2024년 3월 25일 |
| **초판발행** | 2024년 3월 29일 |
| **지은이** | 다크홀스 |
| **발행인** | 조현수 |
| **펴낸곳** | 도서출판 프로방스 |
| **기획** | 조영재 |
| **마케팅** | 최문섭 |
| **편집** | 문영윤 |
| **주소** | 경기도 파주시 산남동 693-1 |
| **전화** | 031-942-5366 |
| **팩스** | 031-942-5368 |
| **이메일** | provence70@naver.com |
| **등록번호** | 제2016-000126호 |
| **등록** | 2016년 06월 23일 |

**정가 21,800원**
**ISBN** 979-11-6480-354-5 (03810)

끌찌 엄마도 성공한 1등 육아법

# 혼자일 때 더 잘하는 아이

다크홀스 지음

P. 프로방스

> 66
>
> ## 여러분의 가정은 편안하신가요?
>
> 99

마흔이 넘어 20년 전 저의 학창 시절과 지금을 비교해 봅니다. 대입을 위해서 많은 것을 희생하면서 공부를 한다는 점에서 과거 20년 전과 학교 현장은 크게 달라진 것이 없습니다. 어쩌면 입시, 수능이 존재하는 한 경쟁의 패러다임을 근본적으로 바꾸기는 어려울 겁니다. 하지만 요즘, 주변을 둘러 보면 공부로 인한 스트레스 외에 오히려 과거보다 더 퇴보한 영역들이 눈에 들어옵니다.

과거에는 어른이 있었습니다. 다음 세대에게 올바른 것을 가르치고 훈육하는 문화가 있었습니다. 하지만 점점 아이들에게 올바른 행동, 가치를 가르치기 어려운 환경이 되고 있습니다. 가정에서 부모가 가르치지 않고, 학교에서도 가르치지 않습니다. 주변의 어르신은 더더욱 한 마디를 거들 수 없는 상황입니다. 이 상황에서 최대의 피해자는 아이들입니다. 배워야할 것을 배우지 못해서 많은 어려움을 겪습니다. 기본 생활습관이 없고, 대인 관계도 제대로 맺지 못하고, 집단 생활에도 약합니다. 그리고 이런 학생들은 공부도 어려워합니다. 그렇게 수많은 아이들이 기성 세대의 방치 아닌 방치 속에서 스마트폰, 게임에 빠져듭니다.

저도 두 아이를 키우고 있기 때문에 부모들의 어려움을 고스란히 체험하고 있습니다. 아이들을 학원의 도움 없이 키우고 있습니다. 믿는 구석이 있어서 그런 것은 아니고, 오히려 기본적인 공부 습관이 잡히지 않아서 울면서 집에서 아이들을 교육하고 있습니다. 그리고 너무 힘들 때는 저조차도 학원에 보내고 싶은 마음이 굴뚝같습니다. 저 또한 대한민국의 부모로서 아이들 교육, 양육 문제에서 생겨나는 부모의 무거운 책임감을 실감하고 있습니다.

제가 전국 강연을 돌면서 알게 된 것은 대한민국의 선행 열풍과는 별개로 다수의 가정에서 부모들이 자녀의 교육을 위해서 애쓰고 있다는 점입니다. 모두가 학원에 아이들을 보내고 있지 않습니다.

학원에 보내더라도 교육의 본질을 위해서 부모가 공부하고 노력하고 있습니다. 저를 포함해서 아이들 교육의 본질을 지키고 싶은 분들게 이 책을 추천합니다.

제가 강연장에서 가장 강조하는 내용이 아이들이 자연스럽게 공부를 할 수 있도록 해야 한다는 점입니다. 자연스럽게 공부를 하기 위해서는 가정의 환경이 정돈되어 있어야 합니다. 그리고, 가정에 높은 기대 수준을 바탕으로 한 규칙이 있어야 합니다. 그런 상황 속에서 생활 습관이 자연스럽게 익혀져야 하고, 공부가 힘들지 않게 습관처럼 행해져야 합니다. 그래야 지속할 수 있고, 성과로 이어질 수 있습니다.

물론 쉽지 않은 과정이 될 겁니다. 이 과정이 얼마나 힘든지를 지금 이 글을 쓰면서 아이들과 함께 하는 저녁 시간에 저는 오늘도 느끼고 있습니다. 하지만 규칙이 없는 가정에서 공부 습관, 생활 습관이 없고 무절제한 아이들이 공부를 잘 하고, 인생에서 성취를 한다는 것은 거의 불가능한 일입니다.

부모의 책임이 너무나도 무거워진 오늘날에 이 책의 내용이 부모들의 어깨를 한 결 가볍게 해 주면 좋겠습니다.

《진짜공부 vs. 가짜공부》,
《어머니, 사교육을 줄이셔야 합니다》 저자
EBS 영어강사 정승익

> **"**
> # 아이는 나와 다른 존재입니다
> **"**

부모님들과 상담을 할 때면 혼동과 불안함이 가득 느껴집니다. 조금만 시선을 돌려도 육아 정보가 넘치는 시대입니다. 이 많은 정보에도 부모님들의 불안함은 과거에 비해 오히려 더욱 커지는 것 같습니다.

누구보다 좋은 환경에서 좋은 교육을 하고 싶지만, '과도한 걱정' 으로 방향을 잡지 못하고 불안해 하는 부모님들을 보면서 자주 이야기 드리는 말씀이 있습니다.

'아이는 나와 다른 존재입니다.'

이 단순한 말을 부인하는 부모님들은 보지 못했습니다.

당연하고 뻔한 이야기를 왜 하는지 싶어 의아한 시선을 보내실 뿐입니다. 하지만 이 단순한 말을, 깊이 이해하고 실천하는 부모님들은 많지 않습니다.

  많은 부모님들은 아이와 나를 분리하지 못합니다.
  내가 꿈꾸는 꿈이 아이의 꿈이 되고, 내가 생각하는 행복이 아이의 행복이 됩니다. 이로부터 많은 비극이 발생됩니다.
  성품과 기질은 물론이고 식성까지도 나와 다른 존재인 아이를 나와 동일시 하니 당연한 결과입니다. 건강한 가정을 만들고 싶다면 홀로 있을 때도 행복할 수 있어야 합니다.
  부모, 자식이 각각 자신의 삶을 주체적으로 완성해 나가고, 이 주체적인 구성원들이 서로를 배려 할 때 비로소 완성되는 것입니다.

  《혼자일 때 더 잘하는 아이》는 우리 아이들이 바로 이런 주체적인 존재로 성장할 수 있는 구체적인 방법들을 담고 있습니다.

17년차 경력의 교사이자 두 아이의 엄마인 작가님의 원고를 읽어나가며 이 시대의 불안한 부모들에게 단비같은 책이 나왔다는 생각이 들었습니다. 학교 현장에서 오랜 시간 아이들과 직접 부딪히며 쌓은 작가님의 경험과 노하우가 모두 담겨 있습니다.

독립의 또 다른 의미는 존중입니다. 그리고 이러한 존중은 구체적으로 배워나갈 때 지켜 나갈 수 있습니다. 타당한 규칙이 필요하고, 이를 지켜 나가는 법을 배워야 합니다.

아이와 부모가 서로의 영역을 지켜주고 존중할 때 건강한 관계가 형성됩니다. 부모가 자식에게 해 줄 수 있는 큰 사랑은 '무엇이든 해 주는 것'이 아닙니다. 부모가 없는 상황에서도 주체적으로 살아갈 수 있는 '힘'을 길러 주는 것입니다. 그리고 이러한 '힘'은 모든 리더들의 기본 자질이기도 합니다. 그래서 저는 이 책을 보며 '리더 교육'이 떠올랐습니다.

　추상적이고 모호한 이야기가 아닌, 구체적이고 실천적인 방법이 가득한 〈혼자일 때 더 잘하는 아이〉.

　이 책을 통해 세상을 이끌어갈 훌륭한 리더들이 각 가정마다 성장하길 바라며..

《초등 사자소학》,《스카이버스》저자,
분당강쌤 채널 유투버
분당강쌤

# 추천사

 

《혼자일 때 더 잘하는 아이》는 비판을 두려워하지 않는 저자가 육아와 관련된 다양한 경험과 정보 공유하여 우리 사회에서 학교와 가정에서 자녀교육의 긍정적인 변화를 바라고 있습니다. 부모와 자녀가 소통하고 자녀 나이에 맞춰 부모가 함께 성장하기에 초점을 두고 있는 이 책은 첫째, 교사 경험과 양육 경험을 토대로 만들어진 자녀들의 사회생활 준비서입니다. 둘째, 육아 방법에 대해 각종 정보가 쏟아지고 있는 현대사회에서 일반적인 자녀의 인성과 독립성을 기를 수 있는 실천서입니다. 셋째, 4차산업에 대비하여 자녀들의 메타인지를 기르기 위해 준비하는 부모님을 위한 안내서입니다. 초등학교 생활을 준비하는 유치원생부터 초등생 및 중고생들을 양육하는 부모님들께서 자녀들과 비슷한 모습을 보이는 것부터 실행해 본다면 아주 많은 도움이 될 것입니다.

 

                              – 숭의여자대학교 유아교육과 겸임교수, 박수진 –

초등학교 현장에서 다수의 아이들을 만나고, 자신의 두 자녀를 만나는 사람마다 칭찬받는 아이들로 길러낸 저자의 이 책은 독립 육아의 [3단계 시뮬레이션] 비법을 통해 미래사회의 핵심역량인 [회복탄력성] 신장에 이르는 놀라운 길을 누구나 도전할 수 있도록 자세하고 친절하게 안내해줄 것입니다.

– 초등학교 동료교사, 홍○○ –

초등자녀를 둔 학부모로서, 학교현장에서의 요즘 아이들의 모습과 교육시스템을 알 수 있어서 좋았습니다. [학교와 가정을 연계하는 교육 실천법]이 새로웠고, 문제아 처방이 아닌 일반 아동을 대상으로 [자녀의 능력을 upgrade]를 할 수 있다는 점이 매우 신선했습니다. 이 책은 나의 육아관을 점검하고 돌아보는 계기를 마련해주었습니다. 올바른 자녀교육의 방향을 알게 해주어 부모로서의 걱정과 불안이 해소되는 느낌이 들었습니다.

– 초등학교 학부모, 백OO –

　　매우 내성적인 여학생이여도, 심한 장난꾸러기 남학생이라도 누구라도 괜찮습니다. 어떤 아이든지 일상 속 '독립 경험'을 통해 [자존감]과 [회복탄력성] 모두 키울 수 있는 육아 비법이 이 책에 있습니다.

　　저는 극 내성적 성향인 아이를 키우면서 육아는 항상 어려운 도전과 같았습니다. 그런 아이와 '독립훈련'을 한다는 것은 결코 쉽지 않았습니다. 그러나 작가님의 조언과 도움으로 5년에 걸쳐 조금씩 시도를 했고, 지금 나의 아이는 그 누구보다 [자신을 스스로 가치있는 사람]이라 생각하는 아이로 잘 크고 있습니다. 이처럼 '독립 육아'는 아이를 단순히 스스로 잘하게만 하기 위함이 아닙니다. 그 이상의 감동이 있으니까요.^^ 이 책은 [즉시 실천할 수 있는 육아실용서]로 자녀의 바른 인성뿐 아니라 자기주도학습에도 큰 도움을 줄 수 있습니다. 이 책은 책장에 꽂아두고 오래동안 읽으며 그때 그때 활용할 수 있는 [육아비법서]가 될 것입니다.

- 초등학교 학부모, 정OO -

　일반적인 육아서와는 달리 가정에서 직접 실천할 수 있는 교육법을 기초부터 자세히 알려준다는 점에서 많은 유·초등 학부모님께 실질적인 도움이 될 것입니다. 꼴찌 엄마도 성공할 수 있을 만큼의 [가성비 높은 육아법]으로 보다 편안한 육아 세계를 경험할 수 있을 것입니다.

- 초등학교 학년부장, 박OO -

## 정서 독립

### "아이들이 어쩜 그렇게 야무져요?"
### "어떻게 키우면 저렇게 스스로 잘하죠?"

단골 미용실에 머리를 자르러 갔다가 오늘도 사람들로부터 익숙한 질문을 받았다. 아이들이 외출만 하면 예외 없이 사람들은 내자녀들을 칭찬하며 신기해한다. 소아청소년과를 가면 간호사가, 식당에 가면 종업원이, 학원을 가면 선생님들이 달려나와 한 목소리로 물었다.

### "요즘 아이들 같지 않아요.
### 어떻게 교육하면 저렇게 예의 바르고 똑똑해지나요?"

나는 대단한 교육학자가 아니다. 직장맘에 주말도 없는 독박육아로 찌든 만성피로와 허리디스크가 있는 여자다. 만나는 사람도 적고 생활 반경도 작다. 그들의 호기심에 친절히 말대꾸할 기운도 없다. 그래서 처음에는 그러려니 했다. 동네 사람들의 친절한 관심

정도라고 생각했다. 그러나 한두 번이 아니다. 외출할 때마다 아이들은 칭찬을 받는다. 육아 유튜버를 해보라는 둥, 블로그를 해보라는 둥의 주변인들의 간섭이 들어온다. 이렇게 주변에서 부담을 주시니 거꾸로 육아법에 관심이 생겼다. 관심이 생기니 책도 읽게 되고 강의도 듣게 된다. 초등교사로 17년째 학교에 근무하면서 학생들과 학부모의 성향을 유심히 관찰하고 혼자 가설을 세워서 적용도 해본다. 그러던 중 주변 엄마들의 육아 패턴이 서서히 눈에 들어차기 시작했다.

## "그렇게 교육하면 아이 망칩니다."

입이 근질근질했다. 자녀 친구들을 보면 그들의 행동과 가정교육의 패턴이 읽혔다. 길을 가다가도 앞서 걷는 동네 아이의 걸음걸이만 봐도 저 아이가 학교에서 어떤 평가를 받을지에 대해 읽혔다.

---

 〈 차를 타고 가는 길 〉

(엄마)  "딸, 혹시 저 친구 누구야?" [차 창밖을 가리키며]

| (딸) | "왜? ○○ 오빠야" |
|---|---|
| (엄마) | "딱 봐도 말썽꾸러기네" [힐끔 보며] |
| (딸) | "헉! 엄마 어떻게 알았어? [동그랗게 눈을 뜨며] |
| | 같은 학원 다니는데 선생님들한테 맨날 혼나" |
| (엄마) | "걸음걸이가 이미 틀렸어." |

나도 말해놓고 웃음이 나왔다. '걸음걸이부터 틀렸다'니, 그 엄마가 들었다면 목덜미 잡힐 말이었다. 괴로웠다. 내가 무슨 선무당도 아니고, 주변 아이들의 행동, 눈빛, 엄마의 양육 태도 등이 마구 읽혔다. 그렇게 해서 시작된 육아책 쓰기였다. 처음엔 '학부모님들한테 자료로 나눠줘야지'라고 단순하게 써내려 갔다. 안구 건조로 모니터를 오래 보며 글을 쓰는 게 힘든데도 멈출 수가 없었다. 그만큼 할 말이 많았다. 학부모님들께 조금이라도 더 도움을 드리고 싶었고, 더 알려드리고 싶었다.

나에게 이 시대의 가장 큰 육아 문제 중 하나를 뽑으라고 한다면, 엄마가 자녀를 독립시키는 [엄마의 정서 독립]이 안 되어있다는 점이다. 즉, 아이는 성장하고 있는데 엄마가 아직 성장을 못했다. 아이는 충분히 독립할 능력이 되는데, 엄마가 아이로부터 독립을 못해서 두려워하고 불안해한다. 그 불안한 정서가 아이에게 전달되고 전반적인 양육 태도에 영향을 미치고 있다.

나의 아이들은 7세부터 거의 모든 일을 스스로 하게 훈련시켰다. 혼자 마트 가서 식자재 사 오기, 소아청소년과 혼자 가기, 미용실 혼자 가기, 등교 혼자 가기, 학원 혼자 가기, 스스로 계획 세워서 공부하기 등 모든 영역에 걸쳐 독립 훈련을 시켰다.

## "한 번 해봐"

한 번 도전해 보라는 말을 수도 없이 많이 했다. 넌 할 수 있고, 넌 당연히 그럴 능력이 있고, 스스로 할 수 있다고 말했다. 물론 처음부터 잘되지 않았다.

---

 〈 미용실 가기 전 〉

(엄마)　　"오늘은 혼자 미용실 가보는 거 어때?"

(7살 아들)　"제…. 제가요?" [당황한다]

| (엄마) | "어때? 할 수 있을 거 같은데…." |
|---|---|
| (7살 아들) | "어……. 어떻게요?" [말을 더듬는다] |
| (엄마) | "집 문을 나서는 것부터 순서대로 말해볼래?" |
| (7살 아들) | "음…. 일단 문을 나서서..." |
| (엄마) | "문을 나서서? 어디 쪽으로 가야 하지?<br>왼손 쪽이야? 오른손 쪽이야?"<br>... [계속되는 설명] |

## [선 설명] – [실행] – [피드백]

　　위의 3단계 시뮬레이션은 공식이다. 늘 옳았고 늘 성공했다.(3단계 공식에 대해서는 Part2에 자세히 설명해 놓았다.) 아들은 미용실에 가기 전에, 나와 머릿속에서 여러 번의 시뮬레이션을 돌려보았다. 일의 순서, 동선, 유의사항, 결제 방법, 예기치 못한 상황의 대처법까지 세세하고 구체적으로 알려주었다. 마지막으로 손님-미용사 선생님 역할놀이를 했다. 그리고 나는 미용실에 갈 때면 아이의 손을 잡지 않았다. 독립이 필요하다고 느끼는 순간부터, 나는 뒤에서 걷고 아이를 앞에서

걸어가게 했다. 길을 스스로 찾아서 미용실 찾아가는 길을 외우도
록 훈련시켰다. 나는 뒤에서 걸어가며 끊임없이 [규칙]에 대한 수다
를 떨어주었다.

---

 〈 길을 갈 때 〉

- 아들은 앞에서 걷고 엄마는 뒤에서 따라감.

(엄마)　　 "양옆으로 고개를 돌려 차가 오는지 잘 봐."

　　　　　 "건널목 초록 불이 켜지면 어떻게 해야 하니?

　　　　　　 발을 먼저 디디지 말고 차가 안 오나 관찰한 다음

　　　　　　 주변 사람들이 걸으면 같이 걸어."

 〈 미용실에서 〉

(엄마)　　 "선생님이 어떻게 왔어요?"

　　　　　 라고 물으면 넌 어떻게 대답할 거니?"

---

　　이렇게 훈련된 아이는 어딜 내어놓아도 똑똑하게 설친다. 자기가
해야 할 일을 이미 머릿속에 그려봤기 때문에 행동에 거침이 없다.

다음 해야 할 행동을 잘 알고 있다. 심지어 미용실 가는 길에, 동네 아주머니를 만나면 어떻게 반응해야 할 건지에 대해서도 우리는 연습했다. 내 아이라고 다른 아이들보다 특별히 잘나게 태어나지 않았다. '똘똘이'라는 별칭은 끊임없는 생각 훈련, 정답 찾기, 계획 세우기 등을 통해 만들어진 결과다.

나도 사람인지라 어린 자녀를 혼자 어딜 보내는 것이 두렵다. 잘 도착은 했는지, 어디서 울고 있지는 않은지 끊임없이 걱정이 몰려온다. 차라리 내가 같이 가주면 몸도 마음도 훨씬 편할 것 같다. 언제 아이에게 전화가 올지 몰라, 휴대폰을 뚫어지게 쳐다보는 내 마음은 초조하다. '굳이 이렇게까지 아이를 독립시켜야 하나' 하는 생각도 든다. 하지만 이것이 아이를 위한 교육이기 때문에 엄마는 해야 한다. 교육은 나의 것이 아니다. 교육의 주인은 자녀다. 나의 감정은 내려놓고 아이에게 필요하다면 힘들어도 싫어도 해야 하는 것이 교육이다.

**"왜 당신은 항상 불안해하는 부모이어야 하는가?"**

이 책을 통해, 많은 학부모님께서 아이들로부터의 [정서독립]을 먼저 하셨으면 좋겠다. 아이들은 부모의 생각보다 훨씬 똑똑하고, 훨씬 생각이 깊다. '혼자일 때 더 잘하는 아이'의 능력치를 이미 보유하고 있다. 부모인 우리만 못 알아줄 뿐이다. 하루라도 빨리 독립을 시킬수록 엄마는 자유함을 느끼고 아이는 더 똑똑해지고 더 강인해진다.

**부모가 성장하는 만큼 아이도 성장한다.**

# 차 례

## Part 1  고정관념 깨뜨리기

## Part 2  혼자일 때 더 잘하는 아이로 키우는 비법

## Part 3 규칙을 잘 지키게 하려면

## Part 4 게임·미디어 중독을 막으려면

# Part 1

## 고정관념
## 깨뜨리기

## 요즘 엄마들

< 사건 A: 전화받는 상황 >

(주인이 엄마) "여보세요."

(선생님)  "주인이 어머니 되시죠?

4학년 2반 담임선생님입니다. 잠깐 통화되실까요?"

(주인이 엄마) "네? 주인이가 또 무슨 일 저질렀나요?"

4학년 아들을 둔 주인이 엄마는 오늘도 담임선생님의 전화를 받고 철렁하는 가슴을 쓸어내려야 했다. 엄마의 말을 잘 듣는 착한 아들이라고만 생각했다. 그런데 작년부터 주인이가 학교 친구들과 자꾸 말썽을 피웠다. 학교에서 받은 전화가 올해만 7번째이다.

"어머님. 주인이가 영어 교과 시간에 학습 게임을 하다가
친구랑 다퉜어요. 친구가 밀친 손에 긁혀, 주인이 오른쪽 뺨에
손톱자국이 0.5cm 정도 났어요.
보건실에서 처치는 했고, 당분간 세심하게 소독하고
지켜보셔야 할 것 같아요"

(주인이 엄마) "주인이 얼굴에 손톱자국이 났다고요?
교과 선생님은 왜 말리지 않았나요?
담임선생님은 그 시간에 뭘 했죠?"

아들 얼굴에 상처가 났다는 소식을 들은 주인이 엄마 가영 씨(가명, 이후 모든 사례에 등장하는 인명은 가명을 사용함)는 화들짝 놀라며 자신도 모르게 담임선생님에게 톡 쏘아붙였다.

(선생님) "죄송합니다. 워낙 순식간에 일어난 일이었어요. 교과 시간이라
자리를 바꾸면서 지난번에도 싸웠던 그 친구랑 우연히 한 모둠이
되면서 일이 벌어진 것 같아요."
"주인이가 먼저 발로 찼다고 해요."
"두 아이 모두 진정시키고 서로 사과를 하고 집으로 보내겠습니다.
하교를 40분 정도 늦게 해도 될까요?"

(주인이 엄마) "영어 학원에 가야 해서 안될 것 같아요. 남아들끼리 좀 싸우면서

섭섭했다. 가영씨는 주인이가 다치도록 잘 보살펴 주지 않은 담임 선생님에게 서운한 감정이 들었다. 3학년부터 한두 달에 한 번씩 담임선생님의 전화가 올 때마다, 온몸의 피가 거꾸로 솟구치는 기분이 들었다. 자기 아들을 차별 대우하는 것만 같이 느껴졌다. 그저 순수하고 해맑은 초딩 남자아이다. 선생님이 주인이의 개성을 무시하고, 문제아로만 여기는 것 같아 솔직히 화도 났다. 심성이 워낙 착한 아이라 싸움을 할 일이 없을 일이었다. 상대편 아이가 아들을 얼마나 괴롭혔으면 그랬을까, 하는 생각에 속이 울렁거렸다.

## < 사건 B: 놀이터에서 >

(유리)　　"엄마~ 엄마~"

유리의 다급한 목소리에 유리 엄마는 눈을 들어본다.

유리가 미간을 잔뜩 찌푸린 채, 미끄럼틀 위에 매달려 발을 구르고 있다.

(유리 엄마)　"유리아 무슨 일이니?"

(유리)　　"나 목말라. 물 줘" [짜증 섞인 목소리]

마리 씨는 딸이 목이 마르다는 소리에 난감해한다.

(유리 엄마)　"지금은 물이 없는데 어쩌지?"

(유리)　　"물 줘어~ 물! 물! 빨리~" [징징대는 목소리]

(유리 엄마)　"알았어. 알았어. 잠깐만 기다려. 엄마가 얼른 물 사 올게"

잔뜩 찌푸려진 딸의 얼굴을 생각하며, 마리 씨는 부리나케 편의점으로 달려갔다. 더운 여름이라 등 뒤에 땀이 소낙비처럼 주룩주룩 흘렀다. 유리의 불편함을 생각하니 달리던 다리에 더욱 힘이 들어갔다. 허겁지겁 생수 한 병을 사 왔다. 놀이터에 도착하니, 아직도 뾰로통한 표정으로 미끄럼틀 위에서 발을 구르는 기다리는 유리가 보였다.

(유리)　“치. 엄마 왜 이렇게 늦게 왔어? 죽을뻔했잖아!”

　　　[발을 구르며 짜증을 부린다.]

(유리 엄마)　“미안 미안! 엄마가 잘못했어.”

마리 씨는 허둥지둥 생수 뚜껑을 열고, 발뒤꿈치를 들었다. 손을 위로 뻗어 유리가 물을 편하게 마실 수 있도록 하기 위해서였다. 그 모습을 보고 있던 같은 반 유치원 친구들이 동시에 소리치기 시작했다.

(아이들)　“엄마. 엄마! 나도 물!!” [앙칼진 목소리들]

　　　“못 참겠어! 나도 목말라~~아아...”

　　　“빨리~ 빨리!!!!! 물! 물!”

한동안 놀이터는 물병을 자녀의 입에 갖다 대려는 엄마들로 북적였다.

지나가던 동네 할머니가 놀이터의 물난리 광경을 목격한다.

(할머니) “쯧쯧쯧. 요즘 엄마들이란... 아이들이 상전이구먼!”

## < 사건 C: 집에서 >

(민규)　“엄마…” [울먹이는 목소리로 말끝을 흐린다.]

민규의 큰 두 눈에 그렁그렁 눈물방울이 맺혔다. 울음을 참으려는 듯 입술을 씰룩거리다 결국 울음을 터뜨리고 만다.

(민규)  "엄마. 선생님이 나보고 이기적이래!!!" [오열한다.]

(민규 엄마)  "뭐? 선생님이?" [가슴이 철렁 내려앉는다]

경은씨는 자신의 귀를 믿을 수 없었다.

(민규 엄마)  "요즘 세상이 어떤 세상인데, 학생한테 [이.기.적]이라는 단어를
         썼다고?"

(민규 엄마)  "왜... 그랬대?" [가늘게 떨리는 목소리]

(민규)  "옆자리에 앉은 친구 쓰레기를 안 주워줬다고 이기적인 아이래..."
      "으허허허헝" [더 큰 소리로 운다.]

(민규 엄마)  "뭐? 선생님이 잘못했네."
         "왜 옆 친구 것까지 네가 해야 해? 이게 교육이야?
          나라 세금 먹는 주제에~ 이기적이라니!!!"

(민규 엄마)  "선생님은 네 마음을 읽어줬어? 안 읽어줬어?"

(민규)  "어허허헝, 내 마음을 안 읽어줬어." [오열한다]


[이기적]이라는 끔찍한 단어에 아들이 상처를 받았다. 아들이 겪었을 상심을 생각하니, 경은씨의 머릿속은 새하얘졌다. 이번에야 말로 그냥 넘어가면 안 되겠다는 생각이 들었다. 요즘 학부모가 얼마나 무서운지 제대로 알려줘야, 내 소중한 아들을 함부로 대하지 않을 것이다. 남편과 내일 아침, 눈 뜨자마자 교장실을 찾아가 학교를 싹 뒤집어 놓을 생각이다.

(민규 엄마) "우리 민규, 엄마가 해결해 줄게.

엄마가 아동 학대로 신고해 줄 테니 걱정하지 말고

넌 공부만 해."

# 사건에 대한 견해 차이

## 1-1. 사건 A에 대한 가영 씨의 생각 》

(엄마)     "친구랑 좀 싸우면서 크는 거 아냐?"

가영 씨는 학교에서 이런 사소한 것 하나 처리 못 하고 자꾸 전화만 오는 것이 그저 야속하기만 했다. 주인이가 남자아이라 호기심이 조금 많은 것뿐이다. 그저 어린아이와 같이 순수했을 뿐이다. 그러나 해마다 담임들은 주인이의 감정을 다독여주기는커녕 주인이의 탓으로만 몰아가는 것 같았다. 육아 TV 예능프로그램을 보면 주인이의 상태는 금쪽이들에 비해 걱정할 만한 수준도 채 되지 않았다. 게다가 주인이는 공부도 잘하고 학원도 잘 다니는 착한 아이다. 친구랑 좀 과격하게 놀 수도 있는 건데 말이다. 사사건건 전화해서 학부모를 신경 쓰이게 하는 것이 예전부터 영 마음에 들지 않았다. '설마 아들이 선생님께 찍힌 건 아니겠지?'라는 생각에 점점 서운한 감정이 들었다.

## 1-2. 사건 A에 대한 담임선생님 생각 》》

주인이의 이름은 선생님들 사이에서 유명했다. 1학년 때부터 사건 사고를 몰고 다녔다. 담임, 교과, 돌봄 선생님 한 것 없이 주인이 문제로 속을 썩여왔다. 주인이를 교육하기 힘들다는 말을 여기저기에서 들었다. 4학년 담임이 된 학기 첫날부터 주인이는 주변 아이들과 말썽을 일으키기 시작했다. 늘 수업이 재미없다고 말하며 심드렁한 태도로 억지로 책상에 앉아 있었다.

| | |
|---|---|
| (선생님) | "오늘은 끝말잇기 게임을 해볼 거예요." |
| (주인) | "유치해. 아이 재미없겠다. 아니 뭐 그런 거를 해요?" [짜증섞인 목소리] |

주인이의 이런 반항적이고 부정적인 태도는 학급 전체에 안 좋은 영향을 끼쳤다. 처음엔 두 눈을 반짝이며 수업에 집중하려는 아이들도 주인이가 유치하다는 말에 쭈뼛쭈뼛 눈치를 보는 듯했다.

선생님이 잠시라도 고개를 돌리면 주인이는 앞뒤 옆에 앉은 친구들과 늘 사고를 일으켰다.

 〈 영어 교과 시간 〉

[전화벨이 따르릉~ 울린다]

(담임선생님) "여보세요. 4학년 1반 담임 김새리입니다."

(교과 선생님) "영어교사 유아람입니다.

죄송한데 주인이가 통제가 안 되어서요.

교실로 보내도 될까요?"

(담임선생님) "또 사고를 쳤나요? 죄송합니다.

제가 영어교과실로 지금 갈게요."

주인이 문제로 담임선생님은 교과 시간에 제대로 쉴 수도 다음 수업을 준비할 틈도 없었다. 학기 초 상담을 통해 주인이 엄마에게 행동 수정 상담프로그램을 권유했지만, 주인이 엄마는 심각하게 받아들이지 않았다. 오히려 학교 탓, 선생님 탓을 했다.

어느 날부터인가, 담임교사는 밤에 자다가도 주인이 꿈을 꾸며 벌떡벌떡 일어나 두근거리는 가슴을 진정시켜야만 했다. 담임선생님의 갖은 노력에도 불구하고 주인이의 반항적 행동은 점점 심해져만 갔다. 수업 시간에 주인이를 훈육하느라 계획한 수업 진도를 못 나가고 수업종이 울릴 때가 많아졌다.

　　마리 씨는 평소 자녀교육에 관심이 많았다. 외동딸이기에 남부럽지 않게 잘 키웠다는 소리를 듣고 싶었다. 책장 한가득 꽂혀 있는 육아서들만 보아도 마리 씨의 육아 열정을 알 수 있었다. 최근에 읽은 [감정 코칭] 육아서에서 아이에게 필요한 것은 즉시 반응하고 채워주어야 한다고 배웠다. 어느 유명 대학의 저명한 심리상담 교수의 저서였기에 더욱 신뢰가 갔다. 그래서 아이가 징징거리면 미러링을 했다. "힘들었구나~" 감정을 읽어주며 아이의 자존감이 높아지기를 바랬다. 다른 아이들도 목이 말랐을 텐데 소심해서 표현을 못 했다고 생각된다. 우리 유리가 먼저 목마르다고 자신 있게 의사 표현을 하니 주변 엄마들로부터 "어쩜 그렇게 똑똑하게 잘 키웠냐?"는 칭찬을 들었다. 마리 씨의 어깨에 저절로 힘이 들어갔다.

 〈 놀이터에서 까치발을 들고 물병을 갖다 대려는 엄마들 〉

(동네 할머니)　"오! 세상에…"

(아이)　　　"엄마 물!!! 빨리!!!" [앙칼진 목소리]

　　　　　　[엄마가 바로 물 대령]

## 3-1. 사건 B에 대한 마리 씨의 생각 》

아들의 눈에서 왕방울만 한 눈물 하나가 또로록 떨어졌다. 마음의 상처가 얼마나 컸으면 저렇게 어깨를 들썩이며 눈물을 훔칠까. 고개를 푹 숙인 아들의 정수리를 보며 경은 씨는 가슴이 저려왔다. 오후에 은행 갔다 온다고 이 사실을 뒤늦게 안 자신이 원망스럽다. 좀 더 일찍 발견했더라면, 우리 아이를 지켜줄 수 있었을 텐데 말이다. 어떻게 담임이라는 사람이 "이기적"이라는 그 끔찍한 단어를 쓸 수 있는지, 경은 씨는 도저히 이해할 수 없었다. 이기적이라는 단어로 인해 주인이가 받았을 상처를 생각하니 눈알이 뒤집히는 것 같은 격한 감정을 느꼈다.

"당장 교육청에 신고하지 않고 뭐 해?"

남편도 고래고래 소리를 질러댔다. 부모가 야단법석을 떠는 동안 주인이는 자기 방에 들어가 숨을 죽이고 있다. 거실에 차마 나오지 못할 정도로 마음의 상처가 그리도 심한가 보다. 아들이 겪었을 상심을 생각하니 경은 씨의 머릿속은 새하얘졌다.

선생님은 관자놀이를 지그시 누르며 지끈거리는 두통을 애써 잠재우려 했다. 오늘따라 민규 때문에 감정 에너지 소모가 컸는지 온몸이 근육통으로 아파져 왔다. 두근거리는 가슴을 움켜쥐며 진정해 보려 한다. 곧 퇴근 시간, 집에 가서 좀 쉬어야겠다는 생각을 하려는 찰나 '핑' 하는 핸드폰 알람 소리가 들렸다. 학급밴드 채팅으로 민규 어머니로부터 장문의 메시지가 와 있었다. 목덜미에서 땀이 송골송골 솟아오르는 것을 느꼈다.

〈 사건의 진실: 5교시 미술 시간 〉

(담임)　　"자, 모두 미술을 도구를 정리하세요. 자리 정리 시간 5분입니다."

　　　　　… 10분 뒤

(A 학생)　"선생님 민규가 쓰레기를 제 책상 쪽으로 발로 밀어 넣어요."

(민규)　　"야 내가 언제? 히히히"

(담임)　　"정리시간 10분이 지났는데도, 민규님의 책상과 밑은 아직도 지저분하네요."

(B 학생)　"민규가 자기 쓰레기를 발로 제 책상 밑으로 자꾸 넣어요"

(민규)　　"내가 언제?"

(담임)　　"쓰레기를 버리기 싫어서 발로 다른 친구 책상 밑으로 쓰레기를

밀면 친구 마음이 안 좋을 것 같아요. 그런 행동은 하면 안

됩니다."

(민규)    [목에 핏대를 세우며]

"억울해요! 그거 원래 쟤 자리에 있었다고요!"

(담임)    "후…." [답답한지 숨을 길게 내쉰다.]

"원래 책상 밑 경계선은 불분명해요. 꼭 민규님의 것이 아니더라도

친구 쓰레기를 대신 치워줄 수 있어요. 굳이 그렇게 발로 다른

친구 쪽으로 쓰레기를 밀어 넣을 필요는 없잖아요. 이렇게

행동하는 것은 이기적인 것 같아요.

우리 민규님은 이기적인 사람이 아닌데, 왜 이렇게 행동했을까요?

빨리 자리를 치우고 음악 준비를 해주면 좋겠어요."

(민규)    "뭐요? 제가 이기적이라고요?"

[시뻘겋게 눈이 충혈된 채로 주먹을 불끈 쥔다.]

## 3-3. 담임선생님의 후회

"내가 왜 하필 평소에 잘 쓰지도 않는 '이기적'이라는 단어를 썼
을까?"

이미 흥분된 학부모님을 진정시키는 것은 어려운 일이었다. '이
기적'이라는 단어를 쓰기는 했지만, 일이 이렇게 커질 줄 몰랐다. 민
규 어머니의 장문 문자에 온몸의 힘이 빠졌다. 얼굴이 벌겋게 달아

오르면서 머리가 어질했다. 구구절절 상황 설명하는 답장을 쓰면서도 '이게 이렇게까지 해야 할 일인가?' 하는 의문이 들었다. 아마도 민규는 자기가 잘못한 것에 대해서는 앞뒤 말 다 빼고 '이기적'이라는 단어만 엄마에게 전달했을 가능성이 컸다. 하지만 그걸 콕 집어서 말을 하면 학부모님의 마음이 상할까 봐 두려웠다. 어떤 말을 할까, 어떻게 하면 학부모님의 마음을 진정시킬 수 있을까, 몇 번을 되씹고 심사숙고한 후에야 답장을 해본다. 생각할수록 후회가 되었다. 학부모님이 보낸 장문의 문자를 읽으며 자신이 형편없는 교사라는 느낌이 들었다.

* 채널: 삼프로 TV
* 제목: 무너져버린 교권, 되돌리기 힘들다

〈혼자일 때 더 잘하는 아이〉를 만들기 위해서 부모가 가진 육아에 대한 고정관념을 먼저 깨뜨릴 필요가 있다. 어느 날 불현듯 "혼자 스스로 해봐"라는 말로는 아이가 기적처럼 달라지지 않는다. 아이가 스스로 자신의 역할을 잘하기 위해서, 부모는 교육적 의도를 가지고 천천히 단계별로 조금씩 훈련해 나가야 한다.

▶ **위의 예시에서, 3명의 엄마는 각기 다른 육아 가치관으로 상황을 해석한다.**

〈사건 A〉는 자녀를 자신과 동일시하는 엄마이다. 학교에서 주인이에 대한 부정적 피드백에 마치 자신이 공격당한다고 느낀다. 현실을 외면하고 책임 전가를 학교와 담임에게 지우려고 하는 방어적인 자세를 보인다. 더불어 아이의 현재 상황에 대한 객관화가 되어있지 않다. 과도한 주관적 해석으로 아이의 부정적 평가에 대해 격한 감정적 반응을 보인다.

〈사건 B〉는 아이의 과잉 요구에 과잉 반응하는 엄마이다. 우리는 많은 육아서에서 아이의 필요성을 즉시! 빨리! 채워주면 아이의 자존감이 높아지고 사람에 대한 신뢰를 바탕으로 애착 형성이 잘 이루어진다고 배웠다. 유리가 미끄럼틀 위에서 목마르다고 발을 동동 구르며 외쳤다. 그것을 본 다른 아이들도 목마르다고 외친다. 그러자 엄마들은 안절부절못하며 아이의 욕구를 빨리 채워주느라 입에다 직접 물병을 갖다 대려는 사람들로 붐비게 된다. "물!!!" '- 착 대령!'이다.

이렇게 엄마의 과잉보호를 받고 자란 아이가 학교에 가면 어떻게 될까? 나 대신 문제를 해결해 주던 엄마가 없어지는 셈이다. 아이는 문제를 스스로 사고하고 해결해 본 경험이 없다. 따라서 작은 문제 앞에서도 크게 당황하게 되며 기다림이 힘든 아이로 자라게 될 가능성이 있다. 부모의 [독립훈련]을 통해 문제를 바라보고 생각하는 힘, 잠시 멈추고 기다리는 힘, 예의 바르게 행동하는 힘, 자기감정을 조절하는 힘을 배워야 한다.

〈사건 C〉는 아이의 마음 상처를 대신 지켜내려는 엄마다. 엄마는 민규의 눈물 앞에서 크게 좌절한다. 눈물을 흘릴 만큼의 감정이 상하는 끔찍한 사건이 일어난 것이다. 아이를 대신해 [문제 해결사]로 나서며 부모의 강한 모습을 보여줘야 한다고 느낀다. 타인으로부터 소중한 내 아이를 보호하고 그들이 함부로 대하지 않을 것이란 생각을 한다. 이는 과잉 [감정 육아관]의 폐해다. 부모가 아이의 감정을 읽어주는 육아법이 잘못된 것이 아니라, 아이의 부정적 감정에 과도한 몰입과 반응으로, 자녀의 감정에 끌려다니는 교육을 하고 있다는 점이 문제다. 옳고 그른 것의 판단 기준이 자녀의 감정 상태가 된다. 원칙과 비원칙의 기준이 자녀의 욕구에 따라 변하는 것은 교육이 아니다. 아이는 무의식적으로 "내 감정이 우선이다."라는 감정 이기주의적 사고를 형성하게 된다. 이렇게 자란 아이가 학교에 가면 어떻게 될까? 내 감정과 욕구가 기준이 되어 학교에서도 규칙을 따라하지 않을 가능성이 크다. "기분이 나빠서 수업 안 할래요." "그 단어에 기분이 상했어요."라고 말할 수도 있다.

위 3가지 사례는 우리 주변과 학교 현장에서 심심찮게 볼 수 있는 케이스다. 우리는 부모이기에 내 소중한 아이를 지켜내고픈 마음은 충분히 이해한다. 필자도 내 목숨같이 여기는 두 자녀가 있다. 첫째 이전에 찾아온 소중한 아이를 하늘나라로 보낸 적이 있다. 첫째를 낳으면서 이 아이가 내 배 속에서 건강하게 무럭무럭 자라주기만을 하루하루 떨리는 마음으로 기도했다. 둘째는 조산기가 있어 대학병원에 5개월간 침대에 누워만 있었다. 그렇게 힘들게 낳은 귀한 자식들이다. 이 자녀들은 위해 부모로서 내가 뭔들 못할까. 마지막 내 숨이 거둬지는 날까지 자식을 지켜내고픈 것이 부모인 나의 마음이고 여러분의 마음일 것이다. 그러나 부모의 이런 감정적 집착은 아이의 성장에 도움이 되지 않는다. 보물이 정말 소중하다면 보물의 가치를 세상에 빛나게 해 줄 줄 아는 부모가 되어야 한다. 보물이 너무 귀하다고 상자에 꽁꽁 싸매두어서는 안 될 것이다.

따라서 우리는 기존의 틀을 깨고 나와 아이를 독립시킬 필요가 있다. 더 이상 우리 자녀를 TV 예능프로그램과 같은 문제아로 취급하지 말자. 보물은 문제아가 아니다. 유아기까지의 부모는 자녀를 유리처럼 깨어질까 조심조심 다루었다. 그러나 유아기 말 ~ 초등시기의 아이는 그 능력을 인정해 주고 업그레이드를 하는 방향으로 나아가야 한다. 아이가 성장하는 만큼 부모도 성숙한 교육을 해야 한다. 우리의 손에서 서서히 떠나 아이가 스스로 할 수 있도록 도와주는 [독립 훈육]을 해야 할 시점이다.

**〈 아이의 독립 훈련과정 〉**

1. 부모의 육아 가치관 변화

2. 3단계 시뮬레이션 훈련

3. 독립 실천사례 살펴보기

4. 규칙 훈련

5. 문제해결력 훈련

   – 메타인지적 사고력↑, 자기주도학습 능력↑


이 중 첫 번째로 이루어져야 하는 것이 바로 '육아 가치관의 변화'이다. 5단계의 인식 변화와 일련의 훈련과정을 거쳐 비로소 〈혼자일 때 더 잘하는 아이〉를 만든다. 다음 장에서는 우리 내면의 뿌리 깊게 박힌 편중된 육아관에 대해 알아보고, 학교 현장에서 관찰되는 요즘 아이들의 특징과 가정교육을 연계하는 방법을 알아보고자 한다.

# 자존감·감정 육아의 현실

20여 년 전, 미국식·유럽식 육아법이 우리나라에 들어오면서 엄마들 사이에 큰 센세이션을 일으켰다. 특히 [자존감 육아] [감정 코칭] [감정 대화법] [애착 육아]와 같은 용어는 그동안 전통식과 보수적 육아법에 억눌려 살아왔던 30·40세대의 부모들에게 획기적인 교육 방법으로 인식되었다. Top-Down 구조의 교육체계, 부모의 지나친 권위, 학교 체벌의 관행 등 나의 자아와 개성이 존중되지 않았던 학창 시절을 수동적으로 견뎌와야 했던 우리 세대들에게는 그야말로 단비와도 같은 기쁜 소식이었다.

 **< 서구식 육아법의 특징 >**

* 아동의 인권이 중요시됨

* 아동의 감정을 존중함
* 마음의 상처를 돌봐줌
* 체벌이 아닌 대화를 함
* 아동이 이해할 때까지 자세한 설명으로 설득함
* 감정을 읽어주는 대화법이 존재함
* 아동의 올바른 자존감 형성이 중요함
* 부모도 친구 같은 다정한 존재가 될 수 있음

성인이 아닌 아동의 인권을 존중한다는 것은 충격에 가까울 만큼의 새로운 관점이었다. 이러한 [아동 인권]의 바람을 타고 소아 정신과 전문의와 아동 심리 상담가와 같은 1:1 코칭을 전문으로 하는 이들의 말에 힘이 실렸다. 그들의 책은 순식간에 베스트셀러가 되었으며, 2006년 〈우리 아이가 달라졌어요〉와 같은 육아를 콘텐츠로 한 TV 교육 프로그램이 돌풍처럼 인기를 얻기 시작했다. 짐승 같이 날뛰던 아이가 전문가의 코칭 몇 번으로 순식간에 순한 양처럼 변하는 드라마를 시청하며 대한민국 국민의 가슴은 뜨거워졌다. "그래! 바로 이거야! 이것이 '육아'란 것이구나!"

이처럼 그동안 배제되었던 [육아]라는 분야가 국민의 관심과 사랑 속에 하나의 예능 콘텐츠로 자리 잡게 되었다. 오늘날 〈슈퍼맨이 돌아왔다〉, 〈요즘 육아 금쪽같은 내 새끼〉, 〈고딩엄빠〉, 〈우리 아이가 달라졌어요. 리턴즈〉, 〈물 건너온 아빠들〉, 〈용감한 솔로 육아〉 등과 같은 수많은 육아 예능프로그램이 공중파를 타고 있으며 '육아란 무엇인가?'를 정의하고 있다.

이와 더불어 여성들의 학력과 사회적 지위가 높아졌다. 맞벌이 부부가 늘어났고 여성들의 결혼과 출산 연령이 늦어졌다. 이는 곧 저출산으로 이어지며 출산율 0.7%의 시대를 맞이했다. 가족당 1~2명의 자녀만 원한다. 자녀를 낳지 않겠다는 부부도 생겨났다. 그리하여 다둥이란 고작 '2명 이상의 자녀'로 정의하는 세상이 되었다. 예전엔 보기 힘들었던 외둥이들이 학급의 반 정도를 차지하는 시대가 된 것이다. 대다수의 가정에서 자녀가 1~2명인 만큼, 자녀의 교육문제는 더욱 중요해졌다. 때마침 [감정] 및 [자존감]으로 대표되는 육아법이 유행하고 있었고, 각종 TV 육아 프로그램들이 그 인기를 증명해주고 있었다. 관련 육아서들을 읽어보니 내 소중한 아이의 마음을 읽어준다는 점이 무척 마음에 들었다.

그러나!!! 이러한 추세적 육아법은 지나치게 한쪽 면만을 강조하는 육아 가치관으로 많은 문제점을 안고 있다.

|  | 추세형 육아법의 특징 | 문제점 |
|---|---|---|
| 대상 | 심리적 치료가 필요한 금쪽이 | 95% 평범한 아동에 도움 안 됨. |
| 방법 | 1:1 개인별 코칭<br>어른 : 아동 | 집단생활에 적용 안 됨.<br>또래 : 또래 |
| 치료 | 아동 인권, 감정 돌보기 | 규칙을 모르는 아이들 |
| 결론 | 잘못된 가정교육 ⇨ 학교 부적응자 ↑, 무너지는 공교육 | |

아동 심리 치료사 또는 소아 청소년 전문의가 만나는 아동들은 심리적 치료가 필요한 소수의 아동이다. 평범한 가정에서 유아기 시절 올바른 애착 형성이 이루어진 95% 이상의 유·초등 아동들에게 적용할 수 있는 처방은 아니다. 또한, 1:1 상담교육 접근법은 학교와 같은 사회적 집단생활에서 나타나는 문제 유형과 본질 자체가 다르기에 그 교육적 접근법도 달라야 한다. 1:1의 상황에서는 어른이 아동에게 일방적인 이해와 배려로 대화를 진행할 수 있다. 하지만 또래 집단 간에 이루어지는 상호작용은 타인과 공동체의 목표나 욕구를 종합적으로 고려해야 한다. 행동과 심리적 패턴이 훨씬 복잡하며 교육적 이해영역 또한 넓혀져야 할 것이다.

- 학부모: 잘못된 육아 가치관 ⇨ 잘못된 가정교육 ⇨ 힘겨운 육아
- 내 감정 우선주의↑, 수업을 거부하는 학생들↑

| 2000년대 | 2020년대 |
|---|---|
| 학부모 + 학교 협력 구조<br>학교는 배움의 장소 | 학부모 vs 학교 대립 구조<br>학교는 학생 인성 문제의 책임자 |

**공교육의 몰락**

오늘날 교사들은 학교 교육과정 이외에 [아동의 자존감]이란 보이지 않는 가치관과 싸우기 위해 학교에 온다. 유아교육과와 초등교육과에 입학한 학생들은 4년 동안 교수법과 교육과정 이론을 열심히 배워 왔다. 그런데 막상 학교 현장에 와보니 사정은 매우 달랐다.

학부모 민원 대처, 스스로 할 줄 모르는 꾸러기들, 혹시나 있을 마음의 상처에 대한 대비 등 눈에 보이지도 않은 [감정]과 [자존감]을 교사가 책임지고 비난받아야 할 대상이 되어버렸다. 까탈스러운 학부모님과 교사의 권위를 무시하는 아이들 사이에서 교사는 이러지도 저러지도 못한 채 [아동 학대]라는 이름으로 각종 소송에 휘말려 파면을 당하고 있다. 이 같은 추세식 교육법은 아이들의 올바른 성장과 독립을 지연시켰다. 그리하여 2023년 여름, 서이초 교사의 죽음을 시작으로, [교권 추락], [학부모 갑질], [학습권 침해], [공교육의 몰락]이라는 용어들이 난무하는 시대에 우리는 다음과 같은 질문을 하게 된다.

**도대체 어디서 무엇부터 잘못된 것일까?**

# 육아의 목표는 높은 회복탄력성

내 자녀의 인생 앞에는 수많은 삶의 고비가 굽이굽이마다 기다리고 있다. 부모의 역할이란, 자녀가 인생의 고난을 하나씩 통과할 때마다 함께 마음 아파하며 옆에 있어 주는 것인지도 모른다.

"그 무거운 짐 나한테 줄래? 엄마가 대신 해결해 줄게"

자녀의 무거운 짐을 내가 대신 짊어주고 싶은 게 부모의 마음일 것이다. 그러나 육아는 아이가 문제를 스스로 직면하도록 도와주는 과정이다. 부모의 역할은 해결이 아니라 조언하는 것에 국한되는 것이 좋다. 교육의 주체는 자녀다. 내가 기준점이 아니다. 자녀는 끊임없이 성장하고 있는데 엄마가 성장하지 못해서 자녀를 끌어내리는 꼴이 되어서는 안 된다. 그래서 엄마의 [정서 독립]이 아이보다 먼저 이루어져야 할 것이다. 내 아이가 강한 정신력으로 성장할 수 있도록, 엄마는 마음으로부터 아이를 떠나보낼 준비를 한다. 부모가 대신 해결해 주는 것이 자녀에게 도움이 된다면 나도 그렇게 하라고 말하고 싶다. 그러나 잘못된 부모의 개입은 그 시기에 자녀가 배워야 할 마음 근육을 단련하지 못하는 결과를 낳는다. 몸과 키가 자라듯 아이의 마음도 때에 맞는 성장을 해야 한다. 즉, 높은 회복 탄력성을 위한 성장이다.

## 마마걸, 마마보이의 탄생 ↔ 엄마의 정서적 불안과 독립 지연

옛날의 마마보이, 마마걸은 성인이 되도록 경제적 독립을 못 하고, 문제가 일어날 때마다 부모를 의지하는 사람들을 일컫는 말이었다. 그러나 요즘 마마보이 마마걸이란, 아이는 성장하고 독립을 원하는데 엄마가 아이로부터 독립이 안 되어 엄마 옆에 붙잡혀 있는 꼴을 말한다. 아이는 혼자 학교를 등교하고 싶은데 엄마가 사활을 걸고 쫓아온다. 혹시 가다가 차도로 튕겨 나갈까 봐 불안해서다. 아이가 불안해서가 아니다. 엄마가 불안해서다.

하교 때도 정문 앞에는 다양한 학년의 엄마들이 있다. 5~6학년이나 된 아이를 초조하게 기다리는 엄마들도 더러 있다. "왜 기다리세요?"라고 물었더니, 아들이 하교 후 친구들이랑 축구시합을 하기로 했는데, 엄마가 지켜보지 않으면 꼭 다친다는 것이다. "음. 그러시군요."라며 그녀를 봤다가 깜짝 놀랐다. 눈에서 레이저빔이 나오고 있었다. 그녀는 마치 국가대표팀 축구 감독 같았다. 미간을 잔뜩 찌푸린 채, 팔짱을 끼고 입술을 잘근잘근 씹고 있었다. 그녀의 큰 두 눈동자는 나와 이야기를 하는 동시에 운동장의 아이들을, 아니 자기 아들을 끊임없이 관찰하고 있었다.

## 교육의 목표: 회복탄력성이 높은 아이로 키우기

그리하여 교육의 목표는 '회복탄력성이 높은 아이로 키우는 것'이 되어야 한다. 등·하교할 때마다 아이 책가방을 대신 들어주며 쫓아다니지 말자. 특별히 무릎 성장판에 문제가 있지 않은 한, 자기 책가방은 자기가 들 줄 알아야 한다. 친구랑 심하게 말다툼하고 와서 아이가 닭똥 같은 눈물을 흘리며 내 앞에서 괴로워할지라도, 부모는 흔들리면 안 될 것이다. 아이의 마음을 공감하되 눈물을 닦아주면서 '넌 잘할 수 있어. 스스로 해봐'라고 속삭일 줄 아는 부모가 되어 보자.

### "누가 내 아이 건드렸어? 당장 나와. 너야?"

이 구역의 사이코로 등극하고픈 당신의 마음은 충분히 이해한다. 나라도 그랬을 거다. 내 이름이 이 동네 블랙리스트에 오르든 말든, 내 자녀를 위해서라면 '미친 여자' 얼마든지 될 수 있다. 국가유공자를 4명이나 배출한 집안의 장녀다. 정의와 다혈질 혈통의 계보가 뭔지, 이참에 드러내는 건 일도 아니다. 내 아이한테 도움만 된다면 뭔 일인들 못 할 부모가 어디 있겠는가.

그런데 이를 어쩌나. '회복탄력성이 높은 아이'로 만들어야 한다는데 기가 센 엄마가 길길이 날뛰어 주면, 자녀는 문제해결력 하나 없는 나약한 인간으로 자라게 된다. 작은 사건 앞에서 바들바들 떨고, 어떻게 해야 할지 몰라서 멘붕이 오고, 스스로 생각할 힘도 없는 그런 나약한 사람 말이다.

 〈 2040년의 어느 날 〉

(엄마)　"여보~ 큰일 났어! 우리 따..딸이.. 교통사고를⋯."

(아빠)　"뭐?! 교통...ㅌ... 으윽" [풀썩! 심장을 움켜쥐며 옆으로 쓰러진다.]

(엄마)　"사고를 당할 뻔했다고!"

(아빠)　"...." [심약한 아빠는 이미 의식불명]

한 집의 가장이 스트레스를 이기지 못해 쓰러졌다. 20년 뒤, 시어머니 품에서 삐약이로 자랐던 남편들이 집단 심정지 질환을 일으킨다는 뉴스가 연일 보도되고 있을지도 모른다. 아이 대신 엄마가 모든 걸 해결해 주었던 덕분에, 단단한 마음이 성장하지 못한 결과였다. 따라서 적어도 유·초등시절의 집단 내 갈등은 아이의 성장에 필수 조건이 된다. 있으면 좋고 말고가 아니다(like or not). 아이의 성장을 위해 필요하다(need). 친구랑 좀 다퉈도 보고 선생님께 좀 오해도 받아보고 내가 안 저지른 일인데 억울한 일도 좀 당해봐야, "이게 뭐지? 어떻게 행동해야 하는 거지?"라는 고민이란 걸 해볼 수 있다.

이처럼 자녀의 시행착오는 좋은 신호다. 아등바등 잘 버티려고 하다 보니 [끈기], [인내력], [포기하지 않는 마음], [도전하고픈 용기], [스트레스를 감당할 힘], [타인을 생각하는 마음] 등과 같은 고귀한 문제해결력이 쑥쑥 생긴다. 그런데 갑자기 엄마가 짠! 나타나서 "인마 비켜! 어딜~ 확!" 문제의 싹을 싹둑싹둑 대신 잘라줘 버린다. 회복 탄력성이 웬 말이오. 탄력 자체가 생길 기회조차 없으니 아이가 성장하지 못한다.

그래서 우리 부모는 '그놈을 응징' 하고픈 마음을 내려놓고, 한 발짝 뒤로 물러날 줄 알아야 한다. 아이의 고통을 외면하라는 말이 아니다. 아이의 감정을 읽어주되, 옆에서 조용히 응원하고 문제를 잘 해결할 수 있도록 인생의 조언을 해주라는 말이다. 필요하다면 사회성 프로그램이나 상담프로그램의 도움을 받을 수도 있다. 강의나 책을 통해 얻은 지식으로 아이에게 힘을 실어줄 수도 있다.

"넌 할 수 있어. 한번 해봐"
"멈추고 생각해 봐"

## "용기를 가져"

이 같은 부모의 긍정적인 언어와 신뢰는 아이의 정서를 안정시킨다. 문제를 직면하게 하는 용기를 준다. 내 자녀에게 꼭 필요한 고난을 세상이 일부러 선물로 주었다. 그 기회를 부모가 가로채지 말자. 문제가 있어야 문제해결력도 생긴다. 아이가 문제를 맞닥뜨리는 과정에서 겪는 약간의 스트레스 또한 회복탄력성 성장을 위해 필요하다. 단순히 재수가 없어서 내 아이한테 일어난 사건이 아니다. 우리 아이에게 필요했기 때문에 사건이 일어났다고 생각해보자. 물론, 심각한 학교 폭력이나 집단 왕따, 신체적 상해, 섹슈얼 이슈와 같은 심각한 문제는 예외다. 반면, 학교에서 일어나는 98%의 문제는 담임선생님과의 협조로 아이들 스스로 해결할 수 있는 정도의 문제다. 적어도 유·초등학교란 어린 나이의 수준에서는 말이다.

> **육아는 긴 여정이다.**

## 육아의 길고 긴 여행 »

드디어 11월 수능 날이 왔다. 길고도 힘들었던 공교육 12년, 이제야 끝이 나나 싶었다. 그런데 수능시험을 치고 온 자녀가 내 면전에서 문을 '쾅!' 닫고 방에 들어가 비명을 지른다. 수능을 망쳤나 보다. 부모인 내 가슴도 갈기갈기 찢기는 것 같다. 자녀는 방 안에서

며칠째 울고 있다. 나 역시 거실에서 초점 없는 눈으로 TV를 멍하게 바라보고 있다. 혹시나 자녀가 방문을 열고 나올까 봐, 식탁 위식은 간식을 바라보며 숨을 무겁게 내쉬어본다. 한참 뒤, 눈이 통통부은 자녀가 방문을 열고 나왔다. 마음이 저린다. 고통스럽다. 그렇지만 애써 말한다. '괜찮다고… 함께 이겨보자고….'

그렇게 힘들었고 어두웠던 날들이 지나가고 자녀가 원하는 대학에 들어가나 했다. 그런데 대학을 졸업하니 취업 문제가 있었고, 취업하니 나르시시스트 상사를 만났다. 그 놈 때문에 힘들어 직장을 옮기니 더 심한 소시오패스 상사가 웃고 있었다. 결혼해서 좀 안정되나 싶더니 이번엔 그 금쪽같은 손주가 말썽이다. 게다가 고르고 고른 사위가 하필 내 딸이랑 전혀 안 맞았다. 딸은 이혼하겠다고 싸우고 울면서 집을 나간다. 더는 못 살겠다고 하길래 당장 이혼하라고 말했다.

그러던 어느 날 부모인 우리는 생각한다.

**"자녀가 어렸을 때, 내가 대신 해결해주지 말았어야 했는데…."**

> ### 자녀는 내 소유물이 아니다.

따라서 우리 자녀에게 닥친 사건들 앞에서 일일이 시시비비를 가리려 들면 안 될 것이다. 마치 악당들로부터 내 소중한 물건을 보호하듯 자녀를 등 뒤에 숨도록 밀어 넣지 말자. 자녀에게 닥친 환난을 내가 대신 막아서는 순간, 세상이 허락한 소중한 성장의 때를 놓치게 된다. 그렇게 나약하게 키워진 자녀들이 몸만 성장해 사회에 나가게 되면, 혼자만이 오롯이 견뎌야 하는 그 무게를 감당하지 못하게 될지도 모른다.

"넌 공부만 해. 나머지는 엄마가 알아서 할게"
"친구 문제? 너 대신 엄마가 해결할게"

위와 같이, 공부 이외의 모든 것을 대신 해결해 주는 부모가 되어서는 안 된다. 만약 학교에서 어떤 사건이 생겼다면, 그 사안의 심각성을 먼저 가늠한 다음, 될 수 있으면 아이 스스로 해결하게끔 도와주어야 한다.

## Q: "그냥 지켜만 보라고요? 어떻게 그럴 수 있죠?"

라고 반문할지도 모른다. 우리는 TV 육아 예능에 나올법한 금쪽이를 대상으로 말하는 것이 아니다. 90% 이상의 대부분의 평범한 가정에서, 영·유아기 시절 부모의 사랑을 듬뿍 받고 자란, 일반적인 학생들을 위한 말이다. 평소 가정 안에서 충분히 공감받았고 사랑의 언어를 체험하며 자라고 있는 아이들은 우리의 생각보다 훨씬 강하다. 그래서 오늘부터 우리는 이를 꽉 깨물고 다짐해야 한다. 당장 내 아이가 학교에서 싫은 소리 하나 들었다고 해서 어른인 내가 아이 앞에서 온몸을 부르르 떠는 반응을 보이면 안 될 것이라는 다짐을 해본다. 아이의 예쁜 두 눈에 그렁그렁 맺히는 눈물이 있을지라도, 내가 먼저 섣부르게 나서 해결해주지 않겠다는 생각을 말이다. 아이의 문제는 아이가 스스로 해결해야 한다고 가슴을 팡팡 두드리며 다짐하고 또 다짐해 보자.

그리하여 높은 회복탄력성을 가진 자녀로 성장하도록 도와주자. 내 아이가 어딜 나가서도 독립적이고 자주적이며 높은 자존감을 가지고 어려운 일을 돌파할 수 있도록, 엄마의 긍정적인 언어로 도와주자. 자신의 행동에 책임을 질 줄 알게 하자. 행복과 미래를 스스로 개척해 나가는 사람. 때로는 인내하고, 때로는 참고, 때로는 견딜 줄도 아는 사람. 가끔은 내가 하기 싫어도 부당한 일도 할 수 있는 사람. 무시를 당할 줄도 알고, 자존감에 상처받는 말도 들어낼 줄 아는 사람. 그런 사람이 내 아이라면 너무 멋지지 않을까.

우리는 그런 멋진 사람을 "높은 회복탄력성을 가진 사람", 즉 "그릿이 높은 사람"이라고 정의한다.

 **< 회복탄력성이 높은 사람의 특징 >**

회복탄력성(또는 Grit)이 높은 사람들은 어려운 상황에서도 끈기 있게 노력하고, 실패와 어려움을 극복하려는 능력을 갖추고 있는 특징을 지닌다.

1. 열정과 목표 지향성: 회복탄력성 높은 사람들은 자신의 목표나 열망에 강한 동기 부여를 느끼며 그 목표를 추구한다. 이들은 자신의 비전을 확고하게 가지고, 그 비전을 실현하기 위해 끈기 있게 노력한다.

2. 자기 효능감: 이들은 자신의 능력과 노력이 어려운 상황에서도 문제를 해결하고 성취를 이루는 데 도움이 될 것이라는 믿음을 가지고 있다. 이로써 자기 효능감이 높아져 어려운 상황에서도 자신에게 도전을 제시하고 도전에 대응하는 데 자신감을 느낀다.

3. 오래 지속하는 노력: 회복탄력성 높은 사람들은 성공이나 목표 달성을 위해 지속해서 노력하며, 장기적인 목표를 위해 꾸준히 노력한다. 단기적인 실패나 어려움에도 불구하고 끈기 있게 노력하는 것을 포기하지 않는다.

4. 문제 해결 능력: 어려움이나 실패가 발생했을 때 회복탄력성 높은 사람들은 이를 긍정적으로 인식하며, 문제를 해결하려는 노력을 기울인다. 이들은 문제에 대한 다양한 해결책을 고려하고 시도하며, 실패를 배움의 기회로 여긴다.

5. 자기 규율과 자기 관리: 회복탄력성이 높은 사람들은 자신의 감정을 효과적으로 조절하고, 스트레스와 어려움을 극복하기 위해 자기 규율과 자기 관리 능력을 갖추고 있다. 이로써 긍정적인 마인드셋을 유지하며 어려운 시기를 극복한다.

6. 실용적인 낙관주의: 이들은 낙관적이지만 현실적인 관점을 가진다. 어려움이나 실패에도 긍정적인 시각을 유지하며, 그에 대한 대처 방법을 찾아낸다.

7. 협력과 사회적 지원: 회복탄력성 높은 사람들은 어려운 시기에도 다른 사람들과의 협력을 통해 지원을 받으며, 사회적 네트워크를 활용하여 문제를 해결하려는 경향이 있다.

　　이처럼 〈혼자 스스로 잘하는 아이〉로 만들려면 문제를 스스로 직면하고 해결해 나갈 수 있는 용기와 강한 멘탈이 필요하다. 자신의 비전을 실현하기 위해 끈기 있게 노력하는 아이, 어려운 상황에서도 문제를 해결하고 성취를 하려는 믿음을 가진 아이, 실패나 어려움에도 포기하지 않는 힘을 가진 아이, 자기관리 능력을 갖추고 긍정적인 마인드를 가진 아이, 낙관적이지만 동시에 현실적인 관점을 가지는 회복탄력성이 높은 아이를 만드는 것이 우리의 궁극적 교육의 목표가 되어야 할 것이다.

# 육아는 디테일의 종합예술

특정 이름을 가진 육아법은 세상에 존재하지 않는다. 아이마다 기질이 다르고 나라마다 양육을 바라보는 가치관과 문화가 다르다. 심지어 한국 사회 내에서도 엄마들 성향이 다르고, 그 엄마가 물려받은 가정교육의 경험치와 각자가 좋아하는 성향의 육아 방식은 또 다르다. 그리하여 세상에는 자녀의 발달과 교육의 관계를 정의하고자 하는 수많은 교육학적 이론들이 존재하고 있다. 자존감 육아 분야만 교육학 이론이 수십 가지다. 만약, 작정하고 유·초등 시기의 교육학 이론 및 접근법을 설명하고자 한다면 아마 수천 권의 책이 나올 수 있을 정도다. 많은 육아서에서 수많은 교육학 이론들을 나열하느라 책의 대부분의 지면을 채우는 경우를 봐 왔다. 하지만 '성공적 육아'라는 것은 개인적인 기질, 부모의 성향, 문화, 나라, 지역 등 개별적 역사의 복합체이며, 예상치 못한 사건들에 대한 끊임없는 반응과 선택들로 이루어져 있다.

## Q: "당신은 감정 육아를 찬성하나요? 반대하나요?"

나는 내 자식을 잘 키울 수 있는 육아법을 원하는 한 엄마이자 교사일 뿐이다. 그것이 〈감정, 자존감, 대화법, 아이 인권존중, 수평적 관계〉이든지 반대로 〈지시, 전통, 수직, 통제적 관계〉이든지 상관없다. 그저 내 자녀가 바른 인성을 가지고 잘 자랄 수만 있다면, 그어떤 교육학 이론이든 방법이든 모두 환영한다. 그저 한 명의 교사로서, 한 명의 학부모로서, 더 많은 대한민국의 학생이 건강한 지. 덕. 체. 를 가지고 자랄 수 있는 교육 방법이면 좋겠다.

그리하여 [자존감 육아] [감정 코칭] [감정 대화법]을 비판하려고 이 글을 쓰는 게 아님을 알아주었으면 좋겠다. 이 이론들은 2000년대 수직적 관계였던 부모·자식 간의 관계를 부드럽게 풀어주는 데 중요한 역할을 했다는 점에서 당시 한국 사회에 꼭 필요한 육아 가치관이었다. 그러나 시간이 지나면서 한쪽으로만 과몰입된 육아 관념은 아이의 성장에 좋지 않은 결과로 나타나고 있다.

실제 학교 현장에 있으면서, 아이들의 정서·행동발달이 예년과 비교하면 연령대가 점점 느려지는 것을 느낀다. 요즘 입학하는 1학년은 옛날 5~6세 정도의 행동 수준이라고 보면 된다. 학급에서는 어른 없이는 아무것도 못 하는 아이들이 점점 늘어나고 있다. 자기 짐을 스스로 챙길 수 없고, 길을 혼자 찾을 수도 화장실을 혼자 갈 수도 없다. 가정교육과 학교 교육의 갭은 항상 존재했지만, 시간이 지날수록 더욱더 그 차이가 심화되고 있다.

 **〈 육아서의 조언 〉**

"아이에게 사랑을 주세요" ⇨ "잘 사랑하고 있습니다!"
"아이 말을 경청해 주세요" ⇨ "잘 경청하고 있습니다!"
"아이의 의견을 존중하세요" ⇨ "의견 존중 잘하고 있습니다!"

**"그래서 어쩌라고요?"**

그런데도 많은 육아서가 아직도 예쁜 말과 모호한 이야기만 하는 것 같아 안타깝다. 사랑과 감정 존중을 바탕으로 하는 애착 형성은 영·유아기에 충분히 이루어져야 할 일이다. [감정 육아] [자존감 육아]가 잘못된 것이 아니다. 아동들의 성장 속도를 무시한 채, 훈육과 원칙이 없는 "그랬구나~" "힘들었겠구나~"만 외치는 편중된 육아가 문제인 것이다. 그리하여 우리는 자녀의 능력을 업그레이드할 수 있는 실질적인 실천법이 필요한 시점이다. 더 이상 학교 따로, 육아 따로가 아니다. 학교와 가정을 연계하는 훈육법이 제시되어야 할 것이다. 학교에서 관찰되는 아동의 모습을 인지하고, 이를 가정교육에 적용하여 아이의 성장에 도움이 되도록 한다. 반대로 가정에서 나타나는 아동의 모습을 학교와 긴밀히 소통하여, 효율적인 학생 지도방법을 함께 모색해 나가야 할 것이다.

우리의 미래는 앞으로 어떤 직업이 자본주의 사회의 포식자가 될지 아무도 모른다. 단 5년 안에 현재 14,000개의 직업이 인공지능의 발달과 함께 사라진다고 보도되었다. 5년 곱하기 3이면 15년이다. 3번만 지나면 벌써 15년 뒤이고, 우리 아이들이 살아갈 사회는 지금의 세대가 감히 상상도 못 할 정도로 급변해 있을지도 모른다. 미국에는 올해만 AI로 인해 4,000명의 직원이 해고되었다. IBM 글로벌 회사는 앞으로 AI로 대체될 수 있는 일에는 사람을 채용하지 않겠다고 밝혔고, 현재 사람을 직접 상대하지 않은 2만 6000명의 직원 중 30%의 삭감이 있을 예정이라고 발표했다.

얼마 전 발표한 한국은행의 보도자료에 따르면 우리나라 417개의 직업을 전수 조사한 결과, 앞으로 AI로 대체될 수 있는 직업 1위로 일반 의사와 한의사를 뽑았다. 1위가 의사와 한의사라니…. 어처구니가 없다. 웃음이 나온다. 현재 우리나라 대입 성공 기준은 서울대 연세대도 아닌 의과대학을 들어갔냐 아니냐로 결정된다. 전교 1~2등은 의과대학을 선택한다고 보면 된다. In 서울 의과대학은 수능 만점에 가까운 실력이라야 들어갈 수 있고, 지방 의과대학도 전국에 내놓으라는 똘똘한 학생들만 입학할 수 있다. 대치동 학원에는 의대 입시 반을 따로 구성하여 운영하고 있다. 이 반에 들어가기 위한 경쟁률이 엄청나게 무시무시한 상황이다. 그런데 미래 AI 대체 1순위가 의사라니 아이러니하지 않은가.

20년 전만 해도 IMF를 경험한 우리 부모세대들은 "공무원이 최고!"라는 말을 입에 달고 살았다. 그런데 그 좋다는 직업이 지금도 인기가 많은가? 공무원시험 경쟁률은 해마다 떨어지고 있고 사표를 내는 교사들은 늘어나고 있다. 반대로 "쯧쯧…. 모자란 백수들이나 하는"의 이미지로 무시 아닌 무시를 당했던 유튜버는 그야말로 인기몰이로 돈방석에 오르며 순식간에 어린이들의 로망 1순위 직업이 되었다. 앞으로 우리 아이들이 살아갈 세대는 어떤 직업이 호평을 받을지, 그 누구도 함부로 말할 수 없는 시대를 살고 있다.

Q : 4차 대혁명 시대를 맞이하게 될 우리 자녀들에게 지금 필요한 자질은 무엇일까? 어떤 교육을 해야 새로운 자본주의 사회에서 나의 자녀가 권력과 부의 상위층을 차지할 수 있을까?

A : [시대의 흐름을 읽을 줄 아는 능력]과 [빠른 실행력]을 갖춘 미래 인재 육성을 위한 교육이다.

자녀에게 필요한 교육은 [시대의 흐름을 읽을 줄 아는 능력]과 [빠른 실행력]이며 이 두 가지 능력은 언어적 측면에서 [문해력]과

[커뮤니케이션 능력]을, 인성적 측면에서는 [높은 회복탄력성]을 바탕으로 한다. 따라서 이 책에서는 유아말~초등 일반아동의 능력을 인정하고 그 능력을 업그레이드하는 구체적인 [독립 육아] 실천법을 알려주고자 한다. 더는 문제아의 문제를 없애기 위한 처방이 아니다. 내 아이를 더 높은 곳으로 끌어올리는 좀 더 고차원적인 훈육이 학생의 때에 반드시 필요하다. 왜냐하면, 대부분의 육아서는 영·유아기의 심리적 상태에 초점이 있고, 중·고등으로 가면 이미 학습으로 주요 관심사가 넘어가 버린다. 그리하여 유·초등 시기야말로, 미래 인재가 갖추어야 할 인성과 학습적 덕목을 두루 훈련하는 유일한 시기가 된다.

학교 현장의 문제 ↔ 가정교육의 문제
해결책) 학교와 가정을 연계 교육하는 방법 제시

⬇

《 혼자일 때 더 잘하는 아이 》

# Part 2

혼자일 때
더 잘하는 아이로
키우는 비법

## PART 2. 혼자일 때 더 잘하는 아이로 키우는 비법

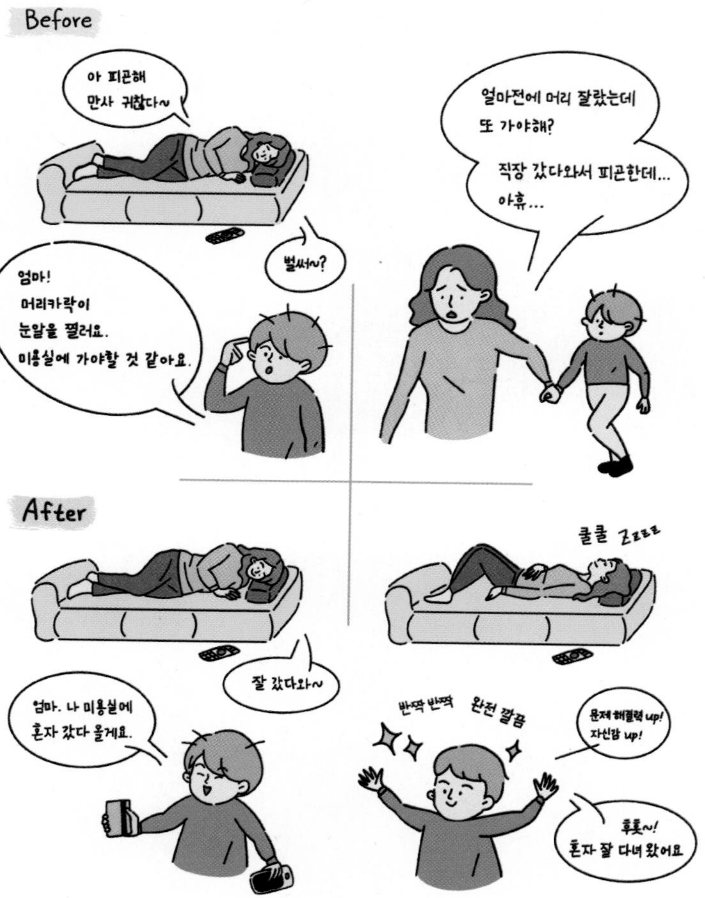

# 3단계 시뮬레이션 기법

어느 날, [스스로 잘하는 아이 육아법] 달인인 한 엄마(필자)는 지인들과의 저녁 식사 모임에 두 자녀를 데려가기로 한다.

**▶ 모임 공지와 아이들의 의사 묻기**

(엄마) "오늘 저녁 7시에 엄마는 교회 집사님들이랑 저녁 식사 모임이 있어.

외출시간은 약 3시간이야.

너희는 집에 있을 거야? 아니면 엄마를 따라갈 거니?" 💬 [의견 물어보기]

(아이들) "와~ 엄마 저희도 가면 안 돼요? 저희도 갈 거예요!!"

(엄마) "오케이. 그러면 갈 준비를 각자 하도록 해"

딸(초4)과 아들(초1)은 능숙하게 자신의 외출 가방을 챙기기 시작했다. 딸은 두꺼운 영어원서와 오디오북을 듣기 위한 헤드셋을 챙겼고, 둘째는 동화책 3권과 색종이, 미술도구, 보드게임용 카드를 챙겼다.

## ▶ 규칙 설명하기
### 〈 약속 장소로 가는 차 안 〉

(엄마)    "자 각자 오늘 지켜야 할 규칙에 관해 이야기해 보세요.

         우선, 식당에서 지켜야 할 규칙에 대해 바른 문장으로 이야기해

         보세요.

         혹시 생각할 시간이 필요한가요?"

(둘째)    "네 잠시만요"

(엄마)    그럼 생각할 시간 1분 주겠어요. ✈ [생각할 시간 주기]

         … 1분 후

(엄마)    "자, 둘째부터 말해보세요" ✈ [어린 나이순으로 질문하기]

(둘째)    "음…. 조용히 해야 하고, 떠들면 안 되고, 장난치면 안 되고

         어어…. 음…"

(엄마)    "자. 발표할 때는 언제, 어디서, 누가, 무엇을, 왜, 어떻게 와 같은

         문장으로 말하면 좋아요." ✈ [문장구조 알려주기]

         "식당에서 지켜야 할 규칙은 무엇 무엇입니다. ✈ [정답 문장

         알려주기]

         라고 문장 끝에 마침표 찍어서 다시 말해봅시다."

(둘째)    "음…. 저는 식당에서 조용히 해야 합니다. ✈ [어린 자녀 먼저

         발표]

         식당에서 떠들면 안 되고, 자리에서 일어나면 안 됩니다."

| (엄마) | 첫째 동생의 의견에 보충해야 할 사항이 있습니까? 🖤 [보충 설명하기] |
|---|---|

(엄마) 첫째 동생의 의견에 보충해야 할 사항이 있습니까? 🖤 [보충 설명하기]

(첫째) "네 식당에서 어른들이 대화할 때 끼어들면 안 됩니다. 음식을 먹을 때는 조용히 자신의 앞접시에 덜어서 먹습니다. 자리에서 일어나면 안 되고, 동생이 장난을 치거나 심심해하면 같이 놀아주도록 노력합니다."

(엄마) "어머. 너무 잘 발표했네요. 첫째 최고예요. 둘째도 잘했어요." 🖤 [칭찬하기]

"만약 식당에서 목이 마르면 어떻게 해야 하나요?" 🖤 [Plan B, C 세우기]

(둘째) [손을 번쩍 든다.]

(엄마) "말해보세요."

(둘째) "내가 앉은 근처에 물병이 있으면 조용히 내 컵에 따라 마십니다."

(엄마) "만약 물병이 없으면?" 🖤 [만약 if 질문법]

(첫째) "조용히 손을 들어 종업원에게 물병을 갖다 달라고 말합니다."

(엄마) "잘했어요."

"어른들이 대화할 때 끼어들면 되나요. 안 되나요?"

(첫째, 둘째) "어른들이 대화할 때는 끼어들면 안 돼요."

 ▶ 각자의 역할 말하기 (계획을 자신의 언어로 표현하기)

(엄마) 어른들이 대화할 때 무엇을 할 계획인가요?

(둘째) "저는 우선 책을 다 읽고, 시간이 남으면 색종이 접기를 할 거예요. 지겨우면 보드게임 카드를 꺼내서 조용히 게임을 할 거예요."

**▶ 예기치 못한 상황에 대한 대처법 말하기**

(엄마) "심심할 때 어떻게 해야 하나요?"

(첫째) "심심해도 참아야 해요. 심심해서 할 것이 없어도 조용히 앉아서
기다립니다."

(엄마) "심심하다고 징징대거나 나가자고 하거나 의자를 탈출하면
되나요?

(첫째, 둘째) "안 돼요."

(엄마) "오케이, 잘 대답했어요."

"첫째는 둘째가 몸을 배배 꼬거나 큰 소리로 말하면 어떻게 해야
하나요?"

(첫째) "둘째한테 조용한 목소리로 속삭이라고 말해요. 저는 상관
말고 읽고 있던 책을 계속 읽습니다. 만약 둘째가 심심해하면,
카드게임을 같이 해주겠습니다."

(엄마) "잘했어요. 역시 최고네요."

"만약 어른이 너희들에게 질문하면 어떻게 하나요?"

(첫째) "잘 대답합니다."

(엄마) "어떻게 하는 것이 잘 대답하는 건가요?" 🗨 [확장 질문]

(둘째) "또박또박 대답합니다."

(엄마) "또박또박 대답하는 것이 어떤 건가요?" 🗨 [확장 질문]

(아이들) "..." [잠시 침묵]

(엄마) "잘 대답한다는 것은 말끝을 흐리거나 단어로 말하지 않아요.
문장을 정확하고 자신감 있게 마침표 끝까지 대답하는 겁니다.
예를 들어 "여름방학 언제 했니?"라고 물으면 '21일…' 이 아니라
'여름방학은 지난주 금요일 21일에 했습니다.'라고 말하는 거예요."

✐ [예시와 정답 문장 알려주기]

 ▶ **역할놀이로 정리하기**

(첫째) "엄마. 그러면 저희끼리 미리 연습해 볼까요?"

(엄마) "그게 좋겠구나!"

"내가 교회 강 집사님 역할을 할게."

"어머머~~~ 귀염둥이들 왔구나. 너는 몇 살이니?" [하이톤의

목소리]

(둘째) "8살이에요." [씩씩하게 대답한다.]

…한동안 역할놀이를 한다.

 ▶ **엄마의 수고에 대해 인지와 고마움 표현하기**

☞ 엄마의 수고는 당연한 것이 아니다.

(엄마) "마지막으로 엄마가 하고 싶은 말이 있어요. 원래 너희를

식당모임에 데리고 가면 안 되는데, 엄마가 데리고 가는 거예요.

엄마도 너희 없이 자유롭게 혼자 잘 놀고 싶고, 엄마도 육아하느라

그동안 힘들었고, 너희를 데리고 운전해서 가는 것도 힘들어요.

하지만, 너희가 엄마 따라가고 싶다고 했기 때문에 데리고 가는

겁니다. 그러므로 너희가 엄마에게 고마운 마음을 표현해 주면

엄마 마음이 행복할 거 같아요." ✐ [생색내기]

(첫째, 둘째) "엄마, 정말 고마워요. 사랑해요."

(엄마) "그렇게 말해줘서 고마워요. 차에서 내릴 때 각자의 짐은 자기가

들고, 엄마의 짐도 나눠서 들어주면 좋겠어요. 그리고 엄마의

자유시간 동안 방해하거나 징징거리지 않아요. 될 수 있으면 혼자

알아서 해결해 보도록 노력하세요."

(첫째, 둘째) "네!!!"

〈 3시간 뒤, 식당 모임이 끝나고 〉

### ▶ 폭풍 칭찬하기

(엄마) "어머~~~ 엄마가 오늘 너희가 너~~~무 자랑스러워서 가슴이
부풀어 오르는 것 같아요. 너희는 어쩌면 그렇게 얌전하고 착하고
멋지고 자기 할 일 잘하고 똑 부러지고 그렇게 규칙을 잘 지킬 수
있었니? 엄마가 너희가 너무 사랑스럽고 자랑스럽단다."
[아이들을 꼬옥 안아준다. 그리고 등을 토닥인다.]

(엄마) "오늘 정말 잘했다. 둘째 정말 열심히 노력해 주어서 고맙다. 첫째
동생 잘 지켜주어서 정말 고맙다." "오늘 너희가 정말 잘해주었기
때문에 칭찬 상으로 각자의 용돈표에 2,000원씩 적으세요."

(첫째, 둘째) "우와~ 고맙습니다!!!"

### ▶ 구체적인 피드백과 보상

(엄마) "첫째는 이런 점이 좋았고…, 둘째는 이런 점이 좋았고…."
"다음에는 이런 점을 보충하면 됩니다."

집으로 돌아가는 차 안에서 피드백의 시간을 가진다. 칭찬은 굉장히 구체적
이고 자세하게 해 준다.

(첫째, 둘째) [자랑스러운 표정, 자존감 하늘로 치켜 올라감.]

식당에서 지인들로부터 많은 칭찬을 받은 데다 엄마한테 2,000원 용돈 벌
어감.

▶ 위의 대화문을 자세히 살펴보도록 하자.

---

### [설명] → [실행] → [피드백]

---

3단계 시뮬레이션은 육아의 전반에 다양하게 쓰일 수 있고 아이들에게 낯선 상황에 대한 도전의식과 독립, 편안함을 안겨준다. 총 3단계의 과정을 거치는데, 특히 1단계 [설명]에서 초기 설정을 잘해야 한다. 아이들이 공공장소를 가거나 어떤 미션을 행하기 전에는 반드시 〈선 설명〉이 수반되어야 하는데 이 단계는 어마 어마 어마하게 중요하다. 중요도로 따지자면, 설명 70%, 실행 10%, 피드백 20%이다. 부모님들은 이 [설명]을 잘 다루기만 해도 육아 문제의 대부분은 해결된다.

## 1단계 – [설명] 하는 방법

### 비법 1) 눈을 반드시 마주쳐라

위의 대화문은 차 안의 상황이고, 평소 아이들이 훈련이 잘되어 있었기 때문에 이 과정이 생략되어 있다. 만약 집을 배경으로 했다면 상황은 달라질 것이다.

**〈 공지사항 설명 〉**

(엄마) "자, 공지사항이 있어요. 첫째, 둘째 엄마에게로 오세요!!!"

… 후다닥 [첫째가 뛰어오는 소리]

(첫째) "엄마 무슨 일이에요?"

(둘째) [놀고 있던 레고를 계속하며] "엄마, 말하세요."

(엄마) "둘째! 일어나서 바른 자세로 엄마의 눈을 바라봅니다. 첫째도 허리 딱 펴고 두 손을 옆에 두고 가슴을 앞으로 내밀어요. 바른 자세로 엄마의 눈을 똑바로 바라봅니다."

… 잠시 기다림

(엄마) [두 아이와 눈을 마주치며]
"좋아요. 이렇게 하던 행동을 멈추고 엄마의 눈을 똑바로 바라봅니다.
딱 한 번만 설명할 거예요. 엄마가 설명하는 동안 1) 말을 자르고 끼어들거나, 2) 질문 안 됩니다. 엄마의 설명이 다 끝나면 각자 손을 들어 질문하세요."

아이들과 눈을 마주치는 것은 집중력이 짧은 어린이들에게 '지금부터 엄마가 말하는 내용은 중요한 거야.'라는 메시지를 심어준다. [실행] 단계에서 엄마가 고생을 안 하려면 지금 설명할 때 한 번에 잘 알아듣게 해야 한다. 그래서 바른 자세로 눈을 마주치는 행동은 필요하다. 아들의 경우 전전두엽 뇌의 특성상 딸보다 음성에 대한 집중력이 더 떨어지므로, 눈을 꼭 마주치고 엄마의 메시지를 아들 머리에 번개처럼 내리꽂아야 한다. 고개를 끄덕이며 아들의 반응을 살펴 가며 이야기를 하도록 하자.

## 비법 2) 질문 금지, 끼어들기 금지

아이들은 어른이 이야기할 때 경청을 하고 기다릴 줄 알아야 한다. 이 훈련이 되지 않으면 학교에서 선생님이 설명할 때 수시로 끼어들어 수업 진행을 망치게 하는 학생이 될 수가 있다. 반드시 기억하자. 엄마가 말하는 동안에는 기다려야 한다.

| | 〈 어른 말할 때 끼어듦 〉 |
|---|---|
| (엄마) | "@#$%$^#$^!@#…" [설명 중] |
| (둘째) | 아…. 엄마 그래서 지하철을 탄다는 말이야? |
| (엄마) | 고개를 설레설레 흔든 후 지그시 쳐다본다. |
| (둘째) | 뜨끔! |

위의 상황처럼 말하는 도중 끼어드는 상황이 발생하면, 3초정도 아이의 눈을 지그시 바라본다. (마음 속으로 하나, 둘, 셋을 헤아린다.) 또는 손을 살짝 들어 '그만해'라는 무언의 메시지를 준다. 고개를 일부러 천천히 돌려 고개를 좌우로 두 번 흔든다. 말보다는 행동이 더 강하다.

대부분의 아이는 '아차!' 하며 자신이 말하는 도중 끼어들었다는 것을 알아챈다.

자녀의 나이가 어리면 어릴수록 규칙을 지켜야 하는 이유에 대해 구구절절 설명하는 것은 피해야 한다. 불필요한 친절은 규칙을 복잡하게 만들고 아이의 뇌에 입력될 정보의 양을 줄어들게 만든다. 나이가 어릴수록 사회 경험이 적기 때문에 엄마가 세운 규칙이 대부분 통념적으로 옳다. 부모는 30년 이상의 사회 경험과 공교육 12년을 통해 일반적이고 통념적인 도덕적 관념 및 가치관을 따르고 있다. 상식적인 수준의 규칙을 구태여 자녀에게 길게 설명할 필요가 없다.

우물 안 올챙이에게 아무리 물 밖 세상 이야기를 한들 알아들을 수도 없다. 오히려 혼란만 가중한다. 규칙은 자연스러운 상식이다. '이 규칙을 왜 지켜야 하는가'에 대한 설득을 하는 것 보다 규칙을 잘 지킬 수 있도록 도와주는 것이 더 낫다. 만약 떼를 부리는 상황에서 설명하고 싶다면, "공공장소이니까."라고 짧게만 말하면 된다. 주절주절 늘어놓는 말보다 단호한 표정과 행동이 교육적 효과를 크게 한다.

## 비법 3) 설명은 매우 구체적으로

아이가 성장하면서 규칙은 좀 더 세분되고 복잡해진다. "공공장

소니까" "그것은 옳은 것이니까"라고 단순하게 말할 수 없는 경우가
생긴다. 자녀가 둘 이상이라면 형제자매 간에도 나이의 차이로 인
해 같은 상황에서 각자 다른 규칙이 적용될 수 있다는 것을 인식시
킬 필요가 있다.

## 1. 시간, 장소, 할 일 등을 상세히 설명한다.

## 2. 자녀의 선택과 의견을 묻는다.

"가자!" 보다는 "갈래?"가 낫다. 일반적 인간관계에서도 "하자"
보다는 "할래?" 처럼 상대방의 의견을 묻는 듯한 말투는 공손함을
보여주기에 가정에서부터 쓰는 것이 좋다. 아무리 어리더라도 자녀
의 의견을 존중하는 어투를 쓰도록 하자. 자녀들도 자신이 선택한
것에는 실행의 의지도 높고 만족도도 높다.

### ▶ 주의할 점: 정해진 정답에는 질문하지 않는다.

엄마는 집으로 갈 예정인데 "너희 더 놀 거야? 집으로 갈 거
야?"라고 선택적 질문을 하면 안 된다. 당연히 아이는 더 놀고 싶다
고 대답을 하고 엄마는 아이의 의견에 반박해야 하는 상황이 벌어
진다. 정답이 있는 행동에는 차라리 "가자"라고 지시어로 말하는
것이 좋다.

## 3. 규칙을 생각하는 시간을 준다.

아이들이 엄마 모임에 따라나서기로 결정이 되었다면, 모임에서 지켜야 할 규칙에 대해 스스로 생각하는 시간을 준다. 5분이든 1분이든, 심지어 10초여도 괜찮다. 생각할 시간을 주는 행위 자체가 '사고하는 아이'로 만든다. "빨리 말해"라고 재촉하지 말자. 즉각적인 대답에 익숙한 아이는 학교에서도 참지 못하고 머리에 떠오르는 대로 아무 말이나 말하다가 예의가 없다는 오해를 받을 수 있다.

## 4. 아이가 말을 할 때 눈을 마주치고 일단 듣자.

문장 구성력도 엉망이고 도무지 이상한 말을 하더라도 마치 자녀의 의견이 중요한 것처럼 진지하게 들어보자. 부글부글 끓어오르는 마그마를 삼키고 일단 고개를 끄덕이고 본다. 아이의 말을 가로채거나 성급히 결론을 주면 안 된다.

## 5. 나이가 어린 순대로 발표한다.

초등 1학년인 둘째가 의견을 먼저 말하고 초등 4학년인 첫째가 다음으로 말하게 한다. 둘째가 어리기 때문에 어휘력과 문장력이 낮을 수밖에 없으므로 먼저 말한다. 이후 첫째가 둘째의 엉성한 문장력을 보충하여 세련된 문장과 단어로 다시 표현하게 한다. 둘째는 첫째에게서 말하는 법을 배우고, 첫째도 둘째의 엉성한 표현을 해석해야 하므로 경청하는 법을 배우게 된다.

자녀들이 엄마가 모임을 하는 동안 개인별로 어떤 행동을 할 것인지 시간 순서대로 계획을 세워 말해보도록 한다. 이 과정이 없어서 식당에서 그렇게 아이들이 접시를 깨뜨린다. 우선 어른들이 놀아주지 않아서 심심하기 때문이고, 다음으로 무엇을 하며 시간을 보내야 할지를 몰라서 식기류를 건드린다.

---

 〈 계획 세우기 〉

(첫째) "저는 먼저 영어원서 책을 읽은 다음, 심심해지면 오디오북을 듣겠습니다.
오디오북을 들은 다음, 공책을 꺼내서 그림 그리기를 할 거예요."
✐ [일의 순서대로 말하기]

(엄마) "만약 식당이 너무 시끄러워서 오디오 볼륨을 높여야 하는 상황이면 어떡하지?" ✐ [변수 체크]

(첫째) "음…. 그럴 때는 아마도 오디오북을 못 들을 거 같아요."

(엄마) "그럼 어떻게 하지?" ✐ [변수에 대한 계획 질문하기]

(엄마) "너의 계획으로 2시간 정도 견딜 수 있는 것 같아?
계획의 단점이 있니?" ✐ [메타인지적 질문]

---

## 비법 5) 변수 예상하기

[문제해결력]은 예기치 못하는 일을 잘 처리할 때 유연한 사고력과 함께 형성된다. 변수 한두 개만 짚어 줘도 아이들 마음은 훨씬 편안해진다. 문제가 생기면 예상한 범위 안에서 사고하며 스스로 처리하려고 노력한다.

〈 Plan B, C, D 세우기 〉

(엄마) "만약 화장실을 가고 싶으면 어떻게 할 거니?
만약 목이 마르면 어떻게 할 거니?
만약 심심하면 어떻게 할 거니?"

"If" 질문을 많이 하자. 사람이 살면서 항상 플랜 B, C, D를 준비해야 함을 연습시키자. 다른 어른들로부터 마치 '그 집 아이들은 차분하고 얌전하며 야무진 아이'로 보이게 만드는 비결이 [If 질문법]이다.

(엄마) "만약(if) 화장실을 가고 싶으면 어떻게 할 거니?" ✒ [If 질문법]

(둘째) "엄마나 누나에게 조용히 말하고 화장실을 갔다가 옵니다."

(엄마) "엄마도 놀고 싶으니까 방해하지 말고 누나에게 조용히 말하고 화장실을 다녀오면 좋겠어." ✒ [경계선 정해주기]

| | |
|---|---|
| | "만약(if) 화장실 찾는 것이 어려우면 어떻게 하지?" 📺 [If 질문법] |
| | "만약(if) 화장실 가다가 길을 잃어버리면 어떻게 하지?" |
| | "만약(if) 화장실 안에서 문이 잠기면 어떻게 하지?" |
| (첫째) | "제가 동생이랑 같이 갈게요. 📺 [해결책 제시함] 안전을 대비해서, 휴대폰을 챙겨 가겠습니다." |
| (엄마) | "좋아요. 대신 첫째는 둘째와 함께 화장실을 다녀오는 노력을 했기 때문에 횟수당 300원의 용돈을 주겠어요." 📺 [보상] |

[만약(if) 질문법]은 변수의 상황에서 당황하지 않고, 여러 가지 해결책들을 고려하여 행동을 결정할 수 있는 사고의 힘을 길러준다. 설명하기도 귀찮고 꼭 이렇게까지 자세히 말해야 하나 싶기도 하지만, 앞에 한두 번만 고생하면 다음일은 저절로 흘러간다. 자녀들이 처음 몇 번만 배우면 앞으로 있을 유사한 상황에서도 스스로 잘 행동하게 된다. 아이를 어디로 데리고 가더라도 엄마는 자신 있고 편해진다.

 〈 해결책 함께 찾기 〉

| | |
|---|---|
| (첫째) | "우리가 화장실이 어디 있는지 모르니까 엄마가 식당을 들어가면서 화장실 위치를 저희에게 알려주면 좋겠어요" 📺 [해결책 제시] |
| (엄마) | "좋은 지적이구나. 식당에 가자마자 다 같이 화장실 위치를 먼저 알아보도록 하자" |

아이가 화장실을 스스로 잘 찾아서 다녀올 수 있도록 평소보다 조금만 신경 써서 설명하면 된다. 약속장소에 도착하기 전, 아이들과 미리 화장실 위치를 파악하는 것이다. 화장실을 지나가는 길에 무엇이 있는지, 어떤 표지판이 있는지 왼쪽인지 오른쪽인지 어떤 코너를 돌아야 하는지에 대해서 간략하게 알려준다. 나는 아이가 길을 외워야 할 때면 아이의 손을 잡지 않는다. 아이가 내 앞에서 먼저 걸어가게 한다. 내가 뒤에 있고 아이가 앞에서 걸어가면 아이는 주변을 두리번거리며 길을 외울 수밖에 없다. 엄마는 따라가면서 입으로 조언만 하면 된다.

"만일에" "대비해서" 와 같은 변수를 예측해 보는 훈련을 받은 아이는 그렇지 않은 아이와 눈빛에서부터 다르다. 불안하지 않고 차분하다. 마치 무엇을 해야 할지 아는 것처럼 자신감이 있다. 어른이 늘 옆에서 아이를 도와줄 수 없다. 이렇게 독립훈련을 받은 아이는 엄마가 없는 학교에서, 학원에서 어려운 일에 봉착하더라도, 당황하지 않고 침착하게 일을 해결해 나간다. 기질적으로 다양한 아이들 모두에게 도움이 된다. 예를 들어, 원리 원칙 완벽주의적 성향의 아이에게는 융통성을 배울 기회가 된다. 반대로 기질적으로 융통성이 큰아이는 변수의 상황에 규칙을 먼저 선택하게 하는 좋은 훈련이 된다.

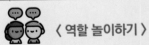 〈 역할 놀이하기 〉

(엄마)   "어른들 대화할 때 끼어들면 되나요?"

(자녀들)   "안 돼요." [쭈뼛쭈뼛]

(첫째)   "만약 어른들이 저한테 질문하면요?"

(엄마)   "그때에는 자신의 의견을 또박또박 말하면 되지."

(첫째)   "엄마 우리 역할 놀이해 봐요. 엄마가 교회 집사님이에요."

(엄마)   "그럴까? 흠흠…."

　　　　[집사님으로 목소리 빙의]

　　　　"어머머~ 너희 많이 컸구나. 올해 몇 살이지?"

(둘째)   "8살입니다."

(엄마)   "어머! 호호호~ 똑똑하게 대답도 잘하네!"

　　　　… 역할놀이가 한동안 이어짐

# 규칙은 비인간적이지 않다

 〈 얌전한 아이들을 본 지인들의 반응 〉

(교회 집사님들) "어머… 아이들이 어쩜 저렇게 얌전히 잘 앉아 있어요?

어머머. 아이들이 엄마한테 달라붙지도 않네.

아이들이 심심하다는 소리도 안 하네요?"

우리 집 아이들은 밖에 나가서 보채거나, 나가자고 하거나 심심하다고 말하지 않는다. 기질적으로 순해서 그런 게 아니다. 규칙 때문이다.

**〈 엄마가 모임이 있을 때 규칙 〉**

- 심심해도 심심하다고 말하지 않는다.
- 돌아다니고 싶어도 의자에 앉아 있는다.
- 어른들 이야기할 때 끼어들지 않는다.
- 자기 옷과 짐은 스스로 챙긴다.
- 목이 마르면 스스로 물 찾아 먹는다.
  만약 물을 못 찾으면, 종업원에게 말하거나 참는다.
- 화장실은 스스로 다녀온다.
- 폰 게임을 할 수 없다.
- 징징대지 않는다.
- 어른들이 앞접시에 음식을 덜어줄 때까지 얌전히 기다린다.
- 숟가락을 떨어뜨리면 종업원에게 직접 양해를 구한다.
- 어른들이 물으면 대답만 하는데, "입니다." 어미로 또박또박 말한다.
- 밥을 먹으면서 떠들지 않는다.
- 할 말이 있으면 형제들끼리만 소곤거린다.
- 심심하면 앉아서 조용히 주변을 구경할 수 있다.

Q: "어머, 이렇게까지 해야 해요? 너무 비인간적이지 않나요?"

"시대가 변한 거 몰라요? 아이의 개성을 존중하지 않네요."

와 같은 말을 할지도 모른다. 내용만 보면 군대다. 예를 들어 "목마르면 참는다"와 같은 규칙이다. '세상에, 목이 말라도 억지로 참으라고요?' 하지만 이 규칙도 가족 전원의 합의하에 만들어졌다. 외출 전 집에서 물을 마시고 화장실을 다녀오는 것 또한 규칙이다. 짧은 외출에서 좀 참는다고 1시간 이내로 탈수해서 죽지 않는다. 너와 나의 행복과 평화를 위해 정한 규칙이다.

만약 엄마가 친구 만나러 카페에 가는데, 아이들이 줄줄이 따라왔다고 하자. 엄마도 사람이다. 오랜만에 친구 만나서 스트레스도 좀 풀고 릴렉스 한 자세로 수다도 떨고 싶다. 브런치 맛도 음미하면서 천천히 먹고 싶다. 그런데 데리고 온 병아리들이 문제다. 끊임없이 삐악삐악 하면서 엄마의 환심을 사려고 난리다. 생각만 해도 끔찍한 일이다. 일일이 챙겨줘야 하고 물 떠먹여 줘야 하는 것만큼 피곤한 일도 없다.

엄마인 나도 열심히 놀 권리가 있다. 나도 쉴 권리가 있는 여자다. 아이를 데리고 왔다는 이유로 엄마가 죄인이 되어서는 안 된다. 아이들이 말썽을 부릴 때마다 "잠깐만. 아이들 때문에…" 라면서 친구는 내팽개치고 아이들 챙기기에 바빠서는 안 된다. 친구는 어색한 표정을 지으면서, 고개를 끄덕인다. "물론이지. 아이들 먼저 챙겨"라고 이해한다는 듯 말할지도 모른다. 대신, 두 번 다시 나를 만나려고 굳이 연락하지는 않을 것이다. 그래서 나는 카페에 가면, 다른 테이블 2개를 잡는다. 아이들은 저쪽, 나는 이쪽 테이블이다. 아이들이랑 아예 등을 지고 앉아서 그쪽은 쳐다보지도 않는다. 오히려 친구들이 아이들과 정면으로 마주 보고 앉아서 관찰하며 감탄사를 쏟아낸다. 만약 친구가 벌떡 일어나 아이들한테 뭔가를 해결해주려고 하면, 나는 급하게 친구의 옷자락을 잡는다.

**"내버려 둬. 알아서 하게. 힘들면 오겠지."**

우리 집 아이들이 타고날 때부터 '나 얌전' 이마에 상표 붙이고 태어나지 않았다. 얌전한 게 아니라 '카페에서 엄마한테 아는 척하지 않는다!'가 규칙이기 때문이다. 스스로 잘하는 게 아니라 '어떤 상황에서도 스스로 처리한다.'가 규칙이기 때문이다. 심지어 신용카드도 따로 준다. '먹고 싶으면 엄마한테 묻지 않고 스스로 주문한다'가 규칙이다. 엄마는 출발하기 전부터 아이들한테 온갖 생색을 장착해 놓았다. 엄마도 너희처럼 친구 만나고 싶고 놀고 싶다고, 나도 사람인데 자유와 휴식이 필요한 때가 왔다고, 너희가 이해해 주고 엄마를 도와주면 좋겠다고, 대신 집에서 너희에게 친절한 엄마로 최선을 다하겠다…. 등의 말이다. 부모는 자녀한테 생색내면 안 된다는 법칙 같은 것은 없다. 오히려 생색을 잘 내야 효자 효녀가 만들어진다.

아이들도 자기들만의 외출 시간을 매우 좋아한다. 자신들이 가지고 온 책도 읽을 수 있고, 만들기를 할 수도 있다. 창 밖으로 지나가는 주변 사람들을 구경도 할 수도 있고, 핫초코에 휘핑크림 올려서 홀짝홀짝 마실 수도 있다. 그래서 내가 어디를 나간다고 하면 우리 집 아이들은 그렇게 악착같이 따라나선다.

학교에서도 교사는 3, 4월에 업무 피로도가 가장 높다. 내가 부임한 첫해에 주변 선배 교사들로부터 3월에 씨앗을 잘 뿌려야 1년치 농사가 성공한다고 조언하였다. 그래서 교사 대부분은 최소 1주 동안은 수업 진도를 크게 안 나간다. 오로지 학급 규칙을 세우고 행동 훈련하는 것으로 수업 계획을 세워 운영한다.

이처럼 훈육에 있어서 계획과 훈련이 실행보다 훨씬 중요하다. 3월을 남들보다 조금 힘들게 보내더라도 꼼꼼하게 시스템을 잘 구축해 놓는 것이 비법이다. 4월부터는 수정을 거치며 훈련을 하고 5월부터는 학급이 저절로 알아서 돌아간다. 굳이 선생님이 이거 해라 저거 해라 일일이 지적할 필요도 없다. 알아서 착착! 자동 시스템처럼 똘망똘망하게 움직이는 학생들을 볼 때, 3, 4월의 고생이 보상받는 것 같은 느낌이 든다. 마찬가지로 [독립 육아법]도 초반 설정이 매우 중요하다. 엄마가 아이들이 겪을 경험에 대해 미리 생각하고 계획을 세운다. 실천의 과정을 엄마는 말로 그리고 아이는 머릿속 상상으로 시뮬레이션을 돌린다. 이 단계가 잘 되면 2단계 실행은 저절로 돌아간다.

**[선 설명] - [후 실행]**

## 2단계 - 실천법

## 오로지 실천뿐. 훈육하지 말자

70%의 자신감으로 무장하고 식당에 도착했다면, 10%의 실천만 남았을 뿐이다. 차 안에서 아이들은 이미 식당에서 벌어질 모든 일에 대해 시뮬레이션을 해보았다. 그 설명이 아주 자세하여 몇 명의 집사님들이 오는지, 장소는 어디인지, 식당에서 테이블의 어느 자리에 자신들이 앉아야 할지도 정해두었다. 아이들은 엄마가 굳이 따로 말하지 않아도 조용히 얌전하게 망설임 없이 자신들의 일을 수행할 것이다. 이제 엄마는 육아에서 해방되어 교회 집사님들과 신나게 수다를 떨면 된다. 아이들은 알아서 자기 할 일을 하고 변수가 생기면 그것도 잘 처리해 나갈 것이다. 나는 아이들을 믿기에 그쪽으로 쳐다보지도 않는다. 오히려 주변 사람들이 아이들의 모습을 보고 감탄을 자아낸다.

이처럼 [실행] 단계에서 엄마가 할 일은 특별히 없다. 음식이 나오면 앞접시에 덜어주는 정도면 된다. 만약 둘째 아이가 규칙을 어기고 의자에서 탈출하거나, 심심하다고 조르는 상황을 가정해 보자.

 〈 아이가 징징대는 상황 〉

**1단계 》**

(엄마)　　[강렬한 눈빛을 쏜다] 경고!!

손가락으로 1을 표시함 ☞ 경고 1번이라는 뜻]

(아이)    [더 크게 울면서 떼를 부린다.]

## 2단계 》

(엄마)    [눈을 마주치며 손가락 2개 표시 ☞ 경고 2번째라는 뜻]
"아들, 경고 2번이야. 한 번만 더 경고를 받으면 규칙대로 우리는 집에 갈 거야." ☞ [단호한 목소리, 짧고 강하게 말함]

(아이)    [웬일인지 미쳐서 날뛴다.]

## 3단계 》

(엄마)    [조용히 자리에서 일어나며 짐을 챙긴다.]

(아이)    [뭔가 이상한 기운과 낌새를 눈치챈다.]

(엄마)    "죄송하지만, 오늘은 집에 가봐야 할 상황인 것 같아요. 다음에 뵐게요~"
[아이의 손을 부드럽게 잡고 휙~ 식당을 나간다.]

### 말보다 행동이다!!!

(아이)    [그제야 상황파악 완료]
"엄마~ 죄송해요. 다시는 안 그럴게요.

집에 가기 싫어요. 얌전히 가만히 있을게요.

엄마 제발요~ 제발요~" ☞ [두 손을 싹싹 빌며 애원한다.]

(엄마)    [식당 복도에 나가 아이의 눈높이로 앉는다]
"아들, 엄마는 화가 난 것도 너를 괴롭히려고 하는 게 아니야. 경고

3번에도 불구하고 너는 규칙을 어겼다."

 ▶ **규칙은 어긴 사람이 잘못이고 책임을 져야 함.**

"네가 규칙을 어겼으니, 오늘 너는 친구들과 재밌게 놀 수 없고
집에서 심심하게 있거나 공부를 하도록 하자." 🗯 [규칙에 대한
책임 지우기]

(아이)　　[당황하기 시작한다.]

　　　　"아니에요. 엄마 말 잘 들을게요. 규칙 잘할 거예요."

(엄마)　　"미안하지만, 경고 3번이 지나갔기 때문에 어쩔 수 없어"

　　　　[아이의 태세전환에도 단호한 태도 유지]

(엄마)　　[쿨~하게 차 안에 짐을 던져 넣고 차에 탄다.]

(아이)　　[절망적인 표정으로 집으로 끌려 간다.]

---

### 비법 1) 규칙 위반 시 엄마가 안달복달하면 안 된다.

　첫째, 아이는 규칙을 지키지 않으면 살아남기 힘들겠다는 사실을
처절하게 깨닫는다. 이런 일을 한두 번만 경험하다 보면 아이는 규칙
을 목숨 걸고 지킬 준비가 된다. 처음에는 '에이~ 엄마가 설마 그러
겠어?'라고 했다가 '어어??? 정말이네?' 라는 깨달음이 올 것이다.

　둘째, 태세는 빠르게 부모 쪽으로 전환된다. 이를 위해 엄마는
거울 앞에서 몰래 연기 연습을 해야 할지도 모른다. 단호한 태도와

표정, 그리고 실행력은 훈육의 기본이다.

셋째, 친절한 설명은 [규칙 설정] 단계에서 한 번이면 충분하다. 하지만, 보통의 엄마들은 말로 아이들을 설득하려 한다. 상호 간의 규칙 설정 이후에는 오로지 [규칙 인지]와 [실행]만이 있다.

넷째, 규칙을 어긴 자는 불편한 뒷감당을 책임진다. 이렇게 아이를 키워야 스스로 감정 조절하는 법도 배울 수 있다. 짜증이 올라올 때 함부로 말하지 않는 법, 하기 싫어도 규칙을 지켜야 한다는 것, 규칙을 어겼을 때 자신의 행동에 대한 책임을 져야 한다는 것을 배우게 된다.

다섯째, 규칙은 상호 간의 약속이다. 이것은 비인간적인 방법이 아니다. 비교적 안전한 범위에서 행동으로 보여주는 것이다. 오히려 규칙을 설정했다가 규칙을 지키지 않는 것이 더 비인간적인 속임수이다. 아이를 향해 사기를 치면 안 된다. 아이와 한 약속, 아이와 했었던 말은 엄마도 목숨 걸고 지킬 필요가 있다. 만약 약속을 못 지키는 상황이 벌어지면 아이에게 충분히 상황을 설명하고 적절한 보상을 해준다.

골프를 좋아하는 남편은 골프를 한번 Booking 하면 비가 와도 몸 상태가 안 좋아도 취소할 수 없다고 한다. 이슬비를 맞아가며 골프를 쳐야 한다. 골프 약속처럼 가정 내 자녀와의 약속도 웬만하면 어기지 말아야 한다. 골프 약속을 무단으로 결석할 경우 환불받을 수 없다. 마찬가지로 가정 내 규칙을 어겼을 때도 환불해주면 안 된다. 돈을 잃는 것이 아이의 교육에 오히려 낫다. 가끔은 첫째도 둘째가 규칙을 어겼을 경우 함께 책임을 져야 하는 상황이 벌어지기도 한다. 이때 첫째에게 충분히 이유를 설명하고 적절한 보상을 해주는 것이 좋다.

| | |
|---|---|
| (첫째) | "헐~~~ 야 너 때문이잖아. 너 왜 그랬어?" |
| (둘째) | [완전 쭈그러짐] |

이런 상황이 오더라도 둘째의 교육을 위해 가족 모두가 한번은 희생하는 것이 좋다. 2시간권 회비를 내고 키즈카페에 갔는데, 초반에 아이가 징징거리거나 떼를 부릴 수도 있다. 물론 키즈카페를 들어가기 전부터 엄마는 〈키즈카페에서 지켜야 할 규칙〉에 대해 설명해 주었다. 규칙을 어길 때 3번의 경고와 행동이 들어간다는 사실을 인지시켜 놓았다. 그런데도 아이가 떼를 부리는 상황이 발생한다면, 2시간의 키즈카페 돈이 아깝더라도 아이의 훈육을 위해 돈을 포기하고 나가는 것이 좋다.

### Q: "아이에게 너무 심하게 하는 거 아니에요?"

아니다. 유아 말·초등 정도 됐으면 밖에서 떼를 부리는 것이 잘못된 것이다. 징징거리거나 떼를 부리는 것은 어린이집까지만 해도 충분하다. 자신의 감정에 따라 행동하는 버릇은 초장에 고쳐놓아야 한다. 반대로 생각하면 이랬다 저랬다 하며 떼를 부리도록 내 버려두는 엄마가 더 잔인하다. 아이로서는 엄마가 이랬다저랬다 중심을 잡지 못하고 어르고 달래다가 협박하고 등까지 얻어맞으니 이보다 더 억울한 일도 없다. 이런 일이 반복되면 사람의 말을 신뢰하지 못한다. 학교에 가서도 "내가 하기 싫으면 하기 싫은 티를 강하게 내어 줘야 사람들이 내 뜻을 따른다."라는 사고를 형성하게 될 수도 있다.

## 비법 2) 말보다 행동 대응이다.

엄마는 아이에게 소리를 지를 필요가 없다. "네가 식당에서 어쩌면 이럴 수가 있느냐?"라며 구구절절이 아이들을 다그치지 말자. [선 설명]을 충분히 했는데 굳이 그럴 필요가 없다. 감정을 싣지 말고 행동만 하면 된다. 우리가 정한 규칙을 네가 어겼고, 엄마는 경고를 3번 주었고 마지막에는 경고를 한 번 더 어길 시에 일어날 상황까지도 설명해 주었다. 그걸 알면서도 어긴 것은 너의 잘못이다. 잘못에 대한 불편함은 너의 몫이다.

(엄마) "그래도 오랜만에 외출했는데⋯."

엄마가 은근슬쩍 넘어간다면 어떻게 될까? 똑똑한 아이들은 기가 막히게 엄마의 느슨한 경계선을 파악해 버린다. 다음번에는 엄마의 머리 위에서 컨트롤하려고 들 것이다. 엄마의 권위가 떨어진다. 교육에는 교육자의 권위가 필요하다. 위의 질서와 아래 질서가 있어야 하고, 아래 질서인 자녀는 위 질서인 부모의 말을 따라야 교육이 된다. 아이가 엄마의 위가 되어서는 안 된다.

(아이) **"엄마는 나쁜 엄마야! 다른 친구 엄마들은 안 그래!!!"**

순진한 악어 눈물을 흘릴 수도 있다. 우리 아이들은 생각보다 매우 영리하다. 자기가 어떻게 행동을 하면 마음 약한 엄마가 도발에 걸려들 것인지를 평소 엄마 실험(?)을 통해 잘 알고 있다. 아이의 술수에 휘말려 들어서는 안 된다.

| | |
|---|---|
| (아이) | "엄마는 나쁜 사람이야." |
| (엄마) | "그건 너 생각이고! 규칙을 어긴 네 책임이지" |

우물쭈물하지 말고 단호한 태도로 바로 선을 그어야 한다. 이것은 비인간적이고 인간적인 개념이 아니다. 한 아이를 예의 바르고 개념 있는 아이로 교육하기 위함이다.

### 비법 3) 규칙의 예외적용이 있을 수 있다.

막상 실천하려고 보니 규칙이 상황에 맞지 않을 수도 있다. 또는, 엄마가 생각하기에도 아이의 관점에서 너무하다 싶을 때도 있다. 그럴 때는 아이에게 규칙이 마음에 안 들면 징징거리지 말고, 말로 엄마를 설득해야 한다고 가르쳐야 한다. 어차피 인간관계는 협상이다. 너와 나의 이익을 위해 서로의 입장을 잘 설명하고 절충점을 찾아가는 것이 인생이다. 따라서 감정이 드러나는 행동을 하기보다는 "어떻게 하면 엄마를 논리적으로 설득을 할 수 있을까"와 같이 사고를 할 수 있도록 도와주어야 한다.

(아이)　　"죄송한데 이 규칙은 마음에 들지 않아요.
　　　　　왜냐하면……."

## 비법 4) 문제는 협상으로 해결한다

규칙이 마음에 들지 않을 때, [협상]을 하도록 교육한다. 화를 내거나 떼를 부리는 [감정 표출]을 줄이고, [대화]를 유도하여 자기가 원하는 것을 얻을 방법을 가르친다. 적어도 초등학생이라면 충분히 할 수 있다. 이를 위해서는, 상대방의 관점에서 이해할 수 있는 논리, 단어 선택, 부드러운 목소리, 표정 등을 연구하고 해결하는 과정을 배운다.

사람이 아닌 동물도 협상하며 살아간다. 간식을 얻기 위해 주인의 눈치를 보며 상호작용을 시도한다. 반려견은 꼬리를 마구 흔들면서 주인의 마음을 사기도 하고, 자신이 원하는 것을 얻고자 할 때는 삐진 척 행동하기도 한다. 이처럼 자신이 원하는 것이 있으면 징징거리지 않고 말로 엄마와 협의하는 것을 배우게 해야 한다. 단순한 감정폭발, 화를 제어하지 못하는 행동으로 엄마를 조종하려고 한다면 단호히 선을 그어야 한다.

## Q: 당신은 교사니까 규칙 적용을 잘 하는거 아니겠어요? 보통 엄마들은 이 정도로 매몰차게 할 수 없다는 거 이해못하시죠?

"아니요! 제 방법이 옳은데 아직도 이해를 못하시네요!" "이건 절대불변의 법칙이거든요!" "엄마가 마음 약해서 못하는 겁니다."라고 차마 말하지는 못하겠다. 그리고 당신이 어떤 의도로 어떤 마음으로 이런 질문을 할수 밖에 없을 상황일지도 공감을 한다. 아마도 당신은 아이를 '육아 돌보미'나 '할머니'께 맡겨두고 밤늦게까지 일하는 직장인일지도 모른다. 주말에라도 평소에 쏟아붓지 못한 부모의 사랑과 온화함을 주고 싶은 마음일지도 모른다. 이러한 부모들에게 자녀는 "더 따뜻하게 안아주고, 더 많은 정서적 지지와 교감을 하며, 엄마 없이 겪었을 학교나 학원에서의 긴장감을 풀어주고 싶은 대상"일 것이다. 학생의 시기에 독립과 자립도 좋지만, 부모가 옆에 있어 주어서 "불안해하지 않는 환경"을 제공하는 것을 더 중요하게 생각할 수도 있다.

그런 부모에게 [독립 훈육법]은 굉장한 거부감으로 다가갈 수 있다. 마치 비인간적이고 매몰찬 것이 필자가 교사이기 때문에 가능한 행동이라고 생각될지도 모른다. 그래서 아이의 감정을 읽어주는 [미러링]은 여전히 매혹적이며 나의 아이가 조금 버릇없이 자라더라도 감정적으로 지지해주고 싶었던 부모로서의 당신의 마음을 나도 이해한다.

## Q: "당신이 나의 환경이 되어 봤어? 내 아이는 달라. 키워보고 말해~!"

그렇다. 사람마다 처한 육아 환경이 다르고 아이의 기질도 다르다. 그래서 한두 가지의 편중된 육아법은 위험하다고 수차례 말씀드린다. [독립 훈련]을 하되 어느 정도의 범위까지 푸시할 것인지에 대해서도 아이마다 다르게, 다른 때에 적용해야 할 것이다. 또한, [독립 훈련]이라고 해서 따뜻한 정서적 지지와 교감이 없는 것이 아니다. 오히려 사랑과 애착형 대화를 전제 조건으로 깔고 간다는 점을 알려드린다. 부모와 자녀의 사이가 좋지 않으면 '3단계 시뮬레이션'이나 '규칙 적용하기' 자체는 이루어지지 않는다.

유아기까지는 무조건적인 지지, 감정적 교류, 따뜻한 사랑, 애착과 올바른 자존감 형성을 위한 엄마의 사랑과 욕구 충족을 위한 행동이 필요했었고 또 효과적이었다. 그러나 아이는 성장하고 있다. 아무리 나의 처지가 주중에는 아이 얼굴 한번 잘 볼 수 없었고, 남편은 없거나 무관심하여 나 혼자 아등바등 육아하는 힘겨운 처지라 할 지라도, [정서 독립]의 시기는 다가오고 있음을 인지해야 할 필요는 있다.

"어머. 이거 뭐야? 그동안의 내 육아 방법이 다 틀렸다고?"와 같은 흑백논리적 사고를 원한 것이 아니다. 당신은 충분히 잘하고 있었고 엄청난 열정과 사랑의 부모로서 최선을 다해 살고 있었다. 다만, 우리나라의 매스컴이 만들어낸 유명 유투버가 돈을 벌기 위한 수단으로 만들어낸, 집단적 사고의 오류를 비판 없이 받아들였던 우리의 모습을 잠시라도 멈추고 생각하게 하고 싶었다.

만약 우리가 정말 올바른 방향으로 가고 있었다면, 요즘 청소년의 자살, 공황장애, 섭식장애, 우울증, 교사 폭행, 학교 폭력 등의 [인성적 문제]와 [공교육의 추락] 사건들을 어떻게 설명할 수 있는가? 우리가 믿어 왔던 완벽한 이론이 사실상 부정적 결과를 도출한 것에 대해 어떻게 생각하는가? "아~ 생각하기 귀찮아. 그냥 하던 방식대로 할래." 라고만 할 수 있을 것인가?

이제 우리는 실천하고 변화해야 할 결정적(Critical) 시점에 서 있다. 아이가 이중언어를 배울 때, 아이의 뇌에는 LAD(언어습득 능력 장치; Language Acquisition Devic)가 작동하는 언어습득의 Critical Period(결정적 시기)가 있다고 한다. 영어 습득에 있어 만 10세 이전(학자마다 시기에 대

한 견해는 조금씩 다르다.)에 승부를 봐야 하는 것처럼, [독립 훈련]의 시기
도 적어도 중학생 이전에 이루어져야 한다. 이 시기에 부모가 어떤
교육을 하느냐에 따라 아이의 인생이 달라질 수도 있다.

**Q: [독립 훈련]을 경험해보지 않은 자녀에게 갑자기 육아방식을
바꿔도 될까요?**

물론 상관없다. 이제까지 [독립 육아]를 한 번도 하지 않고 성장
한 아이라도 단계별로 차분히 접근한다면 좋은 결과를 얻을 수 있
다. 이 훈련은 새롭고 신기한 육아법이 아니다. 지금도 학교에서 교
사가 30명의 아이들을 데리고 매일하고 있는 교육 실천법이다. 기
존의 육아 방식을 유지하되, 육아의 전반적인 영역에서 작은 미션부
터 조금씩 시도해 볼 수 있다.

엄마의 입장에서도, 아이의 갈등 상황에 과잉반응을 하지 않음
으로써, '육아 죄책감' '육아 스트레스' '육아 걱정'에서 벗어나 자유
로워질 수 있다. 엄마의 태도가 차분하고 단호해야 할 것을 인지하
기에, 아이 앞에서 흔들리지 않은 모습으로 지지하고 응원해준다.
이 정도면 왠지 '훌륭한 엄마'로 충분히 잘하고 있다는 생각마저 든
다. "내가 좀 더 노력했어야 했나?" 라는 죄책감과 [문제해결사] 강
박에서 벗어날 수 있기 때문이다.

또한, 한 가지 습관이 형성 되는 데는 평균 66일의 지속성이 필

요하다고 한다. 2009년, Health Psychology[1] 저널에 게재된 한 연구에서, 96명의 참가자를 대상으로 12주 동안 관찰하고 분석한 결과, 새로운 행동을 자동화하는 데에는 평균적으로 66일이 걸렸다고 한다. 따라서, 아이가 처음에는 하기 싫다고 짜증을 부리는 반발이 있을 수 있다. 그러나 부모가 "이 정도는 누구나 스스로 할 수 있다는 듯한 태도"로 시종일관 밀어붙인다면, 아이도 [혼자 하는 법]을 자연스럽게 받아들이게 된다.

 ⟨ Solution ⟩

1. 부모의 차분한 대처가 필요하다.
2. 설득보다 행동이다.
3. 규칙의 예외적용이 있을 수 있다.
4. 문제는 협상으로 해결한다.

---

1) Health Psychology 저널에 게재된 "How are habits formed: Modelling habit formation in the real world" 논문에서 제시됨.

# 3단계 - 피드백하는 법

## 1. 폭풍 칭찬

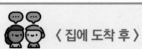

〈 집에 도착 후 〉

(엄마)   [두 팔을 활짝 벌리며 환하게 웃는다.]

(아이들)  [엄마의 두 팔에 와락 안긴다.]

(엄마)   [흥분되고 자랑스러움을 주체하지 못하는 듯한 목소리로]

"얘들아!!! 어쩜 그렇게 식당에서 규칙을 잘 지켰어?

우와~!!! 너무 감동했어"

"너희는 역시 이 세상 최고의 아이들이야. 정말 자랑스럽다.

최고야 멋졌어!!!"

## 2. 칭찬은 거시적이고 미시적으로

큰 일을 해낸 자녀에게 아낌없는 칭찬을 해주자. 칭찬의 요령은 특별하지 않다. 거시적이고도 구체적이면 된다. 표정, 목소리 톤, 말투, 적절한 피드백 등 온갖 방법을 다 동원해서 칭찬하면 된다는 뜻이다. 칭찬은 어떤 방법으로든 다 좋다고 생각한다. 두 엄지를 들어 쌍 따봉을 날리는 몸짓 언어를 써도 좋고, '아~' 하는 감탄사를 내뱉어도 좋다. "네가 무엇 무엇을 했는데 정말 잘했어"라고 그 행동을 구체적으로 표현을 해주어도 된다. 어찌하든 칭찬은 안 하는 것보다 좋다. 어떤 전문가들은 칭찬을 너무 많이 하면 안 좋다고도 하고, 대가를 바라는 칭찬을 하면 안 된다고도 한다. 그런데 보통의 지식 있는 엄마들도 그 정도는 사회 경험을 통해 본능적으로 알고 있다. 성인이라면 칭찬을 할 때와 칭찬을 하지 않아야 할 정도의 구분은 할 줄 알기 때문에 굳이 칭찬하지 말아야 할 상황에 대해 고민하기보다는 어떻게 하면 칭찬을 자주 더 잘할 수 있는지 고민하는 게 더 낫다.

\* 조건을 달지 말고 칭찬을 해보자. 아이를 꼭 끌어안으며
   속삭여보자.

"넌 하늘에서 내려온 최고의 천사야!"
"엄마한테 와줘서 정말 고마워"
"네 눈은 반짝이는 보석 같아. 너무 예뻐"
"너는 최고의 딸이야."

초등학생이라면, 칭찬과 더불어 실질적인 보상을 해주면 효과
는 백배 만 배다. 각자의 용돈 통장에 5천 원씩 크게 쏜다든지, 좋
아하는 캐릭터 피규어를 사준다든지 하는 등 그들의 수고에 대한
보상 말이다. 엄마의 폭풍 칭찬과 보상까지 함께 받은 아이들의 자
존감은 하늘을 훨훨 날아다니고 있을 것이다. 아이의 자존감은 "그
랬구나~ 힘들었구나~" 로 만들어지는 게 아니다. 제발 영혼 없는
'감정 읽어주기 강박'에서 벗어나길 바란다. 대신 아이에게 적절한
난이도의 미션을 주고, 두렵지만 용기를 내어 해결해 나가는 자체
가 아이들의 내적 동기와 자존감을 높여준다.

## 효도는 교육에서 나온다.

| | |
|---|---|
| (엄마) | "재밌었니?" |
| (아이들) | "엄마. 오늘 정말 재밌었어요." |
| | [아이들이 엄마를 꼭 안아준다.] |
| (아이들) | "엄마. 우리 식당에 같이 데려와 줘서 고마워요.". |

　나는 육아를 하면서 가장 보람을 느낄 때가 아이들이 나를 안아주면서 "엄마 고마워요."라고 말할 때이다. 사실 아이들이 나한테 고마워할 이유가 없다. 엄마가 자기 놀러 나가는 모임에서 어린 자녀들을 당연히 함께 데리고 나와야 하는 게 맞다. 안전상의 이유도 있지만, 아이들끼리 혼자 집에 오래 두면 내 마음도 불편하기 때문이다. 아이들에게 선택권을 줬고, 자녀와 함께 [설명]-[실천]-[피드백]의 3단계 시뮬레이션하는 과정이 있었다. 엄마도 힘들 텐데 자신들을 데려와 줬고, 식당에서 맛있는 음식을 먹을 수도 있었다. 각자의 계획으로 보람 있는 시간을 가졌기에 모두의 만족스러운 외출이 될 수 있었다.

# 3단계 시뮬레이션 실천사례 1
## - 미용실에 혼자 가기 -

남아의 경우 머리카락이 금방 자란다. 매우 귀찮다. 한두 달에 1번은 미용실에 가야 한다. 얼마 전에 잘랐는데, "벌써 또?"라는 생각이 든다. 미용실 가기도 귀찮고 비용도 아깝다. 그래서 가위와 미용 도구를 사봤다. 미용 유튜브 채널을 보니 생각보다 쉬워 보인다. "할 만한데?"라는 자신감도 생긴다. 그래서 가위질 좀 해봤다. "어머~! 가발이 나왔네?!" 예상치 못했던 결과다. 마치 중이 가발을 쓴 것처럼 두피와 머리카락의 경계가 뚜렷이 하늘로 떠 있었다. 아들이 찌질하고 불쌍해 보였다. "아! 맞다!!!" 그제야 내가 학창 시절 때, 도형 영역을 제일 어려워했던 게 생각났다. "어쩐지 3D 헤어스타일이 머릿속에 안 그려지더라~" 그렇게 남편한테 욕을 얻어먹었고 아들은 조용히 눈물을 흘렸다.

〈 아들의 눈물 〉

(아들) "엄마…. 나 유치원에 좋아하는 여자애 있단 말이야." [눈물이
또로록]

(엄마) "어머머! 진작 말을 하지 그랬어. 아쉽네~
그 여자아이가 좋아하는 스타일로 해줄걸…."

(딸) "엄마, 이거 무슨 스타일이에요?"

(엄마) "지그재그 바가지 스타일이야."

(딸) "푸흡…. 하하핫" [입틀막. 새어 나오는 웃음]

(아들) "으헝~ 나 어떻게해…."
[갑자기 퍽~! 아들 등짝을 친다.]

(엄마) "임마~ 너 머리 바가지 됐다고 지구 멸망 안 해! 그리고, 너의
단점도 사랑해주는 여자를 만나야 할 거 아냐~"
"만약 걔가 너 머리 때문에 싫다, 그러면 엄마도 인정 못 해!
그래도 좀 미안하긴 하니까, 네가 원하는 걸 말해봐."

(아들) "헉! 나 엄마 폰으로 비행기 게임을 해도 돼요?"

(엄마) "원래 안 되는데 특별히 허락할게.
30분 게임, 30분 한글 유튜브 어때?"

(아들) "오예~~~ 엄마 고마워요!"

– [상황 종료] –

그러나~ 이제 아들은 혼자 미용실을 갔다 온다!!! 이 얼마나 편
리한 일인가! 아들도 좋아라 했다. 더 이상 긴 앞머리로 머리카락

에 눈알이 찔리는 안구 통증을 느낄 필요가 없어졌다. 남편도 좋아했다. 아내가 자기 대신 미용실을 자주 데려가 준다고 생각한 모양이다. 최근엔 아들이 혼자 가서 브릿지 염색도 해왔다. 오~!!! 이 얼마나 아들 엄마들에게 기쁜 소식인가. 미용실만 해결되어도 인생이 훨씬 편해진다.

## 1단계 – [ 선 설명 ] 하기

 **〈 7살 아들 미용실로 혼자 가는 날 〉**

(엄마)   "드디어 너도 때가 되었다."

(아들)   "……?"

(엄마)   "이제 너도 미용실에 혼자 가봐야지."

(아들)   "제……. 제가요?" [화들짝 놀란다.]

(엄마)   "네 누나도 했던 일이다."

(아들)   "난 못해요! 무서워요" [눈을 동그랗게 뜨며 뒷걸음질을 친다.]

(엄마)   "처음부터 시작하기는 어렵겠지. [아들 어깨를 꽉 붙잡으며] 그래서 계획이 있다. 단계별로 조금씩 하는 거야"

(아들)   "헉!"

미용실을 처음부터 덜컹 혼자 보내면 아이도 무서워할뿐더러 미용사님도 당황한다. 어쩌면 미용실에서 아이가 소리 없이 울고

있다는 전화가 올지도 모른다. [선 설명]으로 구체적인 시뮬레이션
과 역할놀이로 훈련을 한 후 아이의 자신감이 충만할 때 서서히 독
립을 시켜야 한다. 단계별 설명을 통해 아이 스스로 가고 싶은 마음
이 생기도록 만든다.

### < 비법 1) 지도 만들기 >

(엄마)　[A4용지 하나를 가져온다.]
　　　　"아들, 자 여기 우리 집이야.
　　　　여기서부터 다이소까지 가는 길을 말해봐. 엄마가 그릴게"
- 메인 건물 위주로 그림을 그린다.
(엄마)　"일단 집 문을 나섰어.
　　　　왼팔 들어봐. 그렇지 거기가 왼쪽이야. ✍ [어린 나이에 맞는 설명]
　　　　오른팔 들어봐. 그렇지! 거기가 오른쪽이야.
　　　　네가 문을 나서면 왼팔 쪽으로 가야 해? 오른팔 쪽으로 가야 해?"
(아들)　"왼팔 쪽이요."

아이들은 평소에 가던 길이라도 혼자 가라고 하면 무서워한다.
따라서 지도를 그리며 상세히 [설명] 한다. 그림을 그리면서 자기가
아는 건물, 길, 동선, 지켜야 할 규칙 등이 자세히 설명되면서 아이
들은 안심한다. 집에서 미리 머릿속에서 상상하며 동선을 따라 시
뮬레이션을 하면 아이들의 눈빛이 반짝이기 시작한다. "생각보다 별
거 아닌걸?"이라는 표정이다. 설명을 할 때는 아이의 눈높이에 맞는

단어를 사용한다. 7살은 아직 왼쪽 오른쪽 구별을 잘 못 한다. 특히 혼자 있을 때 당황할 수 있으므로 "왼손 들어, 왼발 들어. 거기가 왼쪽이야"라고 여러 번 연습시켜서 방향을 잘 기억할 수 있도록 한다. 만약 방향이 헷갈린다면, 건물을 보고 가라고 미리 일러준다.

## Q: "우리 아이는 길치 방향치라서 안 될 것 같은데 어쩌죠?"

학부모님의 걱정은 충분히 이해한다. 나의 첫째 딸이 타고난 길치와 방향치이다. 딸은 한 건물 안에서도 길을 잃어버린다. 화장실 들어가는 길과 나오는 길이 다르다. 큰아이를 보고 있노라면 '나이가 들어도 바뀌지 않는 게 있겠구나!'라는 생각이 들 정도로 개선이 안 되는 영역이다. 그런 첫째도 7살부터 혼자서 다 잘 다니고 스스로 잘한다. 집에서 여러 번 말로, 지도로, 그림으로 연습을 했기 때문이다. 그런데도 첫째는 방향을 여전히 모른다. 대개 길과 건물을 외워서 다니는 편이다.

---

(엄마)   "이 건물 이름이 뭐야?"

(아들)   "어! 여기 알아요. 홈플러스예요. 홈플러스 옆에 부동산 있어요."   📎 [익숙한 건물 발견하기]

---

처음 도전할 때 한두 번은 엄마가 직접 동행한다. 세 번째, 네 번

째부터 서서히 독립을 시킨다. 독립할 때도 강제로 하면 안 된다. 아이의 기질에 따라 불안도가 큰 아이가 있을 수 있다. 머릿속으로 여러 번의 시뮬레이션을 돌리고, 엄마랑 실행해 보면 아이 대부분은 스스로 하고 싶어서 안달이 난다. 여자아이는 조심조심하면서 얌전하게 잘 다닐 것이다. 남자아이는 좀 미더워도 독립훈련의 효과가 그만큼 크다. 미션은 그들의 인정욕구와 성취 욕구를 충족시켜 주기 때문이다. 아래와 같이 아들의 욕구를 현명하게 자극하는 것도 하나의 좋은 방법이 된다.

| (엄마) | "흠…. 미용실 가는 거 진짜 진짜 어려운 일인데…." |
| | [심각한 표정, 머리를 도리도리 흔든다.] |
| (아들) | "뭐예요? 뭐예요?" |
| (엄마) | "7살은 도무지 할 수 없는 일인데…. 설마…. 흠" |
| | "네가 할 수 있을까? 그런 용기 있는 친구는 여태까지 없었어." |
| (아들) | [눈에 광기를 뿜으며] |
| | "저요! 저요! 내가 할래요!" |
| (엄마) | "네가 이 일을 해낸다면, OO유치원과 OO초등학교 1학년 형 |
| | 중에서도 최초가 될 수가 있어! 하지만 어렵겠지. |
| | 흠. 힘들 텐데…." [손으로 턱을 만지작거린다.] |
| (아들) | "정말요? 형들도 못 했어요? |
| | 엄마~ 제발요~ 제발 저 혼자 가게 해주세요" [애원하기 시작함] |
| (엄마) | "이건 엄청난 미션이기 때문에, 네가 만약 성공한다면 오는 길에 |

마트에서 네가 먹고 싶은 킨더조이 초콜릿을 덤으로 살 수도 있어. 그리고 넌 2,000원을 칭찬 보너스로 받게 될 거야"

"어때? 해보겠어?" ✍ [성공한 후의 보상을 미리 알려준다.]

(아들)  "헉!!!" [이미 신발 신고 나갈 채비를 한다.]

---

이렇게 비장한 각오로 출발한 아들이다. 누가 이 아이를 건드리 겠는가. 심지어 둘째는 또래보다 키가 2년 이상 작다. 키 105cm인 어떤 꼬마가 짧은 다리로 씩씩하게 걸어간다. 어디로 가야 할지, 무 엇을 해야 할지, 어떤 말을 해야 할지 다 알고 있다. 이미 아들의 눈 에서는 엄청난 레이저빔이 나오고 있다. 목소리에도 자신감이 넘친 다. 우연히 마주친 어른들만 놀랄 뿐이다.

## < 비법 2) 안전규칙 설명하기 >

| | |
|---|---|
| (엄마) | "길을 건널 때 지켜야 할 규칙은 뭐지?" |
| (아들) | "초록 불일 때 건너요" |
| (엄마) | "또?" |
| (아들) | "손을 들고 건너요" |
| (엄마) | "또?" |
| (아들) | "없는데요" |
| (엄마) | "초록 불이 켜져도, 운전자가 초록색을 보지 못하고 그냥 쌩~ 달릴 수 있어. 게다가 너는 키가 작아서 지나칠 수 있어." |
| | "1) 오른쪽 왼쪽을 먼저 확인하고, ✍ [손가락으로 1, 2 표시] |

어른들은 당연하게 생각하면서 다니는 길도, 아이들에게는 지켜야 할 많은 규칙이 아래와 같이 많다.

 **< 신호등 안전하게 건네는 규칙 >**

1. 차도로 안쪽 노란색 선 안에 안전하게 선다.
2. 초록 불이 바뀔 때까지 기다린다.
3. 초록 불이 바뀌어도 바로 건너지 않는다.
4. 왼쪽 오른쪽을 두리번거리고 차들이 멈추었는지 확인한다.
5. 어른들이 발걸음을 옮기면, 뒤따라서 옮긴다.
6. 평소보다 약간 빠른 걸음으로 걷는다.
7. 키가 작으므로 손을 번쩍 들고 건넌다.
8. 길에서 낯선 어른이 말 걸면 무시한다.

구체적으로 조목조목 설명한다. 특히 아이의 생명, 안전과 관련된 문제는 철저하게 연습시킨다. 집에서 역할놀이로 마무리를 한다.

〈 역할놀이 하기 〉

(엄마) "자, 거실이 건널목이라고 생각하고 건너보자"

"띠리릭 띠리릭~ 초록 불로 바뀌었어요."

(아들) [주변을 두리번거린다.]

(엄마) "차들이 잘 멈추어 있네요."

(아들) [손을 번쩍 들고 총총 걷는다]

(엄마) "잘했어! 이번엔 엄마가 건널목을 같이 건너는 어른이라고 해보자"

- 엄마는 낯선 어른으로 빙의한다.

(엄마-어른) "너 누구니? 어디로 가니?" [굵은 아저씨 목소리를 흉내 낸다.]

(아들) "안녕하세요……."

(엄마-어른) "어디 살아?"

(아들) "..." 📞 [규칙: 대답하지 않고 무시한다.]

- 신호등 초록 불로 바뀐다.

(아들) [어른(엄마)이 먼저 건너는 것을 보고, 어른 옆에 떨어져서 걷는다]

(엄마) "잘했어. 여기 아파트촌에 대낮에 만나는 이웃분들은 대개

착하셔. 하지만 혹시 모르니까 인사만 하고 자세한 대답 안 해도

돼"

Q: "굳이 이렇게까지 해야 하나요?"

"엄마가 같이 가는 게 훨씬 편할 거 같은데요…."

"엄마가 너무 힘든 거 아니에요?"

## [설명 70%] → [실행 10%] → [피드백 20%]

그래서 [설명] 단계가 가장 어렵다. 70%의 노력과 에너지가 필요하다. 그러나 처음 한두 번만 고생하면 뒷 일은 저절로 이루어진다. 처음 시작이 제일 어렵다. 아이가 적응하기만 하면 부모가 그렇게 편할 수 없다. "미용실로 출발!" 만 외치면 된다. 역할놀이도 처음 한두 번만 하면 된다. 어떤 장소를 정복하고 나면 앞으로 있을 다른 미션은 훨씬 수월하게 넘어간다. 다음 장소인 다이소 → 마트 → 무인 아이스크림 가게 → 편의점, 과 같이 뒤로 가면 갈수록 엄마와 아이의 수고는 훨씬 줄어든다.

일단 첫 장소를 잘 뚫어 놓자. 나머지 장소들도 대개 비슷한 규칙들과 시뮬레이션으로 돌아가기 때문에 적용이 쉽다. [설명] 시간도 단축이 되고 [실행]도 훨씬 수월하다. 아이는 미용실 독립으로 자신감과 요령이 생겼다. 처음에는 좀 어리바리하다고 느낄 수도 있다. "에이…. 우리 집 아이는 안 돼요" 라든가, "겁이 많아서요."라며 포기하고픈 마음이 들 수도 있다. 그러나 횟수를 거듭할수록 아이는 점점 더 똑똑해진다. 추후 다른 미션에 도전할 때도 처음보다 훨씬 거부감도 적고 자신감 충만이다. 왠지 또래 아이들보다 더 성장한 것 같고 더 똑똑해진 것 같은 느낌을 받는다.

< 비법 3) 행동계획 세우기 >

## 준비물 점검하기

| | |
|---|---|
| (엄마) | "미용실에 들고 갈 준비물이 뭐지?" |
| (아들) | "휴대폰과 신용카드를 챙겨요." |
| (엄마) | "각각 어디에 넣어서 갈 거니?" |
| (아들) | "휴대폰은 목걸이에 걸어서 갈 거예요. |
| (엄마) | "기다리는 시간 동안 읽을 책이나 앉아서 할 수 있는 놀잇감이 필요할 거야. 스스로 준비해서 검사받으러 와봐." |

　　나이가 어릴수록 또는 기질에 따라 아이는 자기 물건을 잘 못 챙긴다. 미션 중에 물건을 잃어버리면 아이가 크게 당황할 수 있으므로 주의를 한다. 특히 엄마와 연락할 휴대폰은 무음이 아닌 소리로 바꿔 놓고 음향을 높이라고 말한다. 현금이 아닌 신용카드를 쓰도록 한다. 아이가 결제할 때마다 알림 문자로 아이의 위치와 상황을 확인할 수 있어 편리하다. 손님이 많아 심심할 경우를 대비해 읽을 책이나 놀잇감을 챙기도록 한다.

## 미용실에서 지켜야 할 행동규칙 설명하기

처음 독립훈련을 할 때는 엄마가 주도한다. 그러나 경험이 쌓이고 횟수가 늘어날수록 엄마의 설명은 줄인다. 사고형 확장 질문을 통해 아이가 대답하면서 생각을 정리하도록 유도한다. 정답을 알려주지 않는 것이 아이의 사고력을 높인다. 이처럼 미용실 안에서 지켜야 할 규칙에 대해 스스로 말해본다.

| | |
|---|---|
| (엄마) | "이제 미용실에 도착했다고 하자.<br>제일 먼저 무엇을 해야 하지?" ☎ [일의 순서대로 말하기] |
| (아들) | "엄마한테 휴대폰으로 전화를 해서 잘 도착했다는 것을 알려요."<br>☎ [도착 후 엄마한테 전화로 알리기] |
| (엄마) | "잘했어. 만약 미용사님이 엄마랑 통화하고 싶다고 하면 휴대폰을<br>미용사님께 드리면 돼. 엄마가 이야기할게. 그다음은?" |
| (아들) | "소파에 조용히 앉아 기다려요." |

[실행] 단계를 순서대로 머릿속에 그려 본다. 목적지에 도착해서 제일 처음 하는 행동부터 자세하게 상상한다. 일단 잘 도착했다고 엄마한테 전화하는 모습을 그린다. 1) 장소에 도착했을 때 2) 일이 끝났을 때 3) 집으로 출발할 때 2~3번 정도는 엄마에게 의무적으로 전화를 하도록 한다. 확인 전화하는 습관을 들이면 아이는 자신의 위치를 알리고 엄마는 안심할 수 있다. 키즈폰이라면 아이의 동선을 앱으로 확인할 수 있다. 아이도 엄마 목소리를 들으면 안심하

는 면이 있다.

다음으로 대기실에서 돌아다니지 말고 얌전히 기다리는 모습을 상상해 본다. 실제로 대기실인 것 마냥 거실 소파에 앉아 본다. 말할 상대가 없으므로 매우 심심할 거라는 것을 미리 알려준다. 심심해도 참아야 한다는 것도 알려준다. 손님이 많으면 오래 기다려야 할지도 모른다는 것도 알려준다. 이처럼 엄마는 아이에게 닥칠 모든 상황을 말로 그리고 아이는 상상한다.

## 가게 내부의 인테리어 모습을 상상한다.

미용실 안 내부의 모습을 상상한다 처음 문을 열고 들어가면 계산대가 보인다. 오른쪽에는 소파가 있고 벽걸이 TV는 어느 벽 천장에 달려 있다는 것까지 묘사한다. 먼저 온 손님들이 머리를 자르고 있을 수도 있다. 만약 손님이 많으면 미용사님이 너를 보지 못할 수도 있으니 들어가서 인사부터 씩씩하게 하고 소파에 조용히 앉아 기다리라고 일러둔다. 용무가 급할 때 화장실을 가야 할 수도 있으므로 화장실이 어디에 있을지도 머릿속에 떠올린다. 만약 화장실 위치를 잘 모르겠다면 미용사님께 도와달라고 말할 수 있다. 도움을 요청할 때의 문장도 미리 연습해 본다. 이렇게 가게 안의 실내 모습을 상상하는 것은 아이가 도착했을 때 당황하지 않고 예상 동선을 확인하여 일을 잘 대처할 수 있도록 도와준다.

# < 비법 4) 변수 예상하기 >

 **< 미용실 안에서의 변수 예상하기 >**

만약(if) 미용사님이 마침 잠깐 외출 중이야. 어떻게 해야 하니?

만약(if) 미용실에 아무도 없는데 문은 열려 있었어. 어떻게 해야 하니?

만약(if) 손님이 너무 많아서 1시간 이상 기다려야 한대. 어떻게 할 거니?

만약(if) 심심하면 어떻게 할 거니?

심심할 때 읽을 책을 가져가야 할까? 어떤 책이 좋을까?

만약(if) 아기 손님이 울고 떼를 부려. 어떤 감정이 들 것 같아?

만약(if) 목이 말랐어. 어떻게 해야 할까?

만약(if) 머리를 자르다가 머리카락이 눈에 들어갔어. 눈이 따가워.
　　　　어떻게 해야 할까?

이렇게나 많은 변수를 예상해 볼 수 있다. [선 설명]의 꽃은 [변수 예상하기]이다. 이 부분이 잘 돼야 아이의 사고력과 문제해결력을 높일 수 있다. 미처 예상하지 못한 변수가 발생한다고 하더라도 아이는 엄마와 함께 머릿속에서 연습을 해보았기 때문에 상황에 따라 문제가 생길 수도 있다는 것을 인지하고 있다. 따라서 크게 당황하지 않는다. 문제를 어떤 시각으로 바라보고 대처해야 할 것인지 차분하게 생각한다.

　　[변수 예상하기]를 통해 사람의 계획은 언제든 틀어질 수도 있

다는 것을 알려준다. 네가 나중에 커서 사업을 하거나 어떤 프로젝트를 하더라도 늘 Plan B, C, D를 세워두어야 큰 실패를 막고 전진할 수 있다고 교육한다. 이것이 〈혼자일 때 스스로 잘하는 아이〉를 만드는 살아있는 교육이다.

 **〈 길을 잃어버렸을 때 〉**

(엄마)　"만약(if) 네가 길을 가다가 길을 잃어버렸어. 어떻게 할 거야?"

(아들)　"주변 어른들한테 도움을 청해요"

(엄마)　"특히 어린이나 유모차를 끌고 있는 아주머니들한테 도움을
　　　　요청하는 게 좋아. 그분들이 자녀가 있으므로 상대적으로
　　　　안전하고 잘 설명해 줄 것 같아. 🖊 [추가 설명]
　　　　어떻게 질문할 거니?" 🖊 [추가 질문]

(아들)　"제가 길을 잃어버렸는데, 혹시 김미용실 어딨는지 아나요?"

(엄마)　"잘했어. 근데 그 사람이 김미용실을 모르면 어떡하지?"

(아들)　"글쎄…. 아!!! 홈플러스 어디 있는지 물어볼까요?"

(엄마)　"맞아. 사람들은 건물 1층의 상점을 잘 기억해.
　　　　큰 마트나 큰 카페가 뭐가 있지?" 🖊 [추가 질문]
　　　　… 역할놀이 해보기

 **〈 낯선 사람을 만났을 때 〉**

(엄마)　"만약(if) 어떤 아저씨가 와서 '맛있는 사탕 사줄게. 같이 가자'라고
　　　　하면 어떻게 할 거야?"

| (아들) | "안 돼요!" |
|---|---|
| (엄마) | "그래도 같이 가자고 하면?" |
| (아들) | "싫어요!" |
| (엄마) | "그래도 같이 가자고 하면?" |
| (아들) | "그럼 같이 싸워요. 저 힘세요!" |
| (엄마) | "아들! 엄마 눈을 보세요!!!" ☎ [중요한 설명에 눈 마주치기] |
| | "넌 어른을 이길 수 없어" |
| | "첫째, 일단 도망가" |
| | "둘째, 엄마나 112에 전화해. 너 핸드폰 있잖아" |
| | "셋째, 이상한 사람이 말 시키면 대답 자체를 하지 마" |
| | "넷째, 그래도 귀찮게 굴면, 비명을 지르면서 |
| | "살려주세요!! 할머니, 아주머니 도와주세요!!!" 라고 외쳐!" |
| | "어때? 역할놀이 해보자. 엄마가 나쁜 아저씨 할게" |
| | ... 역할놀이 해보기 |

그렇다. 고작 미용실 한 번 가는 것뿐인데 이렇게나 많은 교육이 들어간다. 이번에는 낯선 사람 만났을 때 대처법이다. 많은 엄마가 아이를 혼자 보내지 않은 이유는 '혹시나 납치당할까 봐' '혹시나 넘어질까 봐' '혹시나 차 사고 날까 봐'이다. 특히 요즘처럼 뉴스에서 어린이 성범죄자들 소식을 들으면 더욱 움츠러드는 게 사실이다. 그래서 필자는 더욱 독립훈련을 해야 한다고 생각한다. 안전하게 세팅된 환경에서 미리 훈련을 해보아야 큰일을 막을 수 있다.

[IF 질문법]을 하면 어린이가 겪을 만한 나쁜 상황들은 다 나온

다. 아이에게 어떤 일이 일어나든지 침착해야 한다고 당부한다. 당황하지 말고 이런 상황에서 행동의 우선순위가 무엇인지 어떻게 행동해야 하는지 미리 훈련할 수 있다. 마치 지진대피나 화재대피 훈련을 평소에 하는 것과 같다. 엄마랑 같이 고민해 보고 역할놀이를 해본 친구들은 사건이 일어나도 해결의 방향성이 명확해진다. 오히려 대비를 한 번도 하지 않은 친구들이 더 위험하다.

마지막으로 힘들고 놀란 상황이 오더라도 울지 말라고 말한다. 울게 되면 감정이 기복이 커지고 나쁜 사람의 표적이 될 수가 있다. 도움을 청할 때 집 주소와 엄마 전화번호를 말해야 하는데 당황하면 생각이 안 날 수도 있다. 이는 안전과 관련된 문제이므로 역할놀이로 충분히 연습해 본다.

## Q: "역할놀이가 왜 필요한가요?"

역할놀이의 교육적 효과 때문이다. 아동은 말로 설명을 듣는 것보다 행동을 보고 몸으로 익히는 것이 훨씬 머리에 입력이 잘 된다. 필자도 학습 게임을 설명할 때 말보다 시범을 보여준다. 아무리 말로 친절하게 설명해봤자 보람 없이 목만 아플 뿐이다. '백문이 불여일견'과 같이 백 번 듣는 것이 한 번 보는 것만 못할 수 있다. [독립훈련]에서 역할놀이를 마무리로 연습하는 이유 또한 기억도 잘 되고 모두에게 쉽고 편하기 때문이다. 아이들은 눈으로 보고 몸으로 연습하는 것이 백배 천배 효과적이다.

**< 독립훈련이 안전하다고 생각해도 되는 이유 >**

1. 우리가 사는 동네가 아파트촌이다.

   즉, 인적이 드문 골목길을 지나가지 않는다.

2. 아침~대낮이다.

3. 지나가는 사람들이 아파트 입주민들이다.

4. 미용실까지 거리가 매우 가깝다.

5. 아이의 지문을 경찰서에 미리 등록해 놓았다.

   ☞ 실종될 경우, 평균 1시간 안에 찾을 수 있다.

6. 키즈폰을 들고 다닌다.

   ☞ 위치추적 가능, 핸드폰이 없으면 형제한테 잠깐 빌린다.

7. 현금이 아니라 신용카드를 가지고 있다.

   ☞ 결제 문자로 동선 추적

8. 대부분 범죄자는 계획적 범죄를 저지른다.

   ☞ 아이가 그 날짜, 그 시각에, 그 길을 지나가는 일을 예상할 수 없다.

   ☞ 방과 후 놀이터에서 어슬렁어슬렁 노는 아이들이 더 위험하다. 일정한

      루틴을 주면 위험해진다.

9. 미용실이나 집에 5분 안에 도착하지 않으면 엄마가 미리 알 수 있다.

10. 우리나라 CCTV는 굉장히 잘 발달되어 있다.

11. 아이가 도착과 출발할 때 습관적으로 확인 전화를 한다.

나쁜 일이 일어날 확률은, 위의 11가지 조건들을 동시에 모두 피할 수 있을 때나 가능하다. 부모가 생각하는 것보다 아이는 안전하

게 독립훈련을 할 수 있다. 물론 지금 사는 곳이 인적이 드문 골목길이 많은 동네라면 당연히 '혼자 가기'와 같은 독립훈련을 하면 안 된다. 만약 아이가 어려서 핸드폰이 없다면 형이나 누나의 휴대폰을 잠시 빌려줄 수도 있다. 5~10분 안에 아이한테서 잘 도착했다는 전화나 문자를 받지 못했다면 엄마가 미용실로 직접 전화해서 확인해 보면 된다.

"난 그래도 너무 걱정된다." 하시는 분은 미용실에 도착할 때까지 길 걷는 아이랑 음성 또는 영상으로 전화통화를 계속하시면 된다. 필자는 두 아이를 키우면서, 여러 가지 독립훈련을 시켜보았지만 단 한 번도 걱정될 만한 일은 일어나지 않았다. 오히려 아이들이 전화했는데 내가 전화를 안 받아줘서 아이들이 나를 걱정한 경우는 종종 있었다.(나중에는 엄마가 걱정이 안 될 정도로 안전하다는 걸 느낀다.)

경찰서에 미리 미아방지 지문등록을 해놓자. 지문등록을 하면 평균 1시간 내로 찾을 수 있다고 하니 안 할 이유가 없다. 솔직히 무서운 분들도 나쁜 생각을 쉽게 들켜서 나라 호텔에 가기는 싫으실 것이다. 그분들도 다 계획이 있다. 대개 흐리멍덩한 얼굴로 어찌할 줄 몰라하며 서성이는 친구들을 선호한다. 우리 아이들처럼 집에서 역할놀이 많이 하고 대비 훈련도 했으며 목적성을 가지고 확실한 발걸음으로 씩씩하게! 걸어가는 친구들은 건드리지 못한다. 상식적으로 생각해 봐도 어느 꼬마가 핸드폰을 손에 들고 열심히 내 옆을 걸어간다면 '아! 근처 엄마 만나러 가는구나'라는 생각부터 들 것이다. 그러니 크게 걱정하지 않으셔도 된다.

유튜브 사회실험 몰래카메라 채널을 통해 "아이를 납치하려는 어른"과 용감한 시민들의 동영상을 함께 시청해도 좋다. 채널에 나오는 배우들의 연기가 얼마나 찰진지 정말 납치범 같았다. 장면을 함께 시청하며 낯선 사람이 왔을 때 어떻게 대처해야 하는지에 대한 주제로 대화를 한다. 납치범이나 사기꾼은 만화 속 악당처럼 생기지 않는다고 설명한다. 오히려 일반 사람들보다 훨씬 더 상냥하고 착한 얼굴을 하고 있으니 외모를 보고 사람을 판단하지 말라는 인생의 중요한 충고도 해준다.

▶ 이처럼 평소 훈련을 해놓으니, 오히려 다른 곳에서 종종 도움을 받는다.

 〈 가족 여행 중 리조트에서 〉

(엄마) "호호호, 음료수 먹고 싶은 거 골라봐"

(첫째) "난 이 주스 할래요"

(엄마) "나는……." [먹을 거 사는데 정신 팔림]

... 띠리리링 [휴대전화 소리]

(엄마) "여보세요"

(남자) "여기는 리조트 프런트인데, 김땡땡 아동이 길을 잃어버렸다고 합니다."

| | |
|---|---|
| (엄마) | "네?!!" [화들짝 놀라며] |
| | "어머! 우리가 둘째를 언제 잃어버렸지?" [두리번두리번, 깜놀] |
| | ... 리조트 프런트에서 |
| (둘째) | "엄마!" [싱글벙글 웃으며 손을 흔든다.] |
| (엄마) | "오잉?" |
| (첫째) | "하하핫" [입 틀 막] |
| (엄마) | "어머나! 네가 없어진 줄도 몰랐다야. 너 어떻게 전화했어?" |
| (둘째) | "평소에 연습한 대로, 유니폼 입은 직원한테 다가가서 "제가 길을 잃어버렸는데, 엄마한테 전화해 줄 수 있나요? 010-***" 라고 말했어요. 잘했죠?" |
| (엄마) | "우와~ 너 똑똑하다~" 👍 [긍정 피드백] |
| | "안 무서웠어?" |
| (둘째) | "안 무서웠지. 어차피 엄마가 찾으러 올 거잖아요." [허세가 있음] |

그렇다. 어제 있었던 일이다. 나는 아이가 없어진 줄도 몰랐다. 아이는 내가 없는 것을 확인하고, 지나가던 직원한테 바로 도움을 부탁한 모양이었다. 당시 아이에게 폰이 없어 나에게 연락할 방도가 없었다. 평소에 길을 잃어버리거나 위험한 상황에 대한 시뮬레이션과 역할놀이를 연습해 놓았다. 가까운 가게로 뛰어 들어가 유니폼을 입은 점원한테 도움을 요청하라고 알려두었다. 대개 유니폼을 입었다는 것은 그 가게 사장님이 범죄자 조회를 하고서 신원이 확실한 사람을 채용했다는 걸 의미한다. 또한, 가게 안과 입구에 CCTV가 있어 녹화 중이니 상대적으로 안전한 점원에게 도움을 요

청하면 누구나 도와줄 수 있다고 말해두었다. 물론, 도움을 요청할 때의 문장과 해야 할 말을 따라 말하게도 했다. 이렇게 훈련된 아들은 엄마가 안 보이자 본능적으로 연습한 대로 행동했다. 자기 자리에서 가장 가까운 직원에게 다가가 도움을 요청했다. 이렇게나 교육이 중요하다!!!

**〈 키즈카페 앞에서 〉**

(엄마) "너희는 키즈카페에서 놀고 있어. 그동안 엄마는 호호호~ 엄마 친구랑 놀고 있을게"

"참! 둘째야. 키즈카페에서 지켜야 할 규칙 알지?"

"엄마 간다~ 될 수 있으면 전화하지 말고~ 호호호"

[엄마는 오랜만에 외출해서 즐겁다]

- 1시간 후 -

(방송 스피커) "김땡땡 아동이 누나 김땡이를 찾습니다. 데스크로 나와주세요"

"김땡땡 아동이 누나 김땡이를 찾습니다. 데스크로 나와주세요"

(첫째) "흠칫! 앗?" [놀다가 깜짝 놀란다.]

[데스크로 간다.]

(둘째) "누나가 안 보여서, 방송으로 불러 봤어." [쿨하게 서 있다]

(첫째) "어! 그래. 잘했어. 가자!"

(둘째) "누나. 나 목말라. 보로로 음료수 사줘"

(첫째) "알았어"

그렇다. 엄마가 엄마 친구랑 노는데 방해되니까 될수 있으면 전화하지 말랬더니 기특하게도 누나를 방송으로 찾아서 뽀로로 음료수를 사 먹었다. 키즈카페로 이동하는 차 안에서 키즈카페에서 길을 잃어버린다면, 데스크로 가서 방송하면 된다고 [설명]을 했었다. 이런 걸 보면, 아이에게 [설명] 단계를 하느냐 마느냐 굉장히 다른 결과를 만들어낸다. 나 같은 허당 엄마가 아이들을 막 풀어놓고 키우니 아이들이 오히려 스스로를 잘 단속 하면서 지혜롭게 자라는 것 같다. 그러니 엄마는 좀 쿨~해질 필요가 있다. 너무 내 품 안에서 곱게 키우는 것이 아이에게 독이 될 수도 있다.

## 2단계 – [ 실행 ] 하기

### 10%의 실행은 거들 뿐

| | |
|---|---|
| (엄마) | "잘 갔다 와~" |
| (아들) | "다녀올게요" |

[실행] 단계에서 엄마가 할 일은 특별히 없다. 아들이 잘 도착했다고 또는 끝나고 출발한다고 전화를 하면 잘 받기만 하면 된다. 처음 미용실에 갈 때는 미용실 상호를 검색해서 가게에 직접 전화를 해 둔다. 미용사에게 아들이 혼자 갈 것이니 잘 부탁한다고 말해둔

다. 단골이기에 나와 자녀의 이름을 이미 알고 있다. 전화해 두면 미용사님이 아이를 기다리고 있다. 아이를 위한 주스나 젤리도 챙겨 두신다. 혼자서 어떻게 이렇게 씩씩하게 잘 다니냐고 폭풍 칭찬도 해주신다. 미리 전화를 하면 대기 시간이 얼마 정도 걸리는지도 체크할 수 있다.

〈미용실 혼자 가기〉가 몇 번 훈련이 된다면 엄마가 미리 전화하는 작은 수고조차 안 해도 된다. 아이가 불안해하지 않기 때문이다. 손님이 많을 경우를 대비해서 읽을 책이나 가지고 놀 장난감과 색종이를 미리 챙겨 보낸다. 기다리는 것도 훈련이다. 혹시 배가 고프면 1층 편의점에서 과자를 사 먹어도 된다고 알려둔다.

## 3단계 - [ 피드백 ] 하기

### 타인의 칭찬이 더 효과적이다.

아이의 입장에서 부모의 칭찬은 익숙하다. 우리도 매일 보는 자녀에게 "엄마 정말 예뻐." 라는 칭찬보다는 직장 동료나 동네 아줌마들로부터 "예쁘시네요. 어려 보이시네요."라는 말을 듣는 것이 더 가슴에 와닿는다. 아이들도 마찬가지이다. 부모의 칭찬보다 미용실에서 만난 어른들에게서의 칭찬을 훨씬 더 좋아한다. 타인으로부터의 칭찬은 아이의 자존감을 높이고 성취감과 인정욕구를 충족해 준다. 내가 따로 자존감 교육을 위해 애쓸 필요가 없다. 아이는 미션수행을 통해 이미 충분한 내적 보상을 받는다.

---

 〈 아이가 미용실에서 집으로 돌아옴 〉

- 띠리리릭 철컹 [문 여는 소리]

(아들) "엄마! 엄마! 나 왔어!" [큰소리로 외치며 달려들어 온다.]

(엄마) [아들의 기분과 높은 음량에 맞추어 호들갑 장전]

"어머나! 이게 웬일이야. 허거거걱" 🗨 [과장된 감탄사]

"7살이 이렇게 대단해도 되는 거야? 어머 어머!"

"서울시에서 미용실 혼자 간 아이는 네가 최초일 거야."

(아들) [가슴을 내밀며 매우 자랑스러운 표정을 짓는다]

"헤헤헤"

(엄마) "혹시 힘들어서 울거나 그런 거 아니지?"

(아들) "완전 쉬웠어. 껌이었어"

(엄마) "껌? 어머나~ 그건 씹을 때만 하는 건데 그렇게 쉬웠다고?"

"아들! 최고! 자랑스럽다! 오늘 자유시간 1시간!!!"

(아들) "우와아아아아!!!" [열광한다.]

 〈 저녁 식사시간 〉

(엄마) "얘들아! 오늘 김땡땡이 미용실을 혼자 다녀왔습니다. 박수!!!" 🗨

[가족들 앞에서 추켜세워줌]

(첫째, 둘째) "와아아아" [손뼉을 친다.]

(첫째) "야! 오늘 있었던 이야기 해봐"

(둘째) "내가 말이야……. 오늘……. [자신의 무용담을 늘어놓는다]

"야~ 그럴 때는 이렇게 행동해야지" ✎ [무용담을 들으며, 2차 피드백을 한다. 첫째도 피드백에 참여한다.]

피드백에 쏟는 에너지는 20% 정도. 그중 10%는 숨이 넘어갈 듯한 감탄 연기력이고, 10%는 수정할 부분을 발견하고 보충 및 반성하는 시간으로 활용하면 된다. 처음엔 일단 칭찬부터 하고, 후에 보충 피드백을 하는 것이 좋다. 기왕이면 통 크게 칭찬을 해주자. 용돈을 크게 쏘거나, 자유시간을 주거나, 영화 한 편을 보여주거나, 초콜릿이나 젤리를 사주는 등의 보상 말이다. 아이의 취향을 생각해 다양한 방식으로 보상을 해주면 된다.

## 통 큰 보상은 처음 한두 번만 한다.

통 큰 보상은 처음 딱 한두 번이다. 적응된 후로는 "당연한 거잖아? 너 자신을 위한 행동이었어. 그때마다 보상을 바라면 안 되지"라고 선을 긋는다. 첫째의 경우는, 자아가 형성되는 시기이므로 직접 물어보는 편이다. "너 혹시 보상으로 뭐 받고 싶어?"라고 물으면 대개 원하는 것이 있다. 모든 미션 때마다 보상을 해주는 것은 아니다. 특별히! 자기 수준보다 힘들었거나 처음 시도했을 때 크게 쏘는 편이다. 다만, 외적 보상이 과하면 안 된다. 외적 보상에 의존하면 행동 하나하나에 실질적인 이익이 없으면 손가락 하나 까딱하지 않으려는 이기적인 아이로 자랄 수 있다. 따라서 내적 동기를 위해 칭찬은 과해도 되나 외적 보상은 적절히 사용하는 지혜가 필요하다.

## 독립훈련 꼭 해야 하는가?

Q: "어머머!!! 7살 꼬마를 혼자 미용실에 보낸다고요?"

"위험하지 않나요? 당신 안전 불감증 있는 거 아세요?"

"누가 납치라도 하면 어떻게 하냐고요!?"

부모님들의 걱정은 충분히 이해한다. 나 또한 내 자식이 소중하지 않을 리 없다. 어디를 내놓을 때 항상 걱정된다. 길 가다가 혼자 엎어져서 울고 있지나 않은지, 나쁜 형아한테 끌려가는 건 아닌지 늘 조마조마하다. 이렇게 두렵고 불안한 마음은 당연하다. 그런데도 나는 내 자식들을 7살 생일을 기점으로(초등 입학 전) 독립 훈련을 시켰다. 충분히 할 수 있는 능력이 있다고 생각했다. 또 언제까지나 포근한 엄마 품 안의 병아리로 놔둘 수는 없었다. 초등학교에 가면 여러 가지 예기치 못한 일이 생길 때, 스스로 생각하고 스스로 해결할 수 있는 단단한 맷집이 있어야 한다고 생각했다.

유치원까지 아이들은 늘 어른들의 감시망 안에 들어가 있다. 어딜 가나 부모와 함께다. 키즈카페를 가도 부모랑 같이 가고, 교회에 가도 친구 엄마들이랑 같이 유치원부에 들어가 함께 예배를 드린다. 늘 어른들에 둘러싸여 우리 아이는 안전하게 감시되고 있다. 그러다 친구들끼리 싸움이라도 나면, 친절한 어른들이 달려가 중재 역할을 해준다. 그러나 학교는 다르다.

 **〈 우리가 상상하는 1학년 교실 〉**

아이들은 교실에 도착해 조용히 자기 자리에 앉는다. 책가방은 제자리에 걸고 필통과 공책을 꺼내 차분히 수업 준비를 한다. 아이들은 예의바른 자세로 앉아 선생님의 말씀에 고개를 끄덕이며 초롱초롱한 눈으로 집중한다. 쉬는 시간에는 친구에게 서로 양보를 한다. 뭐가 그리도 웃긴지 연신 '꺄르르' '하하하' 웃는다.

실로 아름다운 장면이다. 그러나 현실은 신발 갈아 신는 것부터 챌린지다. 어제 실내화를 어디에 뒀더라. 어찌어찌 신발장에서 찾는 다고 해도 신발을 벗는 것도 힘들고, 갈아 신는 것도 힘겹다. 친절한 어른이 담임선생님 한 사람인데 여기저기서 미아가 되어 어쩔 줄 모르는 친구들이 등교 시간 5분 만에 동시다발적으로 발견된다. 이 아이 챙기면, 저 아이가 좀비처럼 돌아다니고, 저 아이 붙잡아서 책 상에 앉혀 놓으면 다른 아이들이 싸우고 있다. 이 모든 사건이 시차 를 두고 일어나는 것이 아니라 동시에 일어난다. 이제 수업을 할라 치면, 집중 시간이 5분이 채 안 된다.

> **"여기는 어디? 나는 누구? 엄마는 왜 없지?"**

평소에 독립 훈련이 전혀 안 되어있다. 요즘 1학년은 옛날 5~6살 수준이다. (물론 모든 아이가 그런 것은 아니며 개인차는 늘 존재한다.) 자녀를 불안하게 만들고 싶지 않으면 3단계 시뮬레이션을 통해 스스로 생각하고 실천하는 훈련을 해보자. 앞으로 행동계획은 어떻게 되는지, 어떤 물건을 챙겨야 하는지를 말이다. 어머니들이 생각하는 것처럼 7살에 독립 훈련을 하는 건 이르지 않다. 오히려, 독립 훈련을 안 하고 무방비로 학교를 보내는 게 더 위험하다.

## Q: "어차피 크면 하던데, 굳이 일찍 독립시킬 필요 있나요?"

물론 나이가 들면 학원도 혼자 가고 편의점에도 가고 스스로 하기는 한다. 그러나 그 나이에 맞는 당연한 거지 교육은 아니다. 그냥 남들 하는 만큼만 하는 거다. 생각도 남들 하는 만큼만, 문제해결도 남들 하는 만큼만 하는 거다. 시간이 지나면 몸무게와 키가 자라는 것과 같은 것이다. 우리 아이를 그저 남들의 평균만큼만 키우고 싶은가? 아니면 미래의 급변하는 사회에서 좀 더 빠르게 적응하고 창의적이며 자신감 있는 태도로 주체적인 인생을 개척해 나가길 원하는가?

또한, 독립 훈련은 비단 초등 저학년에만 해당하는 것이 아니다. 유치원부터 초등6학년까지 모두에게 해당한다. 심지어 스몰-빅 경험은 어른들에게도 필요하다. 왜냐하면, 그 나이에 맞는 도전은 항상 존재하기 때문이다. 초등 6학년이어도 그 나이에 맞는 미션은 분

명히 있다. 예를 들어 '혼자 지하철 타고 친척 집 갔다 오기', '학원 셔틀 놓쳤을 때 혼자 버스 타고 가기'와 같은 것이다. 종류와 난이도가 다를 뿐 미션은 항상 존재한다.

첫째, 독립 훈련을 통해 아이는 자존감이 높아지고 회복탄력성이 좋아진다. 그렇다!! 바로 여러분들이 열광하는 그 자존감 말이다. 인간의 정서적 기초가 되는 그 자존감은 "어머~ 힘들었구나!"로 만들어지지 않는다고 이미 수차례 말하고 있다. 그만큼 사실이기 때문이다. 아이의 수준보다 약간 높은 챌린지를 주고 스스로 생각하며 문제를 하나씩 해결해 나갈 때 아이의 자존감은 하늘을 찌른다.

둘째, 스몰 빅(Small-big) 성공 겸험을 높인다. 작은 임무들을 성공시킬 때 긍정적 감정들이 모이고 쌓여서 나중에 더 큰 일을 할 수 있는 맷집이 생긴다. 나에 대한 "자랑스러움. 뿌듯함. 보람. 용기, 기쁨, 도전의식"과 같은 긍정성이 마구마구 샘솟는다. 자존감이 높아지고, 더 큰 일을 해낼 자신감과 도전의식이 생겨난다. 이러한 자기 긍정성은 하루아침에 그냥 만들어지지 않는다. 3단계 시뮬레이션을 통한 독립 훈련과 미션 성공 경험들이 모여 형성된다.

셋째, 자기 효능감이 높아진다. 자기 효능감이란, 자신이 어떤 일을 성공적으로 수행할 수 있는 능력이 있다고 믿는 기대와 신념이다. 이러한 자기 긍정성은 하루아침에 그냥 만들어지지 않는다. 자신감과 비슷하지만 개인적인 능력에 대한 믿음과 더욱 깊은 관련이 있다. 자기 효능감이 높으면 당면한 과제에 대한 집중과 지속성을

통해 성취 수준을 높일 수 있다.[2]

넷째, 긍정적인 셀프 이미지(self-image)를 형성한다. 3단계 시뮬레이션을 통한 독립 훈련과 미션 성공 경험들이 모여 형성된다. 독립 훈련을 일찍 시킨 내 자녀들의 경우, "난 못해"가 없다. 무의식적으로 "난 할 수 있어." "난 잘해"가 이미 베이스로 깔려 있다. 다만, 그것이 꼭 성적을 보장하지는 않는다.

 〈 기억하고 싶지 않은 어느 날 〉

(초1 아들)  [쿠당탕] "엄마~ 엄마~" [현관문을 박차고 들어온다.]

(엄마)  "아들 집에 왔어? 무슨 좋은 일 있어?"

(초1 아들)  "응!!!" [감격스러운 표정과 눈빛]

(엄마)  "어머, 무슨 일이야?" [허둥지둥 쫓아 나온다.]

(초1 아들)  "받아쓰기 시험에서 내가 3개나 맞췄어! 30점이야!!!"

(엄마)  "…………" [대박 충격에 언어적 기능을 상실함]

초1 받아쓰기 성적은 부모의 성적표다. 머리를 쥐어뜯었다. '아…. 쪽팔려. 엄마가 초등교사라는 사람이다. 아이를 얼마나 내팽개쳐 놨으면 받아쓰기 30점이 뭐냐.' 나의 게으름과 무능력을 탓하고 있을 때 아이는 좋아서 싱글벙글 난리다. 시키지도 않았는데도 아이는 레고 장난감을 꺼내었다. 마치 스스로에 대한 보상체계를

---

2)  출처: 두산백과사전

레고로 마무리하려는 듯했다. 독립 훈련의 부작용이다. 자존감이 너무 높아서 현실 인지가 잘 안 되고 있다.

---

 **〈 레고 놀이에 집중하는 아들 〉**

- 30점이나 맞았으므로, 스스로 보상체계를 실행하는 중 -

(엄마)   "너……. 혹시……. [마른침을 꿀꺽 삼킨다.]

엄마가 초등교사라고 담임한테 말하거나 뭐 그런 적 없지?"

(초1 아들)   "당연하지!!!"

(엄마)   '휴~ 다행'

"근데 당연하다는 뜻이 뭐야?"

(초1 아들)   "당연히 말했다는 뜻이야."

(엄마)   "야!! 이 자식아!!! [갑자기 버럭]

@#$@%%$^%**잔소리…. [급발진 중]

---

 **〈 Solution 〉**

1. 지도 만들기

2. 안전규칙 설명하기

3. 행동계획 세우기

4. 가게 내부의 모습 상상하기

5. 변수 예상하기

6. 타인의 칭찬이 더 효과적

7. 통큰 보상은 처음 한두번만 하기

# 3단계 시뮬레이션 실천사례 2

### - 영화관에 혼자 가기 -

## 1단계 - [ 선 설명 ] 하기

 〈 영화관 독립의 날 〉

(엄마)   "친구들~ 공지사항이 있어요"

(아이들)   [다다다닥~ 뛰어오는 소리]

(엄마)   "바른 자세로 엄마 눈을 보세요." 📧 [바른 자세, 눈 마주치기]

"오늘은 즐거운 방학이에요~" [밝은 목소리에 어쩐지 어두운 표정]

"호호홋~ 하루 종일 너희가 집에 있지요." [억지웃음을 짓는다.]

(아이들)   [눈치 없이 박수를 친다.]

"와아아아. 짝짝짝"

(엄마)   "드디어 때가 되었군요. 다음 목표는 영화관이에요~"

| (둘째) | "허거걱~ 저희끼리요?" [눈이 휘둥그레진다.] |
|---|---|
| (엄마) | "그래요~ 제발 좀 어디 나갔다 와줘요. 호호호" |
| | "너희도 놀고 나도 좀 쉬고요." |
| (아이들) | "와~ 신난다! 신나요! 방법을 알려주세요!" [폴짝폴짝 뛴다.] |

초등학생의 방학은 길다. 학원도 방학이 있다. 종일 아이들이랑 부대껴야 한다. 삼시 세끼 다 집에서 먹고 간식 2번 챙겨주면 요리하고 설거지하다가 하루가 다 간다. 엄마의 개인 시간 따위는 없다. 직장맘은 또 어떤가? 꿀 같은 주말에 좀 쉬고 싶은데 아이들이 달라붙는다. 귀찮다. 솔직히 나도 쉬고 싶다. 이때를 위해 키즈카페, 영화관, 도서관 등에 아이들이 나들이 겸 한번 나갔다 와주면 엄마는 숨이 쉬어진다. 아이들도 신나게 놀고 나도 쉴 수 있는 이 멋진 방법은 다음과 같다.

## < 비법 1) 택시 타는 법 알기 >

| (엄마) | "영화관까지 차로 15분 걸려요. 오늘은 처음이기 때문에 콜택시를 이용하겠어요." |
|---|---|
| (첫째) | "위험하지 않나요?" |
| (엄마) | "엄마가 키즈폰과 콜택시 앱으로 동시에 위치를 추적할 거예요. 또 택시회사에서 범죄 조회를 하고 무사고 운전 경험이 있는 사람을 채용한다고 하니 괜찮을 것 같아요." |

| (엄마) | "택시에서 지켜야 할 규칙이 뭘까요?" |
| (둘째) | "안전띠를 해야 해요." |
| (엄마) | "딩동댕~ 또?" |

나는 평소에도 카카오 콜택시 앱을 잘 이용하는 편이다. 아이들 도서관이나 문화센터를 보낼 때 종종 사용한다. 택시는 생각보다 위험하지 않다. 앱으로 택시 차 번호와 운전기사의 정보를 볼 수 있고 택시의 이동 위치가 실시간으로 추적된다. 엄마는 키즈폰으로 아이의 이동 위치를 동시에 확인하여 아이와 택시의 위치가 일치하는지 알 수 있다. 콜택시를 탈 때는 엄마가 같이 나가서 태운다. "기사님, 아이들만 가는데 잘 부탁드려요."라고 말한다.

엄마가 직접 배웅하지 못할 경우, 기사님께 앱으로 문자를 보낸다. "초등 남매입니다. 안전하게 잘 부탁드려요."라고 문자를 넣으면 대개 "잘 알겠습니다. 안전하게 모셔드리겠습니다."라는 답변을 받는다. 종종 직접 확인 전화를 해주시는 기사님도 계신다. 아이도 택시를 타서 엄마한테 문자가 아닌 확인 전화를 하도록 한다. "엄마. 나 택시 잘 탔어요. 조금 이따 만나요. 10분 뒤 도착이에요."라고 말하여, 택시 기사님이 아이의 통화내용을 들으시도록 한다. 도착하면 앱으로 알림이 오고, 아이도 택시에 내려 바로 엄마에게 확인 전화를 한다.

| 캡처한 사진을 아이에게 보낸다. 택시 번호와 도착 예정시각을 알려준다. | 택시 번호를 확인하여 아이가 손을 흔들도록 훈련한다. | 엄마는 실시간 위치추적을 한다. 키즈폰 위치와 같은지 비교한다. |

## < 비법 2) 인터넷 지도 및 로드뷰 확인하기 >

| (엄마) | "이 건물 이름이 뭐야?" |
| (첫째) | "어! 여기 알아요. 엔터식스예요." |
| (엄마) | "예전에 엄마랑 갔을 때 기억나?" |
| (둘째) | "아~ 맞다. 그때 우리 계단 올라가서 식당 갔잖아요." |
| (엄마) | "맞아. 오늘은 2층 식당이 아닌 6층 영화관을 갈 거야.<br>1층 엘리베이터를 먼저 찾아봐. 화면에서 이쪽으로 갈 거야" |

대개 영화관은 큰 쇼핑몰과 같이 있다. 〈네이버 길 찾기〉를 이용해 우리 집에서 출발하여 도착지까지의 거리, 시간, 경로를 함께 확인한다. 택시를 타고 가더라도 길을 알고 가는 것과 아무 생각 없이 가는 것은 다르다. 다음에 있을 '버스 또는 지하철 타기' 훈련을 위

해서도 동선확인은 필요하다. 이처럼 엄마의 모든 말과 행동은 다음 스텝을 위한 교육적 의도가 있다.

〈로드뷰〉를 보면 좀 더 정확한 거리풍경을 알 수 있다. 아이들과 〈네이버 지도 거리뷰〉를 통해 도착 장소의 모습, 건널목의 위치, 가게들의 모습, 건물의 입구, 간판의 위치 등…. 을 살펴본다. 화면을 보면 좀 더 생생하게 상상할 수 있다. 건물 안으로 들어갈 때도 어느 쪽 입구로 들어가야 하는지, 엘리베이터는 어느 쪽에 있을지, 에스컬레이터의 위치는 어디에 있을지도 상세히 상상해 본다.

**< 인터넷 지도로 확인하기 >**

〈네이버 지도 길 찾기〉를 통해 가는 경로를 살핀다. 가는 길에 마트, 지하철, 도서관과 같은 아이들이 평소에 알고 있는 장소 위주로 설명한다.

〈네이버 거리뷰〉로 도착 장소의 거리풍경과 건물의 모습을 관찰한다.

커서의 위치를 바꾸면 360도 회전할 수 있고, 화살표 방향으로 클릭하면 마치 거리를 걷는 것처럼 이동할 수 있다.

건물 앞모습을 보여준다. 계단으로 올라가지 말고 1층 엘리베이터를 찾아 층별 게시판을 확인한 후 6층 영화관으로 올라가라고 설명한다.

## < 비법 3) 일의 순서와 규칙 알기 >

| | |
|---|---|
| (엄마) | "자~ 6층 영화관에 도착했어. 제일 먼저 뭐가 보이니?" |
| (둘째) | "아~ 팝콘!!!" |
| (엄마) | "그렇지. 코를 킁킁거려 봐. 팝콘 냄새를 따라가면 돼." |
| (아이들) | [키득키득] |
| (엄마) | "팝콘 파는 옆에 화장실이 있어. 화장실 먼저 다녀와." |
| | ... 설명 후 |
| (엄마) | "엄마가 첫째에게 모바일 입장권을 보냈어. 그걸로 키오스크에서 종이로 출력해 봐. 어떤 순서로 해야 할까?" |

영화관에 도착한 후 일의 순서대로 해야 할 일을 상상한다. 팝

콘 냄새를 따라가면 영화관이 나온다. 영화관은 대개 어두울 것이며, 연인과 가족들로 북적일 것이다. 초록색 이웃의 블로그를 통해 영화관 사용절차와 사진들을 보며 생생하게 상상한다. 영화를 보기 전에 키오스크에서 티켓팅을 먼저 한다. 엄마가 캡처해서 보내준 예매번호를 입력하거나 바코드를 찍으면 종이가 출력된다. 다음으로 화장실을 다녀오고 팝콘을 먹을 경우를 대비해 손을 깨끗이 씻으라고 알려준다. 팝콘과 음료를 산 뒤, 영화관 출입구 쪽으로 간다. "티켓 확인하겠습니다."라고 말하는 유니폼을 입은 직원을 찾거나, 사람들이 몰려가는 길을 따라가면 영화관 입구를 발견할 수 있다고 말한다. 또한, 영화관은 48개월 이상의 아동일 경우, 보호자 없이 전체관람 등급의 영화를 자유롭게 볼 수 있다는 사실을 알려주며 안심시킨다.

## < 비법 4) 좌석 위치 알아보기 >

| | |
|---|---|
| (엄마) | "좌석표 그림을 봅시다. ☞ [그림을 보면서 설명하기] 어느 자리가 제일 좋은 자리인 것 같아?" |
| (둘째) | "TV가 어디에 있어요?" |
| (엄마) | "스크린은 이 앞쪽에 있어. 스크린 가까운 쪽부터 가로로 A, B, C, D…. 세로로 1, 2, 3…. 이야." ☞ [보여주며 설명하기] |
| (아이들) | "아~!" |
| (첫째) | "그러면 A 열이 제일 좋은 자리 아니에요? 제일 가깝잖아요." |
| (엄마) | "영화관은 TV가 엄청나게 크고 동영상의 움직임이 커서 가까이 |

앉으면 머리가 어지러울 수 있어."

(아이들)   "우와~ 신기하다~"

(엄마)   "그럼 어느 자리가 제일 좋은 자리일까?" ✎ [확장 질문하기]

(둘째)   "뒤쪽 자리요?"

(엄마)   "맞아. 우리 자리는 I19, I20이야. 여기가 출입구야.

자리를 찾으려면 어떻게 해야 할까?" ✎ [확장 질문하기]

... 설명 후

(엄마)   "출입구는 여기인데 출구는 이쪽이야. 너희는 6층으로 들어가서

5층으로 나올 거야. 그 이유를 아는 사람?" ✎ [확장 질문하기]

... 설명 후

(엄마)   "둘째 키가 작으니까 왼쪽 가장자리에 앉고 첫째가 크니까 이

자리에 앉는 것이 좋겠는데 너희 생각은 어때?" ✎ [자석 미리

지정하기]

좌석표 그림을 보면서 설명한다. 출입구의 위치와 좌석까지의 거리, 왼쪽인지 오른쪽인지, 뒤에서 몇 번째 줄 인지까지도 확인한다. 둘째는 키가 작으므로 복도에 비치된 베개를 깔고 앉으라고 한다. 엄마의 설명은 줄이고, 확장형 질문으로 아이들 스스로 사고하게끔 유도한다. "제일 좋은 자리는 어디일까?" "6층으로 들어갔는데 5층으로 나오는 이유는 뭘까?"와 같은 확장 질문을 통해 사고력을 촉진한다.

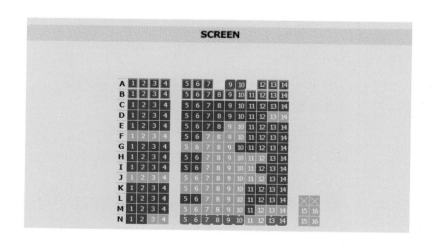

## < 비법 5) 영화관에서 지켜야 할 규칙 알아보기 >

| (엄마) | "영화관에서 지켜야 할 규칙이 뭘까?" |
|---|---|
| (첫째) | "휴대폰을 진동이나 무음으로 바꿔요." |
| (엄마) | "맞아. 문자는 할 수 있으니, 자리에 앉으면 도착문자를 보내.<br>"그럼 엄마가 안심할 수 있을 것 같아." |
| (엄마) | "그 외에 공공장소에서 지켜야 할 규칙이 뭘까?"<br>... 영화관 예절에 관해 토론한다. |

영화관에서 지켜야 할 여러 가지 규칙에 대해 말해본다. 둘째가 먼저 설명하고 첫째가 보충하는 형식으로 말하게 한다. 엄마는 아이들의 설명에 추가 설명을 한다. 만약 결제해야 할 일이 있으면 현금이 아닌 신용카드로 결제하라고 한다. 신용카드로 결제하면 엄

마 폰으로 결제문자가 와서 너희가 언제 어디서 어떤 금액을 썼는지 알 수 있다고 말한다. 엄마가 안심할 수 있으니 신용카드를 쓰되, 잃어버리지 않도록 지퍼가 달린 주머니나 가방에 잘 보관해 두라고 말해둔다.

## < 비법 6) 변수 예상하기 >

### 〈 변수 예상하기 〉

(엄마)

"만약(if) 길을 잃어버렸어. 어떻게 할 거야?"

"만약(if) 누나랑 너랑 서로 길을 잃어버렸어. 어떻게 할 거야?"

"만약(if) 만화영화가 재미가 없었어. 어떻게 할 거야?"

"만약(if) 영화관 자리를 못 찾겠어. 어떻게 할 거야?"

"만약(if) 영화를 보는 중에 화장실에 가고 싶어. 어떻게 할 거야?"

"만약(if) 누나가 신용카드를 잃어버렸어. 어떻게 할 거야?"

[변수 예상하기]를 통해 예기치 못한 상황이 생길 수도 있음을 인지한다. 특히 영화관과 같이 집에서 다소 멀리 떨어진 곳을 갈 때, 비상용 신용카드와 적은 액수의 현금을 더 챙겨서 보낸다.

## < 비법 7) 역할 놀이하기 >

- 엄마는 직원으로, 아이들은 관람객으로 역할놀이를 한다.

| (직원) | "영화 티켓 확인하겠습니다." |
|---|---|
| (첫째) | [종이 티켓을 보여준다.] |
| (직원) | "삑" [마우스로 바코드를 찍는 척한다.] |
| | "네 확인되셨습니다. 즐거운 관람되세요." |
| (둘째) | "혹시 영화관 5관 [위시] 는 어디로 가면 되나요?" |
| (직원) | "앞으로 쭉 직진하시다가 왼쪽 끝에 있습니다." |
| (둘째) | "감사합니다." |
| (첫째) | [걸으며 위치를 확인한다.] |
| | "음…. 여기가 1관" [집의 화장실 문을 가리키며] |
| | "음…. 여기가 2관" [아빠 방을 가리키며] |
| | "음…. 아하~ 여기가 5관" [자기 방으로 들어간다.] |
| (둘째) | "누나~ 나 키가 작아서 베개 가져 가져올게" [뛰어가서 소파쿠션을 가져온다.] |

역할놀이는 아이들의 뇌에 기억이 쏙쏙 되고 예상치 못한 변수를 발견할 수 있다. 엄마도 역할놀이에 참여하여 아이들의 독립훈련을 도와준다.

## 2단계 – [ 실행 ] 하기

### 부모의 역할: 핸드폰 전화 및 문자 잘 받기

아이는 엄마 폰으로 자신의 위치, 상황, 사진, 결제문자 등을 수시로 보내온다. 엄마는 휴대폰을 확인하며 누워서 잘 쉬면 된다.

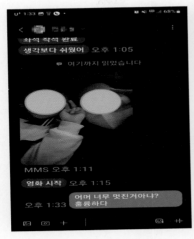

영화 시작 전 확인문자를 보냄

영화가 끝난 후 카페에서 간식사진을 보냄

## 3단계 – [ 피드백 ] 하기

### 엄마의 역할: 폭풍 칭찬과 통 큰 보상

'멋진 미션이었다!' 감탄하며 쓰러질 듯 칭찬한다. 칭찬 보상으로 쇼핑몰에서 맛있는 것도 사 먹고 서점에서 자기가 좋아하는 책을 한 권씩 사 오라고 한다. 시간을 조금이라도 벌어보겠다는 엄마의 꼼수이지만 아이들은 열광하며 좋아한다. 엄마의 인기는 순식간에 상승한다. 이러한 [독립훈련]으로 아이들의 자존감과 자신감은 우주 끝으로 날아가고 있다.

 **〈 Solution 〉**

1. 이동방법 알기

2. 지도 및 로드뷰 활용하기

3. 일의 순서와 규칙 알기

4. 좌석 위치 알아보기

5. 규칙 알아보기

6. 변수 예상하기

7. 역할놀이하기

8. 칭찬과 보상하기

**< 작가의 강의 >**

영화관 혼자 가는 독립훈련

# 아동의 능력을 업그레이드한다

유아 말 ~ 초등시기의 아이들은 20년 뒤 우리나라를 이끌 대표 인재가 된다. 미래의 4차 대혁명 시대에 정확히 어떤 직업이 자본주의 상위층을 차지하게 될지는 아무도 모른다. 앞서 말한 것처럼 지금으로부터 5년 안에 14,000개의 직업이 사라질 예정이며 AI 대체 1순위로 현재의 선호 1순위 직업인 '의사'가 뽑혔다. 즉 공부를 잘하는 순서대로 머리를 많이 쓰는 직업 순서대로 인공지능이 현재의 직업을 대체한다고 본다. 그런데 독립훈련을 한 아이들은 5차, 6차 대혁명 시대가 온다고 할지라도 미래를 살아갈 소프트웨어가 충분히 준비되어 있을 것이다. 그 어떤 직업을 가지더라도 그 어떤 삶의 형태를 결정하더라도, 생각하는 범위와 뇌를 쓰는 순서가 일반 사람들이랑 다를 것이기 때문이다.

예를 들어, [스스로 하기 훈련]을 받은 우리의 딸이 커서 성인이 되었다. 딸은 어느 날 500억 자산가가 되기로 다짐한다. 시대의 흐름을 찬찬히 살펴본다. 어린 시절 독서로 훈련된 아이의 뇌는 새로운 정보를 받아들이기 적합하며 시대의 흐름을 읽을 줄 아는 능력의 바탕이 된다. (Part 6. 책 잘 읽는 아이로 만들려면) 딸은 인공지능을 기반으로 하는 스타트업 회사를 설립하기로 결심한다. 어떻게 해야 할까?

 ⟨ 딸의 도전 ⟩

나는 3단계 시뮬레이션을 통해 성장했다. 7살 무렵, 엄마는 나에게 ⟨미용실 혼자 가기⟩와 같은 미션을 주었다. 당시의 어린 나에겐 도무지 정복할 수 없을 것만 같은 큰 산처럼 보였다. 그러나 엄마는 미용실 가는 법을 상상하게 했다. 섹터별로 작게 나누어 작은 일부터 단계별로 시작하였다. 처음이라 무섭고 떨렸다. 여러 번의 연습 끝에 성공할 수 있었다. 막상 실행해 보니 별 것 아니라는 생각도 든다. 아무리 큰 산과 같은 일이라도 작게 나누어 차분히 실행한다면 그 어떤 일도 할 수 있다는 자신감이 생겼다.

이처럼 회사를 설립하는 큰일이라도 섹터별로 작게 나누어 작은 일부터 조금씩 시작하면 된다는 것을 알고 있다. 수많은 [스몰-빅 경험]을 통해 무의식 속에는 "할 수 있다"가 내재되어 있다. 남들보다 실행이 빠르고 긍정적인 태도로 일을 추진할 수 있다. 회사를 운영해 나가는 과정에서 "여러 가지 변수가 있겠지만 이 또한 해결할 수 있다"라는 생각이 마음 깊숙이 박혀 있다. [실행]을 하는데 감정이 장애가 되지는 않는다.

딸이 곰곰이 생각해 보니 일단 소자본 1억이 필요했다. 1억을 모으려면 1천만 원 10번을 모아야 했다. 용돈 통장을 보니 딱 1천만 원이 있었다. 이제 나머지 9천만 원을 모을 계획을 세운다. 우선 자신의 아이디어로 자금을 모으는 펀딩을 받기로 한다. 아이디어가 축약된 기획서를 쓰고 펀딩 사이트에 글을 올리고 관련 회사들에 이메일을 보내어 도움을 요청한다. 또 정부에서 청년들의 소자본 창업을 지원해 주는 프로그램이 있는지 알아보고 지원한다. 마지막으로 시간당 페이가 높은 아르바이트의 종류를 알아보고 자신의 역량과 지식을 동원해 효율적으로 돈을 버는 방법을 구상하고 실행한다.

| (친구1) | "요즘 같은 시대에 사업 잘못하다가 인생 망하려고 그래?" |
| (친구2) | "너 같은 작은 회사가 큰 회사를 이길 수 있을 것 같아?" |
| (친구3) | "야야~ 쓸데없는 짓 하다가 돈 버리고 마음 상해. 하지마." |

친구들과 지인들의 부정적 말들이 여기저기서 쏟아진다. 보통의 성인이라면 으레 겁을 먹고 시작도 하지 않았을 일이었다. 하지만

[스스로 하는 훈련]으로 긍정적 소프트웨어가 장착된 딸은 그들의 말에 흔들리지 않는다. 오히려 그들의 염려를 마음에 잘 새겨듣고 Plan B, C, D를 세우는 데 활용한다. 미래의 변수를 대비하는 계획을 세우며 오늘도 묵묵히 자기가 할 수 있는 가장 작은 일부터 추진해 나간다.

## 아동의 능력을 업그레이드 한다.

[혼자 스스로 하기 훈련]은 단순히 부모가 육아를 편하게 하기 위함이 아니다. 아동의 능력을 인정하고 그의 능력을 최대치로 끌어올리는 역할을 부모가 하는 것을 말한다. 아동의 현재 능력 +1 또는 +2 레벨의 미션을 주어 작은 성공 경험을 쌓게 한다. 더 이상 각종 매스컴과 과잉 훈육을 하는 주변 사람들의 시각에 동요되지 않는다. 내 자녀를 문제아로 보고 처방하지 않는다. BEFORE AND AFTER로 나뉘어 [문제아동 ☞ 일반아동]으로 만들기 위함도 아니다. 우리에게는 고상하고 고차원적인 목표가 있다. 내 자녀의 능력을 신뢰하고 키워주는 교육, 아이의 미래를 위한 오늘의 교육, 어떤 일에도 흔들리지 않고 추진해 나가는 [문제해결력]과 [회복탄력성]이 높은 아이로 만드는 것에 자녀교육의 궁극적 목표가 있다.

이 책에서 제시하는 훈육방식이 기존의 방식과 완전히 다를 수 있다. 어쩌면 거부감마저 느낄 수 있다. 그러나 언제나 변화는 어려운 것이었다. 〈Part 1. 고정관념 깨뜨리기〉는 우리들의 편중된 육아관을 깨뜨리기 위한 노력이었다. 마치 30·40세대의 부모들을 혼내는 것 같은 필자의 말투에 마음이 상할 수도 있었겠다. 벌써 적지 않은 수의 엄마들이 화를 삭이며 악성 댓글을 써 내려가는 소리가 들린다. 변화의 과정은 이처럼 낯설고 괴롭다. 기존의 방식을 유지하려는 사람들과 공교육의 추락을 보며 부모가 변해야 한다는 인식을 가진 사람들의 양극단이 생겨난다. "이 훈육법은 너무 세" "우리 아이는 안돼. 싫어할 것 같아."라며 부정적인 비판을 한다. 시도조차 하지 않으려는 사람들도 생겨난다. "저 사람 특이해." "그 집 아이들에나 해당하는 일이야." 라고도 말한다. 마치 조용한 호수에 큰 돌을 던지는 것 같은 마음의 동요가 일어난다. 그러나 이 책의 [독립 훈육법]은 그저 어느 날! 갑자기! 내 머릿속에서 튀어나온 주관적인 견해가 아니다.

**[독립훈련]은 허황한 주장이 아니다.**

3단계 시뮬레이션은 지금도 초등학교에서 교사들이 날마다 실천하고 있는 교육의 한 방법이다. 학급은 다양한 기질의 아이들이 모이는 공간이다. 다양한 가정환경에서 각기 다른 육아관으로 교육을 받은 아이들이 일괄적인 집단 교육을 받는다. 아이들의 특성을 스펙트럼으로 나눈다면 1에서 100까지 골고루 분포되어 있다. 어떤 한 아이를 기준으로 교육을 해야 할지 모를 지경이다. 저마다 다른 아이들 2~30명이 한 교실에 있다고 생각해 보자. 기질도 다르고, 성별도 다른데, 공부 수준도 차이가 난다. 이같이 다양한 아이들이 단 한 명의 선생님을 따르고 학교생활을 해낸다는 자체가 불가능하다고 생각되지 않은가?

그럼에도 불구하고 학교는 다양한 기질의 아이들을 포용한다. 마치 약속이나 한 것처럼 아이들은 집단생활에 적응을 하고 선생님 말씀을 잘 듣는다. 어찌어찌 흘러가 1년의 교육과정이 끝나고 내년 학년으로 진학을 준비한다. 생각해 보면 참 신기한 일이다. 집에서 엄마 말도 잘 안 듣는 아이다. 한 명도 아니고 수십 명의 아이다. 어떻게 교육했길래 학교가 잘 돌아가는 것일까?

바로 [3단계 시뮬레이션]의 과정을 수도 없이 반복-재생, 반복-재생하기 때문이다. 체육수업을 예로 들어 생각해 보자. 여러분은 내 말도 잘 안 듣는 아이를 학교로 보냈다. 1명의 교사가 미성숙한 삐약이들을 데리고 체육수업을 해야 한다. 대부분의 선생님은 첫 수업시간부터 아이들을 데리고 바로 운동장에 나가지 않는다. [선설명] 없이 무방비로 나갔다가는 그야말로 엄청난 혼돈이 예상될 것이기 때문이다.

선생님은 2~3회의 수업을 할애하여 처음부터 마지막 순서까지 아주 자세하게 [설명]을 한다. 마치 [독립훈련]에서 우리가 미용실 가는 길을 지도에 그리듯 교사도 칠판에 운동장 그림을 그린다.

**〈 학기 초 체육수업 시간 〉**

- [ 선 설명 ] : 교사는 칠판에 운동장과 학교건물의 구조도를 그린다.

(교사) "여러분, 오늘은 체육 시간에 지켜야 할 규칙과 방법에 대해

알아보겠습니다."

[칠판을 가리키며] ☜ [지도로 설명하기]

"우리 교실은 4층 맨 꼭대기 층 왼쪽 가장자리에 위치해 있어요.

학교 계단은 동쪽 중앙 서쪽으로 나뉠 수 있습니다. 어느 쪽

계단으로 내려가야 할까요?"

(학생1) "교실이 왼쪽에 위치해 있으니까 왼쪽 계단이요."

(교사) "맞아요. 왼쪽 계단으로 내려가는 것이 가장 빨리 나가는

길이겠지요. 그래서 우리 학급은 왼쪽 계단으로 내려갑니다.

계단을 내려갈 때의 규칙이 무엇이지요?" ☜ [규칙설명과 질문]

... 설명 중

(교사) "운동장에 나가면 우리가 사용할 곳은 이쪽 범위입니다. 중앙

건물에 가까운 선에서 축구 골대가 있는 선까지만 쓸 수

있습니다." ☜ [운동장 사용범위 알려주기]

(교사) "자…. 우리는 운동장에 도착했습니다. 제일 먼저 무엇을 해야

하나요?" ☜ [일의 순서대로 상황 묘사하기]

(교사) "다음 시간에 배울 앞 구르기예요.

앞 구르는 방법에 대한 동영상을 봅시다." ☜ [동영상으로 하는 법

인지시키기]

(교사) "만약(IF) 어떤 친구가 운동하다가 다쳤어요. 어떻게 해야 하나요?"

"만약(IF) 선생님이 그 아이를 부축해서 보건실에 가야 했어요.

선생님은 체육수업을 [실행]하기 전 [선 설명]으로 아이들의 사고를 끌어낸다. 체육 시간에 지켜야 할 여러 가지 규칙을 예상하며 이야기를 한다. 아이들은 선생님의 리드에 따라 머릿속에서 해야 할 일과 하지 말아야 할 일을 생각한다. 운동장의 모습을 떠올리며 실행을 해나가는 자신들의 모습을 시뮬레이션한다. 교실 안에서 [역할놀이]를 통해 몸으로 연습도 해본다. 드디어 모든 준비를 마치고 운동장으로 나간다.

[실행] 단계인 체육수업에서 선생님은 많은 말을 하지 않는다. 운동장이 넓어서 떠들어봤자 힘만 빠진다. 뒤에 서 있는 학생들에게는 선생님 목소리가 잘 들리지도 않는다. 교실에서 미리 연습한 수신호와 호루라기 신호로 아이들을 움직인다. 아이들은 마치 예상이나 한 것처럼 착착 움직인다. 수업이 끝나고 교실에 오면 선생님은 오늘 있었던 일에 대해 [피드백]을 한다. 학생들과 함께 오늘 수업의 잘한 점과 못한 점 그리고 보완해야 할 점을 토론하며 다음 체육수업에 좀 더 잘할 수 있기를 기대해 본다.

이처럼, [스스로하기 훈육법]이란 우주에서 느닷없이 날아온 근거 없는 아이디어가 아니다. 어쩌면 학교라는 것이 생긴 이후로 우리 옆에 항상 있어왔던 전략적 접근법(strategic approach)일지도 모른다. 물론 [3단계 시뮬레이션]이란 교육학적 용어가 공식적으로 존재하는 것은 아니며 필자가 부르는 육아 과정 또는 명칭을 말한다. 한편, [설명]-[실행]-[피드백]이란 훈육 과정에서 적용할 수 있는 다양한 교육학적 교수법들이 존재한다. 대표적으로 문제중심 학습법(Problem-Based Learning), 협력학습법(Cooperative Learning), 탐구학습법(Inquiry-Based Learning), 프로젝트 기반 학습법(Project-Based Learning), 참여형 교수법(Participatory Learning) 등이 있다. 또한, 학급 규칙을 세우고 실행하는 데 필요한 교육 접근법으로는 모델링(Modeling), 긍정적 강화(Positive Reinforcement), 진정 및 감정 관리(Calmness and Emotional Regulation), 규칙 공동 설정(Collaborative Rule Setting), 명확한 기대 설정(Clear Expectations) 적절한 경계 설정(Setting Boundaries) 등이 쓰일 수 있다.

**Q: "우리 아이는 남자아이라고요. 기질 자체가 달라요."**
**"우리 딸은 소심하고 심한 내향성이라 안 될걸요?"**

그 어떤 아이라도 성별이 달라도 누구나 다 된다고 말씀드린다. 적어도 당신의 아이가 학교에 잘 적응해서 다니고 있다면 말이다. [3단계 독립훈련]을 1명의 교사가 2~30명을 데리고 매일 해내고 있다. 이것은 별나고 특이한 훈육법이 아니다. 가정에서도 1명 데리고 충분히 할 수 있다. 정말 다양하고 이해하기 힘든 아이들도 학교 규칙과 다양한 과목의 각기 다른 규칙에 다 적응하고 잘 배우며 다닌다. 심지어 규칙 안에서 마음의 편안함을 느낀다.

엄마가 시도조차 해보지 않으면서 지레 겁을 먹지 말자. 당신의 아이는 유아가 아니다. 성장한 아이의 능력을 믿어주는 것이 바로 부모의 역할이다. 부모가 아이를 신뢰할 때 아이도 성장할 수 있다. 언제까지나 아이의 감정과 요구에 맞추어 착착 대령만 할 수는 없다. 언제까지나 영혼 없는 "그렇구나"를 미러링 하며 과잉 감정교육을 해서는 안될 것이다. 우리의 목표는 문제아 치료가 아니다. 자녀를 미래 인재의 이상적인 형상에 맞추는 보다 고차원적인 목표를 가지고 있다. 또한, 자녀는 내 소유물이 아니다. 나와 자녀를 동일시하며 마치 소중한 내 것을 빼앗기지 않으려는 듯 불안해하지 말자. 그들은 나의 영원한 병아리가 아니다. 아이의 성장 속도에 엄마가 따라간다면 아이의 인생이 바뀔 수 있다.

## Q : "스스로 하기 훈련이란 <미용실 가기>와 같이 어디 나가는 것만을 뜻하나요?"

절대 그렇지 않다. [혼자 스스로 하기 훈련]은 다양한 영역에서 폭넓게 사용될 수 있다. 비단 마트나 미용실에 혼자 가는 외출에서만 해당되는 문제가 아니다. 아이마다 다른 기질을 고려하여 각자 다른 속도로 단계별 적용이 가능하다. 예를 들어, 우리 아이가 천방

지축이어서 행동이 엉성하고 소지품을 잘 흘리고 다닌다고 해보자. 그런 아이를 둔 엄마는 항상 불안할 것이다. 자기 옷 단추 하나 잘 못 여미며 다니는 아이다. 엄마는 학교를 보내고도 늘 걱정이 된다.

 〈 [독립훈련] 육아법을 배운 엄마 〉

(엄마) "학교에 등교하는 일을 순서대로 생각해 보자.
아침에 일어나자마자 해야 할 일이 뭐지?" ☎ [일의 순서대로 설명]

(엄마) "학교 가는 길에 위험한 요소는 무엇일까? ☎ [변수 예상]
걸어가는 길에 지켜야 할 규칙은 뭐야?"

(엄마) "교실 앞에 도착했어. 뭐가 보이니?" ☎ [장면을 상상]

(아들) "신발장이요. 신발부터 갈아 신어야 해요."

등교할 때 일어날 수 있는 일을 순서대로 시뮬레이션해 볼 수 있다. 집에서 학교까지 가는 길을 인터넷 로드뷰를 보며, 어떤 길로 안전하게 걸어가야 하는지를 알아본다. 교실 모습을 종이에 그리며 학교에서 소지품은 어디에 매달고 나의 외투는 어디에 놓으며 외투 안 호주머니에는 무엇이 담겨 있는지도 구체적으로 상상을 한다. 장면 장면마다 아이가 챙겨야 할 것과 순서를 훈련할 수 있다. 처음부터 잘되지 않을 것이다. 그러나 천방지축인 내 아이를 무방비 상태로 그냥 학교에 보내는 것보다 한 번이라도 시뮬레이션 훈련을 하고 보내는 것이 훨씬 낫다. 여러 번 연습을 하다 보면 몸에 체화가 되어 눈빛이 반짝반짝한 아이로 자라게 된다. 어떤 일을 해야 하는지 행동에 거침이 없어진다. 주변 사람들로부터 똘똘하다는 소리를 듣게 된다. 이것은 타고난 기질이 아니다. 교육의 힘이다.

## 독립훈련은 예방 주사다.

우리는 매해 독감 예방 주사를 맞는다. 독감에 걸리면 너무 힘들기 때문이다. 죽은 바이러스를 몸 안에 투여하면 백혈구들이 진짜 독감 바이러스가 온 줄 알고 미리 전쟁 훈련을 한다. 이렇게 독감 특수부대가 만들어진 몸에 독감 바이러스가 온다 해도 우리 몸은 그들의 습성을 기억하고 쉽게 물리치거나 훨씬 가볍게 앓고 지나갈 수 있는 상태가 된다. 이처럼 [독립훈련]은 아이에게 닥칠 일에 대한 [예방] 주사와도 같다.

 〈 친구에게 안된다고 말하는 훈련하기 〉

(엄마) "만약(IF) 수업시간에 옆 친구가 지우개 가루를 너한테 던졌어. 어떻게 해야 하니?" ✎ [IF 질문법]

(딸) "하지 말라고 말해요."

(엄마) "좋아. 만약 하지 말라고 말하는 네 모습을 보고 선생님이 오해하면 어떻게 하지?"

(딸) "글쎄요…." [생각한다.]

| (엄마) | "혹시 그 아이를 무시하는 건 어떠니?" |
|---|---|
| (딸) | "무시는 나쁜 것 아니에요?" |
| (엄마) | "규칙도 때에 따라 다르게 적용하는 거야. ✍ [규칙의 예외적용]<br>지금은 수업시간이고 그 아이는 너에게 지우개 가루를 던졌어.<br>너는 몸이나 표정으로 "하지 마!"라고 신호를 보낼 수 있어.<br>그래도 계속한다면 바로 선생님에게 말해." |
| (딸) | "고자질은 나쁜 것이 아닌가요?" |
| (엄마) | "고자질도 필요에 따라 해야 하는 거야. 너는 1학년이기 때문에<br>아직은 고자질에 대해 또래들이 민감한 나이는 아니야.<br>수업을 방해하는 건 잘못된 행동이야. |
| (엄마) | "거울을 보고 "안돼"를 표현하는 연습을 해 보자" ✍ [역할놀이] |

위의 예시는 또래 관계에서 흔히 일어날 수 있는 갈등구조다. 나와 맞지 않는 아이와 부딪쳤을 때 어떻게 해결하고 선생님의 도움을 구할 수 있는지 구체적으로 생각한다. 유아 ~ 초등 저학년은 상황에 따른 융통성을 발휘하는 것이 힘들다. 그래서 친구의 특성마다 다른 대처와 단호한 태도를 표현하는 것을 교육으로 가르쳐야한다. 한 번에 되지 않으므로 [역할놀이]나 [거울 앞 연기]를 통해미리 연습한다. 이렇게 훈련된 아이는 학교에서 유사한 상황이 벌어졌을 때 크게 당황하지 않는다. 문제를 어떻게 바라보고 반응해야하는지 알 수 있다. 마치 우리가 독감 예방 주사를 맞듯이 독립 예방 훈련을 통해 인간관계의 예방 주사를 미리 맞고 간다면 훨씬 수월하게 학교생활을 할 수 있다.

**〈 사회성 훈련하기 〉**

(딸)　"엄마 비밀 이야기할 게 있어요."

(엄마)　"무슨 일이니?"

(딸)　"학교에서 친구들이랑 땅따먹기 하는데 정땡땡이가 나를 밀치고
　　　 내 돌을 가져갔어요."

(언니)　"아~ 그 말썽꾸러기 정땡땡?" [언니가 갑자기 끼어든다.]

(딸)　"맞아. 내가 하지 말라고 소리쳤는데도 '우헤헤' 놀리고 도망가서
　　　 기분이 매우 속상했어."

(언니)　"야~!! 그건 당연한 거야. 정땡땡한테 기대하면 안 돼.
　　　　정땡땡이 일반 아이들과 똑같이 너를 대할 것이라는 생각을 버려."
　　　　☜ [자매의 조언]

(딸)　"왜?" [눈이 휘둥그레지며]

(엄마)　"혹시 정땡땡이 너 말고도 다른 친구들에게도 비슷하게
　　　　행동하니?"

(딸)　"헉! 어떻게 알아요? 매일 선생님께 혼나요."

(엄마)　"혹시 정땡땡이는 평소 여기저기 사건을 일으키니?"

(딸)　"네. 맞아요." [고개를 끄덕이며]

(엄마)　"딸아. 엄마 눈을 똑바로 보세요. ☜ [중요한 내용에 눈 마주치기]
　　　　정땡땡이는 1) 아직 배우는 과정에 있거나 2) 마음이 아픈 아이야.
　　　　둘 중 어느 쪽에 있는지는 엄마도 잘 몰라. 하지만 사람마다
　　　　성장의 속도가 다른 것을 인정하는 것이 좋아. ☜ [다른 시각을
　　　　제시]
　　　　너 반에서 키가 어느 정도야?"

| (딸) | "반에서 내가 두 번째로 작아요." |
|---|---|
| (엄마) | "맞아. 바로 그거야. |
| | 네 키가 다른 아이들과 다르게 자라는 것처럼 정땡땡이는 아직 |
| | 친구의 이해가 필요한 단계일지도 몰라." ✍ [아이의 눈높이에 |
| | 맞는 설명] |
| (딸) | "그러면 어떻게 해야 해요?" |
| (엄마) | "어떻게 해야 할까?" ✍ [대답 지연, 사고의 확장] |

<장면1> 정땡땡이 지우개 가루를 던진다.

<장면2> 정땡땡이 아이를 밀치고 지나간다.

<장면3> 정땡땡으로 인해 오해받아 선생님께 혼나게 된다.

... 여러 가지 상황으로 사회성 연습을 한다.

## 독립훈련은 [규칙의 정도]를 알려준다.

아이는 속상한 마음을 안고 엄마에게 상담을 요청했다. 엄마는 이를 진지하게 받아들인다. 경험이 있는 언니와 함께 교우 관계의 지혜를 알려주고 역할놀이를 해본다. 친구 관계는 "눈에는 눈, 이에는 이"로 정의하지 못한다. 내 자녀가 손해를 볼 수도 있고 억울한 마음이 들 수가 있다. 아이의 속상한 마음만 받아들이는 것으로 끝나면 안 된다. 친구 관계의 미묘한 상황에서 다르게 반응해야 한다는 지혜를 알게 하는 것이 교육이다. 이것이 [인간관계의 눈치]이고 [융통성]이라는 것도 알려준다. 어떤 아이는 규칙을 목숨같이 여기는 [모범생 기질]이 있고 어떤 아이는 규칙을 심각하게 생각하지 않는 [융통성 기질]이 있다. 이런 아이들 모두에게 [규칙 독립 훈련]은 도움이 된다. 규칙을 지나치게 중요시하는 아이에게는 융통성을, 융통성이 지나치게 높은 아이에게는 규칙의 중요성을 알려준다. 그리하여 예상치 못한 변수가 생겼을 때 우선순위를 무엇에 두고 사고를 해야 할 것인지 훈련할 수 있다.

## Q: "남자아이라 조심성이 없는데 가능할까요?"
## "남자아이라 내 말을 안 들어요. 경청을 안 해요."

남아 엄마들의 걱정은 충분히 이해한다. 나도 조심성 없는 아들이 있다. 뭐가 그리도 바쁜지 차도로 뛰어다닌다. 앞뒤 양쪽을 볼 수 있는 능력은 상실됐다. 뒤에서 잔소리해도 듣는 귀가 약한지 알아듣지 못한다. 고집은 또 얼마나 센지 주장도 강하고 자기 생각이 무조건 옳단다. 왜 남아 엄마들이 작게 말하면 될 일도 화통 삶아 먹는 큰소리를 질러대는지 아들을 키워보면 안다. 남아 엄마와 여아 엄마는 삶의 경험치가 다르다고 생각될 정도다. 하지만 남아라고 해서 교육을 안 할 수도 없다. 성별의 다른 특성은 인정하지만, 아들을 언제까지나 내 품의 삐약이로 놔둘 수도 없다.

첫째, 천천히 단계별로 지도한다. 처음부터 무턱대고 "미용실 갔다 와."라고 지시해서는 안 된다. 평소에 가던 길도 똑바로 가지 못

하는 아들이다. 발레리노처럼 빙글빙글 돌면서 걸어가다가 지 발에 지가 걸려 넘어질지도 모르는 일이다.

둘째, [경청]하는 연습부터 한다. 듣는 귀가 약하고 집중력이 떨어지기 때문에 한 번에 시뮬레이션이 성공하리라는 기대를 내려놓는다. 매일 조금씩 반복 설명한다. 진도를 느리게 나간다는 생각으로 [선 설명]을 쪼개어서 한다.

셋째, 자기 말로 스스로 표현하도록 유도한다. [시뮬레이션]을 할때 장면을 생생하게 묘사하는 말을 하도록 질문하고 엄마가 아들의 말을 경청한다. 부모의 설명은 나눠서 짧게 한다. "그래서 다음 순서는 뭐지?" "도착하면 어떤 장면이 있어?"라며 아들이 말을 많이 하게 한다. 아들의 어휘력이 약하므로 말을 길게 하지는 못할 것이다. 힌트를 주어가며 말을 먼저 하게 하고 엄마가 보충설명을 한다.

넷째, 집에서 역할놀이를 한다. 똑바로 걷지 못하는 아들을 위해 집에서 역할놀이로 거실을 왔다 갔다하는 훈련을 해본다. 엄마가 없을 때 더 정신을 바짝 차려야 한다는 것도 알려준다. 이렇게 훈련을 하면 여학생들만큼 얌전하고 조심조심 다니지는 못하겠지만 그래도 생각보다는 꽤나 잘한다.

학교에서도 학년을 불문하고 학기 초에 복도를 걷는 방법을 연습시킨다. 여아들은 조용히 조심스럽게 걷는다. 남아들은 두 계단씩 뛰어간다. 저러다 발목이라도 접지를까 봐 걱정이 된다. 그래서 담임은 아이들과 복도를 수도 없이 왔다 갔다 하며 연습해 본다. 이렇게 선생님이 따라다니며 규칙에 대한 잔소리로 행동교정을 하면 여아만큼은 아니지만, 남아들도 적응 잘하고 다치지 않고 잘 다닌 다. 따라서 가정에서도 남아에게 맞는 훈련을 한다면 '혼자서도 잘 하는 똘똘한 아들'로 만들 수 있다.

## 아이가 성장하면서 주도성을 서서히 넘겨준다.

아이가 성장하면 부모의 말을 점점 안 듣는 것 같이 느껴진다. 아이도 자신의 의견이 있고 자아가 형성되기 때문이다. 유아기까지 만 해도 엄마말이 다 옳은 줄 알았다. 하지만 점점 나이가 들고 사 고력이 커지면서 규칙의 범위가 커지고, 복잡성이 더해졌다. 엄마도 사람인지라 완벽한 공정이 있을 수 없다는 것을 깨닫는다. 엄마의 주관 위에 세운 규칙에 무작정 따라 해서도 안 되겠다는 생각이 든 다. 따라서 아이의 반항은 성장의 긍정적 메시지로 받아들이는 것 이 좋다. 엄마의 주도권을 서서히 아이에게 넘겨주라는 중요한 신 호다.

나의 자녀가 "엄마. 그건 좀 아닌 것 같아요."라고 말할 때 기쁜 마음으로 아이의 다른 생각을 받아들이자. "그래? 그럼 네 생각은 어때?"라고 아이의 의견을 규칙과 독립훈련에 수용해 보자. 영 유아 기 때는 엄마가 주도했다면 초등 고학년으로 갈수록 아이의 의견을 존중하는 태도를 취할 필요가 있다.

## 독립훈련은 [대화]를 전제로 한다.

[독립훈련]은 부모와 자녀의 [대화]를 기본으로 한다. 부모 자식의 관계가 좋아야 대화의 티키타카가 이루어지고 가족 모두의 합의하에 규칙을 만들 수 있다. 부모와 자식 간에 대화가 어렵다면 이 훈련은 할 수 없다. 초등 4학년 이상이라면 규칙 설정은 부모와 자녀의 합의하에 이루어지는 것이 바람직하다.

## 독립훈련은 [성장 교육]이다.

교육과 교육이 아닌 것의 기준은 [교육자의 의도성]에 있다. 어느 날 갑자기 느닷없이 생각나는 대로 말하는 것은 교육이 아니다. 교육자가 충분한 교육적 이론과 의도적 계획을 가지고 접근하는 것이 교육이다. 자녀는 성장하는데 엄마가 아이를 여전히 유아 다루듯이 모든 필요를 채워주는 것이 교육은 아니다. 아이의 성장에 맞춰 가정교육자인 부모도 변해야 할 것이다.

### Q: "당신은 감정교육을 반대하나요?"

아니다. 필자도 [감정 및 자존감 육아법]을 좋아한다. 당시 소아정신과 전문의 선생님들과 상담 교수님들이 책으로 또는 공중파 프로그램으로 애를 많이 써 주셨기 때문에 오늘날의 발전된 육아관이 있을 수 있었다고 생각한다. 한편 서이초 교사의 죽음을 시작으로 [공교육의 몰락]이 세상에 알려지며 육아관의 기저에 있었던 [감정 및 자존감 육아관]이 잘못된 것처럼 비판하는 경우를 보았다. 이는 잘못된 생각이다. 한두 가지의 육아관을 일반화하며 과잉 편식했던 우리들의 잘못이 더 크다. 적당한 것은 좋지만 과한 것은 뭐든지 안 좋다. 아동이 성장하고 있음에도 부모의 지속적인 과잉보호, 과잉 반응, 과잉 감정 읽어주기가 문제를 일으켰다. 우리의 고정관념을 깨뜨리기 위해 설명을 하다 보니 필자 역시 다른 쪽 면을 강조하게 된 것이지 그들의 교육관 자체가 잘못되었다고 비판한 것은 아니다.

또한, 필자는 학교 현장에 있는 사람이다. 집단 아동을 대상으로 초등연령의 아이들을 관찰하고 지도한다. 그러나 이제껏 육아라 함은 주로 어린이집이나 유치원을 다니는 어린 아동을 대상으로 한다. 한 명의 아이를 집중 분석하여 그의 기질, 가정교육, 가정환경, 애착 형성의 정도 등을 종합적으로 판단한다. 1:1 감정 대화를 통해 아이의 마음 상처를 살피고 [치유]에 목표를 둔다.

반면 [스스로 잘하는 훈육법]은 이미 애착 형성과 마음 성장이 훌륭히 진행되었다고 가정한다. 유치원생뿐 아니라 그동안 육아에서 다소 소외되었던 초등학생까지를 대상으로 그들의 능력을 업그레이드하는 [성장]에 교육적 목표를 둔다. 이처럼 양쪽 모두는 우리에게 필요한 교육관이며 균형 잡힌 시각을 제시한다. 따라서 우리 부모는 여러 교육전문가의 견해를 살펴보고 종합적인 시각으로 유연성 있게 접근하는 것이 좋다.

Q: "실제로 해봤는데 아이가 가만히 있지 않아요.
　무엇이 잘못된 걸까요?"

## A: 아이가 심심하면 사고를 친다.

 〈 최근 교회 모임에서 〉

- 지난번에 모인 식당에서 다시 모임을 한다. 평일 저녁이라 마침 2층 식당
에는 아무도 없었다.

(둘째)　[자리에 가만히 있지 못하고 계속 돌아다닌다.]

(엄마)　"둘째, 뭐 하는 거야? 왜 앉았다 일어났다 왔다 갔다 하는 거야?"

(둘째)　"준비물 가방에 놀 것을 모르고 안 가져왔어요."

(엄마)　"네가 심심해서 자꾸 돌아다니는구나."

(둘째)　"엄마 나 뭐해요?"

(집사님)　"우리 땡땡이가 심심하구나. 이 앞에 문구점 있던데 거기 가서
　　　　뭐라도 구경하고 올래?"

(엄마)　"괜찮아요. 자기가 짐을 제대로 안 챙겼으니까 심심해 봐야
　　　　다음번에 잘 챙겨 올 거예요. 그냥 10분 놔둘게요."

　　　　... 10분 동안 아이는 심심해서 왔다 갔다 난리를 친다.

(엄마)　"둘째 여기 와봐요." [눈을 마주친다]

　　　　"앞으로 짐을 챙길 때 어떻게 해야 할 것 같아요?"

최근에 있었던 일이다. 〈Part 2. 3단계 시뮬레이션〉에서 예화로 설명했던 같은 모임에 같은 장소를 세 번째로 가게 되었다. 그런데 이 날따라 8살 아들은 자기 자리에서 잠시도 가만히 있지를 못했다. 알고 보니 심심해서였다. "심심해도 참는다." 가 규칙이었지만 그 심심한 상태가 10분이 되고 30분이 되면 참을 수 있는 아이는 별로 없다. 아이가 심심하게 되면 접시를 깨트리고 식기류를 떨어뜨리고 징징대기 시작한다. 나도 이날에 아이들의 외출 가방을 미리 점검하지 않은 것이 화근이었다. 대개 외출 1시간 전에 아이들과 식당에서 할 일에 대해 충분히 의논하고 넉넉히 준비물을 챙겨놓는다.

그런데 그날따라 앞선 볼일을 보는 바람에 느닷없이 챙겨서 외출하게 되었다. 결국, 둘째는 심심할 때 혼자 놀 거리를 가지고 오지 못했다. 부모인 나의 잘못이다. 아이가 심심하지 않게 엄마는 시스템을 충분히 구축해 놓아야 했다. 식당에 2시간 있을 예정이라면 3시간용 준비물과 할 일을 충분히 챙겨 가야 한다. 아이는 엄마를 찾을 생각도 못 할 정도로 바빠야 한다. 만약 아이가 떼를 부린다면 습관적으로 떼를 부리는 것인지, 아니면 심심해서 떼를 부리는 것인지도 살펴봐야 한다.

# Part 3

규칙을
잘 지키게 하려면

# 규칙은 어마어마하게 중요하다

　가정 내 규칙은 그냥 중요한 게 아니라 매우 매우 중요하다. 학생으로서 배워야 할 규범과 도덕적 소양은 어린 나이일수록 반드시 배우고 습관화하여야 한다. 이는 인생 전반에 거쳐 사회의 한 일원으로 살아가게 하는 기초가 된다. 규칙은 사회 일반적으로 통용되는 상식선을 알게 하며, 예상되는 범위를 알려주므로 아이가 불안하지 않다.

## 아이들은 규칙을 좋아한다.

**Q: "많은 규칙으로 아이가 답답해하지 않을까요?"**

**"통제하는 건 비인간적이지 않을까요?"**

나 역시 그런 생각을 한 적이 있으므로 충분히 이해한다. 하지만 우리의 예상과는 달리 아이들은 규칙을 좋아한다. 규칙은 아이들에게 하지 말아야 할 행동과 할 수 있는 행동의 경계선을 알게 해주어 마음의 편안함을 느끼게 한다. 오히려 규칙이 일관적이지 않거나 모호한 엄마 밑에서 자란 아동들의 불안도가 높은 편이다.

2018년, 나는 4학년 담임을 맡게 되었다. 2017년도에 3학년 영어를 가르쳤던 아이들이라 전교의 모든 아이를 이미 알고 있었다. 나는 재밌는 영어 수업으로 아이들과 학부모에게 인기가 많은 선생님이었다. 3월 첫날에 내가 담임이라는 사실을 발견한 우리 반 아이들은 환호성을 질렀다. 다른 반 아이들은 우리 반 뒷문에 매달려 부러운 눈빛을 보냈다. 3월에 다른 반 학생들의 일기장에서 우리 반이 자주 언급이 되었는데, '나도 저 선생님 반이었으면 좋겠다'가 주 내용이었다. 4월 학부모 상담을 하는데 학부모들이 우호적이었다. '우리 아이가 선생님을 너무 좋아합니다. 친구들끼리 모여서 자랑하는 것을 종종 들었어요.'라는 말을 많이 들었다. 나는 학기 초부터 이어지는 찬사들에 겸연쩍어하면서도 겸손하지 못했던 것 같다. 마치 나에게 아이들이 좋아할 만한 뭔가가 있다고 착각했다.

그런데 옆 반 선생님은 나와는 모든 상황이 반대였다. 학기 초부터 그 반에는 선생님이 무섭다는 둥, 선생님이 엄하다는 둥 불평불만이 쏟아져 나왔다. 옆 반을 지날 때마다 교실 분위기가 매우 엄숙해 보였다. 옆 반 선생님은 경력이 상당하신 베테랑 선생님이었는데 학생들이 지켜야 할 학급 규칙이 많았다. 아이들은 그 규칙들을 소화해 내느라 늘 조심조심 다녔다. 얼굴에는 긴장한 표정이 가득했다. '왜 저렇게까지 엄하게 하셔야 할까?' 하는 의문이 들었다.

 〈 3월 초 어느 날 〉

(옆 반 선생님) "호호호, 선생님 반이 되고 싶어 하는 아이들이 우리 반에 많아요"

(나) "아…. 네 감사합니다." [겸연쩍어하며]

"선생님, 그런데, 3월에 규칙을 많이 주면 아이들이 힘들어하지 않나요? 좀 비인간적이지 않나요?"

(옆 반 선생님) "왜 그렇게 생각하지요?" [알겠다는 듯 고개를 끄덕인다.]

"아이들은 어른들의 생각과 달라요. 규칙을 좋아해요. 규칙이 있으면 아이들은 편안하다고 느껴요"

(나) "네??? 편안하다고 느낀다고요?" [믿기지 않는 표정]

믿기지 않았다. 규칙이 많을수록 아이들의 마음이 평안해진다니. 그런 발상을 해본 적도 없었다. 규칙은 딱딱하고 숨이 막히는 일이라 생각했다. 규칙은 힘들고 비인간적인 명령 같았다. 오히려 엄한 선생님 밑에서 힘겹게 규칙을 수행하고 있을 옆 반 학생들이 불쌍하게 느껴졌다.

하지만 나의 선입견은 시간이 지날수록 산산이 조각나기 시작했다. 당시 우리 반에는 1학년 때부터 유명한 말썽꾸러기 친구와 그의 학부모님이 계셨다. 그 학생 한 명 때문에 수업이 점점 힘들어지기 시작했다. 남학생들은 친구의 반항적인 태도를 우상화하며 점점 그 아이의 나쁜 행동들을 따라 하기 시작했다. 학기 초의 온화했던 분위기는 온데간데없었다. 나는 꾸러기 친구를 중심으로 형성된 집단적 반항 행동들을 통제하느라 진땀을 빼야 했다. 1:1 대화, 감정화법, 칭찬, 호소, 무반응, 레포형성 등 주변 선생님들의 조언을 받으며 교사로서 할 수 있는 그 모든 것을 시도했다. 하지만 그의 학부모는 학교에 대한 오랜 악감정이 있었고 전혀 협조해주지 않았다. 아이는 점점 유아독존, 안하무인의 태도로 반 분위기를 엉망진창으로 만들어 갔다.

그해 6월, 나는 스트레스로 불면증과 우울감에 괴로워했다. 열심히 노력했지만 무언가 대단히 잘못되어 가고 있다는 걸 느꼈다. 학생을 보면 괴롭고 안 봐도 괴로웠다. 온몸의 근육은 항상 긴장과 불안으로 만성 통증이 있었고 밤에 잠이 오지 않았다. 어쩌다 겨우 잠이 들면 새벽에 소스라치게 놀라며 벌떡벌떡 일어났다. 답답한 가슴을 주먹으로 팡팡 두드리며 이대로 날이 밝아지지 않으면 좋겠다는 생각을 했다.

반면 옆 반의 분위기는 점점 달라져 갔다. 엄격한 담임선생님 바꿔 달라며 불평불만하던 학년 초의 분위기는 온데간데없었다. 아이들은 어느새 '우리 선생님이 최고~'라며 담임선생님을 자랑스러워했다. 처음에는 나쁜 선생님인 줄 알았는데 사실은 공정하고 착하다는 평판을 받았다. 학기 초의 조용하고 삭막했던 학급 분위기는 뒤로 갈수록 자연스럽고 온화한 분위기가 되어 갔다. 학생들은 규칙을 체화하며 점점 익숙해졌다. 선생님이 잠깐 자리를 비워도 학급은 알아서 스스로 척척 돌아갔다. 선생님이 규칙에 엄하다는 인식을 강하게 심어줘서인지 그 반 꾸러기 학생들은 선생님 앞에서 꼼짝을 못 했다. 질서 있는 면학 분위기가 잘 형성되어 갔다.

## 규칙은 〈혼자일 때 더 잘하는 아이〉로 만든다.

나는 학부모와 학생들에게 인기 있는 선생님이었지만, 단연코 옆 반 선생님의 훈육 실력이 나보다 훨씬 뛰어났다. 선생님이 훈육을 잘하니 아이들 공부는 저절로 되었고 학급의 체계와 질서는 잘 잡혀갔다. 따라서 학기 초에 자녀의 입에서 나오는 선생님에 대한 평가를 전적으로 믿어서는 안될 것이다. 사실 학부모님과 학생들이 생각하는 좋은 선생님의 기준은 모호하다. 그저 첫인상이 좋고 친절하며 왠지 육아 예능 TV 프로그램처럼 1:1 대화를 다정하게 해줄 것만 같은 선생님을 좋다고 인식한다.

하지만 학교현장은 매우 바쁘다. 교과서 진도 나가기도 버겁다. 1:1이나 소그룹 학원 선생님들의 수업과 기본 25명 이상의 학생들을 다루는 학교 수업의 상황은 완전히 다르다. 교육과정에 따라 바쁘게 움직이는 학교 수업은 인성교육 자체를 기대할 수 없을 정도이다. 학교 일정이 바빠서 방과 중에는 학생 한 사람과 개인적인 이야기를 할 시간 자체가 없다. 한 사람만을 위한 상담교육 프로그램과 학교처럼 연별, 월별, 주별, 일별로 교육과정이 짜여 있는 빡빡한 집단교육 프로그램은 아예 다른 것이다. 나도 친구 같은 선생님이 되고 싶다. 아이와 농담 잘하는 선생님, 개인적인 고민을 들어주는 다정한 선생님이 되고 싶다. 하지만 그럴만한 시간적 여유가 학교에서는 없다고 보면 된다.

방과 후에 따로 이야기를 하고 싶어도 아이들이 다들 학원 간다고 대화할 시간이 없다고 한다. 수업이 끝나도 선생님은 교육청 업무로 바쁘다. 시간을 쪼개어 학부모 전화에 응대하거나 학급밴드 문자에 답장하고 나면 퇴근할 시간이다. 그제야 오늘 하루를 돌아볼 여유가 생긴다. 그래서 학급에서의 규칙은 자녀를 위해 중요하다. 가정에서부터 규칙 훈련이 잘 되어있어야 한다. 규칙을 존중하는 가정문화는 아이가 학교에서도 규칙을 긍정적으로 받아들이는 태도를 만든다. 규칙은 학교 생활에 잘 적응하고 친구들을 위하며 자신의 할 일을 〈혼자일 때 더 잘하는 아이〉로 만드는 역할을 한다.

## 인성 문제 ↔ 가정교육의 문제

가정에서 하듯이, 학교에서도 자녀의 고민 스토리에 대해 긴 감정 대화를 나눠줄 수 있을 거라는 환상을 버려야 한다. 인성 교육은 가정의 문제다. 학교의 문제는 아니다. 도덕이라는 과목이 있긴 하지만 주 1회 40분 수업이다. 게다가 도덕 지문이 얼마나 많은지 한 차시 읽고 나면 종 친다. 그래서 도덕 교과서는 국어 보조교재라는 별칭도 있다. 따라서 가정 내 '규칙을 세우고 실천하기'는 자녀의 원만한 친구관계 및 학교생활을 위해 어마 어마 어마 하게 중요한 교육이 된다.

# <스스로 잘하는 아이>로 만드는 규칙 훈육법

규칙은 엄마가 편하려고 만든 게 아니다. 아빠의 권위를 사용해 특정 생각을 강요하도록 만들어진 것은 더더욱 아니다. 규칙은 2명 이상의 공동체를 이룬 가족과 같은 집단에서 서로를 배려하기 위한 것이다. 서로를 위한 예의와 경계선을 지키면서 모두가 만족할 만한 편안함으로 잘 지내기 위해서 만들어진다. 따라서 규칙은 자녀를 힘들게 하기 위해서가 아니라고 설명해 준다. 이는 가족 모두의 이익을 위해서라고 설명한다. 밖에 나가면 신호등 규칙이 있다. 빨간 불일 때는 멈추고 초록 불일 때는 건너도 된다. 이는 서로의 안전을 위해서 필요한 사회적 규칙이다. 그것과 마찬가지로, 가정에서도 서로를 위한 가정 규칙이 있다는 것을 설명해 준다.

가정 규칙을 잘 지키면 친구 간의 규칙도 잘 지키게 되는 멋진 친구가 될 수 있다고 알려준다. 학교, 사회, 국가 등 어떤 집단에 속해 있더라도 규칙을 아는 훌륭한 시민으로 자랄 수 있다고 교육한다. 그래서 가정 규칙을 잘 지키려고 노력하는 것은 매우 의미 있는 일이라고 말한다. 하지만 규칙을 지키지 않을 때는 다른 사람들에게 피해를 주기 때문에 그에 대한 책임을 져야 한다고 말해준다.

 〈 밤 9시 30분, 한 방에서 같이 자는 엄마와 자녀 2명 〉

(첫째 9살) "엄마, 나도 영어 원서 오디오북을 듣고 싶은데 어떡하죠?"

(엄마) "핸드폰에 블루투스 이어폰을 연결해서 30분 듣는 거 어때?"

(첫째 9살) "좋아요"

(둘째 7살) "엄마, 나도 한글 동화책 오디오북을 듣고 싶어."

(엄마) "그럼 너도 네 블루투스 이어폰에 연결해서 들으면 되지!"

(둘째 7살) "근데 왜 꼭 이어폰으로 들어야 해요?"

(첫째 9살) "야~!! 그것도 몰라? 여기는 세 사람이 쓰는 [공공장소]야!!
[어이없다는 듯] 각자 듣고 싶은 게 있으면 이어폰을 쓰는 게
규칙이야."

(둘째 7살) "아!!! 그렇구나! 미안~" [뒷머리를 긁적긁적]

그렇게 해서, 엄마 자녀 2명은 각자의 이어폰으로 듣고 싶은 오디오북을 들었다. 이 방은 사람 3명이 쓰는 [공동 구역]이기 때문이다.

규칙은 상호 간의 약속이므로 반드시 지켜야 하지만 불변의 법칙은 아니다. 상호협의하에 언제든지 바뀔 수 있다. 어떤 부모는 너무 엄격해서 가정이 마치 군대와 같다. 체벌을 주며 분위기를 험악하게 만든다. 그러나 규칙은 아이들을 혼내기 위해서 만들어진 것이 아니다. 너무 엄격한 부모 밑에서 자라면 오히려 학교에서 폭력적인 아이가 될 수 있다. 따라서 단호함과 융통성의 적정 수준을 잘 지키는 것이 좋다. 규칙은 가정의 평화를 위해서 만든 것이지 벌을 주기 위함이 아니다. 안전의 위협, 환경의 변화, 건강상의 문제, 개인의 나이의 역량, 일정 변경 등…. 와 같은 여러 가지 변수에 따라 [예외적용]이 있을 수 있다.

예를 들어 초등 4학년 첫째에게는 식사시간에 식탁 의자에 앉아 얌전하게 먹는 게 당연한 나이이다. 굳이 규칙이라고 정할 필요도 없는 당연한 습관이고 예의범절이다. 하지만 3살 막내에게는 의자에 앉아 있는 것 자체가 고역이 될 수 있다. 〈식사시간에 자리 이탈하지 않기〉가 규칙이라면 첫째와 막내에게 칼같이 똑같이 적용하는 것은 무리다. 규칙을 지키지 않았을 때의 벌 또한 첫째와 막내에게 똑같이 적용해서도 안 된다. 예를 들어 첫째는 '1번 이탈에 100원 용돈 깎기', 막내는 '3번 이탈에 100원 용돈 깎기'로 나이를 고려한 차별을 두어야 한다.

어른들은 상황에 맞는 유연한 사고가 가능하다. 하지만 처음 규칙을 배우는 아이들은 융통성을 발휘하기가 어렵다. 그래서 사소한 것까지도 구체적으로 일일이 설명해주지 않으면 헷갈려한다. 법의 예외 규정, 가정 규칙의 예외 규정에 관해 잘 설명해 주어야 억울한 감정이 생기지 않는다.

## 비법 3) 학년이 올라갈수록 주도권을 넘겨준다.

규칙을 정할 때는 아이의 나이가 어릴수록 엄마가 주도한다. 반면 나이가 많을수록 토론과 협의 형식으로 진행한다. 가끔 식당에서 울고 떼 부리는 아이에게 말로 설득하며 아이의 동의를 얻으려는 엄마를 본 적이 있다. 그녀는 아이의 눈높이에 맞추어 쪼그리고 앉아 친절하게 설명했지만 아이는 여전히 떼를 부렸다. 이처럼 나이가 어릴수록 규칙은 마치 당연한 것처럼 행동하는 것이 더 효과적이다. 상황에 따라 아이의 연령과 성별 및 기질에 따라 다르게 규칙을 적용한다. 반대로 자녀의 나이가 많아질수록 규칙에 대한 주도권을 서서히 넘겨준다. 규칙을 정할 때도 자녀의 의견을 적극 수용한다. 규칙의 예외적용에서도 대화로 자녀의 마음과 상황을 좀 더 살펴보려고 노력한다.

## 비법 4) "규칙이야. 안돼."

안된다는 말을 두려워하지 말자. "안돼"라는 말도 필요하다. 상식적인 수준의 규칙이다. 안 되는 걸 안 된다고 왜 말하지 못하는가? 만약 상식적 수준의 규칙에서, 부모가 자녀에게 과도한 설명으로 설득을 하려고 하면 어떻게 될까? 자녀는 엄마의 길고 긴 설명을 들으면서, 마치 자신에게 옳고 그른 것을 선택할 수 있는 파워가 있는 것 같은 느낌을 가진다. 즉 부모의 양육 주도권을 아이에게 넘겨주는 꼴이 될 수 있다. 따라서 모든 상황에서 아이에게 일일이 친절하게 설명하지 말자. 다만, 앞서 말했던 [설명] – [실행] – [피드백]의 과정에서처럼, 여러 가지 규칙이 얽혀있거나 새로 배우는 상황에서 [선 설명]이 필요할 수는 있다.

**〈 보통의 엄마 〉**

(엄마)  "점심 먹을 시간인데 장난감 치우고 와줄래?"

(아들)  "싫은데요?"

(엄마)  "네가 왜 지금 장난감을 치워야 하냐 하면……$^$%&%&" 🗯
        [과도한 설명]

(엄마)  "그러니까 장난감 치우고 점심 먹으러 와"

(아들)  "그래도 싫은데요"

**〈 [독립 육아법] 엄마 〉**

(엄마)  "장난감 치우고 와서 밥 먹어"

| (아들) | "싫은데요?" |
|---|---|
| (엄마) | "싫어도 해야 하는 거야. 규칙이야" 🗣 [선 긋기] |
| (아들) | "······" [조용히 끌려간다.] |

## 비법 5) 말보다 카리스마

사람에게는 '기(氣)'라는 게 있다. 눈에 보이진 않지만 없다고도 말할 수 없는 사람의 기운이 말보다 더 강할 때가 있다. 예를 들어 부부가 싸우면 집안 분위기는 갑자기 냉랭해진다. 친구 간에 섭섭한 것이 생기면 왠지 모를 쌔~함을 느낀다. 시끄럽던 상사가 오늘따라 조용하면 뭔가 느낌이 온다. 마찬가지로 때로는 침묵, 눈빛, 몸짓언어가 훈육에 더욱 효과적이다. 카리스마 있는 엄마가, 이랬다 저랬다 하며 말만 많은 엄마보다 훨씬 낫다. 아이에게 상처 줄 말 안 해야 할 말로 협박을 하는 것보다, 단호한 태도가 훨씬 강한 메시지를 던진다.

 〈 엄마 친구가 아들(3살)과 집에 놀러 옴 〉

| (아들) | "엄마, 나 과자 먹고 싶어요, 주세요" |
|---|---|
| (엄마) | "과자는 밥 먹고 먹자. 안돼" |
| (아들) | "엄마, 과자 먹고 싶어요. 과자 주세요. 과자요 과자." [징징댄다] |

| (엄마) | "안된다고 했잖아" |
|---|---|
| (아들) | "과자~~ 과자 과자~~" [같은 단어를 무한 반복] |
| (엄마) | "어휴…. 알았어. 자 먹어" |
| | [어쩔 수 없다는 듯 과자봉지를 친절하게 뜯어서 준다.] |
| | "보다시피 우리 아들은 고집이 너무 세서 그래." |

나는 친구에게 엄마의 태도가 단호해야 한다고 부드럽게 조언해 주었다. 엄마가 규칙을 이랬다저랬다 바꾸면 그것이 곧 규칙이 된다.

 **〈 규칙의 동상이몽 〉**

* 엄마의 규칙: "밥 먹기 전 과자를 먹으면 안 된다."
* 아들의 규칙: "내가 떼를 부리면 언제든지 과자를 먹을 수 있다"

규칙의 경계가 모호하거나 엄마가 이랬다 저랬다 하면 아이들은 기가 막히게 그 경계선을 파괴하려 한다. 아이에게는 엄마의 말이 곧 사회의 규칙이고 처음 겪는 질서이기 때문에 더욱 그러하다. 이때 엄마가 해야 할 태도는 '단호함'이다. 사실 볼이 터질 듯 통통한 귀요미 아기에게 단호하게 하기란 쉽지 않다. 게다가 저 조그마한 아이가 먹으면 얼마나 먹는다고 과자 몇 개일 뿐인데… 라며 죄책감에 사로잡힐 수도 있다. 하지만 아이를 위해서다. 엄마가 강한 마음을 먹고 연기를 해서라도 단호한 태도를 보인다.

## 비법 6) 나이에 따라 다르게 적용을 한다.

아이의 나이를 고려해 규칙을 다르게 적용한다. 가부장적인 태도로 시종일관 강압적으로 누르면 안 된다. 어릴 때는 순종하는 것처럼 보이다가 아이가 사춘기가 되면 원수지간이 될 수가 있다. 자녀가 부모보다 힘이 세지는 순간 힘으로 억압된 아이들은 탈출하게 마련이다. 그동안 자신의 인생이 부모한테 눌려서 억울하다고 호소한다. 대학생이 되면 집을 가출할지도 모를 일이다. 육아는 절대불변의 반대어다. 아이마다 다르게, 상황마다 다르게, 나이마다 다르게 해야 한다. 아이가 성장함에 따라 좀 더 민주적이고 열린 태도로 아이의 의견을 존중하고 수용하도록 한다.

## 비법 7) 규칙은 일관적이어야 한다.

규칙은 약속이다. 약속은 지키라고 만든 거다. 특히 가족이 함께 세운 약속은 반드시 지켜야 한다.

 〈 엄마들 브런치 모임에서 〉

(아줌마1) "이번에 경준이가 수학경시대회에서 대상을 탔다면서요?"

(아줌마2) "어머~ 어떻게 알았어요? 소문이 거기까지 났나 봐요? 호호호"

(아줌마1) "유미랑 같은 학원에 다니지 않아요?"

(유미 엄마) "그…. 그러게요. 유미는 상 하나도 못 받았는데…."
[질투와 걱정으로 타들어 감]

 〈 집에서 〉

(유미) "하하하" [유튜브를 보며 키득 웃고 있다]

(엄마) "유미. 너 당장 유튜브 끄지 못해?" [급발진]

(유미) "왜? 주말에 한글 유튜브 1시간 보는 게 규칙이잖아요"

(엄마) "아냐. 이제부터 안돼" 📱 [비일관성]

(유미) "왜 안돼요?" [억울하다는 듯]

(엄마) "너 그 비싼 학원비는 전기세만 내고 다니니? 📱 [잔소리]
경준이는 이번 수학경시대회에서 대상 받았다고 하더라. 📱 [비교]
유튜브 보지 말고 빨리 방에 들어가서 최상위 수학 풀어와"

(유미) "주말에 유튜브 봐도 된다면서요?" [입술을 삐쭉 내민다.]

(엄마) "이제는 주말에도 유튜브 안돼" 📱 [이유 없는 통제]
… 유미는 화가 나서 문을 꽝 닫고 방에 들어가 버린다.

유미네는 "주말에는 1시간 한글 유튜브를 볼 수 있다"라는 규칙이 있었다. 그런데 어느 날 엄마가 브런치 모임에 나가고 오더니 규칙에 대한 태도가 갑자기 돌변했다. 유튜브를 보는 딸이 탐탁지 않게 여겨졌다. 친구들에게 뒤처질지도 모른다는 불안감이 올라오면서 엄마는 아이에게 유튜브를 보지 말고 공부하라고 닦달을 했다. 이처럼 엄마의 심경 변화로 갑자기 규칙을 바꾸지 말자. 규칙을 이랬다 저랬다 변경하면 부모의 권위는 반드시 떨어지게 되어있다. 오히려 아이보다 엄마가 규칙을 더 중요하게 여기며 철저히 지켜야 한다. 물론 신체상의 안전, 환경의 변화 등의 이유로 규칙의 예외적용이 있을 수는 있다. 그러나 이 경우에도 상호 간의 협의가 이루어진 후에 조심스레 변경하기를 추천한다. 융통성은 5% 내외로만 이루어져야 할 것이다.

 **⟨ Solution ⟩**

1. 규칙은 약속이다.
2. 규칙은 상호협의하에 바꾸리 수 있다.
3. 학년이 올라갈수록 자녀에게 주도권을 넘겨준다.
4. "규칙이야. 안돼" 라는 말도 필요하다.
5. 말보다 단호한 태도가 더 효과적이다.
6. 나이를 고려한 규칙을 적용한다.
7. 규칙은 일관적이어야 한다.

# 즉각적 훈육이 필요할 때

예상되는 이벤트에서는 [선 설명]으로 아이들의 행동을 미리 훈련할 수 있다. 예를 들어 〈미용실 혼자 가기〉처럼 예상되는 미션은 집에서 미리 시뮬레이션으로 훈련할 수 있다. 하지만 살면서 일이 다 계획대로만 되지 않는다. 우발적인 사건이나, 예상치 못한 상황이 발생한다면 어떻게 훈육해야 할까?

 〈 식당에서 가족 외식 중 〉

(아들) "엄마, 상추가 다 떨어졌어요"

(엄마) "그래? 이번에는 네가 직접 상추를 더 달라고 말해볼래?"

(아빠) "그거 좋네. 어른이 없을 때 부탁하는 방법을 경험으로 배울 수 있어야 해. 한번 도전해 봐"

| (아들) | "정말요?" |
|---|---|
| (엄마) | "응. 상추 달라고 해봐" |
| | [아들이 초인종을 누른다] 딩동! |
| (종업원) | "네 무엇이 필요하세요?" |
| (아들) | "아줌마, 상추 주세요!!!" |
| | [상추 바구니를 한 손으로 흔들면서 명령함] |
| (가족들) | "헉! 저……. 저 버릇없는 짜식이!!" |
| | [쥐구멍에라도 숨고 싶은 심정] |

　　어제 있었던 일이었다. 우리는 고기를 굽다가, 즉흥적으로 아이에게 상추를 더 달라고 부탁해 보도록 권유했다. 교육적 측면에서 좋은 시도였다고 생각한다. 아이들도 어른에게 부탁하는 법을 배우게끔 하고 싶었다. 하지만 결과는 최악이었다. 키 작은 꼬마가 버릇없이 젊은 여대생 알바에게 "아줌마"라고 불러대며 상추 내놓으라고 명령하는 꼴이 되어버렸다. 진짜 쥐구멍에라도 들어가고 싶었다. 내가 벌떡 일어나서 미안하다고 말하고, 뒤쫓아가서 상추 바구니를 두 손으로 공손히 받아왔다. 다행히 예쁜 누나는 웃어주었다. 그러나 이 상황, 무엇이 잘못된 걸까?

### 비법 1) 정답 문장을 정확하게 알려줘라

| | |
|---|---|
| (엄마) | "상추 더 달라고 말해봐" X ☞ [지시가 모호함] |
| (엄마) | "아들. 엄마 따라서 말해봐." |
| | "혹시 상추를 좀 주실 수 있을까요?" ☞ [정답 문장] |
| | [공손한 말투로 말하며 두 손으로 바구니를 드는 동작을 취한다.] |
| (아들) | "혹시 상추 좀 더 주실 수 있을까요?" |
| | [엄마를 따라 한다.] |
| (엄마) | "양손으로 잡아야지. 바구니 높이 들어봐." |
| | "그렇지! 잘했어!" ☞ [짧은 피드백] |

　1) "혹시"라는 단어를 붙여야 하는 이유,

　2) 지시어가 아닌 질문형식으로 말해야 하는 이유,

　3) '아줌마'라고 부르면 안 되는 이유,

　4) 상냥한 말투를 써야 하는 이유,

　5) 바구니를 한 손이 아닌 두 손으로 들어야 하는 이유

에 대해 구구절절이 설명하지 말자. 잘못한 행동이 보이는 즉시 행동 수정이 들어가야 하는 것은 맞지만, [실행] 단계에서 길게 설명할 필요는 없다.

## 비법 2) "엄마 따라 해봐" [모방]

정답 문장과 바구니를 들어올리는 행동을 함께 보여주며, 아이가 모방하게 만들어야 한다. 훈육도 훈육의 때가 있다. 가족은 외출 중이었고 사전에 훈련되지 않은 시도였다. 아빠는 땀을 뻘뻘 흘리며 고기를 굽고 있었다. 연기는 자욱했고 주변은 매우 소란스러웠다. 아이가 훈육에 집중하지 못하는 환경이었다. 그러나 많은 부모가 예기치 못한 상황에서, 훈육을 시도하다 결국 감정이 폭발하는 최악의 상황을 만들어 내고는 한다.

한번은 친구네 집에 놀러 갔는데 아파트 현관에서 그녀의 아들(4살)이 경비원 아저씨에게 인사를 하지 않았다. 예의 강박증이 있던 친구는 아이가 엘리베이터를 타자마자 갑자기 다그치기 시작했다.

**"아저씨한테 인사해야 해 말아야 해? 너 그거 잘했어? 못했어?"**

예상대로 아이는 엄마 말을 대놓고 무시했다. 들을 준비도 정신도 없는 상황에서 친구는 아이의 두 팔을 꽉 붙잡고 흔들어대기 시작했다. "엄마한테 '죄송합니다.'라고 말해! 이게 무슨 버릇이야! 인사 잘하라고 엄마가 말했어? 안 말했어?"라며 다그쳤다. 결국, 아이는 어깨를 붙잡혀 공중에서 흔들리며 소리쳤다. "죄송해요!!" 딱히 뭘 알고 죄송하다고 말하는 것으로 보이진 않았다. 나는 혹시 어깨가 탈구됐는지 살펴보고 있는데, 친구는 엘리베이터를 내려 집 안으로 들어서는 내내 잔소리를 해댔다. 이처럼 아이가 들을 준비가 안 되어있고, 바깥 활동을 하는 도중이라면 아무리 좋은 훈육을 해봤자 소용없다. 아이 머릿속에 엄마 말이 안 꽂힌다. 그래서 [선 설명]이 얼마나 중요한 훈육법인지 다시금 강조된다. [실행] 중에 훈육을 해 봤자, 크게 도움이 되지 않는다.

그러나 어쩔 수 없이, 외출 중 훈육이 필요한 상황이라면, 1) 즉석에서 정답 문장을 따라 말하게 하거나, 2) 차라리 훈육을 포기하는 것이 낫다. 훈육의 기본은 아이의 준비 자세에 있다. 집에 가서 단둘이 있을 때, 또는 집으로 돌아가는 차 안에서 차분하게 있었던 일에 대해 말해보는 것이 훈육에 훨씬 효과적이다.

---

 〈 집에서 〉

(엄마)     "얘들아. 아까 식당에서 상추 더 달라는 연습을 해볼까?"

"두 손으로 바구니를 이렇게 들고, 말투는 상냥하고 공손하게...
우리 역할놀이로 다시 연습해 볼까?"

(아이들)     "네 좋아요!"

... 한동안 역할놀이를 한다.

# 떼부리는 아이 대처법

## 1단계 : "너 지금 떼를 부리고 있구나"

아이가 떼를 부리면 떼를 부린다고 알려준다. 엄마가 화들짝 놀
란 표정을 지으며 마치 큰일이 난 것처럼 속삭이면 효과 만점이다.
우리 집 아이들은 떼를 부려본 일이 별로 없다. 외출할 때 떼를 부
리는 아이들을 보면 신기한 듯 걸음을 멈추고 구경을 한다. 그만큼
떼는 아이들의 전유물도 으레 하는 행동도 아니다. 물론 영아기 때
는 감정 조절이 안 되어서 떼를 부릴 수는 있다. 그러나 지금은 유
아 말 ~ 초등으로 충분히 컸다. 떼를 부리면 떼를 부린다고 콕! 찍어
말해주면 절반 이상은 수그러든다.

## 2단계 : 떼를 부리는 내용은 안 들어준다.

"떼를 부리면 그 내용은 안 들어준다."를 규칙으로 해보라. 떼를 부리다가도 "아차!!!" 후회하는 표정을 구경할 수 있을 것이다. 떼를 부리는 이유가 내가 원하는 것을 들어달라는 게 목적이다. 그런데 "떼를 부리면 절대 협상해주지 않는다." 가 규칙이면 어떻게 될까? 떼를 부리는 목적 자체가 사라지게 된다.

## 3단계 : 떼를 부리지 말고 [협상]하라고 가르쳐라

떼를 부리는 행위는 궁극적으로 너에게 도움이 되지 않을뿐더러, 성숙한 어린이라면 상대와 협상을 할 줄 알아야 한다고 가르친다. 떼를 부리는 행위는 잘못된 것이며, 그 어떤 경우에라도 정당하지 않다는 것을 평소에 여러 번 강조하여 말해준다. 길을 가다가 식당에서 종종 떼를 부리는 아이들을 만나게 된다. 그럴 때마다 기회를 놓치지 말고, "저 아이가 왜 떼를 부리면 안 되는지에 대해서" 심각하게 토론해 볼 수 있다.

 〈 상황 1: 문구점에서 〉

(딸)  "엄마~ 나 저 몰랑이 사고 싶어요."

| (엄마) | "몰랑이 집에 몇 개 있지 않니?" |
|---|---|
| (딸) | "아앙~~아앙, 사주세요. 사주세요" 🗯 [징징거림+반복하는 말] |
| (엄마) | "허거거걱!!!!!! [과장되게 숨을 들이켠다.] |
| | "너……. 너 설마 떼를 부리고 있니?" 🗯 [떼 부린다고 알려주기] |
| | [믿을 수 없다는 표정을 지으며, 두 손으로 입을 가린다.] |
| (딸) | "헉!!!" [자기 자신이 놀란다.] |
| | "망했다!" |
| (엄마) | [슬픈 표정을 지으며] |
| | "엄마도 몰랑이를 사주고 싶지만, 떼를 부리면 그 물건은 안 |
| | 사주는 게 규칙이란다. 아쉽네~" 🗯 [규칙 인지] |
| (딸) | "아아…. 내가 왜 떼를 부렸을까……." |
| | [절망적인 표정으로 머리카락을 쥐어뜯는다.] |

 **〈 상황 2: 이마트에서 〉**

| (엄마) | "엄마랑 누나가 옷 쇼핑할 동안 넌 레고 장난감 코너에서 구경하고 있어" |
|---|---|
| (아들) | "앗싸~~~!!!" |
| | … 잠시 후 전화벨 소리 |
| (엄마) | "여보세요." |
| (아들) | "엄마. 저 레고 장난감 하나만 사도 돼요?" |
| (엄마) | "얼마인데?" |
| (아들) | [가격표를 아직 못 읽는다] |
| | "1, 3, 0, 0, 0, 0, 이라고 적혀있어요" |
| (엄마) | "뭐? 13만원?" "비싸다. 안된다."[단호박] |

| (아들) | "아잉~ 엄마아~" [애교 발사] |
|---|---|
| (엄마) | "그래도 안 돼. 너무 비싸" [단호박] |
| (아들) | "제 용돈으로 사도 돼요? 집에 가서 돈 드릴게요" 🗨 [협상 시도 1] |
| (엄마) | "그래도 너무 비싼데…." |
| (아들) | "누나도 옷 사주는데 나도 레고 사고 싶어요" 🗨 [협상 시도 2] |
| (엄마) | "음…. 그건 그렇지…." |
| (아들) | "내가 용돈에서 10만 원 낼게요. 어때요?" 🗨 [협상 시도 3] |
| (엄마) | "오케이. 딜!" 🗨 [협상 완료] |
| (아들) | "앗싸~ 딜!" |

〈상황 1〉에서 아이는 몰랑이 장난감을 사려고 떼를 부리다가, 엄마한테 들켰다. 그래서 자기가 원하는 걸 얻지 못했다. "아~ 떼를 부리면 나만 손해구나!"라는 것도 알게 된다. 그래서 다음부터 떼를 부리지 않는다. 떼를 부린다는 의미는 1) 목소리를 징징대거나 2) 같은 단어를 계속 반복한다거나 3) 엄마의 팔과 다리를 잡고 늘어지는 행위 같은 것을 말한다. 심지어 어떤 아이들은 엄마를 협박하기도 한다. 이때 협박하는 낌새만 느끼더라도, 만사 제쳐두고 눈물 쏙 빼도록 세상 끝날 것처럼 혼내야 한다.

성인이 되고 결혼을 해서도 엄마를 협박하는 자녀들을 실제로 보았다. 협박해서 무언가를 얻어내는 것은 사기꾼이나 하는 짓이다. 절대 그냥 넘어가면 안 된다. 혼내야 할 순간에는 단 한 번에 강하게 혼내야 한다. 질질 끌거나 약한 모습을 보이면 안 된다. 엄마가 주저

주저하면 이도 저도 안 된다. 부모가 키워주는 은혜에 감사는 못 할 망정, 어른을 대상으로 협박을 하고 있다니 절대로 안 될 일이다. 그런데 떼를 못 부리게 하면 부작용이 있는데 애교가 늘어난다.

---

### ▶ 부작용 주의: 애교가 늘어난다.

---

#### "엄마~~~ 제발요!! 네? 아잉~~~ 들어주세용~"

가르쳐 주지도 않았는데 애교로 얻어내려고 한다. 자기가 원하는 것은 있고, 떼는 못 부리고, 그렇다면 협상을 해야 하는데 말의 논리가 부족하다. 저걸 얻어야 하는데 어떻게 하지? 고민하다가 애교가 늘어난다. 징징대는 대신 실실 웃으면서 달라붙는다. 그럴 때는 어떻게 할까?

나의 경우는 못 이기는 척 들어주는 편이다. 애교도 인간 처세술 중의 하나다. 애교도 협상의 일부분이 될 수 있다. 인간관계 자체가 처세와 협상의 서바이벌과도 같다.

자녀들도 자기 고집만 부리지 말고 상황과 처세에 맞는 행동을 할 줄 알아야 사회생활 하기 편하다. 미친 상사한테 웃으며 자기가 원하는 것을 얻어내는 것도 실력이다. 그래서 아이가 애교를 부리며 도와달라고 하고, 그것이 규칙에 크게 벗어나지 않으면 요구를 들어주는 편이다.

일반화가 될 만큼 학교에서도 애교로 협상을 하려는 아이들이 더러 있다. 심지어 나보다 키도 크고 덩치도 큰 6학년 남학생들이 달라붙으면 정말 대략 난감이다. "선생니임~~~ 제발요~~ 그냥 좀 봐줘용~"라고 말하는데, 문제는 애교로 안 느껴지고 좀 징글징글 하다고 해야 하나. 여하튼 그런 스타일의 아이들이 남녀 불문하고 학급에 존재한다.

능글능글 웃으며 달라붙을 줄 아는 아이들이 과정이야 어찌 되었든 나한테 원하는 것을 얻어 간다. 무뚝뚝하고 눈치 없는 아이들 보다 선생님과의 관계도 더 쉽게 가는 것도 사실이다. 나도 사람이기 때문이다. "쉿! 너랑 나와의 비밀이야. 다른 친구들한테 이야기하면 안 된다."라고 쓱~ 하리보 젤리를 호주머니에 끼워주기도 한다. 결론적으로, 젤리 가져가는 아이가 안 가져가는 아이보다 사회생활 편하게 하는 셈이다. (물론 학급 규칙을 크게 저해하지 않는 범위 내에서 말이다) 그래서 부모인 우리는 떼 부리는 건 안 좋은 거라고 확실히 가르치되 기분 좋은 애교란 부작용을 누려보는 것도 그리 나쁜 일은 아닌 듯하다.

# 자녀의 도발에 휘둘리지 않는 법

〈 놀이터에서 〉

(엄마) "아들, 너 집에 갈 거야? 여기서 계속 놀 거야?"

(아들) "집에 안 갈 거예요!!" 🔊 [고집부림]

(엄마) "집에 가야 하는데 어쩌지…. 집에 가야 하는데…." [당황한다]

(아들) "아냐 아냐! 여기서 계속 놀 거예요!!!" 🔊 [떼 부림]

(엄마) "아들. 그만하고 그네에서 내려와"

(아들) [엄마 말을 무시하고 더 힘차게 그네를 민다.]

(엄마) "너 자꾸 엄마 말 안 들으면 너 버리고 갈 거야" 🔊 [엄마의 협박]

(아들) "난 더 놀 거예요. 엄마 미워요! 엄마 나빠요!" [아이의 도발]

(엄마) [헉. 내가 나쁜 엄마라고? 내가 민다고?]

"지금 가야 하는데……." 🔊 [아이의 도발에 말려듦]

(아들) [엄마의 말에는 아랑곳하지 않고 신나게 뛰어논다.]

... 30분 뒤

(엄마) "아들, 30분 더 놀았으니까 이제는 정말 가야 해"

(아들) "안 해. 여기서 더 놀고 싶은데 엄마는 왜 못 놀게 해요. 엄마는 나쁜 엄마야!!!"

"다른 엄마들은 놀게 해주고 친구들도 노는데 왜 나만 집에 들어가야 해요? 왜 나를 버린다고 말했어?"

(엄마) "아…. 아니 그게 아니라…." [서서히 열받기 시작한다.]

"야~!!!" [갑자기 버럭 소리친다.] 🐷 [아이의 도발에 말려듦]

"너 엄마한테 하는 말투가 그게 뭐야. 죄송하다고 말해!!!"

"버릇없이 어른한테 대들면 된다고 했어. 안 된다고 했어?" 🐷 [주제가 산으로 가기 시작함]

(아들) "아냐 아냐. 나 더 놀다 갈 거야. 더 놀 거야. 더 놀 거야." 🐷 [떼를 부림]

[몸을 베베 꼬면서 같은 말을 반복한다.]

(엄마) "쓰읍!! 엄마가 아까 가야 한다고 얘기했어. 안 했어?"

"엄마한테 죄송하다고 말하라고 했어. 안 했어? 아빠를 닮아서 얘가 고집이 왜 이렇게 센 거야?" 🐷 [아빠, 의문의 1패]

# 1. 상황 분석

(엄마) "아들, 너 집에 갈 거야? 여기서 계속 놀 거야?" ☞ 정답이 있는 질문은 할 필요가 없다.

위의 상황에서 엄마는 집에 가야 한다는 정답이 있음에도 질문을 했다. 마치 아이의 의견을 잘 들어주는 엄마인 것처럼 말이다. 결국, 아이는 집에 가지 않겠다고 대답했고 엄마는 아이를 버려두고 간다는 협박을 했다. 이처럼 애초부터 정답이 있는 질문은 할 필요가 없다. 친절한 엄마가 되고 싶다는 열망은 이해하지만 모든 어법에서 이 같은 질문형식을 하게 되면 엄마의 권위는 무너진다. 친절한 엄마 되려다 협박하는 엄마로 마무리된다. 게다가 엄마의 협박 멘트를 듣고 자란 아이는 학교에 가서도 친구들을 협박하는 말을 하고 있을 가능성이 있다.

| (아들) | "난 더 놀 거예요. 엄마 미워요. 엄마 나빠요" |
| (엄마) | [헉. 내가 나쁜 엄마라고? 내가 밉다고?] |

▶ **이것 봐라. 결국, 아들도 엄마한테 지지 않는다. 엄마를 요리조리 조종하려고 하고 있다.**

| (아들) | "안 해. 여기서 더 놀고 싶은데 엄마는 왜 못 놀게 해요. 엄마는 나쁜 엄마야!!!" |
| | "다른 엄마들은 놀게 해 주고 친구들도 노는데 왜 나만 집에 |

들어가야 해요?"

"왜 나를 버린다고 말했어? 엄마는 나쁜 사람이에요? 엉엉"

말로 아들을 조종하려고 했던 엄마는 말로 아들에게 되레 당한다. 아들도 엄마한테서 똑같이 배운 것이다. 내가 이렇게 행동하면 엄마는 어찌하지 못한다는 것을 경험을 통해 기가 막히게 잘 학습되어 있다. "그랬구나" 강박증이 있는 엄마와 "친구 같은 아빠" 강박증이 있는 부모를 둔 영리한 아들은 어떤 말을 했을 때 부모를 자기 입맛대로 조종할 수 있는지 알고 있다. 물러서지 않고 내가 자극적인 말로 받아쳤을 때 엄마가 주춤할 거라는 사실, 엄마가 집에 가자고는 말했지만 내가 떼를 부리면 결국 엄마는 체념하듯이 나를 더 놀게 해 준다는 사실을 우리 아들은 너무나 잘 알고 있다.

(엄마) "너 엄마한테 하는 말투가 그게 뭐야.
버릇없이 어른한테 대들면 된다고 했어. 안 된다고 했어?"
"당장 엄마한테 죄송하다고 말해!!!"
"아빠를 닮아서 얘가 고집이 왜 이렇게 센 거야?"

드디어 엄마는 폭발했다. 친절한 엄마로서의 다짐은 온데간데없어지고 분노로 활활 불타오른다. 평소 외동아들이지만 사람들로부터 예의 바른 아이로 잘 키웠다는 소리를 듣고 싶었던 엄마는 갑자기 열이 뻗쳐 오른다. 어른한테 이게 무슨 말버릇이냐고 다그치며 사과하라고 소리를 지른다. 결국 "그만 놀고 집으로 가기" 미션을 수행하다 갑자기 "예의가 없냐 아니냐" 의 주제로 빠졌다가 아빠 닮아서 예의가 없다는 거로 마무리되었다. 의문의 1패를 당한 아빠는 그 자리에 있지도 않았다. 완벽하게 아들한테 휘말린 것이다.

---

**〈 떼를 부릴 때 대처 공식 〉**

**[ 협상 ] – [ 경고 ] – [ 행동 ]**

---

 **〈 [독립 육아법]을 배운 엄마 〉**

(엄마) "아들, 이제 집에 갈 시간이에요"

(아들) "나 더 놀고 싶어요!!" ✎ [떼를 부림]

(엄마) "그럼 5분만 더 놀다 가는 거 어떠니?" ✎ [협상]

(아들) "좋아요" [후다닥 달려 나간다.]

(엄마) "아들 이제 1분 남았어. 1분 뒤에 갈 거야" ✎ [경고]

(아들) [미친 듯이 논다.]

(엄마) "10초 남았어"

(아들) [사력을 다해 그네를 하늘 높이 띄운다.]

(엄마) "5, 4, 3, 2, 1,"

"가자!" ✎ [행동, 손 잡고 끌고 간다]

< 작가의 강의 >

자녀의 도발과 대처법

# 권위에 도전하는 아이들

　학교에서도 선생님의 권위에 도전하고 조종하려는 아이들을 종종 만난다. 수업 중 엉뚱한 소리를 해서 친구들을 키득키득 웃게 만든다. 자신에게 관심이 쏠리도록 만든 후 선생님의 반응을 싹~ 살피는 친구들이 있다. 이런 아이들을 만나면 선생님의 간을 보고 반응을 살피느라 잔머리를 굴리는 소리가 칠판 앞까지 들리는 것만 같다. 만약 여기서 선생님이 아이의 도발을 그냥 넘어간다면 아이는 다음 스텝을 계획한다. 아이는 좀 더 강한 멘트를 날려본 후 다시금 선생님의 반응을 살핀다. 만약 이번에도 선생님이 그냥 넘어가주면 세 번 네 번째로 갈수록 아이의 도발은 점점 더 강해진다. 반 아이들은 선생님의 권위에 도전하는 그 남학생이 멋져 보이고 영웅처럼 생각되기 시작한다. 결국, 반 전체가 수업 중 서로 농담을 주고받는 편안한? 분위기가 되고 나서야 교사가 뒤늦게 수업 분위기를 잡으려고 해 본다. 그러나 이미 늦었다. 아무리 애를 써도 조용한 학급 분위기는 돌아오지 않는다. 이처럼 가정에서도 아이가 처음 도발을 할 때 엄마가 빨리 눈치를 채고 바로 훈육을 하는 것이 좋다.

아이가 하는 말에 휘둘리지 않으려면 엄마가 경계를 확실히 정해주는 것이 중요한데 이를 [선 긋기] 또는 [규칙인지]라고 말한다.

---

**〈 도발에 휘둘리지 않는 공식 〉**

**[ 도발 ] - [ 즉시 선 긋기 ]**

---

**〈 보통의 엄마 〉**

(딸)　　"엄마. 엉엉 나 학교 가기 싫어요."

(엄마)　"왜? 학교가 싫어? 왜?" [가슴이 철렁 내려앉는다]

(딸)　　"엄마, 학교 가면 규칙도 힘들고 이상한 친구들도 많아"

(엄마)　"우리 애는 학교 다니는 게 체질에 안 맞나 보네."

　　　　"딸, 걱정하지 마 엄마가 해결해 줄게. 홈스쿨이나 다른 사립 대안학교를 찾아보자."

---

위의 예시처럼 엄마가 아이의 말에 휘말려 [문제 해결사]로 나서며 흥분을 하고 있다. 학생이 학교에 가는 것과 같은 당연한 것에서 기질 따지고 체질 따져서는 안 된다. 우리 조상님들은 종아리를 맞아가면서까지 서당을 잘 다녔다. 우리 30·40세대도 지금보다 더 열

악한 전통적 교육 환경에서도 멀쩡히 살아서 학교 잘 다니고 졸업도 잘했다. 물론 남들보다 조금 더 예민하고 환경변화에 민감한 학생이 있기는 하다. 그렇다고 이 [예민성]은 학교를 그만두거나 놀이학교로 바꾸어서 없어지는 것도 아니다. 어차피 성장하면 사회의 한 구성원으로서 집단생활을 해야 한다. 아이의 기질은 인정하되 학교라는 안전한 곳에서 잘 적응할 수 있도록 엄마가 선생님과의 협조를 통해 도와주는 편이 훨씬 낫다.

---

 **〈 [독립 육아법]을 배운 엄마 〉**

(딸) "엄마. 엉엉. 나 학교 가기 싫어요."

(엄마) "그래? 학교 가기 싫구나" [미러링]

"그래도 학교는 가야 하는 거야" ✆ [선 긋기]

---

 **〈 보통의 엄마 〉**

(아들) "엉엉. 엄마 나 공부하기 싫어요. 너무 힘들어요"

(엄마) "공부가 그렇게 힘들어?"

(아들) "엄마 나 죽을 거 같아요."

(엄마) "헉! 죽는다고?" ✆ [말려들었음]

"당장 체험학습 신청할게. 며칠 집에서 놀아" ✆ [대신 문제해결]

〈 [독립 육아법]을 배운 엄마 〉

(아들)　"엉엉! 엄마 나 공부하기 힘들어요"

(엄마)　"공부는 원래 힘든 거야" 🔊 [선 긋기]

　　　　[아이의 눈물이 그치기를 조용히 기다려준다.]

(엄마)　"공부는 힘들어도 해야 하는 거야" 🔊 [규칙인지]

(아들)　"엄마 나 죽을 거 같아요."

(엄마)　"죽을 거 같은 것은 감정일 뿐이야."

　　　　"학생은 공부해야 하고 그게 너의 역할이야." 🔊 [선 긋기]

공부하는 것처럼 상식적인 문제에 휘둘리지 말자. 아닌 건 아니라고 말해보자. 선 긋기를 하기가 미안한 엄마는 단호하게 말하지 못한 채 아이에게 질질 끌려다닌다. 옳고 그른 것은 확실하게 선을 그어주는 엄마의 역할이 필요하다.

〈 보통의 엄마 〉

(딸)　"엄마 선생님이 수업시간에 나를 혼냈어요. 엉엉"

(엄마)　"어머, 선생님이 왜 혼냈어?"

(딸)　"그냥 내가 친구한테 지우개를 빌려달라고 말했을 뿐인데, 수업

　　　　시간에 장난친다고……. 엉엉"

(엄마)　"지우개 빌려달라고 말했을 뿐인데도 선생님이 화를 냈다고?

　　　　제정신이 있는 여자야?" 🔊 [말려들었음]

"엄마가 당장 교장실로 전화할게." 📧 [대신 문제해결]

〈 [독립 육아법]을 배운 엄마 〉

(엄마)  [아이의 울음이 그치길 기다린다.]

"지우개를 미리 준비해 놓지 못한 행동은 잘못된 거야" 📧 [선 긋기]

"앞으로 지우개는 쉬는 시간에 미리 준비해." 📧 [규칙인지]

---

〈 보통의 엄마 〉

(딸)  엉엉. 엄마 나 방과 후 댄스 안 갈래요

(엄마)  왜? 무슨 일 있어?

(딸)  "친구들이 나만 피구놀이에 안 끼워줘. 그리고 땡땡이가 다른 친구 귀에다 내 욕하는 거 들었어."

(엄마)  "뭐라고? 선생님은 도대체 쉬는 시간에 뭐 했다니? 📧

[말려들었음]

땡땡이 엄마가 애를 좀 버릇없이 키운 거 같더라. 📧 [주관적 해석]

엄마가 학교에 전화하고 수완이 엄마한테 연락하게." 📧 [대신 문제해결]

〈 [독립 육아법]을 배운 엄마 〉

(엄마)  "힘들었겠네." 📧 [감정 수용]

"그래도 친구 문제는 어른인 엄마가 도와줄 수 없어." ✎ [선 긋기]

"너를 싫어하는 이유가 있을 거야. 수완이에게 직접 물어볼 수 있겠어?" ✎ [아이가 직접 해결하게끔 유도]

 〈 보통의 엄마 〉

(아들)　"엄마, 우리는 여름방학 때 왜 미국 안 가요?"

(엄마)　"갑자기 미국이라니 그게 무슨 말이야?"

(아들)　"반 친구들은 방학 때마다 미국에 연수 가는데 왜 우리 집은 안

　　　가요? 너무한 거 아니에요? 엉엉"

(엄마)　"어…. 어쩌지?"

　　　"아빠한테 마이너스 통장 할 수 있는지 물어볼게." ✎ [대신

　　　문제해결]

 〈 [독립 육아법]을 배운 엄마 〉

(엄마)　"모든 학생이 미국 유학을 가지는 않아." ✎ [선 긋기]

　　　"우리 집은 너를 미국에 유학 보낼 돈이 없어. ✎ [객관화]

　　　네가 미국에 꼭 가고 싶다면 집안일을 열심히 해서 용돈을 벌어봐.

　　　대학생 때 갈 수 있도록 계획을 함께 세워보자." ✎ [도움 제시]

(아들)　"엄마 우리 집은 왜 가난해요?" [불평불만 하는 목소리]

(엄마)　"우리 집은 가난하지 않고 평범한 거야." ✎ [즉시 선 긋기]

위의 예시에서 보통의 엄마들은 아이의 말에 휘둘려 우왕좌왕

한다. 아이의 욕구를 들으며 당황하기까지 한다. 학교에 가기 싫다고 하면 가기 싫어도 가야 한다고 알려주자. 아이가 방과 후 친구들이랑 잘 어울리지 못해서 괴롭다고 하면 친구랑 잘 어울릴 방법을 함께 고민하고 찾아보자. 살면서 어느 정도의 스트레스는 필요하다. 엄마가 대신 해결해 주면 아이의 성장에 좋지 않다. 아이가 선생님께 혼났다고 억울해하면 이해는 하되 개선해야 할 부분을 집어주는 편이 더 낫다. 다른 친구들은 미국에 가는데 왜 우리 집만 안 가냐고 부모 탓을 하는 아이가 있다. 옛날처럼 먹고살기 바빴을 시절에는 부모님이 따뜻한 집에 재워주고 먹여주는 것만으로도 그저 감사하던 시절이었다. 집이 가난해서 불평불만이라니, 게다가 강남에 사는 아이 입에서 나온 말이다. 아마 무덤에서 조상님이 "저…. 저 버르장머리 없는 녀석 같으니라고!"라며 뒷목을 잡고 계실지도 모른다.

남을 원망하는 태도는 누구에게나 좋지 않다. 어린 나이일수록 부모에게서 배운 가치관은 무의식에 프로그램화되어 평생을 간다. 그래서 부모는 '남 탓 하지 말기'를 가르쳐야 한다. 환경에 늘 감사하고 부모를 존중할 줄 아는 아이로 키우는 게 우리의 목표다. 이를 위해 부모도 약간의 생색은 낼 줄 알아야 한다.

 **< 엄마의 당당한 말 >**

"네가 단순히 내 자식이라는 이유로, 부모가 너의 모든 불평불만을 들어줄 이유는 없단다. 부모가 너를 키우고 재우고 입혀주는 모든 행위가 마치 너의 당연한 권리인 것처럼 판단하고 불평해서는 안된다. 세상에는 부모가 없어도, 삶에 감사할 줄 아는 위대한 사람들이 존재한다. 너는 부모에게 늘 감사해야 하며 부모는 너의 감사를 받을 자격이 있다."

## Q: "부모로서 자식 키우는 거 당연하지 않나요?"
## "이렇게 생색을 굳이 내야 하나요? 부담을 느끼지 않나요?"

부모로서 자식 키우는 게 당연하지 않다는 말이 아니다. 효자 효녀도 교육에서 나온다는 말이다. 부모가 어느 정도의 생색으로 효도의 개념을 알려줘야 아이들도 감사를 배운다. 물론 자식이 좀 버릇없이 군다고 해서 어디 갔다 버릴 일(?)은 아니다. 그러나 진지하게 부모의 입장을 말해 주면 오히려 딸과 아들이 부모한테 고마움을 느낀다. 고마움을 표현하고 서로에 대한 예의를 지키는 것은 학생의 때에 배워야 할 일이다. 생색의 요점은 "자녀를 키우는 것에 대한 부모의 수고와 희생"이다. 굳이 말해주지 않으면 아이는 방학 때 미국 놀러 가는 것이 마치 당연한 권리인 것처럼 행세할 수 있다.

결론적으로 아이의 조종, 협박, 도발에 휘말리면 부모의 권위는 떨어지고 훈육을 할 수 없게 된다. 거울 앞에서 연기 연습을 해서라도 단호한 태도는 필요하다. 옳고 그름에 분명하게 선을 그어 보자. 만약 문제 삼을 가치도 없는 상식적인 부분에서 아이가 떼를 쓴다면 바로 거절을 해보자. 긴 설명도 필요 없다. 이 모든 것은 나를 위해서가 아니라 자식의 성장을 위해 필요한 일이다.

〈 보통의 아빠 〉

(아빠) "식사시간이야 앉아서 밥 먹어야지"

(아들) "싫어요. 저 밥 안 먹고 계속 놀래요." 💬 [거부]

(아빠) "어어. 그러면 안 되는데 아빠 무릎에 앉아서 먹을까?
자~~ 비행기가 날아간다. 비행기 숟가락 슈우우웅"

(아들) "아하하하 " 💬 [눈치 백 단, 안 심각한 상황임을 파악함]
[한 입 겨우 받아먹고는 아빠 무릎에서 탈출한다.]

(엄마) "휴…. 쟤가 요즘 고집에 세져서 그래" 💬 [고집 타령]

〈 [독립 육아법]을 배운 아빠 〉

(아빠) "식사시간에는 의자에 앉아 있는 거야" 💬 [규칙인지]

(아들) "아냐, 아냐. 밥 안 먹을 거야"

(아빠) "앉아!" [단호, 엄격, 중저음의 목소리]
… 갑자기 분위기 싸해짐.

(아들) … [눈치를 보며 슬며시 앉는다]

친구 같은 아빠가 되고 싶었던 첫 번째 아빠는 친절만 하고 훈
육에는 실패한다. 반면 두 번째 아빠는 "앉아!"라는 한 단어로 분위
기를 압도하며 아이를 의자에 앉혔다.

Q: "세상에 아이한테 어떻게 명령할 수가 있죠?"

"어머머! 아이가 상처받지 않을까요?"

"꼭 그렇게까지 혼내야 하나요?"

기억하자. 육아는 친절하게 말로 설명하는 것만으로 되는 게 아니다. 비언어적 몸짓, 말투, 단호한 태도, 눈빛 등 모든 수단과 방법을 동원해서라도 권위 있는 부모의 태도를 단호하게 보여주는 것이 좋다. 중요한 것은 "앉아!"라고 말했다고 해서 아빠가 화를 낸 것은 아니라는 점이다. 게다가 앞서 "식사시간에는 앉아 있는 거야"라고 가정의 규칙을 친절하게 인지시켜 주었다. 아이에게 끌려다니지 말고 [규칙인지]를 해주는 것이 친절한 부모다.

---

**훈육 = 화** (X)

**훈육 = 단호** (O)

---

아빠의 단호한 태도로 갑분싸(갑자기 분위기 싸해짐)가 되는 것을 부정적으로 생각하지 말아야 한다. 아이도 다른 사람 눈치를 볼 줄 알아야 한다. 가정에서 배워야 학교와 같은 단체생활에서 친구들이 싫어하는 행동과 좋아하는 행동을 구별할 줄 알게 된다. 인간관계에서 이루어지는 미묘한 분위기를 파악할 힘을 길러야 한다. 그래야 어디를 가서도 눈치 있고 빠릿빠릿하게 행동하는 사람이 된다. 가끔 어떤 부모들은 아이가 자신의 말을 듣지 않아서 "너를 버릴 거

야"너를 못 키우겠어"라는 협박성 멘트로 아이를 컨트롤하려고 든다. 제발 그러지 좀 말자. 협박으로 키우면 나중에 협박당한다. 제일 어리석은 훈육법이다.

### ▶ 협박하지 말고 훈육을 하자!

**선 긋기가 어렵다면 규칙만 말해 보자 》**

 〈 미술 하기 싫다고 징징댈 때 〉

(자녀) "미술 시간에 미술 하기 싫어요"

(엄마) "미술 시간에 하기 싫더라도 미술 해야 하는 거야" 🗣 [규칙인지]

 〈 밥 먹기 싫다고 징징될 때 〉

(자녀) "밥 먹기 싫어요. 놀아도 돼요?"

(엄마) "밥 먹기 싫어도 의자에 조용히 앉아있는 거야" 🗣 [규칙인지]

 〈 심심하다고 징징될 때 〉

(자녀) "엄마, 심심해서 죽을 거 같아요"

(엄마) "심심해서 안 죽어. 참아" 🗣 [단호박]

 〈 비 온다고 징징될 때 〉

(자녀) "엄마, 비가 오는 데다 우산이 없어서 집에 못 가겠어요"

| | |
|---|---|
| (엄마) | "생각해. 우산이 없을 때 어떻게 해야 하지?" ✎ [메타인지력 높이기] |
| | "우산 빌리 데가 있니?" |
| (자녀) | "교무실이랑 교실에 비상용 우산 있어요" |
| (엄마) | "네가 스스로 빌려오는 게 좋겠어" ✎ [단호박] |

# 규칙 다지기

## 비법 1) 간접 경험치를 높인다.

### 〈 용산 아이파크몰 현관 입구 〉

(나와 아이들)  [걸어가다가 앞서가던 가족이 멈춘다.]

(아빠)  "야야~ 입구에서 멈추면 어떡해~" [짜증 섞인 목소리]

(엄마)  "빨리 가 빨리!" [재촉한다.]

(아들)  … [아무 말 없이 쿨하게 킥보드를 밀고 나간다.]

(나와 아이들)  … ??

용산 아이파크몰에서 킥보드를 타고 쇼핑센터를 들어가는 아이를 보았다. 유난히도 더웠던 작년 여름, 잼버리 스카우트 대원들도 불볕더위에 쓰러진 바로 그 해, 날이 더워서 밖으로 나가지 못한 사람들이 시원한 건물 안으로 들어와 쇼핑몰에서는 사람들로 바글바글하였다. 그 틈을 헤치고 8살 정도 되어 보이는 남자아이가 킥보드를 타고 백화점 문을 비집고 들어왔다. 주차장에서 쇼핑센터로 연결된 문이었다. 들어가려는 사람들과 나오려는 사람들로 혼잡했다. 아이가 문틈에 끼여서 킥보드를 제대로 밀지 못하자 아빠가 짜증을 내었다. 그 부모는 킥보드를 차에 싣고 와서 아이에게 주었다. 백화점에서 마음껏 타고 다니라고 말이다. 나는 그들에게 "당신 공중도덕도 몰라요? 킥보드 타다가 사람 다치면 어떡해요?!!"라며 손가락으로 삿대질을 하고 고래고래 소리를 지르면서 당당하게 말하지는…. 못했다. 대신 내 자녀들과 '공중도덕'이란 주제로 토론을 하였다.

 〈 주제 토론하기 〉

(나)　"얘들아. 방금 킥보드를 타는 아이에 대해 어떻게 생각해?"

(첫째)　"공공장소에서 킥보드 타면 당연히 안 되죠~~"

(나)　"맞아. 둘째는 왜 안 된다고 생각해?"

(둘째)　"사람들이 다쳐요. 나도 아까 넘어질 뻔했어요."

(나)　"왜 한강공원에서는 탈 수 있고 여기서는 안 되는 거야?"

    킥보드를 탄 아이와 가족은 우리에게 공중도덕의 의미를 생각할 소중한 기회를 주었다. 10살인 첫째는 쇼핑몰과 같은 공공장소에서 킥보드를 타지 않아야 한다고 상식적으로 알고 있다. 하지만 8살인 둘째는 어른들과 함께 있는데 자기 나이 또래가 킥보드를 타는 것을 보고 부러워할지도 모른다. 이때에는 엄마가 간단하게 설명을 하고 어른이지만 저 부모들이 잘못하고 있다는 것을 인식시켜줄 필요가 있다. 어른이라고 해서 무조건 다 옳지 않으며 어린 나이에도 판단할 수 있다는 것을 알려준다. 이처럼 다른 가족의 모습을 관찰하며 규칙에 대한 [간접 경험]을 하게 한다.

 〈 식당에서 〉

- 옆 테이블에 2살 아기, 엄마, 아빠 가족이 식사하고 있다. 2살 아기는 계속해서 울고 칭얼댄다. 결국, 식기류를 다 떨어뜨린다.

        [쨍그랑~]

(아빠)    "에이~ 야야. 네가 치워"

(엄마)    "어휴~ 얘가 또 왜 이래"

(아빠)    [종업원이 다가오는 걸 보며]

        "아…. 네 죄송합니다."

(엄마)　　　"기저귀를 갈아달라고 그랬나 봐"

- 엄마는 갑자기 사람들 밥 먹는 식당에서 똥 기저귀를 갈기 시작한다.

 〈 [독립 훈육법] 엄마 〉

(엄마와 아이들) 조용히 이 상황을 지켜보며 밥을 먹는다.

　　　… 식사를 마치고 돌아오는 차 안에서

(엄마)　　　"얘들아, 아까 옆 테이블의 상황에 대해 생각할 것이 있는 것
　　　같아." 식당 예절과 관련해서 그 가족들의 행동이 어떤 점에서
　　　잘못됐는지 이야기해 볼 사람?"

(아이들)　　　[열심히 토론한다.]

위의 사례에서 부모의 문제는 식당에서 다른 사람 밥 먹는데 똥 기저귀를 간 그것보다, 아이에게 단 한마디의 훈계가 들어가지 않았다는 사실이다. 아기이니까 식당에서 짜증 부릴 수도 있다. 아기이니까 징징거릴 수도 있고 식기류를 떨어뜨릴 수도 있다. 이때 부모 중 한 명이라도 아이의 행동을 제지하는 몸짓이나 언어적 훈육을 했어야 했다. 하지만 그들은 단 한마디 말도 하지 않았다.

**비법 2) 아이는 신호를 보낸다.**

월터 A. 하인리히(Walter A. Heinrich)가 개발한 하인리히 법칙에 의하면 30:300:3000 비율로 사고와 부상 사례를 설명하고 있다. 이 비

율은 가벼운 사고와 부상 사례가 발생하면, 이 중에서 약 30건은 경미한 사고, 300건은 경미한 사고에서 파생된 경미한 사고, 3000건은 경미한 사고에서 파생된 거의 미미한 사고로 나타난다는 것을 의미합니다. 즉 아이의 경미한 훈육의 시기를 놓치게 되면 그로 인해 30배 300배 3000배로 감당하기 힘든 관련 관련 사건 사고가 일어나게 된다는 것으로 교육에 있어서 [아이가 보내는 초기 신호]에 민감하게 대응해야 한다는 것을 뜻한다.

위의 식당에서 만난 부부 이야기를 계속해보자. 사실 아기는 식당을 들어올 때부터 징징거렸다. 처음 테이블에 앉을 때부터 요란하게 앉더니, 아이는 앉자마자 의자에서 빠져나오게 해 달라고 칭얼거렸다. 아이 엄마는 예상했다는 듯 칭얼거리는 아이에게 쌀과자를 쥐여 주었다. 몇 분이 채 지나지 않아 아이는 입에 물고 있던 과자를 휙~ 던졌다. 엄마는 능숙하게 또 다른 장난감을 꺼내어 손에 들려주었고 나중에는 아이패드로 뽀로로 만화를 보여주었다. 마치 어떤 행동 대응 매뉴얼이 있는 것 같았다.

아이는 ˮ나 곧 큰일 날 거예요ˮ 시그널을 계속해서 보내고 있었다. 그때마다 두 부부는 아이의 찡얼거리는 소리를 들으면서도 묵묵히 밥을 먹었다. 아이의 훈육은 식당에 들어오기 전부터 이루어졌어야 했다. 식당에 와서라도 아기 의자에 처음 앉을 때부터 일어나는 신호, 즉 아이가 칭얼거리기 시작하는 그 순간이 훈육의 포인트가 된다.

부모마다 규칙에 대한 적용 시점이 다를 것이다. 어떤 부모는 아이가 '앵~'하고 칭얼거리자마자 바로 훈육을 한다. 반면 어떤 부모는 '아이들은 원래 떼부리면서 자라는 거야'라는 생각으로 비교적 쉽게 인내할 수도 있다. 교육적 관점에서 훈육의 효과는 초반에 가장 크게 나타난다. 만약 부모가 초반의 시그널을 무시하고 일이 커질 대로 커지고 난 뒤에야 훈육하려고 한다면, 아이는 오히려 '억울하다'라며 협조를 거부할 수도 있다. 자녀로서는 여태껏 부모가 가만히 있다가 어느 날 갑자기 자기 행동을 가로막으니 화가 난다. 따라서 자녀가 초기 신호를 줄 때, 그때가 바로 훈육의 타이밍이다. 중요한 것은 '아이의 행동이 심하다. 또는 심하지 않다'와 같은 심각성의 정도로 판단해서는 안 된다.

### 〈 초기 진압 타이밍 〉

1. 다른 사람에게 피해를 준 것도 아닌 것 같다.
2. 큰 문제도 없는 것 같다.
3. 어린아이의 순수한 마음에서 철없는 행동을 한 것뿐이라는 생각이 든다.
4. '이게 이렇게까지 할 일인가?'라는 생각이 든다.
☞ 불편한 감정을 누르고, 부드럽고 약하더라도 훈육은 들어가야 한다.

초등 고학년 자녀도 마찬가지이다. 어린아이일 때 지켜야 했던 규칙은 이미 습관화되었기에, 좀 더 고차원적이고 복잡한 규칙을 적용한다. 다만 아기 때와는 달리 엄마의 주도권을 아이에게 서서히 넘겨준다. "무조건 안 돼"라는 것보다는 "같이 생각해 볼 문제야."라는 태도가 필요하다. "이건 나쁜 행동이라 엄마가 싫은데 너는 어떻게 생각하니?"라는 질문을 통해 아이가 곰곰이 생각하는 시간을 갖고 의견을 말할 기회를 준다. 아이들은 자기 입에서 내뱉은 말은 자기가 책임지려고 노력하는 경향이 있다. 엄마가 답을 유도하는 하브루타식 질문으로 도와주면 좋다. "초등학생이니까 이제 다 알겠지."라고 은근슬쩍 넘어가서도 안 된다. 메타인지적 측면에서 문제 행동을 스스로 인지하고 멈추도록 조절하는 능력을 길러주는 게 중요하다.

### ▶ 훈육은 산불과 같다.

담배꽁초의 작은 불일 때는 발로만 문질러도 불은 금방 꺼진다. 하지만 일단 산불이 진행되어 버리면, 불은 걷잡을 수 없이 활활 커진다. 헬리콥터가 공중에서 아무리 물을 퍼부어도 불은 꺼지지 않고 막대한 재산 피해를 주고 나서야 끝이 난다. 산불과 같이 훈육도 초기 대응이 중요하다. 만약 아이가 과자를 달라고 조르면 첫 번째 조를 때 안 된다고 확실히 말해보자. "과자 줘. 과자 줘"라고 무한반복을 할 때까지 기다렸다가 어쩔 수 없이 "이 왕 고집쟁이야"라며 항복 선언해서는 안될 것이다. 만약 아이가 계속해서 "과자 줘. 과자 줘."라고 칭얼거린다면 조용히 밖으로 데리고 나가는 것이 좋다.

밖으로 데리고 나가는 행위 자체가 사태의 심각성을 알려주고 흥분을 가라앉히는 효과를 준다. "같은 말을 반복하는 건 잘못된 행동이야. 앞으로는 한 번만 말해주면 돼"라고 알려준다. 다음에 또다시 무한 반복하려고 하면, "쉿!" 하고 손가락을 입에 갖다 대고 아이의 눈을 지그시 바라보며 침묵한다. 침묵, 눈빛, 제스처 등 모든 수단과 방법을 동원해 다양한 각도로 훈육을 해야 아이의 머릿속에 잘 인식이 된다. 엄마도 "조용히 해 조용히 해 조용히 해" 무한 반복 잔소리하지 말고 딱 한 번 만에 나의 훈육이 끝나도록 노력한다. 가장 좋은 방법은 거울을 보고 엄마가 몸짓언어를 연습하는 것이다.

 **< 몸짓언어 연습하기 >**

1 단계: 하고 있던 행동을 멈춘다.
2 단계: 자세를 고쳐 잡고 허리를 펴서 몸집을 크게 만든다.
3 단계: 고개를 천천히 돌려 눈을 지그~~시 바라보며 잠시 침묵한다.
4 단계: 단호한 표정으로 고개를 살짝 숙이고 눈동자를 약간 크게 한다.
5 단계: 고개를 양쪽으로 도리도리 살짝 흔든다.
6 단계: "쉿!" 제스처를 한다.
7 단계: "안돼" [저음, 짧고 굵은 목소리]

Q: "구질구질하게 꼭 이렇게까지 해야 할까요?"

"네. 지금 좀 고생하고 나중에 편안하게 육아하고 싶으면 그렇게라도 구질구질하게 해야 해요. 그래서 연기하라는 겁니다." 엄마가 한 명의 배우가 되어 다른 인격체를 가졌다고 생각하고 [친절함→단호함]으로 [태세 전환]을 재빠르게 할 줄 알아야 한다. 이는, "규칙은 중요한 거야"라는 메시지를 심어준다.

---

## 비법 4) 가정 내 질서를 세운다.

---

Q: "당신 조선 시대에서 왔어? 꼰대 아님?"
  "참 고리타분도 하십니다."

가정 내 질서가 뭘까? '남녀평등, 인권존중' '개인 취향'과 같은 용어들이 난무하는 시대에, 아래위를 따지다니 시대착오적인 사상이라 반문할지도 모른다. 나는 전통적 유교 질서나 남녀 존비 사상이니 그런 걸 이야기하려는 게 아니다. 내 자녀교육을 위해 가정 내 질서가 바로 서야 한다고 말하는 것이다. 가정의 질서는 가장인 아빠가 윗 질서, 그다음 엄마, 형제들은 나이순이라는 것을 인지시켜 줄 필요가 있다. 아빠가 인품이 훌륭하기 때문에 존중하라는 말이 아니다. 아빠라는 가장이 가지는 그 역할을 존중하라는 의미다. 마찬가지로 내 엄마가 특별히 잘나서 존중하라는 말이 아니다. 엄마의 인격이 아닌 엄마의 역할을 존중하라는 것이다.

　내 아이의 교육을 위해 부모는 권위가 있어야 하며, 가정 내 질서가 바로 설 때 이루어진다. 엄마는 아빠의 의견을 존중하고 아이들은 부모의 말을 순종하는 모습을 보인다. 즉 아빠가 가지는 의견의 지분이 제일 크고, 다음이 엄마이고 형제들 나이순으로 가정의 규칙에 미치는 힘이 다르다. 이것은 갑질과 다르다. 아빠가 육체적으로 제일 크고 힘이 세니까 식구들의 의견을 무시한다는 의미가 아니다. 인간관계는 언제나 협상과 배려를 기본으로 한다.

　가정 내 질서를 배우면 어른에 대한 권위가 서고 교육에 힘이 실린다. 마찬가지로 학교에서도 선생님과 학생의 질서가 바로 선다. 사회에서는 연장자에 대한 질서, 직장에서는 상사에 대한 질서를 이해하게 된다. 이러한 질서를 배우지 못하면, 위아래 없는 안하무인이 될 수 있다. 경비원 어르신에게 "내가 누군 줄 알아?"라고 소리치는 사람, 직장에 가서 "네 따위가 뭔데?"라고 상사에게 대드는 사람이 될 수도 있다.

　사회생활을 잘하려면 아랫사람은 눈치가 있어야 한다. 나이 어린 막내는 나이 많은 형의 눈치를 볼 필요가 있고 위의 형제는 막내를 보호할 의무가 있다. 마찬가지로 아빠는 가족을 책임지는 가장으로서의 역할을, 엄마는 아이들 앞에서는 가장인 아빠의 말을 존중하는 태도를 보이는 게 좋다. 우리는 엄마가 실세라는 것을 알고 있다. 그래도 바지사장 역할은 아빠에게 주어야 한다. 그렇게 보고 자란 아이들이 눈치가 있고 남에게 존중을 주고 존중을 받을 줄 아는 아이로 성장한다.

잔소리 좋아하는 사람 없고, 잔소리로 변하는 사람도 없다. 가수 아이유의 노래 〈잔소리〉의 여주가 남주에게 잔소리만 해대서 결국 차였다는 소문이 있다. 잔소리는 남편도 자녀도 변화시키지 못하고 내 이미지만 나빠진다. 어쩌면 다들 알고는 있지만 잔소리 외에 별 수단이 없어서 하는 건지도 모른다.

\* 잔소리 특징 = 빈도수가 높음. 못 알아들음.
　　　　　　　　화이트 노이즈
　　　　　　　　남 탓
\* 훈육의 특징 = 빈도수가 낮음. 한 번에 알아들음.
　　　　　　　　메타인지를 높임.
　　　　　　　　내 책임

조직의 보스는 말을 많이 하지 않는다. 딱 세 마디만 하는데 "와라. 가라. 물어."라고 한다. 보스는 손가락 관절 하나만 까닥하면 부하들이 알아서 움직여준다. 말이 많을수록 하수다.

엄마도 쓸데없는 잔소리를 하면 육아의 하수가 된다. 잔소리를 안 하기 위해 일상생활에서 반복적으로 말하는 것을 줄이는 게 좋다. 아이의 작은 실수나 어설픈 행동들에 화가 나더라도 그 나이의 특성을 이해하고 입을 다무는 것이 좋다. 잔소리를 해봤자 엄마의 권위만 잃을 뿐이다.

두 번째로, 모든 일에 사사건건 통제하지 말자. 앞서 말했다시피 규칙은 초기 대응, 초기 진압이 중요하다고 말했다. 그 이후의 아이의 어설픈 행동 하나하나, 눈에 거슬리는 말투 하나하나 따지고 들면 부모와 자식 간의 관계만 나빠진다.

---

 **〈 잔소리 예시 〉**

- 아이가 쿠키를 먹으면서 돌아다닌다.

(엄마)  "엄마가 쿠키를 먹으면서 돌아다니지 말라고 했지?
쿠키 부스러기를 흘려서 집안 꼴을 이렇게 만들어놨어?
어휴…. 내가 못 살아. 너 때문에 이렇게까지 힘들어야겠니?"
"엄마가 조심하라고 했어 안 했어? $$#%^%%&^%*&^&(&^…"

(엄마)  "너는 내 말을 듣고 있니?"

(아들)  "…" [당연히 안 듣고 있다.]

---

## < 잔소리 대신 훈육 3단계 >

**[ 팩트체크 ] -- [ 규칙인지 ] -- [ 피드백 ]**

(엄마)  "딸. 공지사항 있으니 엄마한테 와 볼래?"

"엄마가 딱 한 번만 말할 거니까 잘 들어야 해" 🐚 [눈 마주치기]

　1) 쿠키 부스러기가 거실 바닥에 있지? 🐚 [팩트체크]

　2) 바퀴벌레가 나와서 🐚 [이유]

　3) 앞으로는 식탁 위에서 먹는 게 좋겠다. 🐚 [규칙인지]

　4) 지금 치워보자.

(엄마)  "휴지 말고 물티슈로 닦는 게 좋겠어." 🐚 [피드백]

"잘했어"

## 비법 6) 안돼 → 규칙이야

　"안돼"를 많이 들은 아이들은 뇌 발달이 저해된다는 연구 결과를 알고 있을 것이다. 하지만 육아를 하면서 "안돼"를 사용하지 않는 건 불가능하다. 필요할 때는 써야 한다. '과유불급(過猶不及)'과 같이 무엇이든 지나친 것이 문제였다. 그래서 "안돼" 보다는 "규칙이야"라고 말하는 것이 좋다. 좀 더 정확하게 말하면 "장난감 치우는 건 규칙이야"라고 말하면 좋다. 구구절절이 설명하지 말고 간단히 말하는 것이 더 효과적이다.

**〈 과도한 설명의 예 〉**

(엄마) "왜 장난감을 치우지 않니? 안 치우니 집이 지저분하잖아.
지난번에 장난감을 잘 치우기로 약속을 했는데 거짓말한 거야? 너
때문에 누나가 장난감에 걸려 넘어질 뻔했잖아." → [과도한 훈수]

(엄마) "너는 초등학생이나 되어서 너 앞가림도 못 해?
앞으로 절대 장난감 안 사줄 거야!" ☞ [쓸데없는 후폭풍]

첫째, 훈육은 임팩트 있는 말만 간결하게 한다. 엄마는 어떤 말을 할 건지 계획을 세워두는 게 좋다. 생각나는 대로 기분 따라 주절주절 말하는 것은 시간 낭비다.

둘째, 일상생활에서 아이들이 하겠다고 하는 대부분의 일을 허용한다. 특별히 건강상의 위험만 없으면 집안 꼴이 엉망이 되어도 적당히 포기하며 사는 게 낫다. 너무 깔끔하려고 하다 보면 아이와 부딪치게 된다. 아이가 중학생이 될 때까지 어지르고 흘리고 떨어지는 것은 마음을 좀 내려놓을 필요가 있다.

셋째, 정말 못 견디는 한 가지가 있다면 아이에게 미리 양해를 구한다. 예를 들어, 나는 아이들이 거실 바닥에 물이나 주스와 같은 액체를 흘리는 게 그렇게도 싫었다. 바닥에 흘린 우유를 보면 나도 모르게 화가 부글부글 끓어올랐다. 그래서 이 부분은 아이들과

상의를 해야 했다. 엄마는 너희가 특히 액체 흘리는 게 싫다고 그건 내가 개인적으로 정말 싫어하는 일이라고 말해줬다. 엄마도 사람이고 엄마도 엄마가 처음이라 어떻게 해야 할지 잘 모르겠다고, 나도 잘 안 되는 부분이 있으니 조심해 달라고 설명했다.

## 비법 7) 단호한 태도를 보인다.

 〈 학교 미술 시간 〉

(선생님)  "자, 오늘은 고흐의 해바라기꽃을 그리고 색칠해 볼 거예요."

(아이들)  "우와~ 재미있겠어요~"

(꾸러기 1)  "에이!~ 재미없겠다. 저 해바라기 꽃 싫어해요"

[갑자기 분위기 싸해짐]

(꾸러기 2)  "나도 해바라기 싫어해요."

(아이들)  …웅성웅성… [동조하는 분위기 형성됨]

(선생님)  "해바라기를 싫어해도 만들어보는 건 어떨까요?"

(꾸러기 1)  "저는 백합꽃 그리고 싶어요"

(선생님)  "선생님은 해바라기로 준비했는데 어쩌지요?"

(꾸러기 2)  "선생님. 저 미술 정말 싫어해요. 미술 안 하고 싶어요."

(선생님)  "지금은 미술 시간이니까 참고 좀 노력해줄 수 있겠어요?"

(꾸러기 1, 2)  "저 미술 안 할래요. 싫어요."

(꾸러기 3)  [대강 5분 만에 그리고 꾸러기 1, 2와 놀기 시작한다.]

… 학급은 점점 노는 분위기가 되어간다.

학습에 무기력한 아이들과 자기가 하고 싶은 것만 하려는 아이들이다. 미술이 싫으면 미술을 하지 않아도 되는 것으로 알고 있다. 학교에 보내도 스스로 잘하는 아이로 키우려면 가정에서 하기 싫은 것도 해야 한다고 말하는 것이 좋다. "하기 싫어요."라고 말하면 "해야 하는 거야"라고 답변한다. 〈혼자일 때 스스로 잘하는 아이〉는 해야 할 이유를 알고, 하기 싫은 것도 참고 실천하는 아이이다. 〈혼자일 때 하고 싶은 것만 하는 아이〉가 되어서는 안된다.

 **〈 학교 전화상담 〉**

(선생님) "하나가 학교 시간에 공부하기 싫어하고 앉아서 놀려고만 해요. 오늘 미술 시간에는 해바라기가 싫다고 그림 그리기를 거부했어요"

(학부모) "아이 마음은 읽어주셨나요?" 🔲 [과잉 감정교육]

(선생님) "네?"

(학부모) "싫다고 하는 그 마음을 읽어주셨냐고요? 선생님 수업 방식에 문제가 있다고 생각하지 않으세요? 아이가 싫어하는 이유를 찾아보세요."

(선생님) ⋯⋯⋯?

위의 예시에서, 원칙 없이 비일관적인 가정교육을 받고 자란 아이는 학교에서도 자기가 하고 싶은 것만 하려는 경향을 보일 수 있다. 학부모도 교사의 말을 듣기보다는 상황과 몸 컨디션에 따라 변화하는 아이의 감정을 우선시한다. 그러나 교사-학생의 질서는 아이의 교육을 위해 필요하다. 교사의 수업과 학생지도에 권위가 무너지는 순간 교육은 망한다고 보면 된다.

"엄마, 시어머니가 나한테 이래라 저래라 하는데 하기 싫어. 나 이혼할래"

"엄마, 직장 상사가 자기가 뭐라고 나한테 소리치잖아. 기분 나빠서 직장 못 다니겠어."

"그놈은 꼰대라서 안돼. 다 때려치울 거야!"

상사가 나보다 실력이 월등히 좋으므로 상사의 말을 따르는 것이 아니다. 설령 틀린 일을 시키더라도 감정적으로 받아들일 게 아니라 웃으며 협상해보려 한다. 가끔은 싫지만 그냥 해주는 것도 필요하다. 부장님이 꼰대라서 부장님의 말을 무시하면 안될 것이다. 살다보면, 나보다 위 질서인 부장의 역할에 순종해야 할 필요도 있다.

학부모님의 입장에서 담임선생님이 다소 마음에 들지 않을 수도 있다. 나도 학부모가 되고 보니, 상대적으로 담임의 영향이 큰 유·초등 자녀를 보내는 부모님의 마음이 어떨지 공감이 된다. 교사마다 색깔이 다르고 내 아이의 성장 속도도 다르기 때문에, 어떤 해에 만난 선생님은 내 아이랑 잘 맞는 듯도 하고, 어떤 해에 만난 선생님은 전혀 아닌 듯도 하다. 하지만 학교는 홈스쿨링이 아니다. 부모인 나의 마음에 들지 않는다고 내가 대신 교육과정을 만들어 가르칠 수는 없지 않은가. 또한, 교육자인 교사의 권위가 서고, 부모인 나와의 관계가 좋아야 내 자녀에게 장기적으로 유리해진다. 따라서, 담임교사와의 소통과 협조를 통해 서로가 '윈-윈(win-win)'하는 방향으로 나아가는 것이 좋은 듯 하다.

또한, 학교의 규칙에 따르는 것, 내가 싫더라도 억지로 해보는 것, 내 기분이 정말 별로라도 폭발하지 않고 참아보는 것, 싫은 일도 즐겁게 해 보는 것, 기다릴 줄 아는 것, 선생님이라는 권위자의 말에 순종할 줄 아는 것… 등은 한 인간이 살면서 반드시 배워야 할 덕목이다. 아무리 "개취존(개인 취향 존중)"이 유행한다 한들 인간의 본성은 집단생활이다. 상·하 인간관계를 잘해야 성공도 하고 사회생활도 잘할 수 있다.

> **미운 자식에게는 떡 하나 더 주고,**
> **사랑하는 자식에게는 매 한 번 더 든다.**

**< Solution >**

1. 간접 경험치를 높인다.

2. 아이는 신호를 보낸다.

3. 초기 훈육이 중요하다.

4. 가정 내 질서를 세운다.

5. 잔소리 말고 훈육을 한다.

6. "규칙이야"라고 말한다.

7. 단호한 태도는 필요하다.

# 부모는 자발적 '을'이다

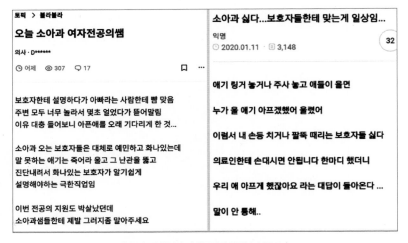

토픽 > 블라블라

## 오늘 소아과 여자전공의쌤

의사 · D\*\*\*\*\*

어제　◎ 307　♡ 17

보호자한테 설명하다가 아빠라는 사람한테 뺨 맞음
주변 모두 너무 놀라서 몇초 얼었다가 뜯어말림
이유 대충 들어보니 아픈애를 오래 기다리게 한 것...

소아과 오는 보호자들은 대체로 예민하고 화나있는데
말 못하는 애기는 죽어라 울고 그 난관을 뚫고
진단내려서 화나있는 보호자가 알기쉽게
설명해야하는 극한직업임

이번 전공의 지원도 박살났던데
소아과쌤들한테 제발 그러지좀 말아주세요

---

## 소아과 싫다...보호자들한테 맞는게 일상임...

익명

◎ 2020.01.11 · ⓘ 3,148　　　32

애기 링거 놓거나 주사 놓고 애들이 울면

누가 울 애기 아프겠했어 울렸어

이렴서 내 손등 치거나 팔뚝 때리는 보호자들 싫다

의료인한테 손대시면 안됩니다 한마디 했더니

우리 애 아프게 했잖아요 라는 대답이 돌아온다 ...

말이 안 통해..

〈 출처: 라이언의 라이브러리 공작소 블로그 〉

　위의 글처럼 소아과도 학교처럼 학부모 민원의 온상이 되었다. 소아과 의사인 내 지인은 부모에게 멱살도 잡혀보았다. 흥분한 아

246　혼자일 때 더 잘하는 아이

빠에게 의사가 뺨을 맞고, 삿대질을 당하는 경우가 심심찮게 보도되고 있다. 그래서 소아과가 기피 학과로 취급된 지 오래다. 저출생으로 아이는 줄고, 진료비는 낮은 데다 예민한 부모님까지 감당해야 할 스트레스로 인해 지난 5년간 폐업한 소아과만 660여 곳에 달한다고 한다. 이처럼 사회 전반적으로 아동과 관련된 업종들에서 나타나는 '부모의 갑질 행태'에 대해 우리는 진지하게 생각해 볼 필요가 있다. "과연 대한민국의 교육이 옳은 방향으로 가고 있는가?"에 대한 질문을 할 수밖에 없는 상황이다.

부모는 자녀가 내 배에서 태어나는 순간부터 자발적 '을'이 된다고 생각한다. 아이와 관계된 모든 인간관계에서 부모가 먼저 숙여야 내 자식에게 유리하기 때문이다. 예를 들어, 아파트 경비원에게 부모가 먼저 인사 잘하고 간식도 갖다 드리는 등의 좋은 관계를 맺고 있다고 해보자. 만약 내 아이가 부모가 없을 때, 아파트 계단에서 굴러서 다치거나 엘리베이터에 갇힌다면 누가 도와주겠는가? 경비원 아저씨가 사력을 다해 아이를 구하려고 덤벼들 것이다. 또 다른 예로, 평소 내가 동네 엄마들에게 양보도 좀 하고, 겸손하게 행동해 왔다면 어떻게 될까? 어느 날 자녀가 우산이 없는데 갑자기 비가 왔다. 마침 정문에서 자녀를 기다리던 동네 아줌마를 만났다. 그 아줌마가 가만히 있을까? "어머! 너 우산 없구나. 아줌마가 집까지 데려다줄게." 또는 "어머~ 우산 1개 더 있는데, 이거 쓰고 내일 갖다 줘"라고 하지 않을까? 당연히 나 대신 우리 아이가 비 안 맞도록 챙겨주는 건 인지상정이다.

　마찬가지로 병원에서도 부모인 내가 의사 선생님과 간호사님들께 진심으로 잘해드리면 결국 이득을 받는 건 내 자녀다. "조금만 참아. 우리 땡땡이 주사도 잘 맞네!"라며 말 한마디라도 내 자녀에게 따뜻하게 해 주신다. 약 처방을 할 때도 조금이라도 더 신경 써 주고 싶은 건 인간 세상의 당연한 논리다. 따라서 부모는 자녀를 위해서라도 "Giver(베푸는 사람)"의 자세로 살아야 한다고 생각한다.

　자녀를 키우다 보면 온갖 일이 다 생긴다. 내 자녀가 다른 친구랑 놀다가 오해를 받는 억울한 일이 생기기도 한다. 그리고 딱히 잘못하지도 않았는데도 부모로서 대신 상대편 엄마에게 웃으며 사과해야 할 경우도 생긴다. "죄송합니다" "우리 아이가 잘못했지요. 제가 대신 사과드립니다" 라고 말해야 할 때가 있다. 그렇게 말해야 하는 엄마의 마음은 얼마나 속상할까. 심지어 상대방 엄마는 마치 자기가 잘난 것처럼 "그래요" 라며 목을 뻣뻣하게 곤두세우고 내 사과를 받고 있다. "이게 그냥 확~! 나보다 얼굴도 못생긴 주제에!" 라는 과도한 주관적 해석을 하며, UFC 원! 투! 쓰리! 하고 싶어 진다. 그래도 내 아이를 생각해 본다. 두 눈을 질끈 감고 이를 한번 꽉 깨물어 본다. '젠장~' 모른 척하고 웃어본다.

　만약 자녀를 키우다가 그런 경우가 생긴다면 학부모님께서 너무 속상하지 않으셨으면 좋겠다. 분명 고개를 조아리는 엄마를 둔 내 아이는 목이 뻣뻣한 엄마의 그 아이보다 훨씬 바르고 잘 자라고 있을 확률이 크기 때문이다. 이것이 내가 현장에서 수많은 학부모님과 아이들을 경험하며 내린 결론이다. 겸손한 엄마를 둔 자녀는 대개 모범적이고 참 바르게 잘 자란다.

# Part 4

## 게임·미디어
## 중독을 막으려면

# Part 4. 게임·미디어 중독을 막으려면

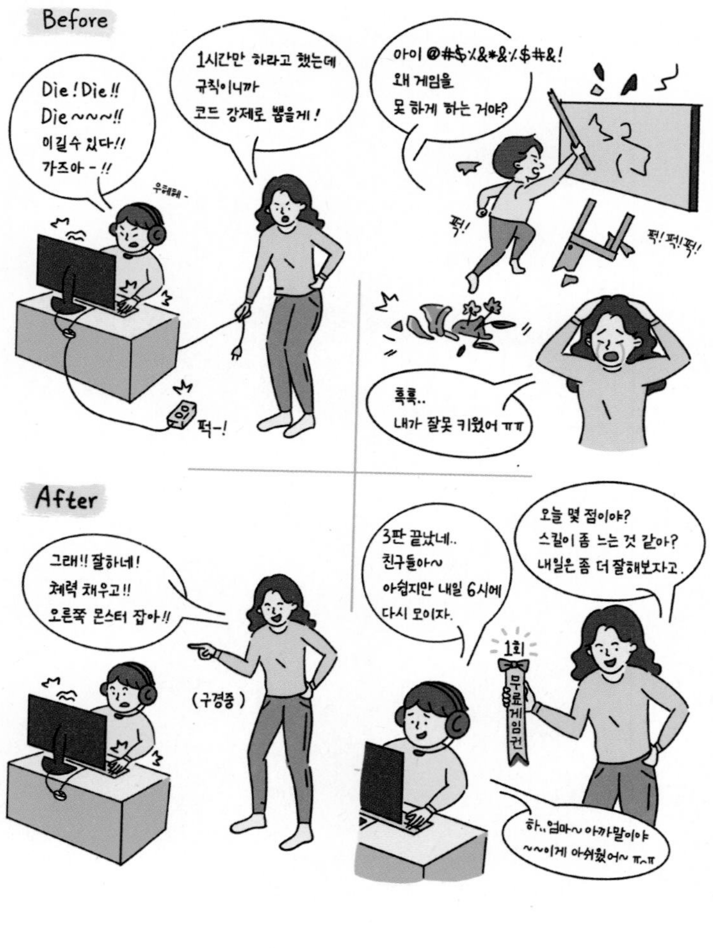

# 독립과 방치는 다르다

혼자 스스로 하라고 맡겨놨더니 아이가 게임과 미디어 중독자가 되었다. 요즘 아이들의 특성을 제대로 파악하지 못한 결과다. 독립과 방치는 다르다. [독립 훈육]은 부모가 의도성을 가지고 계획적으로 접근하여 오랜 시간에 걸쳐 훈련하는 일종의 교육이다. 방치는 아이의 능력을 과대평가하여 훈육 없이 "알아서 잘 하겠지..."라며 내버려 두는 것을 말한다.

요즘 초등학생들은 대부분 스마트폰을 가지고 다닌다. 어린 나이에서부터 게임과 폰에 노출이 되어있다. 학원에 다니느라 바쁜 아이들은 방과 후 친구와 따로 만나서 밖에서 뛰어노는 시간이 없다. 대신 틈틈이 스마트폰을 하며 휴식을 즐긴다. 그들에게 카톡과 게임은 교우 관계의 상징이고 문화다. 이런 아이들을 교육하기 위해 우리는 어떻게 해야 할까? 이 장에서는 우리 세대와 다른 1)요즘 세대의 미디어 친화적인 특성을 인지하고 2)대처법을 알고자 한다. 어린 나이에서부터 차분히 준비해야 추후의 큰일을 막을 수 있다. 통상적으로 아들은 게임으로, 딸은 스마트폰 중독을 기준으로 서술하고자 한다. 둘 사이의 기저는 같으므로 성별의 특별한 제한을 두지 않고 적용하면 된다.

## 아들의 게임을 멈추는 법

### 엄마 vs 사춘기 아들

게임을 멈추는 법? 아들을 가진 엄마들의 귀가 번쩍 뜨이는 말이다. 특히 코로나 19로 인해 엄마 vs 중·고등 아들들의 전쟁은 본격화되었다. 대면 수업이 없으니 학교도 가지 않고 종일 자기 방에서 컴퓨터 게임만 하는 학생들이 늘어났다. 한국콘텐츠진흥원 조사에 따르면, 국내 초·중·고등학생 중 '게임 비사용자군' 비율이 2022년(20.1%)으로 2019년(22.9%), 2018년(23.1%)에 이어 3년 연속 감소세를 이어갔다. 반면 과몰입군(0.3%), 과몰입위험군(1.6%), 게임선용군(20.6%), 일반사용자군(57.4%)로 이용자 비율은 증가하는 모습을 보였다. 게다가 세계보건기구(WHO)는 게임중독이 술이나 마약중독처럼 두뇌 활동을 억제하고 감정을 조절할 수 없기에, 세계질병분류기호에 개별코드를 넣어 질병으로 공식화하였다.

'학원을 가다 말고 친구들이랑 PC방으로 가지는 않겠지?'
'왜 저놈은 엄마랑 말 한마디 안 하면서 게임만 할까?'
'잠도 안 자고 하는 게임이 저렇게 재밌을까?'

　게임에 빠진 사춘기 아들을 보는 엄마의 마음은 시꺼멓게 녹아 내리는 것 같다. 아들 1명당 사리가 1만 개씩 쌓인다는 불교계의 전설이 있는데 사실인 것 같다. 대개 아들이 딸보다는 미디어 중독 성향이 강하다. 나의 경우, 딸은 영어 TV나 영어 노래 유튜브 동영상을 자주 보여줘도 계속 보여달라고 조르지 않았다. 엄마가 보여주면 보고 그만 보라고 하면 그만 보았다. 그러나 아들은 유난히 동영상에 집착했다. 동영상을 한번 보여주면 거기에 빠져서 화장실 가는 것도 잊었다. 그만 보라고 해도 멈출 줄 몰랐다. 아들에게 갤럭시탭이나 스마트폰을 쥐여 주면 마치 삼성에서 교육받고 온 것처럼 손가락 터치 몇 번에 조작법을 터득했다. 이처럼 아들이 미디어와 게임에 약한 것은 사실이지만 요즘 딸들도 만만치 않다. 스마트폰 카톡방과 K-pop 아이돌 유튜브 동영상에 푹 빠져있다.

　이렇게 미디어와 스마트폰에 일찍 노출된 요즘 아이들은 우리 때와는 달리 노는 방식도 다르다. 초등 방과 후 아이들이 운동장에서 뛰어노는 게 아니라 운동장에 삼삼오오 앉아 스마트폰 게임을 하고 있다. 고학년 남학생들은 스마트폰 게임에, 여학생들은 스마트폰 단톡방에 빠져있다. 학교 화장실이 아지트인지 냄새나는 거기서 그렇게 다들 옹기종기 모여있다. 어른들의 눈을 피해 화장실에서 키득키득 웃으며 단톡방에 열중하는 여학생들의 모습을 여러 번 보았다.

요즘 아이들에게 스마트폰, 게임, 카카오톡 채팅은 그들의 문화다. 독서보다 스마트폰을, 논술보다 짧은 채팅을, 예쁜 글씨 쓰기보다 독수리 타법의 핸드폰 자판을 사용한다. 유튜브에 익숙한 이 세대들은 빠르고 자극적인 영상물을 좋아한다. 아이들의 집중력은 짧아지고 긴 호흡의 독서를 어려워 한다. 휙휙 빨리 넘기는 웹툰이나 짧은 글의 웹 소설을 좋아한다. 한글 맞춤법이 틀리고 문해력이 매우 낮아진 건 당연한 결과다. 이처럼 스마트폰과 미디어가 문화로 자리 잡은 이 시대의 아이들에게 어른들은 어떤 태도를 보여야 할까?

## 차단 불가능

엄마의 마음은 원천적으로 게임과 핸드폰을 못 하게 하고 싶겠지만 그런 일은 없다고 보면 된다. 그들에게 게임과 단톡방은 단순한 심심풀이가 아니다. 또래 집단의 문화이고 교우 관계의 통로다. 따라서 억지로 차단하려 들었다간 부모-자식 사이만 나빠질 뿐이다. 대신 게임과 스마트폰을 허용하되 조절하는 법은 배워야 한다고 말해야 한다. 가능한 어린 나이부터 수시로 말해준다.

학생은 학생의 신분으로 해야 할 공부와 의무가 있다는 것을 말한다. 게임과 핸드폰 사용 또한 너희에게는 중요하다는 것을 부모도 인정한다고 말해준다. 그러나 너의 공부와 집중력에 방해를 받지 않으면서, 게임·스마트폰을 적절하게 사용할 수 있는지에 대한 주제로 대화를 해보아야 한다. 이는 마치 3단계 시뮬레이션에서 [선 설명]이 있고 없고의 차이가 엄청난 결과의 차이를 만들어 내는 것과 같다. 상호 간 협의 없이 [실행]에 바로 들어가면 망한다. 게임·스마트폰 사용도 기본 규칙이 있어야 한다. 어린 시절부터 이야기해 주는 것이 좋다. 경각심을 일깨우는 과정이 있고 없고의 차이는 엄청나기 때문이다.

<2023년 대한민국 다발적 흉기 난동 사태/게임중독 원인 논란>

| 게임순위 | | 2023년 8월 9일 |
|---|---|---|
| 순위 | 게임정보 | 점유율 |
| 1 - | LEAGUE LEGENDS **262주 1위**<br>라이엇 게임즈<br>라이엇 게임즈 | |
| | **리그 오브 레전드** | 40.39% |
| 2 - | 피파온라인4 | 10.62% |
| 3 - | 메이플 스토리 | 8.37% |
| 4 - | 발로란트 | 6.48% |
| 5 - | 서든어택 | 5.75% |
| 6 - | 오버워치 | 3.95% |
| 7 ▲ 2 | 로스트아크 | 3.41% |
| 8 ▼ 1 | 디아블로4 | 3.05% |
| 9 ▼ 1 | 배틀그라운드 | 2.49% |
| 10 - | 스타크래프트 | 2.25% |

〈 출처: 나무위키 〉

2023년 청소년들이 가장 좋아하는 게임 TOP 10 중 4개가 총·칼 게임이다. 한 온라인 게임은 흉기로 불특정 다수를 살해하는 것이 주요 스토리이다. 살해 과정이 잔인하고 피가 튀기는 듯 매우 사실적이다. 게임 속 한 남성이 밤에 해변에서 만난 여성의 옆구리를 흉기로 여러 차례 찔러 살해하는 장면이 나온다. 특히 그래픽 기술의 발달로 마치 "본인이 직접 칼을 찌르는 듯한 착각"을 일으킬 정도라고 한다. 이런 잔인한 살해게임 동영상이 유튜브에 버젓이 인기몰이하고 있다. 사람을 죽이는 것에 대해 점점 무감각해지는 청소년들, '묻지만 살해'와 같은 사회적 이슈로 발전하게 된다.

학교에서도 마치 컴퓨터 수업을 잘하는 교사가 실력 있는 교사처럼 평가되기도 한다. 요즘 세대의 성향을 고려한 미디어 친화적인 수업, 동영상과 컴퓨터 베이스 수업을 잘하는 교사를 말한다. 일단 옛날 방식으로 음성설명과 칠판의 글로만 수업하면 아이들이 집중을 잘 못하는 경향이 있다. 학습 동기유발을 위해 유튜브 동영상을 틀어주는 것이 일종의 관례처럼 여겨질 정도다.

 〈 교장실 〉

- [따르릉] 전화벨 소리

(교장 선생님) "여보세요"

(민원 학부모) "안녕하세요. 6-3 학부모입니다. 6학년 다른 선생님들은 컴퓨터로 열심히 수업 준비를 하셔서 재밌는 수업을 제공해 주시는데, 저희 반 선생님은 아니라고 하네요. 저희 애가 수업이 재미없다고 말하고, 그렇게 생각하는 학부모님들도 많아 대표로 전화했습니다."

위의 예시에서 민원을 당한 교사는 내 대학 동창이다. 그런데 그녀는 학부모로부터 실력이 없다는 소리를 들을 만한 교사가 아니다. 국어 교육학 박사인 그녀는 EBS 강사 경력만 몇 년째이고, 각종 초등 국어 문제집들과 국어 교과서 편찬을 집필했던 엄청난 실력의 소유자이며 대학교에 강의도 나간다. 설령 이 친구가 눈을 감고 수업한다 해도 옆 반의 신규 교사들보다는 잘할 것이다. 그러나 그 친구도 민원에 당했다. 그것도 형편없는 수업 실력을 이유로 말이다. 이처럼 미디어 베이스 교수만을 선호하는 것은 교육학적으로 옳지 않다. 학생들이 미디어 교육에 익숙해지면 자극적이고 빠른 호흡의 글과 학습을 선호하게 된다. 이는 혼자 스스로 하는 아날로그식 공부 방식인 자기주도학습에 집중을 못 하는 경향을 촉진시킨다. 따라서 스마트폰과 게임은 학창 시절에 될 수 있으면 늦게 노출하고 올바른 사용습관을 가질 수 있도록 부모가 도와주어야 할 부분이다.

**Q: 그렇다면 도대체 왜 아이들은 게임에 열광하는가?**

---
### 〈 원인 1 〉
### 아들의 뇌가 게임을 좋아함
---

아들의 뇌에서는 도파민이라는 남성 호르몬에 의해서 분비되는 대뇌 물질로 인해 게임에 더 몰입을 잘하고 쾌감을 느끼게 한다.

**< 남자가 게임중독에 더 취약한 이유 >**

남성 호르몬에서 나오는 도파민 물질은 게임중독과 싶은 연관이 있으며, 게임이 도파민 시스템을 활성화해 쾌감과 보상을 제공함으로 중독적 행동을 유발한다.

1. 보상 시스템과 연관: 뇌의 보상 시스템은 도파민과 관련이 깊다. 이 시스템은 자연적으로 생존과 번식과 같은 중요한 생존 활동을 장려하고 쾌적한 경험을 강화하는 역할을 한다. 도파민은 이러한 보상 시스템의 핵심 구성 요소 중 하나로, 쾌적한 경험과 보상에 연결되어 있다.

2. 게임과 도파민: 게임은 도파민 시스템을 활성화하는 데 중요한 역할을 할수 있다. 게임에서의 성취감, 승리, 보상, 새로운 레벨 도달 등은 도파민 분비를 촉진할 수 있다. 특히 게임 디자인은 플레이어가 계속해서 보상을 받고 성취감을 느낄 수 있도록 설계되기도 한다.

3. 게임 중독과 도파민: 게임 중독자는 게임을 플레이할 때 도파민 분비와 관련된 뇌 회로에서 과도한 활성화를 경험할 수 있다. 이로 인해 게임을 하면서 느끼는 쾌감과 보상이 강화되며, 중독적인 행동을 유발할 수 있다. 게임 중독자는 게임에 더 많은 시간과 에너지를 투자하고 다른 일상 활동에 관한 관심이 줄어들 수 있다.

4. 퇴행적 영향: 게임 중독은 과도한 도파민 활성화로 인해 발생하는 것으로 여겨진다. 이로 인해 게임 중독자는 게임 이외의 일상 활동에 대한 흥미를 잃을 수 있으며, 게임에 대한 의존성이 증가할 수 있다.

**〈 게임에 빠진 도민이 〉**

도민이는 소심하고 내성적인 성격에, 또래보다 체구가 작은 왜소한 초등 5학년 학생이다. 자신의 왜소한 체구만큼이나 학급에서는 인기도 없고 덩치가 큰 아이들에게 치였다. 그러던 어느 날이었다. 친구들이 롤 이라는 게임에 player 1명을 모집한다는 소식을 듣고 친구 4명과 함께 게임을 하게 된다.

 **〈 온라인상에서 〉**

(친구1)   "도민이~ 오!!! 엄청나게 잘하는데?"

(도민)    "뭘 이 정도로" [어깨가 으쓱한다.]

(친구2)   "야 너 장난 아닌데? 대박"

(도민)    "크크크"

- 순식간에 도민이는 친구들 사이에서 대스타가 되었다.


공부와 달리 게임은 보상체계가 즉각적이고 확실하다. 열심히 하면 할수록 캐릭터의 레벨이 올라간다. 괴물을 많이 쳐부수면 다음 단계로 쭉쭉 올라간다. 돈을 모으면 멋진 장신구를 살 수도 있고 신무기를 사서 더 멋진 퍼포먼스를 펼칠 수도 있다. 그룹 온라인 게임의 경우 자신의 소심한 성격과 왜소한 체구를 드러낼 필요가 없다. 나의 건장하고 멋진 캐릭터가 나 대신 싸워주기 때문이다.

아이들은 개체마다 타고나는 기질이 있다. 그 기질이 어떠냐에
따라 컴퓨터 게임이나 스마트폰 게임을 즐기는 아이도 있고 전혀
흥미를 느끼지 못하는 아이도 있다. 경쟁에서 우위를 차지해 자신
의 강함을 뽐내기를 좋아하는 기질, 공동의 과제를 협업으로 해결
하기를 좋아하는 기질, 인정욕구가 강한 기질을 타고나는 아이들이
게임을 즐겨한다. 이는 대개 남아의 특성이며 남아라 하더라도 이
러한 기질이 약하면 게임에 흥미를 느끼지 못한다. 반면 여아에게
는 드물게 나타나는 기질이나 이러한 기질을 강하게 타고나는 여아
들은 게임에 흥미를 느낀다.

아이들에게 좋은 교우 관계는 매우 중요하다. 적어도 스스로는
그렇게 생각한다. 교우 관계를 형성하면 그 그룹에서 다양한 이유
로 우열이 생긴다. 4명의 구성원이 친밀한 관계를 맺고 있는 그룹을
예로 들어보자. A는 운동을 잘하므로 학교 체육 시간이나 신체 놀

이를 할 때 A가 우두머리가 된다. B는 게임을 잘하므로 게임을 할 때 B가 우두머리가 되고, C는 공부를 잘하므로 시험 기간이나 학습 시간에는 C를 주축으로 활동이 이루어진다. D가 문제 해결 능력이 좋다면 D는 중재자의 역할로, 그룹 내에 분쟁이 생기면 자연스럽게 D를 중심으로 해결을 모색한다. 이렇듯 아이들은 관계를 형성하며 그 안에서 자신이 어떤 역할을 하는지 인지하고 그 임무를 수행함에 따라 뿌듯함을 느끼기도 하고 책임감을 느끼기도 한다.

여아의 경우, 친구들과의 대화와 감정교류를 통해 교우 관계가 깊어진다. 대화의 양도 중요하지만, 서로의 비밀을 공유하며 비밀을 지켜주는 것으로 남들과 다른 그들만의 울타리를 만들려고 한다. '어떤 친구들과 단톡방을 형성하였느냐'로 나의 인기도를 짐작하고 영향력을 입증받으려는 경향이 있다. 그래서 점점 단톡방에 빠져들고 채팅으로 친구를 만나지 않은 시간에라도 대화의 양을 늘리려고 노력한다. 고민을 나누고 상호 감정적 지지를 주고받는 데 관심이 있는 여아들의 특성은, 카톡과 같은 온라인 채팅방이 그들에게는 최적의 놀이터인 셈이다.

반면, 단톡방에 속하지 않은 학생은 수동적이든 의도적이든 소외감을 느끼게 된다. 은밀한 감정교류를 중요하게 여기는 여아들은 무리의 결속력을 강화하기 위한 하나의 방법으로 '공동의 적'을 만들기도 한다. 즉, "언어적인 비난, 소문, 배제, 소외" 등과 같이 싫어하는 친구를 향한 언어적 간접 공격을 일삼는다. 만약, 자신이 속해 있지 않은 단톡방에서 자신을 비방하는 말을 한다면, 이는 [사이버 왕따] 문제로서 [학교폭력]이 된다. 따라서 학부모는 딸의 스마트폰 단톡방 사용에 특히 주의해야 한다. 어린 나이에서부터 올바른 채팅 사용법을 알려주고, 건전한 교우 관계는 소그룹을 만들어 다른 친구를 비방하는 데 있지 않다고 알려준다. 혹시 그런 단톡방이 있다면 경각심을 가지고 참여하지 않고, 부모와 선생님께 알려 도움을 요청해야 한다고 알려주어야 한다.

이처럼, 사람은 개인과 개인의 상호작용을 통해 관계를 형성한다. 크고 작은 집단을 형성하면서 집단 안에서 집단구성원들만 공유하는 문화가 생겨나기도 하며 그 문화를 따라가지 못하면 배척을 당하기도 한다. 또 관심사에 따라 여러 집단에 소속되기도 한다. 게임을 할 때 어울리는 친구와 운동할 때 어울리는 친구가 다른 경우가 이 경우이다. 따라서 또래 고학년으로 올라갈수록 남아들에게는 게임이, 여아들에게는 스마트폰 사용이 그들의 문화이고 놀이터이다.

---

**〈 원인 5 〉**
**현실 회피와 투사**

---

**〈 집에서 〉**

(엄마)  "당신 왜 또 늦게까지 술 먹고 왔어?" [앙칼진 목소리]

(아빠)  "남자가 일하면서 술 좀 먹고 올 수도 있는 거지

　　　　어디 여자가 함부로 남편한테 이래라 저래라야?"

　　　　... 부부싸움 계속

윤광이는 괴로운 듯 긴 한숨을 내쉰다. 오늘도 여전한 방식으로 엄마 아빠가 싸우는 소리를 들어야 했다. 사업을 하셨던 아빠가 동료의 배신으로 사기 부도를 당한 후 집안 분위기는 엉망이 되었다.

 **〈 온라인상에서 〉**

(윤광)  "죽어! 죽어! 죽어!"

　　　　[우두 두둑! 슝슝슝!]

(친구1)  "오~ 윤광이 역시 잘하는데?"

(친구2)  "윤광아, 너 내일은 우리 팀에 꼭 들어와야 해"

(친구1)  "안돼. 윤광이는 우리 팀에 와야 해."

좀비들의 머리가 터진다. 피가 사방으로 튀는 모습을 보며 윤광이는 알 수 없는 희열을 느낀다. 아빠에게 사기를 쳤던 그 나쁜 아저씨의 머리통이 터지는 것 같은 기분이 들었다. ☜ [ 투사 ]

헤드셋을 통해 들려오는 시끄러운 게임 소리는, 나를 비참한 현실로부터 차단해 준다. 게다가 게임을 잘하는 나를 친구들은 좋아했다. ☜ [ 회피 ]


　　윤광이는 괴로운 현실로부터 회피하기 위해 헤드셋으로 귀를

틀어막았다. 총을 쏘는 게임 소리만 들릴 뿐이다. 혐오하는 그 나쁜 사람을 게임 속 캐릭터로 생각한다. 적어도 게임 속에서는 나쁜 사람을 응징할 수 있는 대단한 파워를 가진다.

(윤광) **"죽어! 죽어! 죽어!"**
**[우두 두둑! 슝슝슝!]**

학교에서 윤광이는 그저 공부 못하는 한 소심한 아이일 뿐이었다. 수업 중 발표조차 제대로 하지 못했다. 정답도 모르지만 큰 소리를 낼 용기도 없다. 공부는 해도 해도 끝없이 어렵기만 하다. 노력해도 성적은 오르지 않았다. 평범한 외모에 체구도 작은데 공부까지 못하니 인기도 없다. 하지만 게임은 달랐다. 즉각적인 성취감을 주었다.

이처럼 대부분의 게임은 도달해야 할 목표가 있거나 게이머들의 성과를 계량적으로 나타내주는 지표가 있다. 각각의 목표에 도달했을 때 자신의 인정욕구를 충족하고 도파민 시스템에 의해 희열을 느끼게 하기 때문에 게임을 찾게 된다. 게다가 친구들이 자기를 찾기 시작했다. 같은 팀원이 되려고 그렇게 안달복달을 했다. 마치 스타가 된 기분이 들어 게임에 점점 빠져들게 된다.

# 부모도 게임을 공부해라

엄마는 아들이 좋아하는 게임을 공부해야 한다. 공부라고 말한 까닭은 엄마는 게임에 대해 몰라도 너무 모르기 때문이다. 그냥 게임 무식자가 우리다. 게임이라니 생각만 해도 토할 것 같다. 게임이라는 게 먹는 것도 아닌데 왜 하는지도 모르겠다. 40대가 되고 보니 눈이 침침하다. 모니터를 오래 보면 머리가 지끈거린다. 나 같은 엄마들이 대다수일 것이다.

그러나 아들에게 제일 중요한 것은 게임이다. 게임에 대해 고민한다는 것은 아이가 적어도 초등 4학년 이상이라는 의미다. 자아가 강해지는 시기이므로 엄마가 강압적인 태도로 접근해서는 안 된다. 따라서 엄마가 게임을 알아야 아들과 대화를 할 수 있다. 대화와 좋은 부모-자식 관계는 [스스로 잘하는 훈육법]의 기본이다. 부모는 대화를 통해 규칙을 협상하고 도움을 줄 수 있다.

2023년 4월, 한국진흥콘텐츠원의 〈아동·청소년 게임행동 종합
실태조사〉 보고서에 따르면 게임에 대한 학부모의 긍정적 인식이
아동·청소년의 게임행동유형 특성에 영향을 주는 것으로 나타났다.
청소년의 게임 이용에 대한 학부모의 이해 정도를 질문한 결과, 아
래와 같이 '매우 그렇다(매우 이해해준다)' 응답은 적응적 게임이용군이
54.7%, 문제적 게임이용군은 37.7%로 큰 차이가 있는 것으로 나타
났다.

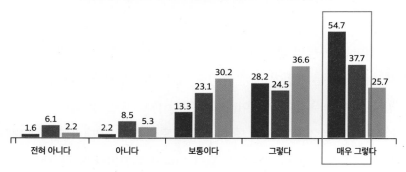

〈 출처: 한국콘텐츠진흥원 홈페이지 보도자료 〉

따라서, 가장 좋은 방법은 엄마도 게임을 직접 해보는 것이다.
물론 나에게 게임을 즐길 수 있을 만한 기질이 없을 수도 있다. 하지
만 우리 아이가 하는 게임이니 일단은 해보자. 게임을 해보면 우리
아이가 왜 이 게임을 좋아하는지 잘 이해할 수 있다. 또한, 게임을

단순히 많이 한다고 해서 게임중독은 아니다. 마찬가지로 정해진 시간을 넘겨서 게임을 한다고 게임중독 또한 아니다. 일상생활에 지장이 생기거나, 꼭 해야 할 일을 미루고 게임만 하는 것, 게임을 할 때 즐거운 것이 아니라 게임을 하지 않을 때 불안한 감정을 느끼는 것을 [게임중독]이라고 한다.

필자가 학부모 상담 때 종종 듣는 말이 "우리 아이가 게임을 너무 많이 해요.", "우리 아이가 주말에 게임만 해요."이다. 필자는 이렇게 되묻는다. "아이가 게임을 할 때 불안한가요?", "게임을 한다고 해야 할 일을 하지 않나요? 가령 일주일에 4일 이상 잠을 자지 않고 게임을 한다던지, 하루에 두 끼 이상 거르고 게임만 하나요?". 대부분 학부모가 이 질문에 "그렇진 않아요"라고 답하며 말을 잇는다. "밥 먹으라고 해도 바로 그만두지 못해요." "약속한 시간을 넘겨서까지 게임을 해요."

아이들의 생각을 들어보자. 친구들과 〈리그오브레전드〉를 즐기고 있다. 그런데 갑자기 엄마가 뭘 하라고 부른다. 상대편의 보석을 부수기 직전이다. 내가 지금 그만두면 우리 팀 보석이 부서진다. 이때 친구들의 원성을 사면서까지 부모의 말을 순하게 따르는 아이는 많지 않다. 부모의 말을 듣는다고 하더라도 교우 관계가 나빠질 게 뻔하다. 이런 일이 반복된다면 그 집단으로부터 퇴출을 당할 수 있다. 아이는 심한 짜증을 내거나 불평을 늘어놓는다.

또 다른 예로 〈배틀 그라운드〉를 하고 있었다. 운이 좋게도 좋은 아이템을 많이 얻어 내가 많이 유리한 위치에 있다. 몇십 판 만에 얻은 귀한 기회이다. 이대로 20분 후면 나는 치킨을 먹을 수 있다. (1 등을 할 수 있다) 그런데 엄마랑 약속한 시각까지 10분밖에 남지 않았다. 나도 이럴 줄 몰랐지만, 이 기회를 놓치면 언제 또 이런 좋은 상황이 올진 모르겠다. 치킨을 먹고 (1등을 하고) 스크린 샷을 찍어 내일 친구들에게 자랑도 하고 싶다. (욕구 충족) 위 두 상황에서 아이는 쉽게 게임을 그만둘 수 있을까?

만약, 엄마인 내가 잘생긴 차은우가 남주로, 예쁜 한소희가 여주로 나오는 드라마에 푹 빠져 있다고 가정해보자. 그렇다. 극강의 비쥬얼로 쉽사리 눈을 떼지 못할 일이다. 황홀경에 빠져 TV를 보고 있는데, 마침 차은우가 한소희의 비밀을 알게 되는 중요한 장면이 나온다. 손바닥에서 식은땀이 흐른다. 심장이 쿵쾅쿵쾅 뛴다. 나도 모르게 다리를 달달 떨고 있다. "아~!" 외마디 신음소리가 새어 나오며 눈을 질끈 감는다. 대신 한쪽 눈은 똑바로 뜨고 숨 막히게 기다리고 있는데...

"띠띠띠띠...철컹"(문 여는 소리) "여보~ 나 해장 라면 끓여줘."
소주냄새를 풍기며 술 취한 남편이 들어온다. 이때, 당신은 남편의 요구대로 그 즉시 차은우를 버리고 라면을 끓여줄 수 있겠는가? 그나마 우리의 최선은 "어. 5분 뒤에 끓여줄게." 정도일 것이다. 그랬더니 남편이 갑자기 나보고 '드라마 중독녀'로 매도하면서 TV 코

드를 확~ 뽑는다. "... ... ..." [침묵]

"하~... 이... 분위기... 어쩔...?!" 나의 차은우를 건드리는 것도 모자라서 "뭐? 드라마 중독?" ☞ [뒷 이야기: 엄마의 광기를 경험한 아빠, 해장라면을 먹지 않아도 술이 저절로 깼다고 한다.]

 **〈 게임중독의 정의 〉**

게임에 지나치게 몰입하여 일상생활에서 사회적, 정신적, 육체적으로 심각한 지장을 받는 상태

< 중독포럼 사이트 >

\* 중독포럼 사이트에서 게임 및 스마트폰 중독 자가진단을 할 수 있음

< 게임 및 스마트폰 사용서약서 파일 다운로드 >

네이버 블로그: https://blog.naver.com/saylima

# 우리 아들 게임 통제법

**비법 1) 엄마는 같은 편이다.**

아무래도 여성인 엄마가 아들의 게임 활동을 이해하기란 어렵다. 일단 게임을 하는 아들의 뒷모습을 바라보는 엄마의 표정부터 잔뜩 찌푸려져 있다. 아들은 다리를 달달 떨면서 두 눈에서 광기를 뿜어내고 있다. 손과 눈알은 끊임없이 움직이고 있다. 밥 먹으라고 엄마가 불러도 소리를 듣지 못한다. 순하고 착한 내 아들 같지 않다. 볼륨은 또 어찌나 크게 틀어놨는지 헤드셋에서 새어 나오는 게임 소리에 아들의 청력이 상할까 걱정된다. '딩동~' 신용카드 결제 문자가 왔다. 출처를 보니 게임회사다.

아들의 게임 광기를 경험한 엄마는 마음이 불안해진다. 하지만 일단 같은 편인 척해야 한다. 진실한 속마음을 절대 들키면 안 된다. 오히려 게임을 같이 하자는 적극적인 모습을 보인다. 캐릭터에 대한 이해도를 높여야 한다. 쓸데없이 먹는 것도 아닌 캐릭터에 돈을 쓴다고 다짜고짜 화를 내면 안 된다. 아들에게는 먹는 것보다 더 중요한 일일 수도 있다. 그래야 아들과 대화가 통한다. 기왕이면 아들 옆에서 "오~! 대박!"이라고 감탄도 해준다. 물론 진심은 아니다. 게임에 고민할 정도면 초등 고학년이다. 이럴 땐 그들이 쓰는 은어를 같이 써주면 효과 만점이다. 주로 "킹왕짱, 쩐다, 캡짱, 겁나..." 정도다. 추후 게임 규칙에 대한 대화를 하려면 아들을 비지니스 고객을 접대하듯 대한다.

## 비법 2) 게임 규칙 정하기

눈물겨운 엄마의 노력은 규칙 설정을 위해서였다. 아들과 감정 싸움을 하지 말고, 게임에 대한 규칙을 정하자. "대박~ 너 완전 게임 잘하더라!" "근데 있잖아, 너도 학생인데 게임만 하기는 이때까지 공부한 게 좀 아깝지 않아? 나중에 직장도 구해야 하는데…. 어떡할까? 너 생각은 어때?" 물론 이것도 아들과 엄마의 사이가 좋을 때나 하는 말이다. 만에 하나라도 엄마가 자기가 소중히 여기는 게임을 싫어하는 티를 내면 아들은 바로 입을 다문다. 아들이 우리를 쳐내기 전에 뱀같이 지혜롭게 슬며시 접근한다. 일단 관계가 틀어지면 끝이다. "우리는 한편이야~ 그런데 규칙은 필요해~"라고 속삭이자.

## 비법 3) 게임 서약서 쓰기

게임 규칙은 중요하다. 중요한 규칙은 종이에 적는다. 적어도 초등학생에게는 〈게임 서약서 쓰기〉가 효과적이다. 자녀가 좋아하는 게임을 고려한 규칙을 만들어 시각화해 놓는 것이다. 그래서 엄마가 게임을 잘 알아야 규칙을 정할 수 있다. 다음으로 자녀의 상황과 학원 일정에 따라 규칙을 정한다. 마치 부동산 계약하듯이 게임 규칙 서약서에 엄숙하게 사인하도록 한다. "꼭 이렇게까지 해야 하나요?"라고 말할 수 있다. 모든 규칙을 번거롭게 적을 필요는 없다. 다만 중요한 규칙(게임)이나 습관을 잡을 초기에 종이를 사용한다. 나의 경우는 귀찮아서 포스트잇에다 적어서 냉장고 앞에 붙여둔다. 대략 한 달쯤 지나 아이가 규칙을 체화하면 포스트잇을 뗀다. 게임 규칙의 경우는 중요한 사안이므로 서약서를 게임을 하는 컴퓨터 앞 벽에다 딱!!! 붙여 놓아 잘 보이도록 한다.

# - 게임 사용 서약서 -

1. 토요일 1시간 일요일 1시간 게임을 할 수 있다.

   게임의 종류: _____

2. 기본 숙제를 다 하고 난 후, 게임을 할 수 있다.

3. 게임을 시작하기 전 가족 중 1명에게 시작한다고 말한다.

4. 타이머시계 1시간을 맞추면 시작한다.

5. 타이머는 2번 울린다. (종료 5분 전 1번, 종료 1번)

6. 타이머가 울린 후에는 게임을 할 수 없다.

7. 종료 타이머가 울린 후에는 엄마가 강제 종료 버튼을 누를 수 있는

   권한이 있으나 신중하게 사용한다.

8. 만약 규칙을 지키지 않을 시에 용돈 2천 원을 삭감한다.

9. 만약 규칙을 잘 지키면 [게임 보너스 통장]에 20분 저금할 수 있다.

   저금한 시간은 원하는 날짜에 원하는 때에 언제든지 쓸 수 있다.

10. 보너스 시간은 당일에 바로 쓸 수 없다.

▶ 이 규칙은 엄마와 아들이 상호 간 협의로 만든 것입니다.

진지한 태도로 잘 지킬 것을 동의합니다.

자녀 이름 (싸인)

엄마 이름 (싸인)

< 초6 예시 1 (횟수별 통제) >

## - 게임 사용 서약서 -

1. 주말 중 게임을 6회 할 수 있다.

   게임 종류: _____

2. 기본 숙제를 다 하고 난 후 게임을 할 수 있다.

3. 친구들과 함께 하는 게임이므로 시간약속은 알아서 정한다.

4. 횟수당 30여 분이 걸린다고 예상된다.

5. 만약 규칙을 지키지 않을 시에 용돈 5천 원을 삭감한다.

6. 만약 이 규칙을 잘 지키면, [게임 보너스 통장]에 게임 1회를 저장할 수 있다.

   게임 사용권은 본인이 원하는 날짜에 언제든지 사용할 수 있다.

7. 보너스 사용권을 받은 당일날에는 쓸 수 없다.

▶ 이 규칙은 엄마와 아들이 상호 간 협의로 만든 것입니다.
진지한 태도로 잘 지킬 것을 동의합니다.

자녀 이름 (싸인)

엄마 이름 (싸인)

규칙은 언제든 바뀔 수 있다. 특히 최애(최고로 애정하는) 게임 종류가 바뀔 때마다 규칙도 바뀌어야 한다. 나이에 따라 4학년이 좋아하는 게임과 6학년이 좋아하는 게임이 다르다. 게임종류에 따라 시간별 통제가 효율적일 수가 있고 횟수별 통제가 효율적일 수도 있다. 만약 아들이 친구들 4명과 한 팀이 되어 열심히 게임을 하고 있었다. 그런데 타이머가 울린다. 갑자기 엄마가 나타나 강제로 전기 코드를 뽑아버리면 어떻게 될까? 최악의 경우 가정폭력이 일어날 수도 있다. 따라서 규칙을 정할 때 충분한 대화를 통해 상호 간의 합의하에 정해야 한다. 아들이 요즘 하고 있는 게임 종류에 따라 아들이 원하는 범위와 엄마가 원하는 범위의 합의점을 찾는다.

## 비법 5) 게임은 자녀의 [자아]다.

엄마가 게임을 못하게 하는 것은 아들의 소중한 자아를 강제로 무너뜨리는 것과 같은 의미다. 아들에게는 게임이 곧 그의 세상이다. 게다가 혼자가 아닌 친구들과 함께 놀고 있었다. 초등 고학년인 아들에게 친구들과의 관계는 공부보다 더 중요하다. 예를 들어 운동회에서 청백 계주를 하다가 갑자기 이기고 있던 백팀 선수 한 명이 풀썩 쓰러졌다. 엄마가 전기 코드를 뽑아서 방전됐다고 한다. 지고 있던 청팀은 역전 승리를 하며 환호를 질렀고 백팀은 쓰러진 선수에게 야유와 분노를 쏟아낸다. 그 선수는 두 번 다시 운동회 계주로 뽑히지 않는다. 다음날 학교에 갔더니 전교생으로부터 날카로운 눈초리를 받는다. 엄마 때문에 왕따가 되었다. 이처럼 아들한테 게임은 교우관계의 통로이고 자신의 자아다. 소중히 여겨져야 할 자아가 엄마로부터 부정당했다. 아들은 눈알이 뒤집히는 분노를 느끼게 된다. 그 분노가 어찌나 큰지 등교를 거부하거나 가출을 할 수도 있다. 그래서 아들의 게임은 존중되어야 한다. 게임은 아들의 자아다.

## 비법 6) 규칙은 "너를 위한 것"

규칙은 "너를 위한 거야" "엄마를 위해서가 아니다"를 명시한다. 규칙의 목적이 명확하지 않으면 아이들은 "엄마를 위해 내가 규칙을 해준다."라고 생각한다. 그래서 억울해한다. 아이로서는 엄마가 원하니까 효도차원에서 해줬는데 엄마가 화를 내니 어이가 없다.

 〈 아들의 호소 〉

(엄마)    "네가 게임을 해서 엄마가 슬프고 속상해"
엄마의 말을 듣는 순간, 피가 거꾸로 솟는 느낌이었다.

나는 엄마를 위해 억지로 학교에 다녀줬다.
나는 엄마를 위해 힘들어도 군소리 없이 학원을 다녀주었다.

그 힘든 영어 유치원도 숙제 많은 어학원도 다녀주었다.
이처럼 나는 엄마를 위한 삶을 살아왔다.

그런데 엄마는 내가 유일하게 좋아하는 게임을 부정한다.
게임은 곧 나의 자아이고 우리들의 우정이다.
엄마가 나를 부정했기 때문에 나도 엄마를 부정하려 한다.

아이의 입장도 이해된다. 아들의 도리로서 그 힘든 학교와 학원을 참아내었다. 그런데 나의 자아인 소중한 게임을 엄마가 못하게 하니 얼마나 억울했을까 싶다. 이처럼 우리는 아들의 정서를 이해해야 한다. 물론 게임 때문에 소중한 공부의 기회를 놓치는 것이 안타까울 수 있다. 그러나 그 공부라는 것도 내 아들의 자아보다는 중요하지 않다. "엄마가 속상해"라고 말해봤자 씨알도 안 먹힌다. 그만큼 게임은 아들한테 중요한 일임을 다시 한번 강조한다. 그래서 우리는 조심조심 접근해야 한다. 규칙은 엄마가 아닌 너를 위한 것임을 지시어가 아닌 대화를 통해 인지시키는 오랜 과정이 필요하다. "게임은 중요하지만 조절하는 것도 필요한 거야"라고 말해보자.

 〈 우연을 가장한 토론 〉

- 뉴스를 보다가 서현역 칼부림 사건이 나옴

(엄마)  "아들, 이 용의자가 칼부림했대~ 이유가 뭐래?"

(아들)  "몰라요"

| (엄마) | "용의자가 현실과 환상이 구분이 안 된대" |
|---|---|
| (아들) | "왜요?" |
| (엄마) | "게임에서 사람들을 많이 죽여봤나 봐." |
| | "너 생각은 어때? 저 사람이 뭘 잘못한 거 같아?" |
| | … 관련 뉴스 동영상 유튜브로 함께 시청 |

## 비법 7) 자기 선언하기

자기 선언(Self-affirmation)은 개인이 자신의 가치, 능력, 목표, 가치관 등에 대한 긍정적인 주장을 의식적으로 표현하거나 쓰는 행위를 가리킨다. 주로 가족이나 주변 친구들이 그 대상이 되며 종이로 적는 서약서도 일종의 '자기 선언화'이다. 이는 자아개념과 자기 정체성을 형성하고 강화하며, 자아의 긍정적인 면을 부각하고 자아를 보호하는 데 도움이 된다. "자기 선언을 한 집단"에서의 목표 달성률은 60%지만 "그렇지 않은 집단"에서의 목표 달성률은 40%이다. 또한 "자기 선언을 한 집단"에서의 스트레스 감소 비율이 70%지만 "그렇지 않은 집단"은 50%만이 스트레스를 감소시켰다.

서약서의 중요성은 위에서 이미 설명한 바 있다. 나는 이 서약서의 효과를 초임 교사 첫해에 경험했다. 당시 5, 6학년 컴퓨터 교과 선생님을 맡았다. 덩치 큰 녀석들이 컴퓨터 시간에 딴짓하지 않을 방법이 필요했다. 집에서도 잘 못 하는 컴퓨터이다. 5, 6학년 남학생들이 얼마나 몰래 게임이나 동영상을 보고 싶었을까. 나는 〈컴퓨터 교실 사용 서약서〉를 작성하여 학생들이 서약서에 사인하게 하였다. 그리고 마치 스카우트 대원들이 선서하듯이 수업 시작 전 큰 소리로 선언하도록 했다. 이 과정을 3월 한 달 동안 주 1회씩 반복했다. 규칙을 잘 지키면, 자유시간 5~10분의 보상이 있었다. 아이들은 과제를 빨리 끝내고 보상을 받으려고 수업에 적극적이었다. 1년 내내 아이들의 적극적인 협조 덕분에 수업을 얼마나 편하게 잘했는지 모른다. 마찬가지로 가정에서도 "이것은 정말 고쳐야 할 부분"이다 싶은 습관은 글로 쓰고 말로 읽어보게 하는 것도 좋은 방법이 된다.

## 비법 8) 게임 보상은 게임으로

초등 고학년 아들에게 게임은 인생의 전부다. 따라서 그 어떤 보상보다 게임 보상을 가장 좋아한다. 부모와 합의한 게임 규칙을 일주일 동안 잘 지키면 게임통장에 [보너스 게임 1회권] 또는 [30분 게임 사용권]을 얻을 수 있다. 아들은 게임 사용권을 얻기 위해서라도 게임 규칙을 잘 지킬 동기 부여를 가진다. 반면 게임 규칙을 지키지 않았을 때는 조심히 접근해야 한다. 만약 아들이 좋아하는 게임으로 컨트롤하려고 들었다가 도리어 아들의 반감을 살 수도 있다. 따라서 충분한 논의 끝에 벌점은 게임이 아닌 용돈을 깎거나 쉬는 시간을 줄인다든지의 다른 방법을 모색한다.

게임을 하는 특정 시각을 정해 주어서는 안 된다. 예를 들어 토요일 저녁 7시부터 8시까지 게임을 하는 시간으로 정하는 것이다. 아이는 토요일 오전부터 저녁 7시에 있을 게임 시간을 종일 생각한다. 아이의 뇌는 쾌락과 관련된 도파민 물질이 종일 다량으로 분비하며 저녁 7시를 위해 준비하고 있을 것이다. 이는 게임에 대한 집착과 생각하는 시간을 늘려 조급함과 중독성을 더 자극하게 되므로 안 좋은 방법이다. 대신 기본 숙제만 끝낸 후 언제든지 아이가 정한 시간에 게임을 할 수 있도록 자율성을 주는 것이 좋다.

 **〈 Solution 〉**

1. 엄마는 같은 편이야~
2. 게임 규칙 함께 정하기
3. 게임 서약서 쓰기
4. 상호협의하에 게임규칙 변경하기
5. 게임은 자녀의 소중한 '자아'
6. 게임 규칙은 '너를 위한 것'
7. 자기 선언하기
8. 게임 보상은 게임으로 하기
9. 게임 시각을 정해주지 않기

# 우리 딸 스마트폰 통제법

## 비법 1) 거실에 스마트폰 가족 충전기를 놔둔다.

아래 동영상을 아이와 함께 보자. 상위권과 하위권 학생의 하루 일과를 보여주는 다큐다. 평소 일과시간에는 두 명 모두 운동도 하고 친구들이랑 즐겁게 노는 등 별다른 차이점을 보이지 않는다. 그런데 문제는 공부습관에 있었다. 상위권 학생은 공부를 할 때 스마트폰이 울려도 쳐다보지 않는다. 친구들에게 끊임없이 카톡 메시지가 왔지만 책에서 눈을 떼지 않는다. 결국, 공부에 방해가 되는지 무음으로 바꾸고 하던 공부를 계속한다. 반면, 하위권 학생은 책상에 앉아 계속 스마트폰만 만진다. 친구들과 나누는 카톡 대화에 빠져 공부는 안 하고 실실 웃고 있다. 카톡에 대한 열정만큼은 상위권

처럼 보인다. 카톡을 얼마나 열심히 했던지 갑자기 피곤해진 학생은
침대에 누워버린다.

### < 추천 동영상 >

* 채널: 채널A 캔버스  * 제목: 상위권 학생, 하위권 학생 공부 자세 비교

이처럼 스마트폰 습관은 아이의 공부에 큰 영향을 미치므로
〈스스로 조절하는 법〉을 배워야 할 부분이다. 물론 스마트폰이 아
예 없는 것이 가장 좋겠다. 그러나 아들에게 게임이 큰 의미였던 것
처럼, 딸에게도 스마트폰은 교우 관계 소통의 중요한 매개체일 수
있다. 따라서 억지로 빼앗기보다는 위의 〈참고 동영상〉을 함께 보면
서 스마트폰 사용에 대한 주제로 이야기를 나눠보는 것이 좋다. 너
를 도와주기 위한 용도로 가족 모두의 규칙을 함께 정하는 것이 어
떻겠냐고 제안을 해본다. 규칙 중 하나로 거실에 가족 스마트폰 거
치대를 놓는 것이다. 예를 들어, 저녁 7시 이후로 온 가족이 스마트
폰을 거실 거치대에 놓는 것이다. 아주 급할 때만 사용할 수 있으며
장소는 가족 공용장소인 거실이 되면 좋다.

## 비법 2) 거실에 있는 컴퓨터로 PC카톡을 한다.

스마트폰은 작고 가벼워 언제든지 꺼내어 쓸 수 있는 용이함이 있다. 그 편리성 때문에 폰을 자주 쓰게 된다. 시계를 확인하려다 카톡을 확인하게 되고 친구에게 답장을 하려다 폰에 빠져들게 된다. 따라서 아이와의 대화를 통해 스마트폰에 카톡과 유튜브 앱을 다운받지 않는 것이 어떻겠냐는 권유를 해본다. 카톡 사용은 거실에 놓인 PC에서 자유롭게 하도록 하되 PC 카톡을 쓰는 시간은 '기본 숙제를 다 하고 난 후 하루 20분 이내' 형식으로 정한다. 게임과 마찬가지로 딸에게도 친구들의 스케줄에 따라 단톡방 사용 시각이 달라질 수도 있다. 기본 규칙은 정하되 자율성을 함께 주도록 한다.

## 비법 3) 스마트폰 서약서를 쓴다.

스마트폰은 중독성이 강하다. 규칙의 중요성이 큰 사안이다. 따라서 게임과 마찬가지로 〈스마트폰 사용 서약서〉를 종이에 써서 벽에 붙여놓도록 한다. 종이에 쓸 만큼 규칙의 사안이 중요하다는 메시지를 줄 수 있다.

---

### - 스마트폰 사용 서약서 -

1. 평일 20분, 주말 40분씩 스마트폰을 할 수 있다.
   사용 종류: _____
2. 기본 숙제를 다 하고 난 후, 스마트폰을 할 수 있다.
3. 스마트폰에서 카톡과 유튜브를 사용하지 않는다.
4. 유튜브는 갤럭시 탭을 이용한다.
   (갤럭시 탭 이용시간도 사용시간에 포함한다)
5. 카톡은 거실 노트북에서 PC카톡을 이용한다.
6. 타이머 시계를 맞추면서 시작한다.
7. 가족 중 한 명에게 사용한다고 알린다.
8. 만약 규칙을 지키지 않을 시에 용돈 2천 원을 삭감한다.
9. 만약 규칙을 잘 지키면 [스마트폰 보너스 통장]에 10분 저금할 수 있다.
   저금된 보너스 시간은 원하는 날짜와 원하는 때에 언제든지 쓸 수 있다.

▶ 이 규칙은 엄마와 딸이 상호 간 협의로 만든 것입니다.
진지한 태도로 잘 지킬 것을 동의합니다.

자녀 이름 (싸인)
엄마 이름 (싸인)

---

## 비법 4) 취미생활을 즐긴다.

　게임 및 스마트폰의 중독을 예방하기 위해 아동의 취미생활을 적극 지원한다. 게임과 스마트폰은 앉아서 하는 정적인 활동이므로 동적인 활동인 운동이 가장 좋다. 운동을 하며 학업으로 인한 스트레스를 날릴 수 있다. 남아에게 축구, 농구와 같은 단체운동은 긍정적 교우 관계를 형성하는 데 도움을 줄 수 있다. 여아에게 아이돌은 그들의 우상이고 문화이다. 자기가 좋아하는 가수의 K-pop 댄스를 배우게 하거나 노래를 연주할 드럼이나 기타를 배우게 할 수도 있다.

## 비법 5) 키즈폰으로 사용시간을 제한한다.

　키즈폰은 어플 및 사용시간의 제어, 위치추적 기능이 있다. 예를 들어, 아이는 폰에 유튜브를 설치할 수 없고, 사용시간 30분을 넘겨서 할 수 없으며, 엄마 몰래 친구랑 놀더라도 아이의 위치가 확인된다. 처음부터 아이에게 이러한 기능이 있다는 것을 보여주고 대화로 제어 조건을 함께 설정하도록 한다. 적어도 초등학생까지는 효과적이다. 중학교부터는 키즈폰을 사용하려고 하지 않을 것이다. 강압적으로 하면 사이만 나빠져 정작 중요한 중학교 시기에 엄마 말을 안 들을 수 있다. 적절한 선에서 아이의 휴대폰 조절을 도와주는 용도로만 이용하는 것이 좋다.

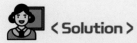 **〈 Solution 〉**

1. 거실의 가족 충전기를 사용한다.
2. pc 카톡을 한다.
3. 스마트폰 사용서약서를 활용한다.
4. 취미생활을 즐긴다.
5. 키즈폰을 활용한다.

# Part 5

문제해결력이 높은
아이로 만들려면

# 메타인지 공부법

## 지나친 사교육은 생각없는 아이로 만든다

필자가 요즘 아이들의 심정을 잘 이해하는 이유는, 나 자신이 그런 성장 과정을 겪었기 때문이다. 나는 서울 강남 8학군 못지않은, 전국에서 서울대와 의대를 top으로 많이 보낸다는 대구 수성구의 핵심 학군 지역에서 자랐다. 교육에 열정이었던 엄마는 1990년대에, 미군 부대에 있다는 미국인을 수소문해 1:1 과외와 그룹과외를 시켰다. 그것도 내가 유치원생일 때 말이다. 지금 생각해 보면 그 미국인은 영어만 잘했지, 영어교육법에 대해서는 하나도 모르는 사람이었다. 그저 우리 집에 와서 영어 몇 마디하고 계속 보드게임만 했다. 영어교재도 없었고, 동화책 한 권을 읽어주지 않았다. 당시에는 영어 동화책 구하는 것도, 영어 DVD 구하는 것도 힘들었다.

그러던 어느 날, 엄청난 고액의 영어전집이 집에 도착했다. 파닉스를 위한 훈련과 리더스북이었는데 토할 만큼 재미없고 심심했다. 지금 생각해 보면 무슨 교재를 그따위로 만들었나 싶은 생각이 들 정도다. 그러나 방문 판매자로 오신 아주머니의 말씀을 부모님은 진지하게 들으시고 그 자리에서 바로 주문하셨다. 그 외에도, 나는 유치원 때부터 각종 학원에 시달렸다. 4살 때부터 피아노, 미술, 어린이 농구단, 어린이 피겨 스케이트, 태권도, 수학 공부방, 어린이 논술 등 수도 없는 학원을 일주일 내내 여덟 군데 이상을 다녀야 했다.

(2020년대 말하는 거 아니다. 무려 35여 년 전인 1990년대를 말하고 있다.)

엄마의 계획대로라면 나는 서울대 정도가 아니다. 하버드대를 들어가, 지금쯤 세계적 석학으로 이름을 날리고, 노벨상 1~2개쯤은 받아야 했을 딸이었다. 그러나!!! 나는 점점 스스로 사고하는 메타인지력을 잃어가고 있었다. 엄마는 학원에 돈을 많이 내니까, 내가 남들보다 잘하리라 생각했다. 실제로 중 2까지는 꽤 잘했다. 왜냐? 그 옛날에도 나는 국·수·사·과를 선행하는 종합학원에 다녔기 때문이다.

그러나 시간이 지날수록 나의 한계가 드러났다. top-down 강의 형식, 나 대신 사고력 문제를 속 시원하게 풀어주는 학원식 학습은 점점 나를 생각 없는 학생으로 만들어 갔다. 몸은 바쁜데, 혼자 스스로 공부할 시간이 없었다. 모르는 수학 문제가 있으면, 별표를 치고 다음 학원 수업을 기다리기만 하면 되었다. 친절한 일타강사가 나 대신 문제를 풀어주면, 나는 가볍게 고개를 끄덕이기만 하면 되었다. 이처럼 어린 나이부터 줄곧 학원만 많이 다녔던 나의 실력은 '모래 위에 지어진 허술한 성'이었다. 고등학교에 들어서니 상황은 더 심각해졌다. 아무리 문제집을 쌓아놓고 풀어도 성적은 오르지 않았다. 자존심이 상했다. 과외도 해보고 난리를 쳤지만 나보다 공부를 못했던 친구들이 나를 치고 올라갔다.

반면, 서울대를 들어간 나의 친구들은 대부분 집에서 스스로 공부하는 친구들이었다. 사교육을 해봤자 어릴 때 가정방문용 학습지 연산 1개가 유일하다는 아이도 있었다. 문제는 걔도 서울대 갔는데 여동생도 서울대를 갔다. 반면 돈을 그렇게 많이 썼던 나는 지방교대를 갔다. 뭐가 잘못된지도 몰랐다. 게다가 내가 게으른 것도 아니었다. 비싼 학원비 내면서 나도 열심히 공부했단 말이다. 뭐지? 나는 노력해도 안 되는 아이였을까?

결국, 대학에 들어가서야 해답을 찾았다. 문제는 내 아이큐가 아니라 메타인지 사고력에 있다는 것을 알게 되었다. 대학교를 들어가니 학원이 없었다. 혼자 공부라는 걸 처음 했는데 재밌었다. 스스로 계획을 세우고 효율적인 공부방법에 대해 늘 생각했다. 비록 지방교대였지만 대학 시절 내내 과 일등을 했고, 내신 1등급으로 서울임용고시 650명 응시자 중 3등을 했다. 그때부터 나는 우리 인생에서 타고난 DNA, 아이큐보다 훨씬 중요한 것은 메타인지라는 것을 알았다. 메타인지능력이 높아야 자신이 뭘 좋아하는지, 어떻게 공부해야 하는지, 어떤 인생을 살고 싶은지, 앞으로 어떤 남자를 만나 시집을 가고 어떤 커리어를 갖고 싶은지 등, 인생의 큰 미래가 그려 진다는 걸 알게 되었다.

이건 비단 공부법만이 아니다. 나도 학교현장에서 일하는 교사 이지만, 어떤 교사는 생각나는 대로 대충 학생들을 관리하고, 어떤 교사는 나에게 소중한 "학급 규칙의 필요성"에 대해 가르쳐 줄 정 도의 사고를 하신다. 자기 계발서인 《역행자》 저자인 자청은 책에 서, "나는 외모도 못나고, 머리도 나쁘고, 학벌도 낮고, 심지어 건강 도 약하다"라고 자신을 표현했다. 그러나 메타인지적 사고인 7단계 의 모델을 거치며, 부자가 되는 방법에 대한 끊임없는 혼공법을 통 해 오늘날 베스트셀러의 저자이자 10억 연봉의 무자본 창업가이자 6개 기업의 대표가 되었다.

## 조급하면 망한다.

나는 학부모가 자녀를 바라보는 마음이 조급하지 않았으면 좋 겠다. 부모가 조급하면 아이의 메타인지능력은 높아지지 않는다. 아이의 질문에 [대답 지연], [질문에 질문]을 통해 '생각하는 자녀' 로 만들어야 한다. 특히 [자기주도학습]을 한다면 자녀와 공부법에 대한 [메타인지적 대화]를 많이 나누는 것이 좋다. 만약 자녀의 학 업향상속도가 마음에 들지 않는다고 해도 재촉하면 안될 것이다. 언제 시작하느냐가 중요한 게 아니라, 누가 끝까지 꾸준히 가느냐가 중요하다. 교육은 양이 아니라 올바른 방향성임을 늘 인지하셨으면 좋겠다. 여러 번 강조하는바, 인성교육의 관점에서 엄마는 "문제 해결사"가 아니다. 마찬가지로 학습적인 측면에서도 엄마가 "리더(Leader)"가 되면 안 된다. 아이가 먼저 앞서 나가고, 아이의 박자에 맞춰서 엄마가 뒤에서 따라가는 것이 교육이라는 것을 꼭 아셨으면 좋겠다.

▶ 부모는 아이를 Lead 하지 말고, Read, 읽어주어야 한다.

---

┌─────────────────────────────────────────────┐
│ **엄마의 질문: [ 공부 계획 ] + [ 셀프 피드백 ]** │
└─────────────────────────────────────────────┘

---

 〈 하교 후 집에서 〉

(엄마) "아들, 오늘 공부 계획이 뭐야?" ✎ [공부 계획 질문]

(아들) "40분 동안 한글 독서를 할 거예요"

(엄마) "한글 독서 끝나고 20분 쉬는 시간 뒤에는 뭐 할 거야?"

(아들) "오디오북을 들으면서 영어 독서를 할 거예요."

(엄마) "처음 2권만 'Froggy' 섀도잉 하고 속으로 읽으면 좋겠어." ✎
     [제안]

(아들) "네. 그리고 다음엔 리즈키즈 e-book을 할게요"

(엄마) "e-book은 몇 단계 몇 개씩 하니?
     그게 너한테 적절한 레벨이라고 생각해?" ✎ [메타인지적 질문]

---

**〈 공부 피드백 〉**

| (딸) | "엄마, 저 화상 영어를 안 하고 싶어요" |
| --- | --- |
| (엄마) | "왜 그렇게 생각해?" |
| (딸) | "딱히 도움이 되는 것 같지는 않아요.<br>교재 수준이 쉬운 것 같아요" 💬 [문제 인식] |
| (엄마) | "음…. 너한테 지금 영어 실력에서 필요한 부분이 뭐라고 생각해?" |
| (딸) | "나는 문법이랑 단어가 약한 것 같아요. 💬 [문제 인식]<br>화상 영어는 말만 하니까 별로 도움이 안 되는 것 같아요." |
| (엄마) | "엄마가 학습 매니저랑 이야기해서 💬 [도움 제시]<br>교재 레벨 수준을 몇 단계 올리고, 너의 스피킹에서 문법 교정을<br>해달라고 하는 거 어떨까?" |
| (딸) | "그게 좋겠어요." |

평소 자녀와 나누는 대화이다. 유치원까지는 엄마가 주도하지만, 초등학교부터는 공부법에 관해 주도권을 넘겨주는 대화를 자주하는 게 좋다. 어린 둘째는 공부 계획을 말로 표현하도록 한다. 요일마다 스케줄표를 만들어 적용했지만, 아들의 성향은 그날에 자신이 하고 싶은 계획을 스스로 세워서 실천하는 걸 좋아했다. 반면, 첫째 성향은 꼼꼼한 완벽주의로 일주일 계획표를 미리 짜서 순서대로 진행하는 것을 좋아했다. 두 아이의 성향과 나이가 다르므로, 다른 형식의 질문과 대화를 한다. 현재 다니고 있는 학원은 만족하

는지 선생님 성향은 너의 공부에 도움이 되는지를 물어본다. 학원이 너한테 도움이 안 되면 다닐 필요가 없다고 늘 얘기해 둔다. 저녁 시간에는 주로 학교생활에 관한 이야기를 한다. 오늘 교우 관계는 어땠는지, 어떤 사건이 있었는지, 기분은 어땠는지를 물어본다. 그리고 아이들은 나에게 1:1 비밀 이야기를 신청할 권리가 주 2회 있다.

〈 비밀 이야기 시간 〉

(아들)　"엄마, 비밀 이야기 해도 돼요?"

(엄마)　"그럼." [만사 제쳐두고, 방에 들어가 문도 잠근다.]

(아들)　"엄마한테 섭섭한 게 있어요. 아까 내가…"

　　　☞ 여기서 그 유명한 [미러링], [감정 읽어주기], [경청하기]

(엄마)　"네 말을 듣고 보니, 그 부분은 정말 속상했을 것 같아.

　　　엄마가 그 부분은 사과할게. 정말 미안해.

　　　앞으로 더 조심할게. 이해해 줄 수 있겠어?" [안아준다.]

(아들)　"헤헤. 괜찮아요"

(엄마)　"하지만 이 부분은 네 잘못도 있다고 생각해. 넌 어떻게 생각해?"

　　　✎ [선 긋기, 규칙인지]

〈비밀 이야기〉 시간은 아이의 마음을 읽어주는 시간이다. 아무리 어린 나이라도, 세상 꺼질 것 같은 크나큰 고민이 있다. 부끄럽고 화나고 슬프고 힘든 스토리가 있다. 그 대상이 엄마일 수도 있고, 학교 선생님일 수도 있고, 아빠일 수도 있고, 친구일 수도 있다. 마음속 이야기를 실컷 할 수 있는 사람이 세상에 한 명은 필요하다. 그 한 명이 바로 여러분이다. 나의 경우, 예민한 첫째 딸과 밤 11시까지 매일 대화했다. 고작 유치원생이었다. 초등학교도 들어가지 않은 그 어린아이가 유치원에서 얼마나 많은 정보와 내용을 듣고 와서 혼란스러워하는지 놀랄 정도였다.

그 예민한 딸이, 초1→초2→초3→초4가 되어 가면서 비밀 이야기의 횟수와 시간이 점점 줄어갔다. 그 시기에 그 나이에 맞는 엄마와의 대화가 필요했었던 것 같다. 그 필요충분의 시간을 넉넉하게 채워주니 총량이 차면서 어느 정도의 고민은 스스로 알아서 해결한다. 하지만 이게 웬걸? 이번엔 초1이 된 둘째 아들이 나와의 '비밀 이야기'를 하자고 달려들었다. 아들의 대화 주제는 다양했다. 학교생활의 어려움, 친구들에 대해 섭섭함, 누나와의 갈등 등을 호소하더니 점점 엄마에 대한 비판이 늘어났다.

열심히 듣다 보니 엄마라는 이유 하나로 내가 아들한테 혼나고 있었다. 그래서 "야! 나도 사람이야. 나도 엄마가 처음이야!"라고 질렀다. 물론 내가 잘못한 부분이 있기는 하겠지만 '남 탓을 하는 것은 나쁜 생각 습관'이라고 말해 주었다. 그리고 '비밀 이야기는 주 2회만 할 수 있다.'고 [규칙 변경]을 하였다. 그랬더니 스스로 생각해서 해결할 수 있는 문제는 알아서 잘 해결하는 게 아닌가? 그렇다.

부모의 중요한 역할 중 하나가 아이의 경계선을 정해주는 것임을 또다시 깨달았다. 그 후로는 도저히 이해가 안 되는 부분만 눈물을 글썽거리며 상담 신청을 해 왔다.

이처럼 자녀와 부모와의 애착 관계는 [규칙]과 [자기주도학습]] 이전에 필수불가결한 전제 조건임을 말씀드린다. [감정 육아] 자체는 잘못된 육아법이 아니다. 아이의 마음을 읽어주되, 올바른 지시와 원칙이 있어야 함을 뜻한다. 비밀 이야기와 같은 상담 시간에도 부모는 균형 있는 시각을 제시해 주는 것이 좋다. 아이의 섭섭한 마음은 충분히 읽어준다. 그러나 잘못 생각하고 있는 부분은 아니라고 말해 주는 것이 아이를 도와주는 일이다. [선 긋기] [팩트 체크] [규칙 인지]로 "세상의 옳고 그름을 파악"할 수 있도록 도와주어야 한다.

# 자기주도학습을 잘하게 하려면

〈혼자일 때 더 잘하는 아이〉는 비단 생활적인 측면뿐 아니라 학습적인 측면에서 자기주도학습능력이 있는 학생을 말한다. 교육학 사전에서 정의하는 자기주도학습이란, "학습자 스스로가 학습의 참여 여부에서부터 목표 설정 및 교육 프로그램의 선정과 교육평가에 이르기까지 교육의 전 과정을 자발적 의사에 따라 선택하고 결정하여 행하게 되는 학습형태"를 말한다.

> **〈 자기주도학습 공식 〉**
> **[ 계획 ] – [ 실행 ] – [ 피드백 ]**

왠지 어디서 많이 본 느낌이 나지 않은가? 바로 [독립 훈련]에서 3단계 시뮬레이션 과정인 [ 설명 ] – [ 실행 ] – [ 피드백 ]과 비슷하다. 이 3단계는 독립 육아에 전반적으로 쓰이는 일종의 공식과도 같다. 자기주도학습에서도 3단계 시뮬레이션처럼 엄마가 자녀의 자기주도학습을 위해 70%의 중요도를 가지고 계획[설명]을 세운다. 이 계획의 바탕이 되는 핵심이 바로 [시스템을 구축하라]이다.

## 전제 조건) 시스템을 구축하라

시스템을 구축한다는 의미는 엄마가 자리를 비우고 혼자 있어도 스스로 습관처럼 알아서 척척 하는 프로그램을 말한다. 물론 유아-초등 저학년의 경우 엄마가 매의 눈으로 지켜보지 않으면 요령을 피울 수는 있겠다. 이를 고려하더라도, 어찌 되었든 아이가 습관대로 스스로 책상에 앉아 연필을 잡고 기본 숙제를 해내는 것을 말한다. 이 마법 같은 시스템은 어떻게 만들 수 있을까?

## 비법 1) 타이머를 이용한다(시간통제형)

우리 집 냉장고에는 대형 타이머가 붙여져 있다. 학교에서 칠판에 붙여놓고 사용하는 자석 대형 타이머인데 우리 집 거실 냉장고에 붙여났다. 처음엔 휴대폰 타이머를 사용했다. 그때마다 엄마가 해줘야 해서 귀찮았다. 다음으로 작은 타이머를 샀다. 이것 역시 작은 장난감들이랑 섞여서 자꾸 잃어버리게 되었다. 여러 번의 시행착오 끝에 대형 타이머를 샀더니 여러모로 만족스러운 시스템이 만들어졌다.

첫째, 타이머 소리에 따라 통제된다. 둘째 초1 아들은 거실 식탁에서 공부한다. 공부시간 40분, 쉬는 시간 20분이므로 대부분의 시간에 타이머가 째깍째깍 돌아가야 한다. 거실을 왔다 갔다 하던 가족들은 째깍째깍 소리가 들리지 않으면 "타이머 맞췄어? 뭐 하는 시간이야?"라고 묻는다. 타이머 소리에 따라 자연스럽게 시간별 통제가 되는 것이다.

둘째, 아이 스스로 시계를 맞춘다. "지금 공부시간이니까 40분 맞춰."라고 말하지 않아도 아이는 타이머가 울리면 자연스럽게 다음 시각을 맞춘다. 항상 타이머를 맞추도록 훈련이 되어있기 때문이다. 또한, 타이머를 스스로 맞추지 않으면 자기가 손해를 본다.

---

 **〈 타이머 통제 〉**

(엄마)　"어? 타이머를 맞추지 않았네?"

(아들)　"앗! 깜빡했어요. 이제까지 공부 10분 했는데…."

(엄마)　"10분 공부했구나."

(아들)　"공부시간이 40분이니까 30분 맞출까요?"

(엄마)　[시계를 40분을 맞추면서 말한다.]

　　　　"시간은 타이머가 규칙이므로 어쩔 수 없이 40분으로 맞출게."

(아들)　"아~!!! 아깝다. 10분 공부했는데……." [절망적인 표정]

　　　　"앞으로는 꼭 잘 맞출게요!!!"

---

셋째, 시간 조작을 방지한다. 쉬는 시간 20분이 끝나면 "따르
릉" 울려야 한다. 안방에서 쉬고 있던 나에게도 소리가 들릴 정도
로 크다. 그런데 어느 날, "따르릉" 소리가 나야 할 시간인데 아무리
기다려도 소리가 들리지 않았다. 아들이 엄마 몰래 시간을 조작한
것이다.

 〈 꼼수를 쓰려다 들킨 아들 〉

(엄마) "아들, 지금 무슨 시간이야?"

(아들) "쉬는 시간 20분이에요."

(엄마) "어? 이상하네. 20분은 벌써 끝나야 하는데…."

[계속 돌아가는 타이머를 보며 눈치챈다.]

(엄마) "너 거짓말한 거야? 20분 해놓고 시간을 계속 늘린 거야?"

(아들) "아니에요." [거짓말한다.]

(엄마) "이상하네…." [물증이 없다.]

(아들) [잔뜩 긴장한 표정]

(엄마) "아들 엄마 눈을 똑바로 보세요." 🗨 [중요한 이야기에 눈
마주치기]

"거짓말은 나쁜 거야. 네가 만약 쉬는 시간을 더 늘리고 싶다면
앞으로는 거짓말하지 말고 엄마를 설득해. 더 놀고 싶어서
쉬는 시간 10분 더 늘려달라고 말이야. 하지만 이렇게 네 마음대로
시간을 조정하는 건 잘못된 거야." 🗨 [규칙인지]

(아들) "네……."

(엄마) "앞으로 엄마가 시간을 더 철저히 지켜볼게.

오늘부터는 타이머를 정직하게 사용하지 않으면 용돈표에서

100원씩 지우는 벌점을 할게. 괜찮겠어?" ✏️ [새로운 규칙]

(아들) "네. 죄송합니다."

〈 냉장고에 붙인 대형 타이머 〉

## < 시간별 통제 예시 >

| 학년 | 공부시간-쉬는시간 |
|------|------------------|
| 예비 초등학생 | 15분-20분 |
| 1~2학년 | 1단계: 20분-20분<br>2단계: 30분-20분<br>3단계: 40분-20분 |
| 3~4학년 | 1단계: 45분-15분<br>2단계: 50분-10분 |
| 5~6학년 | 1단계: 50분-20분<br>2단계: 60분-30분<br>3단계: 60분-20분 |

* 나이에 따른 단계별 적용으로 공부시간을 서서히 늘린다.

## < 예비 초등 >

7살 아이의 집중력은 5분이 채 되지 않는다. 처음엔 15분-20분 패턴으로 짧은 공부시간으로 시작한다. 15분이면 연산 문제집 하나 하면 끝난다. 공부시간보다 쉬는 시간이 더 많다. 이 시기는 공부습관을 잡는 초기이므로 큰 기대를 하지 않는다. "타이머가 울리면 공부하고 타이머가 또 울리면 쉰다."의 패턴만 잘 지켜주면 된다.

### ▶ 무엇을 공부했느냐보다는 어떤 자세로 공부했느냐가 중요하다.

15분이라는 짧은 공부시간에 책상에 앉아 있는 것이 목표다. 그 시간에 그림을 그려도 좋고 종이접기를 해도 좋다. 일단 앉아 있기만 하면 성공이다. 무엇을 공부했느냐는 중요하지 않다. 15분 동안 아이가 바른 자세로 책상을 벗어나지 않는 것이 중요하다. 좀이 쑤시는 아이는 갑자기 화장실을 가고 갑자기 목마르다고 방에서 자꾸 튀어나올 것이다. 15분 안에 아이가 탈수로 죽는 일은 없으므로 엄마는 단호하게 안 된다고 말해야 한다.

### ▶ 읽기 독립이 되면 자기주도학습을 더 쉽게 할 수 있다.

나의 경우, 둘째는 언어가 조금 느린 편에 속했다. 둘째여서 그랬는지, 내가 귀찮아서 그랬는지 동화책을 많이 안 읽어주고 키웠다. 아들은 유치원에서 한글을 배워 7살 여름부터 한글을 더듬더듬 읽기 시작했다. 뒤늦게 정신을 차린 나는 이 시기에 몰아서 〈읽기 독립〉훈련을 했다.

 **〈 읽기 독립 과정 〉**

1단계: 오디오북을 틀어놓고 책을 보면서 단어를 손가락이나 연필로
　　　 가리키기
2단계: 오디오북을 들으면서 동시에 섀도잉 하기
3단계: 오디오북 문단별로 끊어 들려주기 ☞ 문단별 소리내어 읽기
4단계: 책을 보면서 혼자 읽게 하기


\* 초기 동기유발을 위해 엄마는 아이의 발음을 수정해주지 않는다.
　아이가 도움을 요청할 때만 수정한다.


　나는 둘째의 언어 수준보다 읽기 독립을 빨리 시켰다. 이유는 엄
마인 내가 동화책 읽어주기 귀찮아서였다. 물론 저명한 교육학 교수
님들 말처럼 엄마가 육성으로 초등 3학년까지 읽어주면 좋겠다. 그
러나 나는 그런 엄마가 아니다. 지구 중력 때문에 늘 피곤한 사람이
다. 원래 내 소원은 드라큘라가 되는 것이었다. 요리 안 해도 되고
설거지할 필요도 없는데 몸 튼튼하고 장수하는 것이 딱 내 스타일
이기 때문이다. 하지만 현실은 피곤에 쩌든 40대 아줌마... 차선책
으로 조금 빨리 읽기 독립을 시켜 자기주도학습을 시도했다. 나 편
하자고 한 일이다. 큰 부작용은 없으나 교육학적으로 바르다고는 할

수 없는 꼼수이다. 바쁜 직장맘에게는 추천할 만하다. 나 같은 꼴찌 엄마도 했다. 그러니 여러분도 자기 주도를 충분히 잘할 수 있다.

## < 초등 1~2학년 >

초등 1학년이 되자 아들과 나 사이에 실랑이가 벌어졌다. 이놈이 머리가 커지더니 어떻게 해서든 엄마 눈을 피해 요령을 피우려고 했다. 그래서 '뺀질이'라는 별명이 생겼다. 아이는 별명을 싫어했다. 그러나 가족들은 기가 막히게 잘 지은 별명이라며 좋아했다. 진짜 뺀질뺀질 얄밉게 굴었기 때문이다. 남편이 제일 심하게 놀렸는데 어느 날 아이가 울었다. '아차!' 싶었다. 너무 심하게 놀렸던 것이다. 아무리 뺀질이가 사실이어도 아이한테 그러면 안 되는 것이었는데 말이다.

아이가 뺀질이가 된 이유는 공부가 재미없기 때문이었다. 그래서 공부를 포기하기로 했다. 문제집은 싹 치우고 자기가 좋아하는 책만 읽혔다. 아이는 좋아했다. 1단계 20분-20분부터 시작했는데, 책이 재밌어서 자연스럽게 2단계인 30분-20분으로 넘어갔다. 몇 개월이 지나니 글밥 수준이 높아져 3단계인 40분-20분으로 할 수 있었다. 독서의 성공으로 자기주도학습 습관이 잡혀갔다. (Part 6. 책을 잘 읽는 아이로 만들려면) 이렇게나 독서는 중요하다.

## < 초등 3~4학년 >

초등 중학년이 되면 자기주도학습이 훨씬 쉬워진다. 이제는 아이도 자기주도가 습관화된다. 교과 공부의 양이 늘어나고 열심히 하는 친구들을 보며 공부를 해야 하겠다는 의지도 생긴다. 따라서 엄마의 개입은 점점 줄이고 아이가 스스로 공부계획을 세우는 범위와 역량을 늘린다. 대화를 통해 아이의 의견을 적극적으로 반영하고 메타인지적 사고형 질문을 많이 한다.

 **< 메타인지 사고력 질문예시 >**

(엄마)  "요즘 공부는 어때? 45분-15분이 너에게 맞는 것 같아?"

(딸)  "시간은 잘 맞는데, 최상위 수학이랑 도형 부분이 어려워요."

(엄마)  "수학 진도가 네 수준에 비해 빠르니?
너의 수준에 비해 난이도를 조정해야 할 필요가 있어?"
새로 산 영어단어 문제집은 어때? 어떤 점에서 좋아?"

## < 초등 5~6학년 >

▶ **공부시간보다 공부의 질이 중요해진다.**

초등 고학년이 되면 학습의 양이 많아진다. 선행하는 친구들은 초등 5학년 때 중학교 수학을 들어간다. 이처럼 많은 시간 동안 많은 양의 공부를 폭발적으로 한다. 고학년은 50분~1시간 공부시간도 충분히 해낼 능력이 있다. 다만 1시간이라는 시간보다 공부의 효율성과 집중력을 더 중요하게 생각한다. 중학년에는 주로 공부계획을 세우고 완성하는 데 초점을 두었다면 고학년부터는 공부의 질과 관련한 메타인지적 사고력에 초점을 둔다.

같은 시간이라도 몰입도와 공부방법에 따라 효율성이 다르다. 학원에서 시키는 대로, 이제까지 해 왔던 습관이라서 아무 생각 없이 공부하면 안될 것이다. 이제는 학습 주도성을 가지고 자신의 공부방법을 모니터링하는 것이 좋다. 좀 더 효율적인 방법을 찾아 집중하여 공부한다. 학원도 엄마가 시켜서 억지로 가는 것이 아니다. 자신에게 맞는 학원을 찾아 자기주도학습에 도움을 받는 용도로 이해한다.

## 비법 2) 학습스케줄표를 이용한다 (과제통제형)

### < 7세 ~ 초등 2학년 >

스케줄표를 이용하여 과제통제를 한다. 저학년까지는 체크리스트 형식의 스케줄표에 아이가 스스로 체크할 수 있도록 한다. 체크리스트에 있는 모든 과제를 다 하는 것이 목표가 아니다. 공부시간에 한 과제를 확인하는 용도로만 사용한다. 체크리스트에 적인 과제를 다 하라고 부담을 주면 안 된다. 숙제만 하다가 놀지도 못하고 잠을 자야 할지도 모른다. 이렇게 많은 과제를 매일 해낼 수 있는 아이는 없다. 공부를 억지로 강요하다간 부정적인 공부 정서가 생긴다. 공부 시간 – 쉬는 시간의 패턴을 유지하되, 과제를 스스로 점검하는 습관을 들인다.

스케줄표를 사용하면 균형 잡힌 공부를 하는 데 도움이 된다. 만약 아이가 사고력 수학은 싫어하고 연산만 좋아한다고 해보자. 아이는 연산만 하고서 엄마에게 수학 공부를 다 했다고 말할 것이다. 그런데 체크리스트표를 보니 연산 문제집에만 4일 동안 체크가 되어있다. 이때 엄마는 연산 주 3회, 사고력 주 3회로 골고루 번갈아 가면서 공부하라고 조언할 수 있다. 이처럼 학습체크리스트표는 날짜별로 어떤 과제를 했는지 한눈에 볼 수 있고 균형 잡힌 공부를 관리한다는 측면에서 용이하다.

< 작가의 강의 >

자기주도학습이란?

자기주도학습 방법

# < 저학년용 학습체크리스트 예시 >

**날짜:** 2024. 2.2. **요일:** 금

| 번호 | 할 일 | 체크 |
|------|-------|------|
| 1 | 한글 독서 | ✓ |
| 2 | 영어 독해 | |
| 3 | 아이딕보카 | ✓ |
| 4 | 화상영어 숙제 | ✓ |
| 5 | 수학(예:최상위) | ✓ |
| 6 | 영어 독서 | |
| 7 | 영어 듣기 | ✓ |
| 8 | 영어 라이팅 | |
| 9 | | |
| 10 | | |

**날짜:** 2024. 2.3 **요일:** 토

| 번호 | 할 일 | 체크 |
|------|-------|------|
| 1 | 한글 독서 | ✓ |
| 2 | 영어 독해 | |
| 3 | 아이딕보카 | |
| 4 | 화상영어 숙제 | ✓ |
| 5 | 수학(예:최상위) | ✓ |
| 6 | 영어 독서 | ✓ |
| 7 | 영어 듣기 | ✓ |
| 8 | 영어 라이팅 | ✓ |
| 9 | | |
| 10 | | |

## < 초등 3학년 ~ 초등 6학년 >

중학년부터는 자기가 스스로 계획하여 과제를 적을 수 있도록 한다. 아래처럼 빈칸만 있는 스케줄표를 준다. 스스로 오늘 할 일을 적게 하고 옆에 체크를 하도록 한다. 이때 중요한 것은 과제의 양보다 과제의 질이다. 아이에게 이 문제집이 잘 맞는지 난이도는 적절한지 어떤 과제가 얼마만큼의 시간을 소모하는지 등을 체크한다. 될 수 있으면 아래 두 번째 사진과 같이 쪽수나 챕터번호를 적어 진도를 표시하도록 한다. 공부의 양이 많아지므로 진도를 함께 적는 것은 다음 공부에 도움이 된다.

## < 중학년용 학습스케줄표 예시 >

**날짜:** 2024. 1. 5. (금)

| 번호 | 할 일 | 체크 |
|---|---|---|
| 1 | 연산 2장 | V |
| 2 | 영어 아이덕 보카 + Test | V |
| 3 | 영어 아이덕북 | V |
| 4 | 영어책읽기 30분 + 2편장 쓰기 | V |
| 5 | 한글독서 40분 | V |
| 6 | Bricks reading 1 unit | V |
| 7 | Bricks listening 1 unit | |
| 8 | 일기쓰기 | V |
| 9 | | |
| 10 | | |

## < 중·고학년용 학습스케줄표 예시-학습진도 표시 >

공부는 누구나 하기 싫다. 어렵고 힘들다. 그래서 공부시간에 엄마 눈을 피해 몰래 놀려고 할 것이다.

 〈 요령을 피우는 아이 〉

(엄마)  "아들, 지금 공부시간인데 어디로 간 거야?"

(아들)  "엄마~ 나 화장실이 급해서 화장실에 있어요." 📞 삐뽀 [시그널 1]

(엄마)  "아까 쉬는 시간에는 뭐 하고 이제 간대?"

         ... 잠시 뒤

(엄마)  "응? 아들이 책상에 안 있고 어디 갔지?"

(아들)  "갑자기 목이 말라서 물 마시러 나왔어요." 📞 삐뽀 [시그널 2]

(엄마)  "숙제 다 했니? 어디 문제집 좀 보자."

(아들)  "책 읽고 싶어서 책을 읽었어요." 📞 삐뽀 [시그널 3]

아이는 엄마에게 "나 요령 피우고 있다. 경계를 넘어가고 있다."의 삐뽀 시그널을 끊임없이 보내고 있다. 이때 초기 시그널을 예민하게 받아들이고 바로 경계를 정해주어야 한다. 아들이 쉬는 시간에는 멀쩡하다가 공부시간만 되면 갑자기 화장실 가고 목이 말라서 물을 먹는다. 문제집 하라고 했더니, 확인이 모호한 책을 읽겠다고 한다. 이때 엄마는 어떻게 해야 할까?

공부의 질을 측정할 수 없다는 것이 시간형 통제의 단점이다. 공부시간 40분 중에 집중하는 시간은 고작 20분이 채 안 될 수 있다.

일단 쉬는 시간 20분은 마음껏 놀게 해 준다. 아이에게 쉬는 시간은 소중한 시간이다. 대신 공부시간 40분을 시작하기 전, 급한 볼일은 미리 보라고 말한다. 공부 시작 전에는 다음과 같은 질문을 한다.

## ▶ "이번 공부시간에 무엇을 할 예정이니?"

이 한 문장이 중요하다. 이 질문을 했냐 안 했느냐로 자기주도학습의 성공여부가 결정된다. "책을 읽을 거예요."라고 말하면 그렇게 하도록 내버려 둔다. 그런데 다음 공부시간에도 "책을 읽을 거예요."라고 말한다면 상황을 고려해 "이번 시간은 기본 문제집인 팩토, 기탄수학, 영어 단어 쓰기를 하도록 하자."라고 변경을 요구할 수 있다.

딸의 경우는 얌전하게 잘 따라 하는 편이다. 그런데 아들은 다르다. 아들은 끊임없이 엄마의 울타리를 파괴하려고 든다. 따라서 경계를 꼼꼼하게 세워주어야 한다. 아이가 요령을 피우면 요령을 피울 수 없는 규칙을 만든다. 예를 들어 공부시간 10분 남았는데 저녁 시간이 되었다. 아이는 저녁을 먹어야 한다는 이유로 남은 공부 10분을 하지 않고 은근슬쩍 넘어가려고 한다. 이때 엄마는 단호히 경계를 정해준다. 저녁 먹은 후 10분을 더 공부한 뒤에 쉬는 시간을 가지라고 확인해 준다. 이처럼 엄마가 규칙의 선을 정확하게 그어주지 않으면, 잔머리 좋은 아이는 다음에도 저녁 식사시간에 걸치도록 타이머를 조정하려고 들 것이다.

또한, 아이가 저학년이라면 공부할 때 같은 공간에 있어 주는 것이 좋다. 그래서 어릴수록 거실공부법이 효과적이다. 자기 조절이 안 되는 나이다. 엄마의 적절한 감시도 필요하다. 이때 엄마가 식탁에 같이 앉아서 아이의 공부를 직접 가르칠 필요는 없다. 엄마는 소파에 누워있어도 된다. 다만 소파에 누워서 핸드폰을 하거나 TV는 보지 않는다. 엄마도 책을 읽거나 하다못해 잠이 들어도 좋다. 어쨌든 아이와 한 공간에 있는 것 자체가 아이의 자기주도학습의 경계를 잡아주는 데 도움이 된다.

## 비법 3) "시간통제형 + 과제통제형"으로 효율적으로 관리한다 (혼합형)

다음은 시간형통제와 과제형통제를 혼합하여 서로의 단점을 보완하는 자기주도학습법이다. 1) 학원 스케줄표 2) 요일별 자기주도학습표 3) 달력 스케줄표 3개를 거실과 자녀 방에 붙여놓는다. 자녀들은 스케줄표를 수시로 확인한다. 오늘 어떤 일정으로 공부를 하고 어디를 가야 하는지 알고 있다. 그래서 "엄마, 오늘 어떤 공부를 해야 해요?" "무슨 학원 가야 해요?" 라고 일일이 묻지 않는다. 엄마는 작장 일로 바쁘다. 내 할 일도 복잡한데, 자녀들까지 일일이 챙겨줄 마음의 여유가 없다. 하지만 아이들은 마치 자신이 할 일을 알고나 있는 것처럼, 하교 후 엄마가 없어도 알아서 척척 해결해 나간다.

## ⟨혼합형 자기주도학습의 모습⟩

당신의 자녀가 학교 수업이 끝나고 집으로 왔다. 부모님 모두 직장을 다니기에 집에는 아무도 없다. 아이는 쿨~하게 책가방을 던져놓고, 바로 타이머 20분을 맞춘다. 영어 TV를 보며 식탁 위에 있는 간식을 먹거나, 치킨봉을 에어프라이를 돌려서 먹는다. "따르릉~" 타이머가 울린다. 간식시간을 포함하여 쉬는시간 20분이 끝난 것이다. 아이는 다시 타이머 45분을 맞춘다. 오늘은 수요일이다. ⟨요일별 자기주도학습표⟩를 보니 학원에 가야 할 시간까지 2시간 반 혼공을 할 수 있다. 아이는 망설임 없이 첫 번째 칸에 적힌 [수학 연산]부터 한다. 최근 학교 수학 시험에서 단순한 계산 실수로 문제 2개를 틀렸다. 엄마와 상의 후 매일 연산을 연습하는 것으로 공부표가 바뀌었다. 20분(쉼)-45분(공부)-20분(쉼)-45분(공부)를 반복하다 보니 학원에 가야 할 시간이다. 아이는 ⟨학습스케줄표⟩에 오늘 공부한 내용과 진도를 적는다. 저녁에 퇴근한 엄마에게 보여줄 예정이다.

### ⟨학원스케줄표 예시⟩
#### - 거실에 붙이기 -

| | (이름) 계획표 | | | | |
|---|---|---|---|---|---|
| 시간/요일 | 월 | 화 | 수 | 목 | 금 |
| 9:00 | | | | | |
| 10:00 | 학교 | 학교 | 학교 | 학교 | 학교 |
| 11:30 | | | | | |
| 12:00 | | | | | |
| 13:00 | | | 5교시 1시40분 | | |
| 14:00 | 6교시 2시반하교 | 6교시 2시반하교 | | 6교시 2시반하교 | 6교시 2시반하교 |
| 15:00 | | 도서관 | | | 한자3시40분-4시10분 |
| 16:00 | | | | | |
| 17:00 | 수학4시40분-7시40분 | | 영어4시~6시반 | 영어4시~6시반 | 수학4시40분-7시40분 |
| 18:00 | | | | | |
| 19:00 | | | | | |
| 20:00 | | 토크 7시 | | 토크 7시 | |
| 21:00 | | | | | |
| 22:00 | | | | | |

이름  공부 스케줄

| 월 | 화 | 수 | 목 | 금 | 토 | 일 |
|---|---|---|---|---|---|---|
| 연산 | 연산 | 연산 | 연산 | 연산 | 연산 | 연산 |
| 영단어 | 영어 ILE숙제 | 6-1 심화수학 | 수학학원숙제 | 영단어 | 영어 ILE숙제 | 6-1 심화수학 |
| 6-1 심화수학 | 수학학원숙제 | 영단어 | 독플 리딩 | 6-1 심화수학 | 국어 | 영어 ILE숙제 |
| 국어 | 영어책 | 문법 | 장원숙제 | 주니어 디지털어 | 문법 | 사회 |
| 사회 | | 장원숙제 | 과학 | 국어 | 한글책 | 국어 |
| | | | 영어책 | 영어책 | | 단원학 |
| | | | | | | |
| | | | | | | |
| | | | | | | |

---

## 비법 4) 쉬는시간도 공부처럼 활용한다.

---

쉬는 시간도 엄마표 영어 노출의 기회로 활용한다. 영어를 곁들
인다면 쉬는 시간이 마치 학습인 것처럼 효과를 낼 수 있다. 아이
들이 좋아하는 영어 TV를 보게 하여 [집중보기]를 하게 한다. 레고
나 퍼즐 장난감을 가지고 놀 때 영어 [흘려듣기]를 한다. 넷플릭스
와 같은 OTT, 영어 동화책 CD나 유튜브를 활용해 영어 듣기 자료
인 영어 노래, 영어 뮤지컬, 영어 동화 등을 들으면서 놀 수 있도록
한다. [흘려듣기]에서 주의할 점은 새로운 영어자료를 틀어주는 것
이 아니라, 한 번이라도 미리 경험해 본 영어자료를 활용한다. 아이
가 놀면서 흘려 듣는 것이므로 영어자료를 다시 복습한다는 의미로
듣는 것이 효과적이다.

반면 한글 오디오북이라면 새로운 책을 들어도 된다. 모국어이기 때문에 머릿속에 비교적 잘 들어온다. 만약 1학년 한글 독서 글밥 수를 높이고 싶다면 쉬는 시간에 〈전천당〉이나 〈찰리와 초콜릿 공장〉과 같은 긴 글의 오디오북을 틀어 아이가 독서에 대한 호기심을 갖도록 유도한다. 아이는 흥미를 느끼며 듣는다. 책이 재미있으면 자기 수준보다 높더라도 그 책을 사달라고 조를 것이다. 이때 못 이기는 척 선물로 사주면 아이는 좋아하면서 긴 글의 책도 끝까지 읽어낸다. 이미 오디오로 들어보았기 때문이다. 그렇게 긴 글에 익숙해지면 다음 단계의 독서 레벨로 올라갈 수 있다. 게다가 쉬는 시간을 활용해서 말이다. 놀면서 하는 공부라니 정말 멋지지 않은가?

## 비법 5) 달력을 활용한다.

초록창에 "2024년 3월 달력" 또는 "2025년 12월 달력"이라고 검색을 하면 친절한 이웃이 블로그에 무료로 파일을 올려놓은 것을 찾을 수 있다. pdf 파일을 다운받아서 프린트를 하자. 일정을 적어 거실에 붙여놓는다. 학생은 여름방학, 겨울방학, 봄방학마다 학원 스케줄과 할 일이 달라진다. 자녀가 두 명 이상인 경우 각자 다른 달력을 만들어 아이의 방과 거실에 붙여놓을 수 있다. 이렇게 달력을 활용하면 아이는 "엄마, 오늘 어디 가야 해요? 내일은 뭐 해야 해요? 다음 주말은 뭐해요? "라고 힘들게 물어보지 않는다. 달력에다 적혀있기 때문이다. 엄마도 아이를 관리하는 측면에서 쉽고 불

필요한 실수나 충돌을 피할 수 있다. 아이가 스스로 행동할 수 있는데 도움이 되므로 달력 활용하기를 추천한다.

< 방학 달력 스케줄표 >

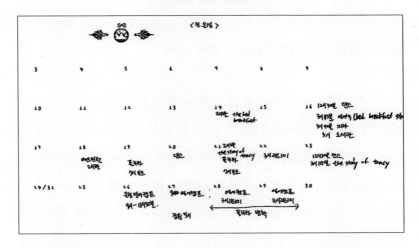

## 비법 6) 공부의 가치관을 세운다.

피드백은 단순히 "네가 이 부분은 잘못했고 이 부분은 좋았다"로 판단해 주는 것이 아니다. 특히 자기 주도에서는 아이가 공부의 주체다. 엄마는 공부의 올바른 가치관을 가이드하는 역할을 한다. "공부가 중요하니까 넌 공부해야 해."는 엄마 생각이다. 엄마가 주어다. 대신 "너는 왜 공부를 해야 한다고 생각하니?" "이 공부방법이 효율적이라고 생각하니?"와 같은 메타인지적 질문을 통해 대화한다.

공부해야 하는 이유로 사람은 각자의 역할이 있고 각자의 때가 있다고 말한다. 학생은 학생의 역할인 공부를 해야 하고, 공부의 때에 맞는 공부를 하는 것이 가장 효과적인 일이라고 말한다. 아빠도 아빠의 역할에 맞게 회사에서 돈을 벌어오고, 엄마는 요리해서 가족에게 따뜻한 밥을 챙겨주며, 동생도 유치원생의 때를 신나게 잘 보내는 것이 '잘 사는 것'이라고 말해 준다.

아이가 고학년이라면, 우리 사회는 자본주의를 바탕으로 하고 있고 그 끝에는 돈이 있다고도 말한다. 자본주의 사회에서는 최소한의 에너지와 비용을 투자해서 최대의 효과인 보상을 바라게 된다. 그중 하나의 방법으로 공부를 잘해서 좋은 대학에 들어가 좋은 직업을 가지는 것이라고 말한다. 좋은 직업은 나의 능력을 인정받고 시간당 높은 수입을 받는 것을 말하며 이를 [근로소득]이라고 알려준다. 시간당 근로소득이 많으면 보다 윤택한 삶을 살 수 있으며, 근로소득은 자본주의 사회에서 자본을 굴려 자본을 얻게 되는 [불로소득]으로 가기 위한 발판이 된다고 알려준다.

이 과정에서 부모인 엄마가 도와줄 수는 있지만 결국 선택은 너의 몫이라는 것을 알려준다. 너의 재능과 행복, 자아실현을 종합적으로 고려하여 스스로 찾아가는 과정이 너의 인생이며, 그래서 우리는 오늘 하루를 학생의 신분에 맞게 잘 살아야 한다고 말한다. "학생의 때에 학생이 공부하는 것은 당연하며 궁극적으로 너를 위한 것이다." "공부는 엄마 좋으라고 하는 것이 아니다." "네 인생을 위한 것이다" 라고 말한다. 이처럼 [피드백]을 통해 공부법뿐 아니라 공부의 이유와 인생에 대해 함께 생각해 보는 시간을 가진다. 아이는 학습에 대한 내적 동기가 생기고 자신의 진로와 직업에 대해 고민하게 된다.

또한, 옛날처럼 "어린이는 돈을 밝히면 안 된다" 라고 말하던 시대는 지나갔다. 어린 나이에서부터 경제관념을 배우게 하고 실천하게 하는 것이 앞으로 살아갈 시대를 준비한다는 점에서 훌륭한 교육이 된다. 우리나라는 유교적 사상으로 체면 의식과 직업의 귀천이 있다고 생각한다. 양반처럼 뒷짐 지고 손에 때 안 묻히는 일만 하려고 하는 경향이 있다. 하지만 유대인들은 매우 어린 나이에서부터 돈의 가치를 알려주고 돈을 중요하게 생각해야 한다고 가르친다. 돈을 벌지 못하는 것은 죄악이며 게으른 것이라고까지 교육한다. 그래서 오늘날 유대인들이 그 어느 국가도 무시하지 못하는 부의 최상위 권력층을 차지하고 있는 이유다. 우리 부모도 자녀에게 돈과 경제에 대해 말하는 것을 주저하지 않으셨으면 좋겠다.

> ## 비법 7) 자기 주도로 용돈 관리를 한다.

용돈을 스스로 관리하는 것도 자기 주도의 한 영역이며 중요한 경제교육이 된다. 나는 용돈표를 사용해 아이들의 용돈을 관리한다. 스스로 용돈표에 용돈을 적고 월별로 환산해 통장에 돈을 넣어준다. 이 용돈표는 육아 영역에 폭넓게 사용된다.

첫째, 집안일을 해서 용돈을 번다. 노동력의 가치가 돈으로 환산된다는 것을 알고 경제 개념을 세우기 위해서다. 예를 들어, 구두 닦기 300원, 설거지하기 300원, 밥솥에 쌀 안치기 200원... 등이다. 집안일을 거들어야 용돈을 모을 수 있다. 다만 화장실 청소나 쓰레기통 정리정돈과 같이 더럽고 남들도 하기 싫어하는 일을 할수록 500원으로 가격은 올라간다. 힘들수록 돈으로 환산되는 노동력의 가치는 올라간다.

둘째, 돈을 벌자마자 바로 적는다. 용돈 기입의 기준은 하루를 넘기면 안 된다. 만약 오늘 800원을 벌었는데 깜빡하고 용돈표에 못 적었다. 밤 12시를 기준으로 내일이 되면 800원은 소멸된다. 즉, 800원을 벌었지만 가져가지는 못한다. 따라서 잠자기 전까지 자신의 용돈표를 보며 혹시 잊어버린 것이 없는지 꼼꼼히 체크한다. 될 수 있으면 하루 동안의 용돈을 합쳐서 800원으로 적지 않고, 100원+300원+200원+200원으로 나눠서 적는다. 100원이라도 나의 노동력이 들어간 돈이기에 아이는 아까워한다. 그래서 돈을 벌자마자 바로 적으려 노력한다. 또 시간이 지나면 "아까 200원이었나? 300원이었나?" 하고 헷갈리기 마련이다.

셋째, [독립훈련]으로 미션을 수행했을 때 칭찬 용돈을 준다. 10살 아이에게 학원에 혼자 버스를 타고 갔다 오는 것은 아주 큰 일이다. 처음 미션수행을 잘 해냈을 때 아낌없는 칭찬과 함께 통 큰 용돈보상을 해준다. 아이는 용돈을 모아 다이소나 문구점에서 자기가 좋아하는 캐릭터 문구나 아이돌 사진을 살 수 있다.

넷째, 학습스케줄표를 성실하게 적을 때 칭찬 용돈을 준다. 과제 스케줄표 연속 10일이 모였을 때 용돈 100원씩 1,000원을 준다. 연속 10일 동안 꼼꼼하고 성실히 노력했다는 의미로 칭찬을 한다. 다만 학교에서 단원평가 100점 맞고 왔다고 용돈을 주지 않는다. 공부는 학생이 해야 할 당연한 일이다. 돈으로 칭찬받아야 할 일은 아니다. 노력에 대한 보상의 의미로만 용돈을 관리한다.

다섯째, 가족의 어려움을 자발적으로 도와줄 때 용돈 보상을 한다. 만약 엄마가 물건을 바닥에 떨어뜨렸는데, 눈치를 채고 달려와 주워주었다면 칭찬 용돈을 준다. 그런데 엄마가 "딸, 와서 도와줘."라고 부탁을 한 경우는 매번 용돈을 주지 않는다. 가족끼리 도와주는 것은 당연하다.

여섯째, 나이, 일의 강도, 상황 등을 고려해 돈의 액수를 다르게 한다. 예를 들어, 같은 택배 심부름이라도 상황과 무게에 따라 용돈이 다르다. 배달된 택배를 아파트 1층 경비실에서 가지고 오면 용돈을 주는데, 상자가 무거우면 300원, 가벼우면 200원을 준다. 만약, 택배가 문 앞까지 배달되어 간단히 들고만 오는 경우라면, 상자가 무거우면 200원, 가벼우면 100원을 받는다. 또 다른 예로, 키가 크고 손이 야무진 첫째에게는 계란 프라이 정도는 쉽게 만들 수 있다. 반면 키가 작아서 의자 위에 올라가는 수고를 해야 요리를 할 수 있는 둘째에게는 계란 프라이도 난이도가 상대적으로 높다. 이 경우, 첫째는 계란 프라이로 200원을, 둘째는 계란 프라이로 300원의 용돈을 보상받는다. 이처럼 용돈에 대한 규칙도 노동력, 난이도, 나이에 따라 매우 세분화하여 상황마다 다르게 적용한다.

이처럼 규칙이 복잡해지면 용돈을 어떤 상황에 누가 얼마만큼 가져가냐의 문제로 논쟁이 벌어지는 경우가 생긴다. 이때마다 대화를 통해 이해시켜 나간다. 예를 들어, 첫째가 이마트 배달물건을 가져올 때는 200원이지만, 둘째가 그 무거운 것을 끙끙거리며 들고 오면 난이도에 따라 3~400원을 줄 수도 있다. 둘째는 키와 몸무게가 작은데 같은 무게의 물건을 나르기가 쉽지 않은 일이기 때문이다.


마지막으로 벌점도 용돈으로 관리한다. 다만 보상과 다르게 벌점은 아주 드물게 100원 정도로 작게 한다. 벌점의 목적은 아이를 혼내기 위해서가 아니다. 규칙을 잘 지키게 하는 수단으로 활용한다. 만약 자기주도학습에서 공부시간과 쉬는시간을 속여서 한 경우 용돈 100원을 지운다. 식사시간에 이유 없이 자리를 이탈하면 벌점 100원, 밤 10시까지 자기 방으로 자러 들어가지 않으면 벌점 100원, "왜요?"를 장난으로 세 번을 반복하면 벌점 100원이 삭감된다.

또한, 감기에 잘 걸리는 어린 아이들의 경우이다. 아이스크림을 먹을 때는 200원을 내고 냉동실에 있는 아이스크림을 사서 먹을 수 있다. 200원을 정해두지 않으면 서로 아이스크림을 먹겠다고 감기 걸린 것도 속이고 먹는 경우가 있었다. 그래서 아이스크림과 같이 건강과 관련되는 경우에는 겨울에는 300원, 여름에는 200원을 내고 하루 1회만 아이스크림을 사서 먹을 수 있다.

　아이들은 이렇게 자신의 노력으로 번 용돈을 마음껏 쓸 수 있다. 자신에게 돈이 있으므로 언제나 든든하다. 또 용돈을 엄마와의 협상에 사용하기도 한다. 만약 사고 싶은 물건이 있는데 10만 원으로 너무 비쌌다. 이럴 경우, 엄마에게 5:5로 부담하자고 제안해 볼 수 있다. 제안할 때는 반드시 근거가 있어야 한다. 비싸지만 이 물건이 왜 자기한테 필요한지, 왜 엄마도 일정 부분을 부담해야 하는지에 대해 설명하도록 훈련하는 것이 좋다. 무턱대고 사달라고 조르면 안 된다. 그래서 우리 집 아이들은 더욱 떼를 부리지 않는지도 모른다. 떼를 부려봤자 소용도 없을뿐더러 자기 통장에는 항상 돈이 준비되어 있다. 아래 동영상에 자세히 설명해 두었으니 참고하시길 바란다.

< 작가의 강의 >

용돈표 관리
경제교육

# < 용돈 관리표 >

## < 용돈 관리표 - ▓▓▓ >

| # | | | | | | | | | | |
|---|---|---|---|---|---|---|---|---|---|---|
| 1 | 4930 500 | 200 | 100 | | | 200 | 300 | 500 | 300 | |
| 2 | 1000 | 200 | 400 | 200 | 400 | 400 | 200 | 200 | 200 | 100 |
| 3 | 300 | 100 | 360 | | 100 | 100 | 200 | 200 | 100 | 200 |
| 4 | 400 | 100 | 200 | 400 | 300 | | 200 | 800 | 200 | |
| 5 | 300 | 300 | 400 | | 200 | 300 | 300 | 400 | 300 | 100 |
| 6 | 980 | | | | | | | | | |
| 7 | | | | | | | | | | |
| 8 | | | | | | | | | | |
| 9 | | | | | | | | | | |
| 10 | | | | | | | | | | |

## < 용돈 관리표 - ▓▓▓ >

| # | | | | | | | | | | |
|---|---|---|---|---|---|---|---|---|---|---|
| 1 | 3500 | 500 | 300 | 300 | 500 | 500 | 200 | 2000 | 300 | |
| 2 | 400 | 100 | 200 | 600 | 100 | 100 | 200 | 200 | 200 | 200 |
| 3 | 400 | 200 | 500 | 200 | 200 | 200 | | 200 | 1000 | 100 |
| 4 | 100 | 200 | 100 | 1000 | 200 | 200 | 300 | 200 | 800 | 100 |
| 5 | 300 | 200 | 500 | 200 | 700 | 200 | 200 | 200 | 100 | 500 |
| 6 | 300 | 1100 | 200 | | 200 | | 4300 | 500 | 200 | 200 |
| 7 | 300 | 100 | 300 | 200 | | | | | | |
| 8 | | | | | | | | | | |
| 9 | | | | | | | | | | |
| 10 | | | | | | | | | | |

　　용돈표는 우리집 거실 냉장고에 항상 붙여져 있다. 아이들은 용돈을 스스로 적고 지우며 관리한다. 집안일, 미션수행, 칭찬보상, 규칙이행 등을 통해 돈을 벌 수 있고 그 액수만큼 빈칸에 적는다. 위의 표에서 까맣게 지워진 부분은, 자녀가 사고 싶은 장난감이나 문구류를 엄마 카드로 먼저 결제한 후, 집에 와서 그 액수만큼 연필로 지운 표시이다. 동일한 규칙을 하루 3번 이상 어길 경우에도 100원

씩 차감한다. 용돈표는 달의 마지막 날에 정산하여 각자의 통장에 넣어준다. 아이들은 자기가 번 용돈의 얼마만큼을 저축하고 얼마만큼을 펀드로 투자할 것인지에 대한 계획을 세우고 실천한다. 예를 들어, 3월에 40,000원 용돈을 벌었다면 20,000원은 저축하고 20,000원은 펀드에 투자를 할 수 있다. 이처럼 용돈표는 자녀의 경제 개념을 바르게 세우는 데 필요할 뿐더러, 육아의 전반적인 영역에서 [독립 규칙]을 훈련하여 〈스스로 잘하는 아이〉를 만들게 한다.

< 자기주도학습 파일 다운로드 >

1. 학습체크리스트(저학년)
2. 학습스케줄표(중·고학년)
3. 요일별 학원스케줄표
4. 용돈관리표

네이버 블로그: https://blog.naver.com/saylima

 **< Solution >**

1. 타이머로 시간통제를 한다.

2. 학습스케줄표로 과제통제를 한다.

3. 타이머+학습스케줄표의 혼합형태를 활용한다

4. 쉬는시간에 엄마표영어 및 오디오북을 활용한다.

5. 달력을 활용한다.

6. 공부의 가치관을 세운다.

7. 용돈표를 활용하여 경제교육을 한다.

## 친구 같은 부모 되면 큰일 난다

친구(Friend)와 아빠(Daddy)의 합성어인 프랜디(Frendy)의 신조어가 등장했다. 아이와 함께 놀아주고 친구처럼 허물없이 지내는 요즘 세대의 아버지들을 묘사하는 말이다. 나이에 상관없이 가족의 의견이 존중된다. 아이는 부모에게 언제든 자신의 의견을 이야기할 수 있다. 내가 싫은 것은 싫다고 표현하고 내가 원하는 것은 원한다고 표현할 수 있다. 이러한 개방적인 가족 분위기가 형성되는 것은 멋지고 바람직해 보인다.

그리하여, 과거 "일만 하는 가장으로서의 아버지"에서 "가족 대화와 소통을 중요시하는 아버지"의 모습으로 아버지의 시대상이 바뀌었다. 학교에 근무하다 보면 예전과 달라진 아버님들의 모습을 볼 수 있다. 15년 전까지만 해도 학부모 상담에 대부분 어머니들만 오셨다. 하지만 요즘 학부모 상담에 아버님들이 많이들 오신다. 회사에 연차를 내고 두 부부가 손을 잡고 다정하게 교실 문을 들어서는 걸 보면 참 세상 많이 바뀌었고 부럽다는 생각마저 든다. 아이의 교육에 대해서도 아버님들이 어찌나 열성적인지 집에서 어떻게 교육하고 있고 학교생활은 어떠한지 매우 궁금해하시며 두 눈을 반짝이신다.

이처럼 자식 교육에 관심 있는 아버님이 많아지는 한편, 친구 같은 아빠 역할에 몰입이 되다 보니 조금 아쉬운 면도 생기는 것 같다. 좋은 프랜디(Friendy)로서 아이가 요구하는 대로 다 들어주거나 거절을 못 하는 사례가 그것이다. 프랜디의 특성상 "안돼"라는 말을 잘 못 한다. 아이의 요구사항에 따라 안된다고 말했다가 된다고 했다가 규칙을 번복하여 부모의 권위를 떨어뜨리기도 한다. 또는 "엄마한테 물어봐."라고 말했다간 아빠의 질서가 엄마 밑으로 전복된다. 부모의 권위는 나쁜 것이 아니다. 우리가 권위라고 하면 마치 아빠가 늘 인상 찌푸리고 화만 내고 계실 것 같은데 전혀 그렇지 않다. 프랜디와 부모의 권위는 함께 할 수 있다. 또한, 친구 같은 부모는 친절함이 전제이기에 아이의 질문에 반응 속도가 빠르다. 대답이 즉각적이고 자세하여 아이가 생각할 힘을 길러내지 못할 수도 있다.

 〈 학교 급식실에서 〉

(지나가던 학생) "선생님, 지금 몇 시예요?"

[지나가다 갑자기 묻는다]

(선생님) "어…" [당황하며 벽에 걸린 큰 벽시계를 힐끔 보며]
"12시 반이네"

(지나가던 학생) "아하~~" [운동장으로 달려 나간다.]

(선생님) "……???."

내가 학교 급식실에서 식판에 음식을 담아 걸어가고 있었다. 갑자기 어떤 5학년 여학생이 툭 튀어나오더니 "선생님 몇 시예요?"라고 물었다. 내 얼굴을 보자마자 대뜸 몇 시냐고 물었다. 순간 당황한 나는 반사적으로 급식실 벽에 걸린 커다란 벽시계를 보았다. "12시 반이네." 그녀와 함께 있던 학생들은 "오예~" 하며 신나서 운동장으로 달려 나갔다. 고맙다는 인사를 받지도 못했다. 생각해 보니 애초부터 인사를 받은 적도 없었다. 선생님에 대한 예의, 공손한 말투는 찾아볼 수도 없었던 학생들의 그저 순수한(?) 뒷모습을 바라보며 나는 고개를 갸웃거렸다. '스승의 뒷 그림자는 밟지 않는다'라는 옛말은 '곰이 마늘과 쑥갓 먹고 사람 되었더라'와 같이 머나먼 전설처럼 여겨지는 요즘의 사제 문화다. 그러나 필자는 위 예시에서 '아이가 예의가 없다'를 말하려고 하는 것이 아니다. '생각하는 힘이 없다'를 말하려고 한다.

당시 급식실에는 놀이공원 시계탑처럼 대형 벽시계가 두 개나 있었지만, 그 학생은 시계를 찾아서 스스로 답을 얻을 생각조차 하지 못했다. 어른한테 물으면 답이 바로 나오기 때문이다. 가정에서부터 친절한 엄마, 친구 같은 아빠에 길들여진 아이는 질문만 하면 쉽게 답을 얻는다. '뭐 해달라고 하면 착~ 뭐 사고 싶다고 하면 착~ 어디 가자고 하면 착~' 즉시 갖다 바쳐지는 가정문화는 우리 아이들을 [기다릴 줄 모르는 아이] [생각할 줄 모르는 아이]로 만들 수 있다.

　교실 수업도 예외는 아니다. 교사가 활동내용을 설명하려 하면 갑자기 한 아이가 교사의 말을 자르고 들어와 개인적인 질문을 한다. 마치 방금 생각난 것을 말하듯 머릿속에서 정리도 안 하고 뒤죽박죽 물어본다. 문장의 형식과 논리가 없다. "도대체 무슨 질문을 하려는 거지" 알아듣는 것조차 힘들다. 이 친구의 질문에 대답하다가는 수업의 흐름이 끊길 것 같다. 그런데 수업 중 자기 말을 하는 아이들이 한두 명이 아니다. 여러 명이 자리에 앉아 동시에 웅성거린다. 옆 친구가 앞 친구의 말을 알아듣고 나 대신 대답해주기도 한다. 조금만 참고 기다리면 선생님이 뒤에 가서 설명해 줄 내용인데도 그 순간을 참지 못한다. 문제를 진중하게 사고할 틈이 없다. 학부모님들은 자신의 국민학교 시절을 떠올리며 학생들이 엄숙한 교실 분위기에 짓눌려 입도 뻥긋 못 할 거라는 생각을 하신다. 하지만 대개 요즘 교실 분위기는 수다스러운 아이들로 시끄럽다.

　문제는 고민할 겨를도 없이 불쑥불쑥 말한다는 것이다. 어른의 말을 자르고 끼어드는 것에 거리낌이 없다. 미디어와 스마트폰에 노출된 아이들이다. 긴 글의 교과서 지문을 읽는 것을 힘들어한다. 사고력 수학학원, 사고력 논술학원을 그렇게 열심히 다닌다는 아이들이 사고하는 걸 싫어한다. 그래서 사고력 학원이 더 유행하는 것일까? 사고를 못 하는 아이, 우리는 어떻게 교육해야 할까?

# 즉각 대답하지 마라

부모는 아이들의 요구사항이나 필요에 즉각 반응하지 않는다. 아이에게 생각할 시간을 주는 [대답 지연]을 연습한다. 질문과 대답의 문장 구성력을 자세히 살핀다. 저학년이라면 육하원칙인 "누가, 언제, 왜, 어디서, 무엇을, 어떻게" 중 2~3가지는 포함하여 문장을 말하게 한다. 고학년일수록 4~6가지를 포함할 수 있도록 한다. 아이의 질문에는 즉각 대답하지 않는다. "음…." 뜸을 들이거나, "너는 어떻게 생각해?"와 같이 [질문에 대한 질문]을 한다.

 〈 갑자기 질문하는 아이 〉

(초1 둘째)   "그거 어떻게 된 거예요?"

(엄마)   "그거? 그게 뭔데?"

| | |
|---|---|
| (초1 둘째) | "아니 있잖아요 아까 그거" [약간 짜증 섞인 목소리] |
| (엄마) | "아들. 그게 뭔지 엄마는 못 알아듣겠어. ☏ [선 긋기] |
| | 생각을 정리하고 다시 질문해 줄래? ☏ [생각할 시간 주기] |
| | 예를 들어, "어제 오전에, 우리가, 편의점에, 갔을 때, 샀었던 |
| | 감자깡은, 진짜 감자로 만들었을까요?" ☏ [올바른 문장 예시 |
| | 보여주기] |
| (초1 둘째) | "엄마. 아까 푸바오 아기 판다 유튜브 보던데, 푸바오가 |
| | 아이바오의 자식이에요?" |
| (엄마) | "글쎄. 네 생각은 어떠니?" ☏ [대답 지연. 질문에 질문] |
| (초1 둘째) | "아이바오가 엄마 맞는 것 같아요" |
| (엄마) | "왜 그렇게 생각해?" |
| (초1 둘째) | "아이바오가 더 크니까 아이바오가 엄마고 푸바오가 아기예요" |
| (엄마) | "푸바오는 딸일까 아들일까?" ☏ [질문 확장] |
| (초1 둘째) | "모르겠어요." |
| (엄마) | "여자를 암컷, 남자를 수컷이라고 해. ☏ [정보 제공] |
| | 판다가 암컷인지 수컷인지 어떻게 알 수 있을까?" ☏ [질문 확장] |
| (초1 둘째) | "모르겠어요." |
| (엄마) | "나도 모르겠는데 같이 인터넷 찾아볼까?" |

위에 예시에서 엄마는 대답을 최대한 뒤로 미루고 있다. 아이가 질문하는 대로 대답하지 않는다. 대신 스스로 답을 찾아내게끔 유도한다.

마치 수수께끼 문제 내듯이 힌트를 주며 질문을 한다. 여자는 암컷, 남자는 수컷이라는 새로운 정보를 주고 연장 질문인 "어디서 알 수 있을까?"로 대화를 이어나가고 있다. 엄마는 인터넷 검색을 함께 할 것을 제시한다. 엄마가 정답을 진짜 알고 있었는지 없었는지는 상관없다. 궁금증을 유발하되 대답을 지연하면 아이의 사고는 확장된다.

이것이 바로 그 유명한 [하브루타 질문법] 또는 [하브루타 대화법]이라고 한다. 유대인 엄마들의 육아법으로 대답을 바로 주지 않는다. 아이들이 생각할 수 있는 역량을 키워주는 질문으로 사고를 확장시킨다. 한때 하브루타 질문법이 유행하여 [하브루타식 수업 질문법]으로 교사 연수를 많이도 했었다. 필자도 하브루타를 알고 연수까지 받은 교사이건만 정작 집에 도착하면 만사가 귀찮다. 입술을 포함한 안면 근육 자체를 움직이고 싶지 않다. 학교에서는 그렇게 '하브루타 하브루타~' 하면서 조심조심 말했는데, 내 자녀들은 나를 좀 그만 괴롭혀 줬으면 좋겠다는 심정이다. "그 입 좀 다물어 줄래?"라는 말이 목구멍 끝까지 올라온다. 그래서 나 같은 꼴찌 엄마를 위한 임시방편으로 일단 대답을 잘 안 해주면 된다.

| | |
|---|---|
| (자녀) | "&&*^^%%$**))(()^%$DF???????" |
| (엄마) | "그래?" [영혼 가출상태] |
| (자녀) | "(*&*&^%^$%$#$%&^()_????" |
| (엄마) | "흠······." [동태눈, 대답 불가] |
| (자녀) | "$%%^$& 엄마 내 말 듣고 있기나 해?" |
| (엄마) | "들었지. 그래서 넌 어떻게 생각해?" [사실 듣고 있지 않았다] |
| (자녀) | "그러니까 내 말은 #$%#$%$&$&%" |

물론 이 방법이 옳다는 것은 아니고 고학년이면 속지도 않는다. 그냥 가끔 내가 쓰는 방법인데 눈치 없는 저학년은 거의 속아 넘어간다. 중학년인 딸은 길게 말하면 눈치는 챈다. 그래도 일단 [대답 지연]이 중요하다는 말이다. 또 저렇게 임시방편으로 "음···. 그렇군···. 그래? 너 생각은 어때?"를 반복하다 보면 몇 단어가 뇌에 꽂힐 때가 있다. 그때 [확장 질문]을 하면 된다. 내가 이상한 걸 알려주는

건 아닌지 모르겠다. 그래도 서바이벌 육아법이라도 가끔은 유용하다. 직장맘 진짜 피곤하단 말이다.

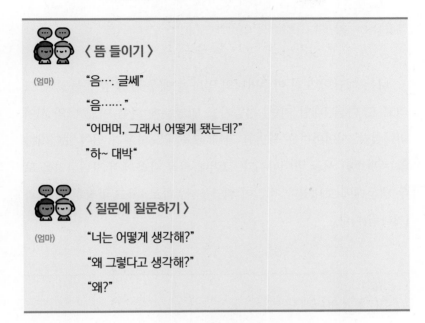

〈 뜸 들이기 〉

(엄마)
"음…. 글쎄"
"음……."
"어머머, 그래서 어떻게 됐는데?"
"하~ 대박"

〈 질문에 질문하기 〉

(엄마)
"너는 어떻게 생각해?"
"왜 그렇다고 생각해?"
"왜?"

[뜸 들이기]로 성공한 실제 사례를 들은 적이 있다. 선배 교사가 자주 다니는 헬스장에 어떤 조용한 50대 중반의 아주머니가 있었다고 한다. 마침 이웃이어서 친하게 되었다. 그 아주머니의 특징이 말이 느리고 질문을 하면 대답을 한참 있다가 한다는 것이다. 그래서 선배가 '좀 모자란 사람인가보다'라고 본의 아니게 속으로 무시를 하고 있었다. 그런데 우연히 알게된 사실은 그 아주머니에게는 세 명의 자녀들이 있는데 모두 서울대를 들어갔다고 해서 깜짝 놀

랐다고 한다.

**"자식 교육에서 엄마가 꼭 똑똑할 필요는 없어"**
**"대답을 느리게 하면, 자식들이 생각이라는 걸 하거든"**

나는 대답이 느린 아주머니의 일화를 매우 감명 깊게 들었다. 그리고 또 다른 [대답 지연] 성공자를 만났는데 다름 아닌 나의 시어머니셨다. 시어머니는 특별한 자녀 교육의 노하우가 있어 보이지는 않는 평범한 시골 할머니시다. 그런데 시골 마을에서 자녀 4명을 모두 명문대에 보내었다. 비결이 뭐였을까? 바로 [사고 확장형 질문]과 [기다림]이다.

 〈 어느 설 명절 〉

| | |
|---|---|
| (할머니) | "자, 여기 세뱃돈이 있어요." |
| (둘째 1살) | [아장아장 서서 손을 뻗어서 돈 봉투를 쥐려고 한다.] |
| (할머니) | "잠깐!!!" [세뱃돈 봉투를 주지 않는다] |
| | "너는 왜 이 돈을 가져가야 한다고 생각하니?" 🐌 [질문] |
| (둘째 1살) | "...." [옹알이 단계라 말 못 함. 손을 뻗어 허둥댄다.] |
| (할머니) | "말해보아라" 🐌 [기다림] |
| (둘째 1살) | "웅웅웅" |
| (할머니) | "첫째, 너는 왜 이 세뱃돈을 받아야 한다고 생각하니?" |

| (첫째 4살) | "음… 잘 모르겠어요" [이유에 대해 생각해 본 적이 없다] |
|---|---|
| (할머니) | … [대답할 때까지 기다림] |
| (남편) | "아이들이 뭐 안다고 그러노! 그냥 빨리 줘요~" |
|  | [무뚝뚝한 경상도 사투리] |

**< Solution >**

1. [ 대답 지연 ]
2. [ 질문 ] 형식의 대화법
3. [ 기다림 ]

**《 하브루타 질문법의 특징 》**

　　하브루타 질문법은 하브루타 교육법의 일부로 사용되는 학습 방법의 하나로, 학생들 간의 협력과 토론을 촉진하고 깊은 학습을 유도하기 위해 특별히 설계된 질문 기술을 말한다.

1. 개방형 질문: 하브루타 질문법은 개방형 질문을 사용한다. 이는 간단한 "예/아니요" 답변이 아니라 학생들이 자세하게 답변을 준비하고 토론할 수 있는 질문 형태를 의미한다. 개방형 질문은 학생들의 사고력과 이해를 깊게 탐구하도록 격려하며, 다양한 관점을 고려하도록 돕는다.

2. 다중 관점 고려: 하브루타 질문법에서는 한 가지 주제나 질문에 대한 다양한 관점을 고려하도록 학생들을 유도한다. 이를 통해 학생들은 다른 학생의 의견을 듣고 자신의 의견을 표현하며, 논리적으로 주장하는 능력을 향상시킬 수 있다.

3. 질문 과정의 중요성: 하브루타 질문법은 질문 과정 자체를 강조한다. 학생들은 질문을 만들고 질문에 대한 답변을 준비하고 서로 질문을 주고받는 과정을 통해 학습을 진행한다. 이 과정에서 학생들은 더 깊이 있는 이해를 얻을 뿐 아니라 학습 동료와의 상호작용을 통해 학습을 보다 풍부하게 경험한다.

4. 학습 동료와의 협력: 하브루타 질문법은 학습 동료와의 협력을 중요하게 여긴다. 학생들은 서로 질문을 제시하고 답변을 도와주며, 공동으로 학습 과정을 개선하는데 이바지한다.

5. 자기 주도적 학습: 이 방법은 학생들이 자기 주도적으로 학습을 이끌어가는 것을 장려한다. 질문을 만들고 답변을 찾는 과정에서 학생들은 자신의 학습 방법을 개발하고 발전시키는 데 도움이 된다.

< 작가의 강의 >

아이가 심심해야 좋다

# 갈등은 좋은 것이다

Q: "아이가 혹시 내 말에 상처를 받을까 봐서요. 괜찮을까요?"

훈육을 어려워하는 이유 중 하나다. 자녀가 혹시 나의 훈육으로 인해 '상처를 받을까?' 부모는 마음이 쓰인다. 심각한 상황인데도 부드러운 목소리로 에둘러 말한다. 직설적인 지시어나 명령어는 생각조차 해본 적이 없다. 요즘 세상에 그런 비인간적인 말투를 쓰다니 육아에 대해 뭘 모르는 사람들이나 쓰는 끔찍한 어법이다. 요즘 배운 엄마들은 주로 질문형식을 쓴다. 과연 이것이 효율적인 훈육법일까?

**〈 과잉 친절을 베푸는 엄마 〉**

(엄마) "혹시 집에 갈 거야? 더 놀 거야? 집에 갈 수 있겠어?

이제 집에 갈 마음이 생겼니? 너무 속상하겠네. 울고 싶었어?

침착해. 기다릴게. 음…. 계속 노는 건 좀 곤란한데….

왜 집에 가야 하는지 설명해 줄게.

#$%^$%&^%$&^**^&(&^ ...." [피곤해지면서 짜증이 밀려온다.]

그래서 집에 갈거니?

(자녀) "싫은데요?"

**〈 [독립 훈육법]을 하는 엄마 〉**

(엄마) "집에 가자!" [한마디로 제압]

(자녀) "..." [집에 가는게 당연한 것처럼 따라나선다.]

"집에 가자!" 이게 더 간단하고 낫지 않을까? 집에 가야 할 이유를 군이 설명할 필요가 있을까?

---

## 훈육은 화가 아니다

훈육을 화를 내는 것으로 생각하면 안 된다. 훈육에 대한 잘못된 고정관념이다. 왠지 아빠가 고래고래 소리를 지르면서 발로 차고 물건을 던지고 아이한테 화를 내야만 할 것 같은 이미지를 훈육이라고 생각하면 안 된다. "~~~해라. 안 그러면 죽는다"처럼 협박하는 것도 훈육이 아니다. 훈육은 끊임없는 [규칙 인지]이다.

> **"침을 뱉으면 안 되는 거야. 규칙이야"**
> **"떼를 부리지 말자. 말로 하는 게 규칙이야."**

또다시 규칙이 중요하다는 말을 하고 싶은 대목이다. 규칙만 잘 세워져 있다면 육아 영역의 대부분 문제는 해결된다. 물론 [규칙 인지]도 매번 부드러운 목소리로 말할 수는 없겠다. 엄마도 사람인데 가끔 돌아버릴 때가 있다. 아이 눈치 살펴 가며 늘 부드러운 목소리로만 훈육할 수 있는 여자가 있다면 그 여자는 인간이 아니다. AI를 장착한 로봇이다. 엄마도 감정이 있는 사람이고, 너도 감정이 있는 사람이다. 상대방의 감정을 배우는 것도 교육에 필요하다. "나 좀 화가 나려고 해"라는 메시지를 목소리 톤과 표정을 바꾸면서 분위기를 조장하는 것도 필요하다.

둘째로, 훈육에서 아이의 부정적인 감정은 필연적으로 따라올 수밖에 없다. 아이가 잘못한 행동을 하는데 모른 척하는 것이 더 나쁜 것이다. "그건 잘못된 거야"라고 확실하게 선을 그으며 알려 주는 것이 좋다. 어른인 우리도 운전하다가 뒤에서 차가 빵빵거리면 기분 엄청 나쁘다. 욕이 절로 나온다. 아이들도 마찬가지이다. "멈춰. 그건 잘못된 거야. 빵빵" 하고 경고하면 당연히 기분이 상할 수 있다. 그런데 그 기분 나쁨은 아이의 성장을 위해 필요하다. 다행히 아이들은 우리보다 훨씬 유연하다. 부정적인 감정을 견디고 행동을 바꾸려고 하는 과정 자체가 성장이다.

 **< 초1 아이가 겪는 갈등 >**

어느 날 초등학교란 곳에 입학했다. 나만이 중심이었던 세상에서 집단이 우선인 세상으로 들어갔다. 내 마음대로 행동할 수 없어서 답답하다. 지켜야 할 학급 규칙도 많다. 나는 집에서 하듯이 떼를 한번 부려봤다.

"싫어요!! 하기 싫어요!! 안 할래요!!"

배짱 좋게 소리치고 주위를 쓱~둘러본다. 놀란 토끼 눈을 한 친구들이 입을 벌리고 자기를 쳐다보고 있다. 선생님의 미간이 찌푸려졌다. 왠지 뭔가 대단히 잘못되어 간다는 것을 느낀다. 여기는 집이랑 완전히 다른 세상이다.

학교에서 아이들은 싸운다. 1학년 입학하면 6학년까지 6년이다. 친구들과 안 싸우는 게 오히려 문제 있다. 아이들끼리 싸우고 오해하고 내가 상처를 받을 수도 상처를 줄 수도 있다. 갈등은 필연적이다. 집에서는 나의 요구에 맞추어 주던 엄마만 상대하면 되었다. 그런데 학교에 오니 교우 관계가 만만치 않다. 친구들은 엄마와 다르게 각자 자기 말만 했다. 그래서 아이는 친구들과 다투면서 성장한다. "아! 이 부분은 건드리지 말아야 하는구나!" "아! 이렇게 행동해야 친구들이 좋아하는구나"와 같은 인간관계의 경계선을 배운다.

갈등 상황을 통해 아이들은 많은 것을 배운다. 상대방과 부드럽게 대화하는 방법, 기분 나쁘지 않게 조심히 사과하는 방법, 상대의 기분이나 감정을 예민하게 캐치하는 방법 등 어디서도 돈을 주고 살 수도 없는 갈등 해결법을 배운다. 쉬는 시간에 친구들과 땅따먹기를 하고 있었다. 갑자기 한 친구의 표정이 싹 바뀌고 목소리 톤이 달라지며 '너랑 놀기 싫어!'라는 말을 들을 때, 내 자녀가 '아차, 이 반응은 뭐지?'라고 생각할 수 있어야 한다.

'사회적 눈치'가 형성되는 시기도 학생의 때이다. 그래서 학교에서 겪는 갈등은 나쁜 것이 아니라 우리 아이를 성장시키는 좋은 기회이다. 나는 순수한 의도에서 한 장난이었다 할지라도 상대 친구는 감정이 상할 수도 있다. 갈등이 생겼을 때 사람들 사이에 흐르는 묘한 기류를 알아차리고 얼른 문제 행동을 멈추어 보는 것도 집단생활에서 반드시 배워야 할 중요한 자산이다. 친구가 기분 나쁜 표정을 짓거나 하지 말라고 표현을 했을 때 이를 예민하게 감지할 수 있는 능력도 필요하다. 상대방의 목소리 톤이 달라질 때 '아차' 하는 '눈치'는 오로지 인간관계 갈등을 통해서만 배울 수 있다.

"눈치 보지 말고 당당하게 살아."
"네가 뭐가 모자라서 할 말 못 하고 사니?"
"친구가 너 때리면 너도 지지 말고 확 때려"
"참지 마. 부모가 다 해결해 줄게."

"넌 공부만 해" "좋은 대학만 들어가면 돼"와 같은 [성적 지상주의]는 공부에 방해되는 갈등은 "부모가 해결해 줄 일"로 치부된다. 갈등은 불필요하며 피해야 할 일로 간주된다. 그러나 유 초등시기에 형성되어야 할 사회성이 부모의 과한 보호로 제대로 형성되지 못한 채 성인으로 자라게 되면 자녀는 사회 속 작은 바람 앞에도 쉽게 꺾여 버릴 수 있다.

 **〈 Solution 〉**

1. 학생은 눈치를 배울 필요가 있다.
2. 어느 정도의 갈등은 좋은 것이다.
3. 엄마는 갈등 해결자가 아니라, 조력자이다.
4. 학생 스스로 문제를 해결한다.

# Part 6

## 책 잘 읽는 아이로
## 만들려면

# 책을 싫어하는 아이는 없다

Q: "혼자 스스로 잘하는 것과 독서는 관계없지 않나요?"

혼자 스스로 잘하는 것과 독서는 긴밀한 상관관계가 있다. 자기주도학습의 근간은 독서이다. 독서 훈련이 잘되면 의자에 궁둥이를 붙이고 오래 앉아 있을 수 있다. 특히 저학년일수록 공부 자세와 습관은 중요하다. 집중력이 부족한 나이이므로 문제집을 들이밀면 아이가 5분도 지나지 않아 의자에서 슬며시 내려와 딴짓하고 있을 것이다. 이때 아이가 좋아할 만한 재밌는 책을 손에 들려준다면 20분, 30분도 견딜 수 있다.

둘째, 아이의 집중력을 높인다. 집중력이 높다는 것은 학습의 효과가 높다는 것을 뜻한다. 장기기억에 저장하는 정보의 양이 많아지며 그 정보를 활용할 수 있는 능력 또한 독서로 생성된다. 집중력이 높은 아이는 학교 수업에서도 바른 자세로 선생님 말을 경청할 수 있어 학업에 시너지 효과를 높인다.

셋째, 초등에서 언어지능이 높은 아이는 유리하다. 문해력이 높은 아이는 모든 교과에서 우수한 성적을 받는다. 특히 초등 저학년까지는 독서만 잘해도 학교 공부는 저절로 이루어진다고 해도 과언이 아니다. 문해력이 낮으면 문제해석능력이 부족해 문제의 정답을 맞히지 못한다. 알고 보면 단순 사칙연산임에도 수학 문제를 풀지 못한다. 특히 사고력 및 서술형 수학이 유행하는 요즘에 독서력은 기본이다. 사고력 문제는 길고 복잡하여 문해력을 필요로 하며, 서술형 문제는 핵심정보를 문장으로 표현할 수 있는 문장 구성력이 있어야 한다.

넷째, 한글 독서는 아이의 영어 실력을 높인다. 독서를 하는 동안 아이의 언어적 뇌는 뉴런들 사이의 활발한 정보 교환을 통해 자극되고 성장한다. 이렇게 성장한 뇌는 두꺼운 책과 같은 긴 호흡의 글도 소화해 낼 수 있다. 한글 독서로 인한 언어 뇌의 성장은 영어란 낯선 외국어를 해석하고 받아들이는 속도를 촉진한다. 또한, 최상위 영어로 레벨을 높이기 위해 〈영어원서 읽기〉는 기본 중의 기본이다. 중·고등 시기에는 수능이란 학습으로 바쁘기 때문에 초등이 유일하게 원서를 여유 있게 읽을 수 있는 시기가 된다. 따라서 한글 독서는 영어 독서의 근간이 되며 이는 곧 아이의 영어실력향상과 연결된다.

다섯째, 부자는 독서가이다. 미래에 우리 인간의 머리는 AI가 대체하고 인간의 손과 발은 로봇이 대체하는 세상이 올 것이다. 예전에는 돈을 벌 수 있는 특별한 정보를 가진 소수의 사람만이 부자가 되었다. 반면 앞으로의 사회에서는 누구에게나 무료로 개방된 정보 속에서 시대적 흐름을 파악할 수 있는 능력을 갖춘 사람이 자본주의 사회의 포식자가 될 것이다. 이러한 시대적 흐름을 파악하는 능력은 무분별한 정보를 거르고 정리하여 자신의 것으로 만드는 문해력을 기반으로 한다.

오늘날에도 부자와 독서의 상관관계는 수능과 독서의 상관관계보다 더 확실하다고 증명되고 있다. 워런 버핏은 하루 5시간을 책이나 신문, 기업 재무제표를 읽는 데 시간을 보내며, JP모건의 CEO 다이먼 회장도 새벽 5실에 일어나서 항상 독서를 한다. 이 외에도 마이크로소프트의 창업자 빌 게이츠, 테슬라의 창업자 일론 머스크, 철강왕 앤드류 카네기, 석유 재벌 록펠러 등 많은 부자들은 다독을 하는 독서광이었다. 이처럼 부자들의 공통점이 독서에 있다는 것을 볼 때, 독서는 미래 사회의 상류층으로 올라가는 사다리 역할을 한다고 볼 수 있다.

여섯째, 독서와 자기주도학습은 서로 밀접한 상관관계를 가지고 있다. 1) 비판적 사고와 문제해결능력이 강화된다. 독서를 통해 다양한 시각과 의견에 노출이 되면 학습자는 비판적 사고 능력을 키우게 된다. 이는 자기주도학습에서 문제를 해결하고 자신의 의견을 구축하는 과정에서 필수요소가 된다.

2) 목표 설정과 계획수립에 관여한다. 자기주도학습은 목표 지

향적 학습을 강조하는데, 독서는 학습 목표를 설정하고 계획을 수립하여 달성하는 과정의 사고체계에 중요한 역할을 한다.

3) 독서로 자기 효능감이 강화된다. 독서는 지식과 정보를 얻는 과정에서 자기 효능감을 증가시킨다. 자기주도학습에서 자신이 문제를 해결하고 학습을 이끌어나갈 수 있는 자신감으로 연결된다.

4) 정보 획득과 이해력이 강화된다. 독서는 지식을 얻고 정보를 이해하는 중요한 수단 중 하나이다. 자기주도학습은 자신의 목표에 맞게 정보를 찾고 습득하는 능력을 강조한다. 독서를 통해 다양한 주제와 내용에 노출되면서 학습자는 자연스럽게 자기주도학습의 기반을 다지게 된다.

이처럼, 독서와 자기주도학습은 상호보완적이며 서로 강화되는 요소들을 가지고 있다. 독서 습관은 지속적인 학습 습관을 형성하는데 도움이 되며 이는 자기주도학습의 중요한 근간이 되므로, 유·초등 시기의 독서는 매우 중요하다고 말할 수 있다.

# 학습 만화를 읽는 아이들

요즘 서점에 가보면 아동문학의 TOP 10개 중 6개는 학습 만화다. 아이들이 학습 만화를 좋아하고 책이 잘 팔리다 보니 출판사에서도 앞다투어 학습 만화들을 찍어내고 있다. 학습 만화의 교육적 효과성에 대해서 많은 갑론을박이 있지만, 학습 만화가 독서인가에 대해서는 그렇지 않다는 의견이 많다. 물론 만화를 읽는다고 해서 큰일이 나는 건 아니다. 갑자기 공부를 못하게 되지도 않는다.

또한, 과학이나 역사와 같은 관심 없는 분야의 심리적 장벽을 낮춘다는 점에서 확장 독서를 위한 좋은 매개체가 될 수가 있다. 그러나 만화를 읽는 뇌와 글 책을 읽는 뇌는 작용하는 메커니즘 자체가 다르다. 만화책은 작은 말풍선 안에 문장을 구겨 넣어야 하기에 글이 짧고 단순하다. 반면 글 책은 뇌량을 폭발적으로 써서 앞뒤 내용의 관계와 행간의 숨은 뜻을 파악하는 고난도의 독해력을 필요로 한다. 이는 곧 수능 언어영역의 긴 지문을 파악하는 문해력이 된다. 고등학교 수시와 대입의 논술·서술형 글쓰기 능력에 큰 영향을 미친다.

그러면 요즘 아이들의 문해력은 어떨까? 독서 논술학원이 이렇게나 많은데 당연히 대한민국 건국 이래로 문해력 최고의 세대가 되어야 하지 않을까? 그러나 여러분도 짐작했겠지만 요즘 학생들의 문해력은 처참하고 비참한 수준이다.

< 추천 동영상 >

\* 채널: EBS Documentary(EBS다큐)
\* 제목: 수업 중 교과서 단어의 뜻을 몰라 진도를 못 나가는 아이들

위 동영상을 꼭 보시라고 본문 중간에 심어놓았다. 그 정도로 요즘 아이들 문해력이 엉망진창이다. 심지어 고등학생들이다. 초등학생은 말할 필요조차 없다. 초등 6학년에서 국어 교과서를 돌아가면서 '소리 내어 읽기'를 시키면 읽는 속도를 놓치는 아이들이 태반

이다. 집중력과 문해력이 동시에 부족하기 때문이다. 게다가 연필로 글을 쓰는 세대가 아니다. 일기장 검사를 해보면 맞춤법이 엉망진창이다. 글씨 쓰기 연습을 해본 적이 없어 글씨체도 못 알아볼 정도이다. 사정이 이렇다 보니 대학 논술 시험에서 감독관이 최소한 한 글을 읽을 수 있도록만 글씨를 쓴다면 평균 이상의 점수는 보장된다는 우스갯소리도 있다.

그래서 우리 초등학생들에게 학습 만화를 읽히지 말고 그 소중한 시간에 독서를 시키면 좋겠다. 긴 글의 호흡을 즐기기 좋아하는 꼬마 독서가는 수능에서 유리한 고점을 초등학생부터 미리 찍고 가는 거나 다름이 없다. 추후 직장에 가서도 읽고 쓰는 능력이 높은 사람들은 빠른 일 처리와 유연한 두뇌활동으로 일의 업무능력을 높게 평가받을 확률이 높다. 따라서 아이들의 독서교육은 선택이 아닌 필수다.

마치 어떤 아들 공식이 있는 것처럼 많은 엄마가 자녀를 독서 논술학원에 보낸다. 독서의 중요성을 알기는 아는데 아이들이 책을 안 읽는다는 것이다. 나도 아들 엄마이기에 그들의 이야기에 충분히 공감한다. 대개 아들은 딸보다 책을 별로 좋아하지 않으며 독서의 양이 적다. 초등시기에 부족한 언어능력으로 학업 면에서도 뒤처지기 마련이다. 게다가 수능 국어가 점점 어려워지며 불안해하는 부모들이 너도나도 독서 논술학원으로 아이들을 실어 나른다.

> **독서의 실패 원인은 가정교육에 있다.**
> **다만 성별과 기질의 속도 차이는 인정한다.**

　아들과 딸의 성별적 특성을 고려한다고 해도 독서교육의 실패 원인은 부모에게 있다. 학교에서는 독서의 방법을 알려주고, 독후활동을 할 수는 있어도 한가하게 아이들을 앉혀놓고 독서를 시킬 시스템이 되지 못한다. 독서를 중요하게 생각하지 않은 가정교육의 원인이 크다.

**Q: "저 좀 화가 나려고 하거든요? 독서교육 중요하게**
**　생각한다고요."**
**"그런데 아이가 안 읽잖아요?"**

　기질에 따라 성별에 따라 아이가 책을 싫어한다는 의견에 필자도 진심으로 공감한다. 아무리 책을 사줘도 안 읽는다는 말에도 동의한다. 아무리 엄마가 노력해도 독서를 좋아하지 않았고 문해력이 늘 기미가 보이지 않아서 어쩔 수 없이 독서·논술학원에 보낼 수밖에 없었다는 것도 공감한다.

　나의 경우에도 아들은 딸보다 글도 잘 못 읽고 독서 집중력도 부족했다. 남자와 여자는 같은 사람의 종이라고 분류하면 안 된다고 생각될 정도다. 한국말도 딸이 더 빨리 시작했고 발음도 정확하며 말도 많았는데 아들은 모든 게 느렸다. 언어 발달장애 의심이 들 정도로 한국말을 늦게 시작한 데다 말하는 속도까지 느렸다. 심지어 옹알이도 딸보다 늦게 시작했다. 주변에서 빨리 언어치료사한테 데리고 가라고 닦달을 해서 언어 센터에 예약까지 걸어놨다. 대기만 몇 달이었다. 죄다 남자아이들이었다. 대기 순서를 기다리고 있는데 서서히 말이 트여서 취소한 적이 있다.

아들은 아무리 재밌는 책들을 옆에 갖다 놓아도 그것이 책이라는 인식조차도 없었다. 그냥 앉아서 뭘 하는 활동 자체가 힘들었다. 대신에 대한민국 국방의 의무를 지고 태어난 한국 남자답게 그렇게 군대 훈련을 쉬지도 않고 해댔다. "드드드드" 총을 쏘거나 "쉬이 ~ 크크 앙~ 코오오오" 파충류 계열의 동물 소리를 내거나 "푸아아앙" 하고 토할 것 같은 폭발 소리를 내면서 열심히 뛰어다녔다. 소파와 거실 바닥을 포복 자세로 웅크리며 쉴 새 없이 뛰어다니는 화생방 훈련을 성실히 했다. 아들은 끊임없이 투명 인간들과 싸우고 있었다. 그리고 항상 파워 대결에서 이겼다. 아침에 일어나면 딸은 눈을 비비며 책부터 손에 쥐고 읽어 나의 마음을 흐뭇하게 만들었다. 반면 아들은 일어나자마자 리모컨을 찾아서 사장님 자세로 TV를 보고 있어 속에서 불이 활활 타오르는 것을 느꼈다. 이처럼 딸과 아들은 달라도 너무 달랐다.

아들의 독서가 느린 이유는 딸과는 다른 뇌 구조의 차이 때문이다. 뇌량은 우뇌와 좌뇌를 연결하는 통로 역할을 하는 신경세포 다발인데 양쪽 뇌의 정보를 교환한다. 아들의 뇌량은 딸의 뇌량의 3분의 1로서 대체로 아들이 딸보다 읽기 능력이 발달이 늦은 이유다. 문자를 인식하고 이해하는 역할을 하는 좌뇌에서는 한글을, 우뇌에서는 문자와 소리를 구성하여 맞추는 발음을 인식하는데 양뇌의 정보전달이 활발하지 않아서 문자인 한글 독서나 영어 독서에 힘듦을 느낀다.

이처럼 아들의 뇌가 처음부터 작용방식이 다르다는 사실을 인정해야 한다. 그래서 아들의 독서 습관을 기르는 데는 딸보다 더 큰 노력이 필요하다. 다행히 빠르고 느린 것의 차이일 뿐 학습 지능의 차이가 있는 것은 아니다. 따라서 우리 아들들이 책 앞에서 온몸을 비비 꼬며 하기 싫은 표현을 하더라도 거기에 흔들리지 않고 끊임없이 독서 환경을 제공해 주는 것이 중요하다. 느리지만 천천히, 잘 안 되지만 꾸준히 하다 보면 아들도 독서가가 될 수 있다.

아들 엄마가 옆집 딸내미들과 비교하면 몸에 사리가 생길 수도 있다. 어쩌면 아들 엄마들이 암에 안 걸리려고 독서·논술학원에 보내는 것인지도 모른다. 최소한 병 걸리는 것보다는 낫겠다는 남아 엄마들의 마음은 충분히 이해한다. 그러나 아무리 좋은 독서 선생님을 붙여 놔도 근본적으로 아이가 책을 사랑하지 않으면 장기적으로 손해다.

## "엄마가 포기만 안 하면 독서는 성공합니다."

딸이든 아들이든 처음부터 입에 책을 물고 태어나는 아이는 없다. 물론 딸이 어린 나이에 언어습득과 관련해 유리한 고지를 점할 수는 있다. 하지만 나이가 차차 들어가며 어떤 독서 환경을 제공했느냐에 따라 그 간격은 좁혀진다. 엄마가 노력도 안 하면서 아이가 책을 좋아할 거라는 생각 자체가 판타지다. 그런 환상적인 일은 일어나지 않는다. 독서가는 오로지 부모의 노력으로만 만들어진다.

### Q: "에이…. 뭐 이렇게까지 해야 하나요?"

그렇다. 이렇게가 아니라 그렇게까지라도 해야 한다. 엄마가 작정하고 달려들어야 하는 부분이 독서다. 다른 과목이야 과외 선생님 붙이고 비싼 학원 보내면 그럭저럭 해결된다. 하지만 독서력은 오로지 부모의 노력 여하에 달려 있다. 독서는 그 어떤 학습보다도 가장 우선시 되어야 한다. 제일 안타까운 것은 아이들이 학원에 다니느라 책을 읽을 시간이 없어서 못 하는 경우이다. 요즘 아이들은 배워야 게 너무 많다. 태권도, 발레, 축구, 피아노, 수영과 같은 예체능 학원에 영어, 수학, 독서·논술 학원만 다녀도 직장 다니는 어른보다 더 바쁘다. 책 읽을 시간이 절대적으로 부족하다. 주 2~3회 3시간 수업에, 학원 셔틀버스에서 소모하는 시간, 체력의 소모, 어마어마한 숙제의 양을 생각한다면 한글 독서 따위는 고려해 볼 여유도 없다.

---

**"수학과 영어를 잘하려면 한글 독서의 수준이 높아야 합니다."**

---

많은 전문가가 독서와 성적을 유기적 관계로 정의하고 있다. 특히 유·초등 시기에 여타 과목보다 더 중요하게 생각하는 수학과 영어를 잘하기 위해서는 독서능력이 수반되어야 한다. 이에 대해 류승재 저자는 〈수학 잘하는 아이는 이렇게 공부합니다〉, 〈초등수학 심화 공부법〉에서 독서와 수학 성적과의 연관성을 긴밀하게 보고 있다.

언어능력이 또래보다 2년 이상 높은 경우 수학 선행능력과 심화 능력이 모두 뛰어나며, 언어능력이 또래 학년보다 1년 이상 높아도 수학 선행능력이 뛰어납니다. 그런데 언어능력이 또래 평균이거나 그것보다 떨어지는 경우는 수학 선행능력이 떨어져서, 특히 초등 때 중등 과정을 선행하는 경우나 중등 때 고등 과정을 선행하는 경우 매우 어려움을 겪습니다.

[발췌: 《수학 잘하는 아이는 이렇게 공부합니다》 38p.]

이 책에서 저자는 수포자(수학을 포기하는 자)가 되는 것을 피하려면 한글 독서를 많이 해야 한다고 주장한다. 수포자일수록 어렸을 적

독서의 양이 절대적으로 적었다고 한다. 문제를 읽고 해석하는 이해력과 학습능력이 떨어지고 이는 곧 수학 성적에 영향을 미친다고 설명한다. 심지어 중학생 수포자라도 늦었다고 생각하지 말고 다시 독서를 시작하고 독서록을 작성하게 해야 한다고 말한다.

이와 마찬가지로, 《영어 공부 잘하는 아이는 이렇게 공부합니다》의 김도연 저자는 영어의 성공비결로 한글독서를 강조하고 있다. 영어에 대한 거부감이 심했던 딸이 초등 2학년에서야 엄마표 영어로 시작해 4년 만에 수능 모의고사 만점을 받은 비결은 충분한 한글 독서였다고 설명한다.

"저는 영어 실력향상보다는 우리말 문해력 발달이 우선이라는 교육철학을 갖고 있었고, 학생들을 가르치며 우리말 문해력과 영어 실력은 비례한다는 걸 알았습니다."

[발췌: 《영어 공부 잘하는 아이는 이렇게 공부합니다》 29p.]

책에서 저자는 딸이 하교하면 가장 첫 공부 일과로 매일 한글 독서를 시켰고 주말에는 한글 독서를 실컷 읽도록 했다고 한다. 필자의 딸도 한글 독서의 양이 많았었기 때문에 영어는 저절로 이루어졌다. 7세에 넷플릭스를 보며 파닉스를 저절로 배웠다. 초등 2학년이 되니 해리포터 원서를 읽었다. 딸은 그때까지 영어 학원 문턱을 밟은 적도 없다. 천만 원을 들여 영어 유치원을 졸업시켜도 못 해낼 일을 한글 독서의 힘으로 원서 읽기를 해낸 것이다. 독서 문해력이 높아지면서 언어영역과 관련된 뇌가 자극과 성장을 반복하며 영어라는 외국어를 이해하는 독해 능력, 낯선 단어를 문장 속에서 유추해 내는 추론 능력이 높아졌기 때문이다. 이처럼 한글 독서는 성공적인 육아를 위해 부모가 연구하고 노력해야 하는 중요한 파트다.

# 독서 습관은 선택 아닌 필수

독서 습관을 잘 잡아주면 육아는 저절로, 상위권 성적은 덤으로 따라온다. 한번은 단톡방에 엄마들이 "내일 사회랑 수학 단원평가가 있다고 해서 오늘 공부시키고 있어요."라고 해서 갑자기 불안해졌다. 초등 3학년이었던 딸에게 "너 내일 사회랑 수학 시험 있다며? 공부는 했니?"라고 물어본 적이 있는데 딸은 내 앞에서 눈알을 굴리며 한심하다는 듯 말했다.

**"어차피 백 점이야. 실수하면 1개 정도 틀리겠지. 몰랐어?"**

그렇다. 딸은 심지어 공부도 안 하고 가서 100점을 맞아 왔다. 물론 1~2학년 단원평가라 쉬웠을 것이다. 알고 보니 초등학교 입학한 이래로 거의 백 점인데 1개 이상은 틀린 적이 없다고 말했다. 딸을 자랑하려는 것이 아니라, 딸의 〈독서능력과 성적과의 연관성〉을 말하려는 것이다. 독서를 하는 아이들은 초등학교 저학년 때까지의 공부는 너무 쉽다. 시험 문제가 쏙쏙 해석되고 이해가 되니 정답을 맞힐 확률도 커진다. 독서를 많이 하다 보니 맞춤법 공부는 조금만 도와줘도 금방 흡수해 버린다. 독서를 많이 하는 아이의 엄마는 초등공부에 손댈 것이 없을 정도다.

다만 아들의 경우는 매우 달랐다. 독서능력이 뒤처지다 보니 초등 첫 수학 시험에서 5문제를 틀려 왔다. 딸을 키우면서 한 번도 보지 못했던 빨간색 빗줄기들을 바라보며, "핫핫핫. 잘했어"라고 억지웃음을 지을 수밖에 없었다. 틀린 5문제 모두는 한글 해석 능력이 부족해서 틀려 왔다. 문제를 꼼꼼히 읽어보지 않았거나, 읽어도 무슨 말인지 몰랐던 경우였다.

최근 〈대학수학능력시험〉 문제를 본 적이 있는가? 내 자녀가 어리니까 수능은 아직 머나먼 일이라 관심을 가져보지 않았다면, 지금 당장이라도 한국교육과정평가원 대학수학능력시험 사이트 자료실에 들어가 보시길 바란다. 모니터로만 살펴보지 말고 최근 2~3년의 수능 자료를 직접 프린트해서 진지하게 살펴보자. 정답을 맞히지는 못하더라도 최소한 요즘 수능이 어떤 흐름인지는 알 수 있다.

엄마 때의 수능 유형만 생각하고 자녀를 키우다가는, 입시 문턱에 와서야 '아! 그동안 공부 방향을 잘못 잡았구나' 하며 땅을 치고 후회할지도 모른다. 엄마의 불안감은 자녀교육의 방향이 모호해질 때 생긴다. 엄마가 불안하기 때문에 학원과 '카더라 통신'에 집착하게 된다. 수능 문제 스타일을 미리 알고 대비를 한다면 다른 사람들의 말에 휘둘리지 않을 수 있다.

### < 수능 기출문제 다운받는 법 >

교육과정평가원
대학수학능력시험
사이트에 접속 →
[자료마당]

[기출문제] → 연도별
확인

[다운로드] → 다른
이름으로 저장 → 열기
→ 인쇄

# 국어의 중요성이 커지고 있다

대입 실패: "영어는 과하고, 수학은 못 하고, 언어는 망쳐서"

한 입시 전문가는 요즘 아이들의 입시 실패를 위와 같이 정의했다. 부모의 생각보다 대입에서 언어영역의 중요성이 크다는 말이다. 그럼에도 30·40 엄마 세대들이 유독 영어에 집착하는 경향이 있다. 내 지인 중 한 엄마는 자녀의 영어를 위해 혼자 미국에 유학을 보냈다. 그런데 한글 문해력이 떨어져 대입에 실패했다. 어린 시절에 영어만 하느라 한글 독서의 힘이 부족했던 그 아이는 재수, 삼수를 거듭했지만 결국 언어영역 때문에 원하는 대학에 갈 수 없었다. 영어 집착증이 있는 우리는 마치 당연한 순서처럼 영어 유치원을 보내고 토플식 어학원을 보내고 원어민 과외를 시킨다. "미국 공립초등학교 교과서 도입" "메릴랜드 주립대가 인정한 프로그램" 등과 같이 '미국 머시기'만 들어가면 다들 좋아라 하신다. 입시 설명회도 예약 해야 들을 수 있다. 영유(영어유치원의 줄임말)는 대기만 2년 이상을 기다 려야 영광스러운 학원 입학이 가능하다.

그런데 수능 영어는 상대평가가 아니고 절대평가로 바뀌었다. 물론 100명 중 상위 7~8명의 난이도를 가진 1등급을 받기 위해서는 많은 노력을 해야 할 것이다. 요즘 아이들의 영어 수준이 매우 높아 진 것을 고려한다면, 영어 1등급은 결코 만만한 점수가 아니다. 한편, 수능에서 언어영역의 중요성이 예전에 비해 커진 것 또한 사실이다. 영어가 중요하지 않다는 말이 아니다. 유·초등 시기의 한글 독서가 더욱 중요해지고 있다는 점이다. 또한, 한글 독서는 엄마표 영어의 근간인 '원서 읽기'에 영향을 주어, 궁극적으로 영어 문해력에도 도움이 된다. 그리하여 독서 교육은 대입 성공을 위한 올바른 방향이 된다. 어떤 전문가들은 독서량과 수능 언어영역의 상관관계가 존재하는 것은 아니니 안심하라는 말을 한다. 물론 독서만 잘한다고 수능국어 정답을 잘 맞히는 것과는 직접적인 관계가 없을 수도 있다.

그러나 독서 뇌를 가진 아이가 그렇지 않은 아이보다 다양한 과목에 대한 이해도가 높고 영어도 잘할 확률이 크다는 것 또한 사실이다. 긴 글을 읽는 것에 친숙한 아이는 1교시 언어영역의 낯설고 긴 지문을 봐도 당황스럽지 않다. 기본 문해력이 있으므로 끝까지 읽어보려고 하는 노력이라도 한다. 난생처음 보는 지문이라 뭔 뜻인지 몰라도 앞뒤 내용을 추측하건대, 왠지 3번이 정답일 것 같은 감각적인 느낌이 올 수도 있다. 어떻게 해서든 행간을 이해해 보려는 뇌의 활발성, 신경 다발 간에 정보 교환이 독서를 하지 않은 아이들보다 훨씬 빠르게 진행될 것이다. 정말 몰라서 정답을 찍는다고 하더라도 독서로 훈련된 아이가 찍는 정답이 독서로 훈련되지 않은 아이의 생각으로 찍는 정답보다 맞힐 확률도 높을 수 있다. 물론 해리포터와 같은 판타지 독서로만 수능 언어영역의 문제를 풀어낼 수는 없다. 그렇지만 판타지라도 많이 읽은 아이가 추후에 지식책을 접하기 더 쉽고 생소한 비문학과 문학을 넘나들며 공부할 수 있는 끈기도 강하다. 글을 대하는 태도와 저력의 출발선이 다르다. 언어영역의 문제집을 풀거나 공부를 할 때도 다른 아이들보다 덜 지치고 더 꾸준히 할 수 있다.

영유아 시절 읽은 책 1권은 청소년이 되어 7.3배와 16배의 편익효과로 나타난다는 연구 결과가 있다. 매일 하루 1권의 책을 읽고 1년 365일이 되면 일수 만큼의 365권이 아니라 2664권을 읽은 효과가 나타난다고 한다. 이처럼, 책이 교육에 미치는 효과에 대해 유아기에 읽은 책은 금메달, 초등시기에 읽은 책은 은메달, 중·고등학교는 동메달, 대학교는 똥메달이라는 말이 있다. 따라서 어리면 어릴수록 책을 빨리 접하게 하고 더 중요하게 여겨야 할 것이다.

### < 2023 & 2024학년도 국어/수학 영역별 만점자 비율 >

| 영역 | 2023 | | | 2024 | | |
|---|---|---|---|---|---|---|
| | 응시자수 | 만점자수 | 만점자비율 | 응시자수 | 만점자수 | 만점자비율 |
| 국어 | 446,043 | 371 | 0.083% | 443,090 | 64 | 0.014% |
| 수학 | 428,966 | 943 | 0.22% | 416,625 | 612 | 0.14% |

〈 출처: 「지역내일신문」 2024학년도 수능 영역별 만점자 뉴스 / 글:이선희 〉

\* 국어 영역의 만점자수는 수학보다 현격하게 적으며, 2024년 만점자수는 64명으로 응시자수의 0.014%의 비율에 불과하다. 이는 2023년 371명의 국어 만점자의 비율 0.083% 보다 크게 줄어든 수치다.

# 문해력 키우는 노하우

## 비법 1) 책 사줘라

독서와 문해력의 중요성에 관해 이야기했다. 하지만 막상 학원 보내는 돈은 아까워하지 않으면서 책을 사는 돈은 아까워하는 엄마들이 의외로 많다. 솔직히 나는 내 지인 중에 우리 집보다 책이 많은 집은 여태 보지를 못했다. 다들 책의 중요성은 알지만, 책값에 투자하는 것은 또 다른 이야기인 것 같다.

우리 집은 책으로 지저분하다. 곳곳에 책들이 성처럼 쌓여있다. 책장에 가지런히 꽂혀 있지도 않다. 우리 집 아이들은 당근 뽑듯이 책을 쑥쑥 무작위로 뽑아서 읽고는 대강 아무 데나 꽂아놓는다. 전집끼리 같이 있지도 않을뿐더러 1권부터 차례대로 찾으려면 한참

이 걸린다. 안 읽는 책들은 베란다에 창고에 천장에 구석구석 쌓아 놓았다. 가끔은 책이 너무 많아서 숨이 턱턱 막힐 때도 있다. 한 번은 나도 책값을 좀 벌어보겠다고 당근 상점에 책들 사진을 찍어 올린 적이 있었다. 그런데 책값 벌려다 병원비로 더 나가는 줄 알았다. 흩어진 책들을 다 찾아야 하고, 정리해서 사진을 찍고 택배에 싸고 넣는 게 중고값보다 훨씬 힘들었다. 이렇게 책 정리하다가는 피곤해서 몸살이 날 지경이었다. 그 정도로 집에는 책이 많다. 친정엄마는 높은 성처럼 쌓아놓은 우리 집 책들을 올려다보면서 신경질을 내셨다. "이 책들 다 언제 읽는다고 그러노? 책은 딱 자기 읽을 것만 꺼내서 보고 딱 제자리에 갖다 놔야지. 그만 사라"고 쏘아 댔다. 실제로 아이들이 이 책을 다 읽어보는 것은 아니었다. 가끔은 나도 책값이 아깝다는 생각이 든다.

심지어 나는 자녀들에게 책을 잘 안 읽어줬다. 학교에서 목 터져라 남의 집 아이들 가르치고 왔는데, 집에서까지 말을 하라고? 너무 싫다. 내 목소리 아껴야 내일 직장 나갈 수 있다. 어떤 엄마들은 하루에 2시간씩 읽어준다고 하던데, 조사 들어가면 외계인임에 틀림없다. 직장 갔다 와서 피곤해 죽겠는데 책을 읽어준다고? 안될 일이다. 어떤 날은 피곤해서 어떤 날은 목이 따가워서 책 한 권도 안 읽고 넘어간 적도 많다. 그렇지만 집은 작은 도서관이어야 한다고 늘 생각해 왔다. 책을 읽는 환경을 만들어 두면 책을 읽을 것 같았다. 그래서 책에 대한 투자는 아낌없이 했던 것 같다.

그렇다고 내가 책을 펑펑 살 만큼의 부자도 아니다. 대신 아이들 학원비가 책값이라고 생각했다. 독서 학원에 보낸다고 생각하고 학원비만큼 매달 책을 사는 비용을 지출했다. 한 아이당 월 15만 원씩 책 사는 값을 책정하고, 책을 꾸준히 사 모았다. 아이들 옷은 대부분 얻어다 입혔다. 중고로 누가 준다고 하면 얼른 받아오고 과일이나 카톡 선물하기로 반드시 보답했다(그래야 다음에도 챙겨준다). 딸은 초 4 겨울에 내 앞에서 펑펑 울었다. 학교에 가야 하는데, 입고 갈 옷이 없다는 것이다. "아차!" 싶었다. 그때 처음으로 아이를 데리고 이마트에 갔다. (백화점도 아니다) 아이가 함박웃음을 지으며 태어나서 처음으로 옷 사재기를 했다.

아이들이 어리면 어릴수록 책을 많이 샀다. 온라인 중고 카페에서도 사고 오프라인 중고 매장에 가서도 책을 샀다. 외식을 하면 나들이 삼아 대형문고를 들려 아이들한테 책을 골라오라고 했다. "이런 시시한 책을 사겠다고?" 가끔은 아이가 골라온 책이 영 마음에 들지는 않았지만 그래도 사줬다. 책 대여 쇼핑몰을 이용해서 1년 치 구독권 2개를 사서 몇 년째 해오고 있다. 우리 집은 '읽을 책이 없어서 못 읽는다' 소리 못한다. 생활비가 모자라 책값이 없으면 내가 시집을 때 부모님이 몰래 준 비상금으로 아이들 책들을 샀다. 한글책도 사야 하고 영어책도 사야 하니 돈이 많이 들어갔다.

사실 책을 사면서도 이 책들을 아이가 다 읽거나 좋아할 거라는 기대는 하지 않았다. 책을 좋아하는 첫째는 10권 사주면 그중 8권을 좋아했다. 책을 싫어하는 둘째는 책 10권을 사주면 고작 5권만 손에서 만지작거렸다. 책 두 권 중 한 권의 책값은 버린다는 생각을 해야 엄마 마음도 편하고 책을 사줄 수 있는 여유가 생긴다. 그런데 시간이 지나고 보니 어쨌든 책장에 꽂혀 있으면 안 읽던 책도 언젠가는 다시 꺼내서 책을 읽고 있었다.

## Q: "굳이 책을 사줘야 하나요? 빌리면 안 되나요?"

솔직히 나도 책값이 아깝다. 요즘 책값은 권당 평균 15,000원이 넘는다. 2권만 집어도 3만 원이 훌쩍 넘는다. 어릴수록 아이들은 정독을 좋아한다. 재밌었던 책만 읽고 또 읽고 또 읽는다. 뭐가 그리 재밌는지 읽을 때마다 마치 새로운 책을 보는 듯한 신기한 표정을 짓는다. 괴로운 건 엄마다. 아무리 읽어주는 처지라도 같은 책 100번 읽으면 지겹다. 다 외울 지경이다. 체력이 약한 나는 계속 읽어달라는 몇 권은 아예 목소리를 녹음해서 틀어주었다.

아이가 초등학생이 되면서 한글책을 적게 사고 도서관이나 대여 쇼핑몰에서 대여하는 한글책을 늘리기 시작했다. 서서히 다독하는 단계로 넘어가기 때문이다. 아이가 다독을 하게 되면 책에 대한 호불호가 강해진다. 예전에는 엄마가 골라주는 책도 잘 읽었는데 서서히 책에 대한 고집이 생긴다. 즉 자기가 직접 고른 책을 더 소중히 생각하는 경향이 생긴다. 대신 영어원서는 계속 사주고 있다. 우리가 한글을 처음 배울 때에는 같은 책을 읽고 또 읽었다. 영어도

수준이 낮을수록 다독보다는 정독이다. 좋아하는 책 몇 권을 읽고
또 읽고 토할 때까지 읽는 것이 더 효율적이다.

# 나의 책 육아 전쟁기

초1 둘째 남아는 얼마나 책을 안 읽던지 내 속에서 천불이 나는 것 같았다. 육아서를 쓴다는 사람의 자녀가 책을 안 읽다니 미칠 노릇이었다. 저 아이의 독서에 실패하면 내가 육아 사기꾼이 될 판이었다. 게다가 "아들 독서 실패는 가정교육의 책임입니다"라고 잘난 척까지 해놓은 상태였다. 그래서 나는 혀를 꽉 깨무는 각오로 둘째 남아의 "꼬마 독서가 만들기" 프로젝트에 돌입했다. 일단, 아이가 과학을 좋아하는 것 같아서 '과학 뒤집기'라는 전집을 들였다. 그리고 책 대여몰을 열심히 검색해서 초등 1학년이 좋아하는 단행본들을 꾸준히 빌려줬다. 그렇게 열심히 빌려줘도 소용없었다. 그 많은 책 속에서 아이가 좋아하는 책은 고작 1~2권에 불과했다. 그래서 1년 구독권을 결재해 놓고 책을 자주 바꿔줬다. 택배 아저씨가 무거운 책 택배를 나르느라 고생을 많이 하셨다.

방과 후 독서를 하는 연계 돌봄에 주 3회 집어넣었다. 원래는 허리디스크로 입원했을 때 급하게 신청했던 것이었다. 알고 보니 도서관에서 독서를 하고 만들기를 하는 프로그램이었다. '이렇게 고마울 수가!' 눈물이 날 것만 같았다. 돌봄 선생님께 굽실거렸다. "고맙습니다. 선생님 덕분입니다."라고 수시로 말했다. 아이한테도 선생님 괴롭히지 말고 조용히 책만 열심히 읽으라고 단단히 일러두었다. 주말에는 아이들을 데리고 도서관에 갔다. 첫째는 책들을 산더미처럼 쌓아두고 이거 다 빌려달라고 말했다.

### (둘째) "엄마, 근데 저는 빌리고 싶은 책이 없어요."

둘째가 말했다. 그 말을 듣자마자 몸 안에 사리가 천 만개 쌓이는 것 같았다. 불교는 아닌데 왠지 보살이 될 것 같았다. 그렇게 힘든 독서와의 사투를 6개월을 해왔다. 내가 보살이 되든지 네가 독서가가 되든지 둘 중에 하나만 결론 내자고 생각했다. '육아 사기꾼'이 될 수는 없었다.

**"너 자식이나 잘 키워라"**
**"호호호. 제가 그 엄마를 좀 아는데, 그 집 자녀들 별로에요"**
**"자기 자식도 못 키우는 주제에 작가는 무슨"**
**"그 사람 좀 특이해요."**

어디서 들려오는 악마의 목소리들. 이대로 포기할 수는 없었다. 첫째는 그나마 유치원 시기에 무릎에 앉혀놓고 열심히 읽어줬었다. 둘째는 말 그대로 두 번째라서 귀찮고 힘들어서 잘 안 읽어줬더니 이제야 복수당하나 싶었다. 한번은 가정 방문 독서 프로그램에 좋다고 해서 상담을 받았는데 글 읽는 해석능력도 없는 아이한테 국어 문제집 같은 문제를 풀도록 했다. 물론 좋은 프로그램임은 인정하지만, 아들의 상황과는 맞지 않았다. 어디 돈 좀 주고 기대어 보려고 했더니 이것도 안 되었다. 나는 독서를 좋아하는 아이로 만들고 싶었는데 문제집을 풀어재끼는 아이로 만들고 싶지는 않았다. 게다가 아이의 책 글밥 수준은 차마 말하기 부끄러울 정도였다. 레너드나 엉덩이 탐정만 겨우~ 억지로~ 그것도 몇 번에 나뉘어서 읽었다.

인고의 시간을 거쳐 2학기가 되자 드디어 빛이 보이기 시작했다. 아들이 주말마다 도서관에 가고 싶다고 졸라대기 시작했다. 재밌을 거 같다며 책을 5권씩 빌려오기 시작했다. 학교에서 하는 도서관 연계 돌봄 프로그램이 재밌다고 말했다. 기존 주 3회에서 주 4회로 변경해 달라고 요청했다. 글밥 수를 늘리기 위해, 밤에 자기 전에는 오디오북을 들려주었다. 처음엔 이게 뭔 효과가 있을까 싶었다. 그런데 오디오북에서 들은 그 책을 사달라고 했다. 기쁜 마음으로 당장 새벽 배송으로 사줬다. 아들은 그 자리에서 읽기 시작했다. 오디오북으로 들었던 책이어서 내용 이해도 잘 되고 재밌다고 말했다.

눈물이 날 것 같았다. '네가 드디어 사람이 되어가는구나!' 싶었다. 비단 독서 실력뿐 아니라 전반적인 영역에서 둘째가 똑똑해지고 있다는 걸 느꼈다. 2학기 들어 똑똑하다는 소리를 여기저기서 듣기 시작했다. 첫 받아쓰기 30점이 갑자기 90점 100점을 맞아오기 시작했다. 대화할 때 문장의 길이가 길어지고 논리가 분명해졌으며 표현력이 좋아지는 게 느껴졌다. 심지어 한글 발음도 좋아지고 공부 집중력도 높아졌다. 영어도서관 학원의 원장님이 전화 와서 둘째 실력이 갑자기 일취월장할 수준으로 높아졌다고 말했다. 역시 한글독서를 하니 영어는 저절로 되었다. 수학 문제를 풀 때도 예전과 달랐다. 예전에는 문제가 해석이 안 되어서 정답을 틀렸다면 이제는 문제 해석은 되는데 진짜 몰라서 틀렸다. 물론 전체 정답률은 높아졌다.

가장 놀라웠던 건 일기장이었다. 아이가 글쓰기를 갑자기 열심히 했다. 글을 쓰는 게 재밌다고 말했다. 1학년 1학기에는 그림 일기장 1쪽도 겨우 썼던 아이다. 그림은 온통 졸라맨이었다.(남아들은 엄마 몰래 졸라맨 학원에 다니는 것이 틀림없다. 한결같이 똑같이 그린다.) 그런데 2학기가 되니 일기장을 줄 공책으로 바꾸면서 5쪽 이상씩 써댔다. 물론 맞춤법은 엉망진창이었다. 하지만 글의 표현력이 재밌고 참신했다. 아이의 일기를 읽으면서 저절로 웃음이 나왔다. 진짜 재밌었기 때문이다. 책에서 읽었던 쌈박한 문장 표현들이 일기장을 통해 마구 나오는 것을 느꼈다.

# < 초1 남아 일기장 >

*** 특징: 독서로 인해 글 표현력이 좋아짐**

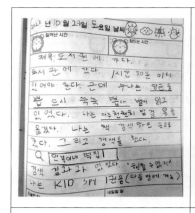

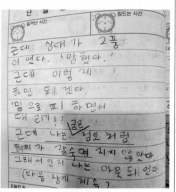

| "누나는 당근을 뽑듯이 쑥쑥 뽑아 벌써 읽고 있었다." | "나는 굳은 점토처럼 허리가 잘 숙여지지 않았다." |
|---|---|

# < 초4 여아 일기장 예시 >

*** 특징: 독서로 인해 문단 구성력이 좋아짐**
**→ 단순 일기이지만, (서론)-(본론1, 2)-(결론)의 문단 구조를 하고 있음.**

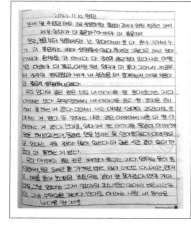

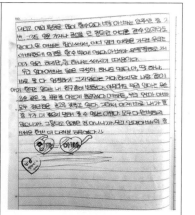

## "와~ 얘가 되면 다 된다."

희망이 생겼다. 이 띨띨한 놈이 아무리 책을 사다 갖다 바쳐도 안 되더니 역시 엄마가 죽을 각오로 노력하니 되는구나!!! 가슴이 부풀어 오르는 것 같았다. 자랑스러웠다. 그동안의 고생이 보상받는 순간이었다.

| | |
|---|---|
| (둘째) | "엄마 오늘은 책만 읽으면 안 돼요?" |
| (엄마) | "왜?" |
| (둘째) | "책이 너~~무 재밌어요" |
| (엄마) | [속으로 생각한다] '이…. 이거 실화임?' |

(엄마) **"아…. 책값 아까워. 이 돈이면 차라리 학원을 보내고 말지."** (X)

☞ **"학원 하나를 끊고 그 돈으로 책을 사줘야지"** (O)

> **집에 있는 책 권수에 비례하여 독서수준이 높아진다.**

한번은 뉴스를 보는데, 엄마가 매일 읽어주는 책 권수보다 집에 있는 책의 권수와 자녀의 독서 수준과의 상관관계가 비례한다는 연구 결과를 보도했다. 참으로 반가운 소식이 아닐 수 없다. 아이의 독서력이 목 터지는 나의 고통보다 우리 집 책장에 꽂힌 책의 권수와 더 밀접한 관련이 있다니!! 책을 잘 읽어주지 못한 꼴찌 엄마로서 참으로 안심이 되는 말이었다. 이처럼 아이의 독서는 육성으로 읽어주는 엄마의 노력도 중요하지만, 독서를 하게끔 만드는 독서 환경이 더 중요하다. 아이가 독서를 하게끔 만들어주는 환경, 하교 후 쉬면서 무심결에 바닥에 떨어진 책을 들어 올리는 환경, 엄마랑 누나가 책을 읽고 있으니까 자기도 왠지 책을 읽어야 할 것만 같은 그 요상한 분위기! 이를 [독서 환경]이라고 말한다.

| (아들) | "엄마 오늘 주말인데 뭐해요?" |
| (엄마) | "아무 일도 없어. 그냥 집에 있을 거야" |
| (아들) | "엄마 심심해요" |
| (엄마) | "잘됐네. 심심한 건 좋은 거야" |

　책을 읽게 하려면 아이가 심심해야 한다. 어디 놀러 안 나가주고 안 놀아줘서, 심심해서 땅바닥을 긁을 정도의 심심함이다. 너무 지루해서 바닥을 굴러다닐 정도가 되면 좋다. 이리저리 먼지랑 같이 뒹굴다가 머리에 딱딱한 게 부딪친다. "아야!" 하고 보니 마침 바닥에 떨어진 책이었다. 무심결에 책장을 넘겨본다. 그런데 생각보다 재밌다고 느껴진다. 한창 읽고 있는데 갑자기 엄마가 나타나 말한다.

| (엄마) | "혹시 도서관에 갈까?" |
| --- | --- |
| (아들) | "외출? 앗싸~~" [심심했었는데 이런 고마울 데가…] |
| | … 도서관 나들이 후 |
| (엄마) | "오는 길에 아이스크림이랑 호떡 사줄까?" 🍯 [책과 즐거움을 연결] |
| (아들) | "와~ 좋아요" |
| | "엄마. 도서관 너무 좋아요. 집에 있는 것보다 훨씬 좋아요!" [호떡 꿀물을 옷에 질질 흘리며 말한다.] |
| | … [미션 성공! 후훗~] |

## 비법 2) 도서관에 자주 가라

3년 전 남편이 나보고 휴직하고 아이들 데리고 외국 사립국제학교에 2년 어학연수 겸 공부하고 오라고 제안했다. 아이들 영어 실력도 늘고 좋지 않겠냐고 말이다. '오~!!! 이렇게 고마울 데가!' 눈물이 날 뻔했다. "난 이제 자유부인~!" 에메랄드빛 푸른 파도가 하얀색 모래 해변에 부서진다. 아이들이랑 즐겁게 수영하는 평화로운 오후의 한때. 아이들은 영어로 대화를 하며 모래성을 쌓고 있다. '우와~!' 상상만 해도 좋다. 당장 동남아 쪽으로 국제학교 입학전형을 열심히 알아보았다. '생각보다 싸다!' 쾌재를 불렀다. 평소 외국에서 자유롭게 살아보고 싶었다. 주말마다 큰 밀짚모자 쓰고 관광하러

다닐 거다. 아침에는 아이들 학교 보내놓고 나는 뜨뜻한 스톤 전신 마사지 받으러 다닐 거다. 아이들 영어는 덤이다. '오~!!!!'

그런데 문득 학교에서 문해력이 낮아 과제수행능력이 뒤떨어지는 아이들이 생각났다. 대부분 학습부진아였다. '어머! 한글 독서는 어떡하지?' 걱정이 물밀 듯이 밀려왔다. 아이들 영어 실력은 늘겠지만, 양질의 한글 독서는 못 시킬 게 뻔했다. 한국에 있다면 공짜 도서관에서 한글책들을 마음껏 빌려볼 수 있다. 하지만 외국에서는 한글책을 못 읽힐 것이다. 한글 독서를 멀리하게 되면 독서 뇌가 성장해야 할 초등시기에 모국어 문해력과 어휘력의 수준이 또래들보다 엄청나게 뒤처질 것이다. 옛날 우리 세대랑 요즘 세대는 다르다. 수능 언어영역을 비교적 어려워한다. "영어만 잘하면 뭔 소용이지? 교과 수준이 전반적으로 떨어질 텐데…." 라는 생각이 들었다.

이대로 쉽게 포기할 수는 없었다. 그래서 방학 동안만 갔다 오겠다고 말했다. 옆에서 아이들도 신난다고 폴짝폴짝 뛰어서 분위기를 한껏 고조시켰다. 그런데 남편이 나의 얍삽한 계획을 눈치챈 것 같았다. 한두 달 해봤자 영어 실력이 안 늘 것 같다고 말했다. 나처럼 TESOL 전공 안 해도 그 정도는 아나 보다. 눈물을 머금고 어쩔 수 없이 포기했다.


이처럼 국가에서 운영하는 국·시립도서관은 자녀의 독서교육에 위대한 스승이다. 늘 옆에 있고 쉽게 갈 수 있고 주말에도 밤 8시까지 친절하게 근무해 주신다. 심지어 공짜다. 유·초등시기에 이만큼 멋지고 훌륭한 사회복지시설이 있을까? 내 아이의 문해력을 높여준다는데? 당장 뽕을 뽑을 자세로 달려들어야 한다. 나의 경우, 최소 2주에 한 번은 도서관에 아이들을 데리고 다녔다. 체력이 좋을 때는 주 1회, 좀 피곤하면 격주로 도서관에 꾸준히 다녔다. 나는 바닥에 앉아 아이들에게 책을 읽어준 적은 별로 없었다. 귀찮았다. "알아서 빌려와. 제한시간 20분. 출발!"하면 아이들이 미친 듯이 달린다. 나는 커피숍에서 홀짝홀짝 차를 마시며 기다리는 시간을 즐겼다. 일단 도서관에 가면 아이들은 자기가 직접 책을 마음껏 고를 수 있어서 좋다. 가족 아이디를 모두 사용하면 한 사람당 7권씩 4인 가족이면 총 28권의 책을 빌려올 수 있다. 게다가 매월 마지막주 수요일과 같은 '문화의 날' 행사에는 특별히 연체된 도서들을 면제해주고, 1인당 10권이나 빌려준다. 4인 가족이면 무려 40권의 책을 대여할 수 있다.

어떤 열정 부모는 바퀴 달린 수레 같은 상자를 끌고 다녔다. 학교에서 매일 보던 초록색 우유 박스를 누가 캐리어에 붙여서 판매하는 모양이다.(젠장! 내가 먼저 생각했어야 했다. 매일 보면서도 그 생각을 미처 못했다!!) 그녀의 아이들도 쿨해 보였다. 책장에서 책을 무심히 뽑아 캐리어 상자 쪽으로 휙휙~ 던져댔다. 엄마는 카리스마 있는 눈빛으로 팔짱을 껴고 지켜보다가 책이 든 우유박스를 끌고 아이들이랑 쿨하게 퇴장하셨다. 마치 이런 일이 한두 번이 아닌 것 같은 멋진 워킹이었다. '와~ 멋져! 저 아이들의 독서 실력은 어떨까?' 라는 호기심에 그녀의 수레 런웨이를 계속 지켜본다. 어디선가 검정색 선글라스를 쓴 근육질 아빠가 나오더니 박스를 번쩍 들어 반짝반짝 빛이 나는 검정색 SUV 외제차에 싣는다. 딱 봐도 차가 비싸 보였다. '어허~! 부자인데 공짜로 책까지 빌리러 와?' 왠지 꼬인다. 나도 저 부자보다 더 많이 빌려야겠다는 오기가 생긴다.

도서관에 갈 때마다 평균 15권 정도의 책을 빌린다. 책을 많이 빌릴 때는 30권까지 빌려봤다. 나는 허리 약한 여자이므로 아이들 책 3권 이상 들어주지 않는다. 책 나르는 건 아이들 몫이다. 차와 도서관을 여러 번 왔다 갔다 해야 한다. 책이 많아 좀 피곤하지만 아까 봤던 캐리어를 끌던 부자 엄마를 생각하며 참는다. 책 대여 일수가 10일이고 인터넷 사이트에서 한 번 더 연장할 수 있으니 한 달에 격주로 2회 정도 가면 연체도 안 되고 좋다.

딸은 특히 판타지를 좋아하다. 웬만큼 유명한 판타지 책은 다 섭렵했다. 심지어 보존서고에 있는 책들도 주문해서 갖다 읽는다. 대단한 녀석이다. 나를 닮았다. 지 아빠 닮았으면 역사나 인문학 읽었을 텐데. 날 닮아서 허황한 세계관을 좋아한다. "너도 좀 한국사나 과학과 같이 좀 있어 보이는 거 읽어봐"라고 몇 번을 권유했지만, 여전히 Back to the 판타지다. "휴~! 내 예쁜 얼굴만 닮았어야 했는데 어쩌다 반대로…. 콜록. 흠흠." 대신 만화책은 절대 안 된다. 그게 규칙이다. 혹시 책 중간중간에 만화가 섞여 있는 경우에는 아이들은 마치 큰일이 나는 것처럼 헐레벌떡 쫓아와 긴장된 얼굴로 나한테 검사받는다. 평소에 규칙 훈련이 잘 되어있기 때문이다. 여하튼 아이들은 직접 자기 손으로 고른 책을 더 잘 읽고 좋아했다. 이처럼 도서관은 반드시 이용해야 할 곳이다.

## 방법 3) 포기만 안 하면 된다.

**"저는 목이 쉴 때까지 아이들에게 동화책을 읽어줬어요."**
**"저는 초등 3학년 때까지 책을 소리 내어 읽어주었어요"**
**"저는 하루 2-3시간씩 매일 읽어주었답니다"**

가끔 저런 말도 안 되는 소리를 하는 외계인들의 소식을 접할 때면 짜증이 온몸으로 밀려온다. '아니 어떻게 목이 쉴 때까지 읽어줄 수가 있지? 집에 스트렙실 빨아먹는 약이 많나 보지?' '아니 저 엄마는 육아만 하나? 종일 책을 읽어줬다고?…' 라는 생각부터 먼저 든다. 그렇다. 나는 한참 꼬였다. 그들에 대한 일말의 존경심 따위는 없다. 솔직히 신경질부터 난다. 내가 못하는 것을 하는 저 사람! 아니 저 외계인! 실제로 만나본 적은 없어서 그나마 위안이 된다.

'아…. 나 같이 체력 고갈 엄마는 안되나 봐' '우리 아이들 불쌍해서 어떡하나?' 죄책감이 든다. 직장에서 돌아오면 아이들 책 읽어주기는커녕 지쳐서 말도 섞고 싶지 않을 때도 많다. 남의 집 아이들 열심히 가르치느라 목이 쉬었다. 정작 우리 집 아이들한테는 친절한 말 한마디 안 나온다. 남의 집 아이들 신경 쓰느라 정작 우리 집 아이들은 방치 수준으로 나뒹굴고 있다. 체력이 고갈되어 눈조차 마주칠 기력이 없다. 난 슈퍼우먼이 아니다. 게다가 독박육아잖아. 침대와 물아일체가 되어 저녁도 안 먹고 내일 아침에 눈을 뜨고 싶다는 생각을 해본다. 배달 잘한다는 민족이 한국에 정착한 뒤로 그나마 좀 살 만해졌다. 유튜브로 귀여운 판다 가족들 아이바오와 푸바오 보면서 얼굴에 웃음꽃이 핀다. 스트레스가 날아가는 것 같다. 역시 유튜브 최고다.

그렇다. 한심하다. 육아서의 정석대로 산다고 뻥 쳐도 모자랄 판에 내가 너무 솔직했다. 그런 꼴찌 엄마인 나도 독서교육만큼은 멋지게 성공시켰다. 지금도 아이들은 책을 읽고 있다. 하교 후 책 읽기는 자동이다. 쉬는 시간에는 넷플릭스 영어 TV만 본다. 그것도 자동이다. 따라서 너무 죄책감 가지지 말자. 포기만 안 하고 꾸준히만 하면 독서교육과 엄마표 영어는 언젠가는 된다. 격주로 도서관 한 번씩 다녀와 주고 스마트폰으로 가끔 책도 사주고 오디오북을 다운받아준다. 유튜브 책 제목 검색해서 틀어주는 등 끊임없이 들이대면 독서교육 누구나 성공할 수 있다. 결론적으로 [독서 환경]과 [책 들이밀기] 가 정답이다.

## [독서 환경] + [책 들이밀기]

밤잠 자기 전 책 한 권이라도 읽어주었다면 오늘도 성공이다. 귀찮으면 오디오북을 틀어주면 된다. 나 대신 전문 성우가 정확한 발음으로 맛깔스럽게 잘 읽어주니 얼마나 고마운가. 아이와 함께 들으면서 책장만 실실 넘겨주어도 그날의 독서교육은 성공이다. 우리의 고마운 친구 세이펜! 들어는 봤쥬? 세상 좋아져서 나 대신 읽어준 단다. 책 대여 사이트에서 '세이펜'이 되는 전집만 빌려다 놓았다.

## "세이펜 30분 출발!"

엄마는 시키기만 하면 된다. 긴말하는 것도 귀찮다. "세이펜 출발! 오디오북 출발! 한글책 출발!" 출발만 외쳐댄다. 내가 직접 읽어주는 것만큼은 아니더라도 적어도 끊임없는 들이밀기는 가능하다. 가끔 컨디션 좋은 날은 책도 좀 읽어준다. 그 어떤 방법이든 포기만 하지 않으면 된다. 꾸준히 [책 들이밀기]를 해보자.

## "힘들어도! 하겠다는 의지만 있으면 되는 거 아니가~!"

입으로 붓을 물고 그림을 그리는 장애인 화가도 있다. 우리도 멀쩡한 발가락으로 꼬물꼬물 책장 정도는 넘겨줄 수 있다. 방법을 찾으면 아이디어가 떠오른다. 책과 관련된 수단을 총동원해 보자. '세이펜' '유튜브에 책 읽어주는 여자' '오디오북' 'CD' 'DVD' 등 뭐를 가지고서라도 말이다. '오늘도 못 했네' 자책하지 말자 '내일 하면 되잖아!' '모레 하면 되잖아!'라는 편안한 마음으로 꾸준히 책 읽기를 접하게만 해보면 어떨까.

## 방법 4) 공부해라 → 책 이야기 해주라

책 교육을 중요시하는 집안은 대화의 주제부터가 다르다. 대화의 주제가 책이다.

"오늘 수학 단원시험 몇 점 받았어?"
→ "학교 쉬는 시간에 책 뭐 읽었어?"

"오늘 영어 학원 단어시험 잘 쳤니?"
→ "어머~ 그 책 재밌겠는데? 이야기해 봐"

아이의 책 이야기를 잘 들어주는 것만으로도 아이는 책을 좋아하게 된다. 솔직히 진짜 쉽잖아! 목 터지게 안 읽어줘도 되고 저녁밥 먹다가 갑자기 "오늘 읽은 책 줄거리 좀 말해봐." 툭 던져놓고 고개를 끄덕이며 엄마는 열심히 먹기만 하면 된다. 만약 아이가 "오늘은 읽은 책 없어서 할 말이 없어요."라고 말하면 내가 대신 이야기 해주면 된다.

**"엄마가 오늘 재밌는 경제 책을 읽었는데…"**
**"엄마가 어제 들은 오디오북에서 주인공이…"**

엄마가 떠들어도 된다. 소재가 '책'이기만 하면 된다. 꼭 책이 아니라 미용실에서 봤던 잡지이어도 좋고 스마트폰으로 본 뉴스 기사도 좋다. 오늘 엄마가 읽은 사회적 이슈로 함께 밥상 토론을 해보는 것은 더 좋다. 만약 진짜 할 말이 없을 때는 유튜브에 나오는 짧은 명작동화를 같이 듣고 이야기해 봐도 좋다. '심청전'을 유튜브로 보고 "부모를 위해 자식이 생명을 버리는 것이 옳은 것인가?"에 대해 아이들과 재밌는 토론을 했던 적이 있다. 어쨌든 읽고 들었던 것을 말하고 책에 대한 자신의 의견을 정리해서 말해보는 가족 대화는 수십만 원의 독서 논술학원도 해주지 못하는 값진 교육이다.

## 비법 5) 책가방에 책 넣어주기

아이가 스스로 읽는 [독서 독립]을 하면서 책가방에 매일 책 한 권씩은 반드시 가지고 다니게 하자. 만일을 대비해 학교 사물함에 놔둘 책 몇 권도 챙겨 두자. 학급은 교사 한 명당 2~30명이 함께 수업하는 공간이다. 선생님이 같은 과제를 주어도 학생들 각자의 과제수행 능력과 학습 소요 시간은 모두 다르다. 따라서 대부분 학급에서는 공통 과제가 끝나면 개인 과제를 하도록 훈련한다. 대개, 학급별 개인 과제란 '한자 쓰기' '연산 풀기' '에세이 쓰기' 등이며, '개인 책을 읽기'도 포함된다. 만약 공통 과제를 끝낸 아이가 "선생님 저 다 했어요!"라고 큰소리로 외쳐버리면 과제수행이 느린 친구들에게 실례가 된다. 조용했던 학습 분위기도 망친다. 따라서 조용히 각자 알아서 개인별 과제를 수업 종이 울릴 때까지 하도록 하는 게 일반적이다. 그리고 바로 이때!!! 독서를 하면 금상첨화다! 집에서 가지고 왔던 책을 '스윽~' 꺼내서 자투리 시간에 읽는 것이다.

메타인지가 높은 학생일수록 수업 중 자투리 시간 활용도가 높다. 선생님이 학습이 느린 친구들 모두 봐줄 때까지 멍~하게 기다리기만 한다면 시간이 너무 아깝다. 쉬는 시간마다, 자투리 시간마다, 점심시간마다 독서를 하면 의외로 상당히 긴 독서 시간을 확보할 수 있다. 어떤 학생은 학교 방과중 시간만으로 책 1권을 뚝딱 읽어내기도 한다. 최근 딸에게 "Immortal instrument" 시리즈 중 두 번째 원서를 사줬는데, 아이가 너무 재밌어했다. 택배가 도착한 수요일 저녁부터 읽기 시작해서 2일 만에 오로지 학교에서만 그 두꺼운 원서 한 권을 다 읽어내었다. 아이에게 물어보니 책이 너무 재미있어서 쉬는 시간에 친구들과 안 놀고 읽기만 했다고 한다. 점심 먹으면서도 책을 읽고 학원 가기 전 약간의 시간에도 책을 읽었다고 한다. 이처럼 자투리 시간만 잘 활용해도 독서를 엄청나게 할 수 있다. 따라서 반드시 자기가 좋아하는 책 1권은 늘 책가방에 가지고 다니게 하자. 예비용으로 사물함에 3권 정도는 넣어두는 것이 좋다.

대개 판타지나 추리 소설과 같이 픽션을 좋아하는 아이들의 독서량이 상대적으로 많다. 저학년일수록 어휘력이 낮기 때문에 일단 이야기책으로 시작하게 된다. 그런데 판타지나 추리물과 같은 책들은 기승전결이 확실하고 반전에 반전을 더하는 스토리의 구성으로 몰입도를 높인다. 책 두께는 상대적으로 두꺼워서 글을 읽는 호흡이 길다. 인물 간의 캐릭터가 자세히 묘사되며 갈등요소가 있어 뒷이야기를 궁금하게 만든다. 이처럼 픽션은 아이들의 상상력을 자극해서 책에 몰입하는 속도를 높여 쉽사리 책을 손에서 놓지 못하게 한다.

그런데 일반적으로 남자아이들은 과학과 같은 논픽션을, 그것도 자신이 좋아하는 '항공' '파충류' 같은 특정 분야의 책들을 선호한다. 이야기책보다는 아무래도 지식전달식이라 챕터가 짧게 끊어져 있다. 오랜 시간 동안 지속하는 몰입도가 떨어지고 상대적으로 독서의 양이 적을 수밖에 없다. 솔직히 남아들은 책 인물들 간의 시시콜콜한 감정 이야기에는 별 관심도 없다.

대개 이야기책을 좋아하는 여자아이들이 타고난 언어지능 발달도 빠른 데다, 독서 호흡이 길어서 독서의 양도 많아지고 문해력도 높은 편이다. 그래서 초등시기에 특히 딸들의 교과성적이 더 높아 보이고 글쓰기도 더 잘해 보이는 이유이다. 간혹 픽션을 좋아하는 남학생을 발견하기도 하는데 그들 역시 독서량이 많았다. 상대적으로 영어도 잘했다. 한글 독서와 영어의 관계를 다시금 입증하는 대목이다.

그래도 아들 엄마라고 포기하면 안 된다. 저학년이라면 추리소설 같은 이야기책을 좋아하도록 유도를 좀 해보고 안 되면 관심 분야를 빨리 찾아내야 한다. 만약 '비행기' 분야라고 생각되면, 물불을 가리지 않고 검색을 해서 관련 책을 사주는 것이 좋다. 아들은 책의 호불호가 강하기 때문에 관심 분야를 찾는 게 독서 성공의 반이다. 부모와 함께 비행기 에어쇼나 항공박물관을 찾는다든지 기프트샵에서 파는 전문서적을 사는 것도 좋다. 특정 분야에 꽂힌 아이들은 두꺼운 백과사전도 마다하지 않기에 전문용어가 난무해서 어려워 보여도 구해다 주는 노력을 해보자.

## 비법 6) 한글 독서가 영어 독서보다 선행되어야 한다

영어 실력과 한글 독서는 상당히 유기적으로 연결되어 있으며 한글 독서가 영어 독서보다 우선 되어야 한다. 필자도 아이들을 엄마표로 성공시킨 가장 큰 이유를 한글 독서로 보고 있다. 한글 독서에 많은 공을 들였기 때문에 원서 독서는 저절로 이루어졌다고 봐도 과언이 아닐 정도다. 부부 중 한 사람이 외국인이 아닌 이상에는 유아 때부터 완벽한 "이중언어자"가 되는 것은 실질적으로 어렵다. 만약 국제결혼을 하여 아기 때부터 엄마는 한국어만 하고 아빠는 영어만 한다면, 엄마랑 말할 때는 한국어로 말하고 아빠랑 말할 때는 영어로만 말해야 하는 줄 알고 자연스럽게 이중 언어자가 될 수 있다. 대부분의 이중언어자들의 평균 지능은 높으며, 아이들의 뇌는 마치 전기 스위치를 on off 하듯이 두 언어가 뇌에서 혼돈이 일어나지 않는다.

그러나 한국과 같이 EFL(English as an Foreign Language) 상황, 즉 한국어가 모국어인 환경에서 영어를 제2외국어로 배우는 환경에서는 아무리 어린 나이에서부터 영어를 노출해 준다고 하더라도 국제 부부의 경우와 같은 사례는 일어나기 힘들다. 그래서 일단 한글 독서를 통해 글밥 수준을 높인다. 아이의 문해력이 높아지면서 영어라는 외국어를 이해하는 언어사고능력과 언어해석능력이 높아지게 되면 자연스럽게 영어 실력도 높아진다. 이러한 방법은 국제 부모를 둔 자녀의 기저와 완전히 같지는 않지만, 어느 정도 유사한 수준까지는 영어 습득능력을 올릴 수 있다. 다만 집에서 대화를 해주는 어른이 없으므로 실력향상 속도가 느리고 마치 천천히 기어가는 것처럼 보일 수는 있다. 그러나 엄마가 끊임없는 영어환경을 항시 제공해 준다면 늦어도 초등 중학년 즈음에 아이는 반드시 영어를 잘하게 되어있다.

나는 초등 고학년에서 한국 문해력은 낮은데 영어만 잘한다는 학생을 단 한 명도 만나보지 못했다. 혹시 그런 아이가 있다면 좀 알려주기 바란다. TV 프로그램에서 영어 천재 남자아이를 본 적이 있는데, 결국 지능 테스트에서 평균 이하인 지능에, 영어 문해력 수준도 낮다는 충격적인 결과가 나왔다. 어찌 보면 당연한 결과였다. 어떻게 한글이 안 되면서 영어만 잘한다는 건 EFL 상황에서는 말도 안 되는 일이다. 따라서 절대 한국어를 놓치면 안 된다. 어리면 어릴수록 엄마가 한글 동화책을 영어 동화책보다 더 중요하게 생각하고 많이 읽어주어야 한다. 충분한 독서량으로 한글 글밥 수를 늘리는 데 총력을 다해야 한다. 영어 AR 지수를 많이들 따지는데, 영어 AR 지수는 한글 글밥수가 늘어나면 자연스럽게 늘어나게 되어 있다. 아이의 한글 독서력이 늘어나면, 언어를 관장하는 뇌량의 활발성이 강해지고 영어란 낯선 언어를 유추하는 능력 및 독해 능력에 영향을 주어 궁극적으로 긴 글의 원서 독서가 가능해지기 때문이다.

한글 독서의 수준이 높은 아이들은 영어 독서의 양이 상대적으로 적어서 초반에는 실력이 잘 안 오르는 것처럼 보인다. 하지만 아이가 성장하고 레벨이 높아질수록 점점 탄력을 받게 된다. 뒤로 갈수록 레벨을 성큼성큼 계단 오르듯이 쭉쭉 치고 나가는 경향이 있다.

## 비법 7) 학교 도서관을 적극 활용한다

요즘 초등학교마다 도서관이 있다. 세상에~! 독서 교육하기에 이렇게나 좋은 세상이다! 학생들은 학교 도서관에서 책을 읽을 수 있음은 물론이고 개인별로 지급되는 도서관 카드로 책을 빌릴 수도 있다. 점심시간과 방과 후에 짬짬이 들려 30분~1시간의 책을 보더라도, 하루 하루 쌓이면 1년이 되고 6년이 되면 엄청난 독서양을 확보할 수 있다. 게다가 힘들게 아이를 차에 태워서 구·시립도서관까지 멀리 가지 않아도 된다! 오~!! 이 얼마나 고마운 일인가! 더군다나 여름방학 겨울방학 상관없이 항시 사용할 수 있다. 필자의 경우,

요일별 스케줄표에 주 3회 학교 도서관을 아예 시간표로 넣어두었다. 독서 학원 가는 셈이라 생각하고 악착같이 활용하려는 의지다. 독서 습관이 곧 학습 습관이고 이것은 자기주도학습에 긴밀한 도움이 될 뿐더러, 그 소중한 문해력을 높여 준다! 따라서 도서관에 습관처럼 들리도록 해보자. 집 가깝고, 걸어서 갈 수 있고, 방학 때도 이용할 수 있는 학교 도서관이란 곳~! 우와~ 완전 멋져!! 이처럼 많은 장점을 지닌 학교 도서관을 적극 활용해보자.

 **〈 Solution 〉**

1. 책 사주기
2. 도서관에 자주 가기
3. 꾸준한 [독서환경]+[책 들이밀기]
4. 책 대화 하기
5. 책가방에 책 넣어주기
6. 한글독서 〉영어독서
7. 학교 도서관을 적극 활용하기

# Part 7

## 꼴찌 엄마도 성공한
## 1등 육아법

# 당신은 세계 최고의 엄마다

"하필 나같이 형편없는 부모를 만나서 이런 고생을…."

새근새근 잠든 아이의 얼굴은 천사다. 이 예쁜 아이에게 나는 오늘도 모진 말을 하고야 말았다. 왜 그리도 사납게 굴었을까. 별 일도 아니었는데. 잠자는 아이의 얼굴을 쓰다듬으며 "오늘도 엄마가 미안했어."라는 말을 수십번 수백번 속삭이며 눈물을 훔친다. 부모라면 누구나 한 번쯤은 아이를 키우면서 못난 나 자신에 대한 자책과 후회를 해보지 않았을까?

**〈 상담실에서 〉**

(나)　　"선생님. 전 정말 형편없는 엄마예요. 육아에 자신이 없어요."

| (상담가) | "왜 그런 생각을 하세요?" |
|---|---|
| (나) | "제 주변에는 아이에게 잘해주는 엄마가 정말 많아요. 주말마다 체험 활동 다녀주고 아이의 숙제를 옆에서 함께 해주고 쉬는 시간엔 보드게임도 해 줘요. 저는 늘 피곤해서 정말 아무것도 하기가 싫어요. 내 자녀만 방치된다고 생각하니 못난 엄마가 된 것 같아 죄책감에 괴로워요." |
| (상담가) | "자신이 못난 엄마라고 생각하시는군요." |
| (나) | "네. 전 이제 어떻게 해야 할까요?" |
| (상담가) | [부드러운 눈빛으로 미소를 띠며 나를 빤히 쳐다본다.] "왜 열심히 육아하는 사람이 좋은 엄마라고 생각하나요?" |
| (나) | "…. 네엣???" [동공이 커진다.] |
| (상담가) | "[열심히]의 기준이 뭘까요? 그냥 아이가 놀 때 옆에만 있어 주면 안 되나요?" |
| (나) | "…. 네엣???" [입을 벌리고 상담가를 쳐다본다.] |
| (상담가) | "누워있을 수는 있죠?" |
| (나) | "아!!!" "제가 소파에 누워 아이 노는 것을 옆에서 지켜만 봐주어도 되나요?" |
| (상담가) | "호호호. 안된다는 법이 있나요?" |

나도 육아로 인해 절망과 자책감에 심하게 시달린 적이 있다. 나는 강한 멘탈의 여자가 아니다. 주변의 말에 흔들리고 다른 엄마들과 끊임없이 나를 비교했다. 하필 나 같은 꼴찌 엄마에게 태어난 두

자녀가 너무 불쌍해 보였다. 다른 아이들이 누리는 당연한 것을 나는 해주지 못한다고 느꼈다. 그러던 어느 날, 괴로운 마음에 찾아갔던 상담을 통해 육아의 기준이 꼭 엄마의 체력과 시간적 여유에 있는 것은 아님을 깨달았다.

결혼 후, 주중에는 야근에 주말에도 출근하는 남편은 육아를 전혀 도와줄 수 없었다. 시댁과 친정은 지방에 계시어 홀로 두 자녀를 독박 육아해야 했다. 어린 자녀들을 키우면서 바쁘게 직장까지 다녔다. 게다가 첫째는 예민했다. 눕히면 등을 활처럼 뒤로 제끼며 아파트가 떠나가라 울어댔다. 밤에는 1시간마다 깨서 울어대는 바람에 아기를 안고 소파에 기대어 쪽잠을 잤다. 그래서 나는 늘 피곤했다. 쉬고 싶었지만 쉴 수 없었다. 답답했지만 친구를 만나 수다조차 떨 시간이 없었다. 어느 날은 지구 중력이 나를 지구 핵 쪽으로 잡아 당기는 것 같았다. 뼈 속까지 사무치는 추위가 피곤과 함께 나를 감돌았다.

"네가 내 환경이 되어봤어? 네가 내 아이 키워봤어? 키워보고
　말해~!!"
"정말 그 방법만 맞는 거야?"

세상을 향해 소리치고 싶었다. 나 너무 힘들다고 내 아이를 키워보라고 비명을 지르고 싶었다. 육아는 육아서대로 되지 않았기 때문이다. 아무리 저명한 전문가들이 말하는 방식대로 따라 해보아도,

내 아이는 다르게 반응했다. 나는 육아가 힘들었고 슬펐다. 남들 다 하는 육아라 할지라도 나에게는 슬픔이 될 수 있었다. 남들 다 하는 육아라 할지라도 나에게는 속상한 일이 될 수 있었다. 성실과 열심으로 노력했지만, 노력하면 할수록 되는 게 하나도 없는 것만 같았다. 물론 육아의 기본 원칙은 있었다. 사랑과 지지였다. 그러나 나는 사랑을 할 수도, 지지를 할 수도 없는 나약한 인간일 뿐이란 사실을 깨달았다. 육아서대로 다정하고 지혜로운 말만 해주는 엄마이어야 했는데, 나는 아이들에게 짜증을 내고 있었다. 육아서대로 나는 늘 미소를 띠우며 부드럽게 대화를 하는 부모이어야 했지만, 나는 미간을 잔뜩 찌푸리며 하루의 피곤과 스트레스를 온몸으로 표출하고 있었다. 아이 앞에서 강한 부모의 모습을 보여주어야 했지만, 아이들은 시시때때로 무너지는 약한 엄마의 모습을 보았다.

모성애가 부족해서라고 생각되었다. 부모로서의 자격이 없다고 느꼈다. 그들이 나에게 태어난 것 자체가 서로에게 불행한 일이라고도 생각되었다. 그리고 나의 부모가 새삼 그리워졌다. 청소년 시절에 가졌던 그들에 대한 불만의 발 뒷꿈치도 나는 따라가지 못하는 부모라는 걸 깨달았기 때문이다. 수많은 세월의 힘듦을 견디며 내 옆에 늘 든든히 있어 주었던 부모의 삶이 그 어떤 위인들보다 더 위대하다는 생각이 들었다.

그래서 어느 날은 다 때려치우고 싶었다. 그런데, 아이는 때려치울 수 없는 존재였다. 어느 날은 아무것도 안 하고 울고만 싶었다. 그런데, 아이는 나를 울도록 기다려주지 않았다. 그렇게 견디며 몇

년이 지났다. 나중에야 육아는 각자가 처한 환경, 아이의 기질, 성장 속도, 부모의 성향 등에 따라 다른 방식과 다양한 접근법이 있다는 것을 깨달았다. '열정'보다 더 중요한 것은 '올바른 교육의 방향'이었다. '희생'보다 더 중요한 것은 자녀와 내가 '공유되는 삶'이라는 것 또한 알게 되었다.

---

 **〈저녁식사 시간 중〉**

(엄마) "하교 때 정문에 데리러 오는 사람들을 보면 어떤 생각이 들어?
1번, 너희는 엄마가 데리러 가는 게 좋아?
2번. 하교는 혼자 할 수 있으니,
엄마가 집에서 반갑게 웃어주며 맞아주는 게 좋아?"

(딸) "2번이요."

(아들) "당연히 2번요."

(딸) "엄마가 웃는 게 더 나아요."

(엄마) "혹시 데리러 오는 친구 엄마들을 보면서 섭섭하지는 않니?"

(아이들) "전혀요."

(엄마) "왜?"

(딸) "엄마. 우리가 할 수 없을 거라는 생각을 버려요!"

(엄마) "…"

(딸) "뭔 쓸데없는 걱정이야? 필요하면 우리가 먼저 말할게요."

(엄마) "…"

[독립 육아]를 통해 비로소 나는 자유함을 느꼈다. 자녀들과 나의 삶은 서로 공유되어야 함을 깨달았다. 부모의 일방적인 희생을 사랑이라는 이름으로 접근하는 것이 오히려 아이에게 독이 된다는 것도 알게 되었다. 아이는 놀이터에서 힘들게 놀아주고 지쳐 들어와 짜증만 내는 엄마를 원하지 않았다. 오히려 엄마가 충분히 잘 쉬고, 취미생활도 하면서 스스로 행복해서 콧노래를 부르는 엄마를 사랑했다. 아이는 유기농 재료를 사서 힘들게 저녁준비를 하며 지쳐가는 엄마보다 라면 먹으면서 농담을 해주는 엄마를 더 사랑했다.

그리하여 자녀들이 할 수 있는 영역은 [독립 훈련]을 통해 스스로 할 수 있게끔 해보자. 30·40세대는 직장, 결혼, 가족행사, 자녀교육 등으로 가장 바쁘고 힘든 인생의 터널을 지나고 있다. 여기에 힘든 육아까지 더해진다면 당장은 어찌어찌 견디는 것 같아 보여도, 마치 허리디스크가 눌리고 눌리다 터져버리는 것처럼 언젠가 폭발하게 될지도 모른다. 아이도 힘든 부모의 사정을 알고 존중하며 함께 하는 법을 배워야 할 것이다. 어른이 집에 없어도 스스로 하는 [자기주도학습법]을 알아야 한다. 힘든 일이 생기더라도, 당황하지 않고 스스로 처리해나가는 [문제해결법]을 배워야 할 필요가 있다.

> **당신은 세계 최고의 부모다.**

당신 자녀에게만큼은 당신이 세계 최고의 엄마이다. 이 세상의 수억 명의 여자 중에, 하필 한국이란 나라에, 그때, 아이가 다가 와 준 것은 내가 그 아이에게만큼은 최고의 엄마이기 때문이다. 내 가 제일 아이를 잘 키울 수 있기에 신이 나에게 정해 준 것이다. 나 로 인해 아이가 슬픔을 느낄 수도, 좌절감을 느낄 수도, 상처를 받 을 수도 있다. 그러나 그 모든 환경은 아이의 성장에 필요하기 때문 에 일어난 것인지도 모른다. 만약 우리 집이 특별히 가난하다면, 아 이에게 부에 대한 열정을 심어주라고 나에게 다가온 것인지도 모른 다. 만약 내가 힘들게 살아가는 모습을 보여준다면, 아이는 효도를 알고 웃어른을 공경하는 아이로 자라게 하려고 나에게 태어난 것인 지도 모른다. 만약 나의 병약함으로 인해 힘든 성장 과정을 겪었어 도, 그 경험으로 인해 세상의 병약하고 불쌍한 사람을 돕는 따듯한 마음씨를 가지라고 나에게 온 것인지도 모른다.

그리하여 우리는 이 쓸데없는 죄책감 따위는 바닥에 집어던져야 한다. 그 어떤 경우라도 내가 최고의 부모다. 네가 아니라 나다. 잘 난 교육학자 1,000명을 데려와도 나 한 명 못 이긴단 말이다. 그래 서 우리 부모들은 좀 더 당당해질 필요가 있다. 그동안 내가 육아의 정석대로 안 살아왔어도 괜찮다. 매스컴의 육아법대로 따라하지 않 았어도 괜찮다. 나도 살아내려 하다 보니, 어쩔 수 없이 실수를 했어 도 괜찮다. 열심히 노력했지만 결과가 좋지 않았어도 괜찮다. 적어 도 아이들에게 나는 최고의 부모이기 때문이다. 좋은 명품 옷에 해 외여행을 해마다 다녀주는 동네 엄마가 있다 할지라도, 내 아이들만큼은 그 엄마를 원하지 않았다. 아이들은 오직 나를 엄마로 원했다. 아이랑 몸으로 잘 놀아주는 다정한 동네 아빠가 있다 할지라도, 내 아이들은 그 아빠를 원하지 않았다. 아이들은 한없이 부족한 나를 아빠로 원했다.

그리하여 우리 아이들은 나의 단점과 아픔까지도 받아들이며 성장하고 있다. 고요한 밤에도 쿵쾅쿵쾅 열심히 뛰는 심장을 가지고, 작은 배가 오르락 내리락 하는 건강한 폐를 품으며 오늘도 '성장의 꿈'을 꾸고 있다. 아침에는 두 눈을 비비며 스스로 가방을 메고 씩씩한 두 발로 학교에 걸어 나간다. 이 얼마나 기적 같은 일인가? 이런 꼴찌 중의 꼴찌인 나를 '엄마~' '아빠~' 라고 불러주는 그 작은 입술이 얼마나 감사하고 감격스러운 일일까?

신은 이 소중한 아이를 내가 가장 잘 키우니 잠시 잠깐 맡으라고 나에게 선물로 주었다. 자녀가 내 소유물이 아니라고 생각하면 무거운 책임감에서 해방될 수 있다. 그리고 그렇게 독립적으로 키워야 아이도 크게 성장할 수 있다.

### "피투성이라도 살아있으라"

지금 이 글을 읽는 당신은 적어도 살아있다. 피를 철철 흘리며 힘든 고난의 때를 보내고 있을지라도 최소한 당신은 아이 옆에 존재하고 있다. 피투성이라도 살아만 있어 주면 된다. 당신이 이제껏 어떤 잘못된 육아를 했었고 실수를 했어도 상관없다. 그 마음에 자녀를 사랑하는 모성애, 부성애만 있으면 아이는 자라서 알게 될 것이다.

**"부모는 언제나 나를 사랑했었다."**

# 꼴찌 엄마의 육아 투쟁기

"응애"

나는 아기가 울음을 터뜨리자마자 달려가 바로 안았다. 아기의 울음소리에 예민하고 즉각적으로 반응하는 엄마가 되라고 육아책에서 배웠기 때문이다. 마음이 아픈 유산을 하고 난 후에 얻은 귀한 내 딸이다. 나는 그 누구보다 잘 키우고 싶었기에, 몸을 던지다시피 달려가 잽싸게 아기를 안아 올렸다. 임신 기간 내내 도서관에 있는 웬만한 육아 서적은 다 읽었다. 아기는 태어나지도 않았지만 내가 읽은 육아 서적과 강의의 규모는 하버드대 정도는 무난히 입학시킨 어느 엄마의 이론들을 두루 섭렵하고 있었다. 게다가 나는 교사다. 그 누구보다 내 딸을 잘 키워내리라는 다짐을 해본다. 언젠가 이러한 나의 노력은 내 딸을 통해 보상받을 것이다.

"앵…"

이번에는 아까보다 더 빨리 아기를 안아 들었다. 곧이어 재빠른 몸놀림으로 젖을 물려 아기의 울음을 잠재우고, 한국식 포대기로 아기를 등에 업어 단단히 동여매었다. 훌륭한 엄마는 아기의 울음 소리를 길게 내도록 두지 않는다고 했다. 좋은 엄마는 아기의 필요를 즉시 채워줘야 했다. 그래서 나는 허리가 아픈데도 불구하고 열심히 딸을 안아주고 귀에 사랑한다고 늘 속삭였다. 아기가 알든 알지 못하든 나는 딸 앞에서 나긋나긋한 목소리로 책을 읽어주었다. 아기와 눈을 마주치고 피곤한데도 활짝 웃어주었다. 당연히 모유 수유는 1년 6개월 정도는 먹여주는 게 정상인 줄 알았다. 모유는 아이의 면역력을 높이고 자녀와의 강한 애착을 형성시켜 올바른 정서 발달에 큰 영향을 미친다고 책에 적혀있었기 때문이다. 나는 내아이를 위해서라면 이 몸 한 개쯤 희생할 각오는 되어있었다.

하지만 그렇게 키운 딸은 너무나 예민했다. 등 센서가 있어 나는 땅에 누워서 자 본 적이 없었다. 아기가 내 품에서만 잠들었기에 안고 소파에서 쪽잠을 자야 했다. 잠을 줄여가며 모유를 열심히 먹였다. 그런데 모유 수유의 가장 큰 장점이라고 알려진 '항알레르기 효과'는 전혀 나타나지 않았다. 아이는 집 먼지 알레르기, 꽃가루, 버드나무, 감자, 달걀, 참깨, 참기름, 견과류 등 수십 가지의 알레르기를 달고 살았고, 심지어 알레르기 수치도 높았다. 한번은 소아청소년과 의사 선생님으로부터 아이가 자라면서 몸이 너무 간지러워 소아 ADHD(주의력 결핍 장애)가 나타날 수도 있다고 경고를 받았다.

밤중에 아이가 자신의 피부를 퍽퍽 긁는 소리에 잠을 깊이 들 수가 없었다. 졸린 눈으로 더듬더듬 보습제나 스테로이드제를 정성스레 발라주고 부채질로 가려운 부위가 조금이나마 냉각이 되도록 했다. 딸은 아토피와 더불어 면역력도 약했다. 조금만 찬 바람이 들어도 감기에 걸렸다. 한국에 요즘 유행한다는 바이러스라는 바이러스는 죄다 한 번씩 딸을 훑고 지나갔다. 밤새 간호를 하다가 나도 감기에 걸려 골골거렸다. 입맛은 어찌나 까다로운지 밥도 잘 먹지 않아서 쫓아다니면서 숟가락을 작게 떠서 입으로 밥을 넣어주어야 했다. 아이에게 한 숟가락도 더 먹이기 위해서 놀이터로 나가 밖에서 밥을 먹인 적도 많았다. 물론, 아이가 먹는 모든 음식의 재료는 유기농이어야 했다.

그렇게 금지옥엽으로 키운 딸이었다. 나의 계획과 방대한 육아 공부의 결과로 키운 딸은 모든 면에서 완벽한 아이로 자라나야만 했었다. 앞서 말했다시피 나는 철저히 준비된 엄마였기 때문이다. 게다가 영유아기는 잘 먹고 잘 자고 잘 싸는 것에만 집중하면 되는 나이였다. 아시다시피 엄마의 훈육은 시작도 안 했다. 그럼에도 내 딸은 모든 면에서 뒤처지는 딸이었다. 남들보다 더 잘 울고 남들보다 더 예민했고 남들보다 더 병치레가 컸다. 징징거리고 항상 울었다. 딸은 누구나 다닌다는 어린이집을 병치레로 제대로 다녀본 적이 없었다. 1년 365일 중에 소아청소년과 약을 먹지 않은 날이 60일이 채 되지 않았다.

어느 날, 딸을 안고 목욕시키다 허리에서 뭔가 뜨끔한 기운이 느껴졌다. 그리고 양쪽 다리가 저렸고 아파서 절뚝절뚝 걷기 시작했다. 뭐 이 정도 허리 아픈 것 즈음이야 아기를 키우는 엄마들이 으레 겪는 것이라 생각했다. 허리 파스를 붙이고 동네 정형외과에서 가끔 물리치료를 받으면 나을 것으로 생각하며 독박육아를 강행하였다. 딸이 1년 6개월이 되던 날, 오랜만에 남산에 가족 산책을 갔다. 그런데 남산 초입구에 발을 딛자마자 허리부터 발끝까지 번개가 통과하는 듯한 극심한 통증과 함께 비명을 지르며 쓰러졌다. 급하게 구급차로 이송된 나는 침대 시트가 살짝만 흔들려도 통증으로 고래고래 소리를 질렀다. 허리디스크 4번 5번이 완벽하게 터져 흘러내린 상태로 다리 밑으로 뻗어가는 신경 다발을 디스크가 누르고 있어 발가락에 힘이 들어가지 않았다.

마약 진통제를 맞으며 하지마비가 되어 누워있던 어느 날,

'어디서부터 무엇이 잘못된 걸까?'
'허리디스크와 바꿀 만큼 특별히 잘난 육아를 했던 걸까?'

모든 게 엉망진창이었다. 뭔가 대단히 잘못되어 가고 있었다. 모유를 악착같이 1년 반을 했지만 아이는 오히려 더 예민했고 아토피는 심했고 알레르기로 힘들었다. 어린이집을 정상적으로 다닐 수도 없었기에 나는 늘 피곤했고 불면증에 시달렸다. 나는 아이에게 불

편한 엄마였고 나 자신도 불편한 사람이었다. 열심만 있었고 지혜는 없었다. 맹목적인 이론과 강한 고집은 있었지만, 가성비 있는 육아를 하지 못했다. 그저 내 몸과 뼈를 무식하게 갈아 넣는 육아를 했을 뿐이었다.

# 엄마가 편해야 자녀도 편하다

내 딸아이의 영아기 육아 실패는 잘못된 나의 육아법을 되돌아 보는 계기가 되었다. 우선 트랜드형 한가지 육아법은 위험했다. 당시 유행하던 전문가의 말을 맹목적으로 신뢰한다거나 한 가지 육아법만을 고집해서는 안 되었다. 건강한 삶을 살아가려면 균형 잡힌 식습관이 수반되어야 한다. 근육질, 애플힙이 유행한다고 해서, 근육을 단련하기 위한 닭가슴살 단백질만 먹어서는 장기적으로 영양소 불균형이 온다. 탄수화물, 미네랄, 지방, 비타민이 골고루 든 다양한 종류의 식자재로 만들어진 음식을 먹어야 건강하게 오래 잘 살 수 있다. 육아도 편식하면 안된다. 여러 상황과 아이와 엄마의 기질과 성향을 고려한 종합적인 육아법이 되어야 한다.

둘째, 가정에서 '옳고 그름'의 규칙을 배워야 한다. 지금 우리 사회에 만연해있는 '감정' '인권' '자존감'의 키워드에 현혹되어 아이의 감정만 고려하는 과잉 육아를 하면 안 된다. 엄마도 힘들지만 아이들도 그 나이에 배워야 할 올바른 생활습관과 사회의 중요한 규칙을 배우지 못한다. 가정에서 해야 할 행동과 하지 말아야 할 행동을 제어 받는 훈육을 받지 못하면 학교에 가서 아이들은 힘들어한다.

셋째, 가정에서 질서를 배워야 한다. 교육은 교육자의 권위를 바탕으로 한다. 위와 아래의 질서와 규칙이 없으면 학교에서 친구와 선생님에게 대들기가 쉬워진다. 나의 욕구만이 중요했던 아이들은 "하기 싫은 건 하지 않는다" 라는 사고로 학습과제를 거부할 수도 있다. 가정에서 피해를 본 적도 손해를 감수해 본 경험도 없다면, 학교에서 하는 학습 게임에만 져도 울분을 참지 못할 수 있다. 물론, 모든 아이들이 다 그렇다는 말은 아니다. 하지만 오늘날의 수많은 [공교육 추락]의 사건들, 소아우울증과 거식증으로 무너지는 학생들에게 잘못된 교육 이외의 그 어떤 것으로 설명할 수 있을까?

넷째, 엄마도 '이기적인 육아를 선택' 할 필요가 있다. 모든 욕구와 스케줄을 아이에게만 맞추고 살면 엄마도 금방 지치고 육아가 너무 힘겹다. 아이가 원하는 대로 다 맞춰주고 요구하는 즉시 반응해 주는 것은 '교육'이 아니라 '육아의 노예'다. 엄마도 하고 싶은 게 있고 쉬고 싶을 때가 있다. 아이들의 욕구에만 맞추는 삶의 형태를 보이게 되면 한 여자로서의 정체성과 자존감을 잃어버릴 수 있다. 엄마가 자신의 시간을 소중히 여기는 모습을 보여줄 때, 아이는 타인의 선택을 존중할 줄 아는 배려심 있는 아이로 자라게 된다.

다섯째, 엄마의 행복이 아이의 행복보다 더 중요하다. 엄마가 행복해야 아이도 행복하다. 바쁘고 힘들어 체력이 낮아지면 자연스럽게 아이에게 짜증과 신경질을 내게 된다. 아이가 놀이터에서 더 놀자고 징징대더라도 엄마의 체력을 생각해서 집에 가서 쉬는 결정을 하는 것이 좋다. 적어도 하루 2시간은 나만의 공간에서 나만의 휴식시간을 가질 수 있어야 한다.

여섯째, 엄마의 휴식시간은 절대 확보되어야 한다. 엄마의 쉼은 원함(want)이 아니라 필요(need)함이다. 아이의 건강에 좋지 않더라도 짜장라면을 끓여주고 활짝 웃어주는 엄마가 신경질 내는 엄마보다 백배 낫다. 미디어 노출하면 뇌 발달에 안 좋다고 수천 명의 박사가 증명하더라도, 종종 TV를 보여주고 엄마가 먼저 쉬는 게 천 배 낫다. 그래야 육아가 잘 된다. 요즘 수능에 한국사가 필수 과목이 되면서 주말에는 박물관을 찾는 가족들로 인산인해를 이룬다. 그래도 엄마인 내가 박물관 가는 게 싫고 힘들다면, 내 옆집 가족은 박물관을 가더라도, 우리 집은 안 가는 선택을 할 수 있어야 한다. 박물관 갔다 오는 차 안에서 아이들한테 열폭하는 것보다 소파에 누워서 아이와 도란도란 이야기하는 것이 만 배는 더 낫기 때문이다.

일곱째, 아이의 인내심을 키우는 육아이어야 한다. 괌이나 세부같은 여행지의 호텔 식당에는 여기저기서 한국 아이들의 비명과 식기류가 떨어지는 소리가 끊임없이 들린다. 아직 어리니까 얌전히 앉아 있을 수 없다는 것은 충분히 이해한다. 하지만 적어도 만 2세 이후, 즉 어린이집 이상의 나이에도 징징거리거나 자리 이탈을 하는 것은 부모의 잘못된 교육 때문이다. "어린아이가 원래 그렇지 뭐" "어릴 땐 원래 징징대잖아."라며 애써 모른 척하지 말자. 징징 울면서 떼를 쓰는 것은 당연한 게 아니다.

여덟째, 아이의 '자립성'을 도와주는 육아이어야 한다. 아장아장 걷던 내 아기가 성인이 되고 할머니 할아버지가 되어 죽는 그 날까지 이어지는 것이 육아다. [독립 훈육법]을 통해 아이가 사회의 한 구성원으로 성장하고 인생의 수많은 역경 앞에서 주체적으로 문제 해결을 하며 나아가는 힘을 길러주어야 한다. 이는 [3단계 시뮬레이션] 훈련법을 기초로 하여 [자기주도학습] [문제해결력] 향상을 통해 [회복탄력성]이 높은 〈혼자일 때 스스로 잘하는 아이〉로 키우는 교육을 말한다.

# 다양한 육아관이 함께하는 세상

"아~ 이런 부분이 고민이시구나!"
"아~ 안 한 게 아니라 몰라서 못 하신 거구나!"

나는 학부모님과의 대화를 통해 '육아 열정은 있는데 교육을 몰라서 못 하는 경우'가 의외로 많다는 것을 알게 되었다. 겉으로는 같은 학년에 비슷한 육아를 하는 것처럼 보였지만 실상은 각각의 엄마마다 모두 다른 교육관을 가지고 있었다. 자녀에 대한 민감도 정도도 사람마다 달랐다. 그래서 함부로 자녀 교육에 대해 간섭하거나 말할 수 없었다. 또한, 새로운 것을 받아들이려는 의지가 높은 분이 계시고, 반대로 기존 방식을 유지하려는 성향을 지니신 분도 있다는 것을 알게 되었다.

한편으로 엄마들이 학교 현장을 몰라도 너무 모른다고 느꼈다.

학교의 시스템이나 돌아가는 사정, 초등 아이들의 요즘 생활 모습을 잘 모르고 계셨다. 나는 도움을 드리고 싶었고 알려드리고 싶었다. 괜히 오지랖을 떨어서 엄마들의 마음을 상하게 하고 싶지 않은 마음도 있었다. 나는 조용한 라이프 스타일을 좋아하는 여자이다. 어디 잘 못 나가기 때문이다. 성가신 일을 만들고 싶지 않다는 욕심도 있었다. 그러나 나의 글을 통해 한두 명이라도 도움이 되면 좋겠다는 생각을 했다. 만약 몇 명이라도 인식변화를 시도하는 학부모님이 계신다면, 그 주변으로 선한 영향을 끼칠 수 있을 것이란 생각을 해본다.

"첨벙~ 퐁…. 퐁…."

고여 있는 호수에 큰 돌을 던지고 싶었다. 다양한 육아관이 수용되는 교육문화를 상상해 본다. 우리 아이들은 끊임없이 성장하고 변하고 있다. 아이마다 다른 색깔을 가지고 오늘도 보석처럼 반짝반짝 빛나고 있다. 이렇게 다양하고 변화무쌍한 아이들에게 오로지 한 두 가지의 육아관을 들이미는 것은 아니라고 본다. 한 사회가 성장하는데 여러 사람의 의견과 다양성이 존중되어야 하는 것처럼, 육아 가치관이라는 것도 일률적인 적용을 하면 위험한 것이 된다.

14년 전, 미국에서 TESOL 석사로 유학을 하던 시절의 이야기다. 나는 영어 실력향상을 위해 영어뉴스를 배경음악처럼 종일 틀어놓은 적이 있다. 그런데 채널마다 패널들이 나와서 오바마 대통령

욕을 그렇게 해대는 것이다. 오바마는 당시 현직 대통령이었다. 그런데 공영방송사마다 여러 명이 번갈아 가며 공개적 비판을 하였다. 충격이었다. 정치에 대해 잘 모르는 나였지만 당시만 해도 한국에서는 그런 뉴스를 본 적이 없었다. TV에 나와 대통령을 거리낌 없이 비판할 수 있는 미국이란 나라는 우리보다 훨씬 앞서는 '선진 문화'를 가졌다는 생각이 들었다.

우리는 역사를 통해 독재자가 정권을 잡으면 그 나라는 망한다는 사실을 잘 알고 있다. 마찬가지로 한국의 교육계가 다양한 사람들의 의견을 수용하는 곳이 되었으면 좋겠다. 그래서 나의 책도 여러분의 비판을 많이 받았으면 좋겠다. 어떤 사람들에게는 거부감으로 다가갔으면 좋겠다. 그리하여 잔잔한 호수에 물결이 일렁이고 동심원이 주변으로 퍼져나가듯, 부모가 변하고 아이들은 건강하게 성장하는 사회가 되기를 소망한다.

### Q: "그냥 나이 들면 어차피 스스로 다 알아서 하지 않나요?"

그것은 교육이 아니다. 아이의 뼈와 키가 자라듯이 나이가 들어서 저절로 되는 것은 교육은 아니라는 점을 다시 강조 드린다. 만약 나의 목표가 남들 하는 만큼 평범하게 키우고 싶던 것이라면 굳이 독립 훈련을 안 하셔도 된다. 이 육아 방식을 따르지 않는다고 해서 아이 성적이 갑자기 떨어지지도, 뭔가 크게 잘못되는 일도 벌어지지 않을 테니까 말이다. 그러나 육아의 목표가 급변하는 미래 사회에서 튼튼한 소프트웨어를 가지고 인생을 개척해 나가는 인재가 되기를 원한다면 독립 훈련은 반드시 필요하다.

나의 지인 중에 대학교 입학처 부서에서 일하시는 분이 있다. 그분의 말로는 학기 초만 되면 행정실에 문의 전화가 빗발치듯이 쏟아지는데 대학생이 아니라 대부분 학부모라고 한다.

**Q: "강의 신청을 내가 대신 할건데 어떻게 해야 하나요?"**
  **"아이 기숙사는 어디인가요?"**

성인이 된 대학생이 스스로 해야 할 일을 부모가 해주는 일이 빈번하다고 한다. 대학교 홈페이지에 공지하고, 학생 오리엔테이션을 아무리 해도 소용없다는 것이다. 대학생이나 되어서 자기 강의 시간표 하나 못 만드는 아이로 키울 것인가? 아니면 스스로 정보를 찾아보고 혼자 해보려 노력하는 아이로 키울 것인가?

---

## 교육은 열정이 아니라 방향성이다

---

누워서도 할 수 있는 게 교육이다. 당신이 죽지 않고 살아만 계셔도 우리 아이들에게 최고로 훌륭한 부모가 될 수 있다.

교육은 체력이 아니라 올바른 방향으로 이끄는 부모의 '말'을 필요로 하기 때문이다. 입으로 훈련하고, 시뮬레이션 돌리고, 최소한의 동선만 가주고, 엄마표 영어도 내 체력 되는 만큼만 시키면 된다. 누워서 스마트폰으로 영어책 많이 사주고, 좋은 교재 골라주고, "아나 여기!"라고 말하면 된다. 만약 아이가 혼자 못한다면? 혼자 할 수 있는 더 쉬운 교재를 찾아서 던져주면 된다. 대신 혼자 스스로 할 수 있는 생활습관과 학습 환경을 꼼꼼히 잘 구축해두어야 할 것이다. 엄마가 없어도 아이가 당황하지 않고 알아서 척척 돌아가는 시스템을 만들어놓아야 한다. 이는 사회인성적 측면으로는 "규칙 지키기"이고 학습적 측면으로는 "자기 주도 학습하기"가 된다.

교육은 대화로 방향을 잡아주는 과정이다. 대화로 훈련하고, 대화로 나의 주도권을 서서히 넘겨주는 일이다. 인간은 언어를 배우고 이용하며 살아가도록 설계되어 있다. 공부법에 관한 대화, 마음속 이야기 대화, 독서 대화 등 수많은 육아의 영역이 엄마의 입! 을 필요로 한다. 그렇기에 나 같은 꼴찌 중의 꼴찌 부모도 올바른 교육의 방향과 가치관만 가지고 있으면 자녀를 어디에 내어놓아도 자랑스러운 〈혼자일 때 더 잘하는 아이〉로 키울 수 있다.

"

# 육아는 '평안~~' 입니다

"

우리는 초·중·고·대학을 거치며 그 누구에게도 부모가 되는 법을 배우지 못했습니다.

이처럼 '육아'란 무엇인가에 대해 배우지 못한 상태에서, 우리에게 노출된 육아 TV의 모습이 곧 '육아 이런 것이다'란 관념을 정의하는 시대를 살게 되었습니다. 연예인들이 나와 아이를 종일 쫓아다니다 결국 피곤에 지쳐 쓰러지는 장면, 버릇없는 아이를 통제하지 못해 어쩔 줄 몰라 눈물을 흘리는 어른들의 모습, 학습을 거부하는 아이와 실랑이가 벌어지는 모습 등을 보며 우리는 알게 모르게 "아~ 육아란 힘든 것이구나! 부모란 쓰러질 만큼 노력해야 할 버거운 것이구나"라는 관념이 생기게 된 것 같습니다.

그리하여 아이를 낳지 않겠다는 새로운 세대들이 점점 늘어나며 출산율 0.7%인 시대를 살고 있습니다. 그들에게 아이를 낳는다는 것은 곧 힘들고, 어려우며, 나의 삶을 즐기지도 못하고 '육아의 노예'로서 희생만 해야 하는 그것이니까요. 현재의 부모들 역시 [Before and After]의 놀라운 육아 드라마를 시청하며, [1:1 대화] [애착 형성] [감정 육아] [자존감 육아]란 추세적 육아관과 관련 육아서 및 유튜브 등에 점점 과잉 몰입이 되고 있는 듯 합니다. 아이의 감정을 읽어주는 게 잘못된 것이 아닙니다. 아이에게 사랑을 주는 게 잘못된 것이 아닙니다. 원칙과 규칙이 없는 육아, 자녀의 감정 상태에 따라 이랬다 저랬다 끌려다니는 육아, 과잉 친절을 베푸느라 훈육을 못 하는 육아, 교육자인 부모의 권위를 잃어버리는 육아, 아이가 내 눈앞에 없으면 불안해지는 육아, 죄책감이 지배하는 육아, 가 문제가 되는 것입니다.

그 결과로 집단생활의 첫 출발인 학교에서 관찰되는 요즘 학생들의 변화된 모습과 [공교육 추락]이라는 사회적 흐름을 볼 때, 총체적으로 우리는 잘못된 교육의 방향으로 나아가고 있음을 알 수 있습니다. 한편, 작년 서이초 교사의 49재 추모인 "공교육 멈춤의 날," 많은 학부모님께서 찬성하시며 함께 노력해주셨습니다. 즉, 우리 모두는 '내 아이를 잘 키우고 싶은 부모'일 뿐입니다.

그리하여 〈혼자일 때 더 잘하는 아이〉의 독립 육아가 그 어느 때보다도 절실히 필요한 때입니다. 우리 아이는 문제아가 아닙니다. 아이의 능력을 인정해주고 믿어주어야 합니다. 높은 회복탄력성을 가진 미래인재로 키우는 한 차원 높은 육아법을 선택해야 할 시점입니다. 더이상 학교 따로 육아 따로가 아닙니다. 학교와 육아가 서로 연계되는 실천적 육아법이 필요합니다. 내 아이의 기질, 성향, 나이, 성장 속도에 맞추어 부모의 육아가 아이와 함께 변하고 함께 성장하는 교육이 되어야 할 것입니다.

육아는 절대로 힘든 것이 아닙니다. 육아는 부모의 일방적 희생만을 요구하는 것은 더더욱 아닙니다. 육아는 '자녀와 나의 삶이 공유'되는 중간 점입니다. 부모가 육아를 쉽고 편하게 생각할 때, 아이는 보다 자주적이고 똑똑하고 강인하게 클 수 있습니다.

그리하여 육아는 "평안~"입니다. 부모도 아이로부터의 [정서 독립]을 하여 좀 더 당당해져야 할 것입니다. 그리하여 《혼자일 때 더 잘하는 아이》는 이 시대에 육아 불안에 계신 많은 학부모님에게 실질적인 도움이 되리라 생각됩니다.

　마지막으로 감사 인사를 전하며 글을 마치려 합니다. 우선, 이 책의 추천사를 써주신 정승익 강사님과 분당강 선생님에게 깊은 감사의 말씀을 전합니다. 일면식도 없고 연고도 없는 저에게, 오로지 이메일로 보낸 원고 하나만 믿고 아무런 댓가 없이 추천사를 그냥 써 주신 은인과도 같은 고마운 분들입니다. 선생님들을 모델로 삼아 학생과 이 나라 교육계를 위한 마음으로, 주위 사람들에게 선한 영향을 미치며 살아야겠다는 다짐을 해봅니다. 또한, 저를 믿고 지지해준 나의 사랑하는 가족들과 남동생, 제게 올바른 육아의 본을 보여주신 양가 부모님께 감사 인사를 드립니다. 이 책의 원고 피드백에 참여한 학부모님들과 동료 교사들이 있었기에 양질의 글이 완성될 수 있었다고 생각합니다. 마지막으로 저의 열정을 알아봐 주신 프로방스 출판사 조현수 회장님과, 책의 출판을 위해 늘 힘써 주신 조영재 이사님께 고생하셨고 감사하다는 마음 전합니다.

- 다크홀스 작가 올림 -

## 참고문헌

- 《도파민네이션》 애나 렘키 / 흐름출판
- 《뇌, 욕망의 비밀을 풀다》 한스-게오르크 호이젤 / 비즈니스북스
- 《하버드 첫 강의 시간관리 수업》 쉬셴장 / 리드리드출판
- 《뇌 과학이 인생에 필요한 순간》 김대수 / 브라이트
- 《Nudge》 리처드 탈러 / 리더스북
- 《생각에 관한 생각》 데니얼 카니먼 / 김영사
- 《영어 공부 잘하는 아이는 이렇게 공부합니다》 김도연 / 길벗
- 《수학 잘하는 아이는 이렇게 공부합니다》 류승재 / 블루무스
- 《초등수학 심화 공부법》 류승재 / 블루무스
- 《공부머리 독서법》 최승필 / 책구루
- 《초4, 지식책 읽기를 시작해야 합니다》 전병규 / 클랩북스
- 《아들의 뇌》 곽윤정 / 포레스트북스
- 《부모라면 유대인처럼 하브루타로 교육하라》 전성수 / 위즈덤하우스
- 《Give and take》 애덤 그랜트 / 생각연구소
- 초등학교 교육과정 총론 및 각론
- 두산백과사전
- Chat GPT